U0024089

重審風月鑑

性與中國古典文學

康正果 著

修訂版自序　情色書寫沉浮錄

本書的寫作緣於一九九一年夏日的一次閒聊。那天我與西安的幾位朋友在大雁塔附近的某酒樓聚餐，在座各位多是讀書寫書之人，杯酒閒不期然就談到了荷蘭漢學家高羅佩的《中國古代房內考》中譯本不久前在國內公開出版之事。座中有人因此大發感慨說：「咱們中國有很多文化遺產，中國人自己沒能力沒條件發掘研究，不少領域都叫外國人捷足先登，填補了我們自己無所作為的空白。你看，主編大部頭中國科技史的人是英國的李約瑟，重構古漢語音韻系統的人是瑞典的高本漢，現在連『房中書』這類老祖宗夫婦床上把玩的圖冊都得經人家外國學者收集和探討，中國人才得知那些祕笈是怎麼一回事。」

在座的另一位接著補充說：「中譯本的書是出版了，但不是隨便哪個讀者想買就能買的。你要去新華書店選購此書，可得持單位證明，恐怕只有專家學者或某些領導才買得到手吧。」

於是又有人提議說：「老康寫風騷談豔情的書都出了，現在該趁熱打鐵，再寫本面向普通讀者評介性文化性文學的書嘛。」

我立即對諸位解釋說，我那本書的主題是「古典詩詞的女性研究」。所謂「風騷」，乃指源自《國風》和《離騷》的詩歌傳統；所謂「豔情」，則泛指吟詠女性及其閨房世界的一種香豔詩風，其實與色情文字並不沾邊。就我目前有限的閱讀範圍而言，要下筆縱論性文化性文學，還有待大量搜求材料，進一步廣泛閱讀。高羅佩那本書我還沒買到手；齊魯出版社新出的足本《金瓶梅》定價昂貴，我也買不起；《肉蒲團》等一系列明清色情小說，圖書館裡更借不出來。要想作這方面的研究，實在是無從入手啊。

座中有位評論家從北京來此地出差，他說他正好收藏了不少這方面的祕笈，都是託出國訪學的朋友在歐美各大學圖書館複印回來的，說是我若有機會去北京查找資料，他願意把他的全部收藏借給我閱讀或複印。熱心文化事業的企業家王永鋒先生那天做東，他當即鼓勵我去北京查閱資料和購買相關書籍，並當場宣佈可資助我一筆研究經費，條件是書稿完成後由他出版。

西鳳酒喝得大家都有點醉意陶然，就在此胡煽浪謅的氛圍中，我貿然接下了這個一般人多會避嫌的課題，而且仗著酒力在席間縱言告白：既然我那些談風騷說豔情的文字總難免色情嫌疑，現在索性就一頭栽進去，把色情乃至淫穢的學問做到家吧。

王先生不久即給我送來他許諾的經費，選修我「西方現代文藝思潮」課程的學生幹部也從交大團委給我開來了購書證明。我持證明從新華書店購回《中國古代房內考》一書，接下來還買了很多相關的書籍。讀完了《房內考》和《中國禁書大觀》，我基本上確定了需要查找的書目，那年秋季學期的課程一結束，我就前往北京，住進了北京圖書館附近的旅館。白天我在圖書館內瀏覽和複印相關資料，晚上回到旅館，在燈下惡補從那位評論家手中借回的《繡榻野史》等文字粗劣的末流小說。北京一月份的氣溫遠低於西安，一大早從旅館直奔北圖，大街上凍得我耳朵麻痛，吸一口氣冷徹了肺腑。就這樣，在北圖泡了好多天，我記了不少讀書筆記，複印了一包材料。回到西安，我立即動筆，趁寒假趕寫起我在酒席上承諾的書稿。

書稿時寫時停，多是因找不到需要閱讀的書籍。特別是寫「男風面面觀」一章，有篇題為〈潘文子契合鴛鴦塚〉的短篇小說，被認為是有關男同性戀敘事的原型文本，我四處查找，卻求之不得。後來終於託一熟人帶我去某大學圖書館書庫中找出不予外借的明代擬話本小說集《石點頭》，查閱目錄，發現此短篇正好收入該書的第十四卷。但翻到第十四卷所在的頁碼，眼前的空白頁上只印有「全文刪去」四字。原來這個經過「清洗」的新版本只有該篇的存目。一九四九年以後重印的某些舊小說版本，常會有此類大刪特刪的現象。官方話語對同性戀問題一貫持特別禁忌的態度，比如像《弁而釵》這類男風故事集的經典文本，即屬於頂級封存的淫書，根本連影子也找不到。我只能通過馬克夢《十七世紀中國小說中的因果與限制》和辛赤《中國男同性戀史》兩部英文著作轉述的內容瞭解其中的故事情節和人物形象。總的來說，那時候很多涉及性和色情的書籍，凡外面不易找到的，圖書館一般也都束之高閣，祕不示人。我只好把那本刪節本《石點頭》放回書架，敗興而歸，書稿的寫作也因此中斷了好久。

我這部書稿本是急就章，真要等博採精選而後動筆，以當時的條件來看，是根本不可能的。這資訊短缺的情況反玉成了我的論述策略，由於能讀到的材料很有限，我斷然捨棄貪大求全的取向，不再走高羅佩那種羅列文獻、大量徵引原文的歷時性敘述方式，而選擇了我自己獨創的勾畫輪廓、傳達妙義、散點透視的路徑。正如我在《風騷與豔情》一書中絕不用「愛情詩」或「色情詩」之類憑空亂貼的新式標籤來框範所討論的古典詩詞，而是特拈出「風騷」與「豔情」兩個傳統用語，以其貫串始終的掃描構成了該書的敘述框架。寫這部書稿，我仍堅持採用傳統的批評用語，以「風月鑑」正反兩面的圖景檢驗從文學到政治、法律、醫藥、宗教等領域叢雜而散亂的「性文本」，同時穿插女性主義批評的透視，從而揭示出基本上供男性讀者閱讀的色情讀物如何傳達了男人的性幻想和性恐懼，如何鋪陳了富於誘惑的場景，又如何散佈了性命攸關的告誡。我特別從色情書寫發生學的意義上詳述了房中術指導性實踐的教條文字如何通過窮形極貌的「辭賦化」描寫而生發出娛樂消遣的功能，最終達成其代償性滿足的效果。為解析性文本在史書、辭賦、詩詞、小說和筆記叢談等不同文類中所傳達的趣味，所強調的懲戒，我依次推出尤物、妖后、淫婦、女鬼、狐狸精、孌童、契弟、相公、狎客等一系列風月鑑脈絡中扮演「性角色」（sexual personae）的各類人物，通過他們沉溺、戲謔、狂歡、遭罪、受罰的經歷，深入剖析了固精、採補、仙趣、豔福、「陽道壯偉狂」等熒惑人心的性頑念。

我緊趕慢趕，終於在一九九三年春完成了這部書稿，但事過境遷，我那位資助人忙於其他生意，再也無暇過問此書的出版事宜。當時房中術和性文學正在書市上走紅，北方的一家出版社對我的書稿很感興趣，接到我的投稿，很快就出了三校稿。不巧正碰上賈平凹的小說《廢都》挨批，還沒等我看完校樣，出版社就嚇得毀約退了稿。稿子後來讓南方一家出版社熱心要去，卻在校樣出來時趕上那裡掃黃，社長怕惹事，遂壓下稿子，此後就再也沒有下文。我失去了耐心，只好把這部面向國內讀者撰寫的新書轉到台灣出版，其時已是一九九六年初。直到一九九八年底，經出版家沈昌文先生力薦，遼寧教育出版社才在大陸推出了此書的簡體版。

遼寧版兩刷後再沒有續印，時隔十七年之久，如今秀威資訊又要精工重印，連帶推出其電子書新版。這至少表明，我這本舊作仍不乏潛在的市場需求，尚未在書刊過量生產的淘沙大浪中廢渣沉底。今日中國大陸的資訊傳播渠道和文化市場比起二十多年前我撰寫此書時的情況顯然更加豐富，也大膽開放了許多，儘管與台灣相比，還有很多惱人的限制。但不管怎麼說，面對影視音像螢幕日益暴露的俗豔畫面，以及網際交往中千姿百態的私密傳遞，新一代受眾已對形形色色有關性的圖文資訊見多不怪，甚至因貪求過量的感官消費，給自己平添了厭倦和疲勞。這種終於平淡消停下來的認知狀態也許最適合閱讀某些去魅消解性的文字，比如從本書重審的風月鑑中照照鏡子，沒準會照出一個人自己的、乃至我們大家的那不太願意被正視和承認的一面。本書遼教版出版後報刊上的一篇評論曾中肯地指出：

《重審風月鑑》的「審」所針對的，不僅僅是中國古典文學中關涉「風月」的一個傳統，或那些作品以及作品的寫作者。更進一步的雄心則在於：審視傳統的接受者，作品的閱讀者或者儘管並不閱讀但卻經由「亞文化」感染的、「性陳規」與「性頑念」的持有者，——這，才是真正的大多數，是我們，是始終站在窺視和偷聽的角度在想像中參與他人的性活動——藉助幻想愉悅自己、藉助恐懼嚇唬自己打擊別人的人。

我一直很欣賞王國維詞作中這句警策：「試上高峰窺皓月，偶開天眼覷紅塵。可憐身是眼中人。」二十多年後，我在修訂重印本校樣的過程中重讀自己的舊作，仍能從這面自我認識的鏡子中審視到自己至今尚未徹悟的癡迷和妄念。相信此「重審」之視境會經過觀者的視角調頻而反復映現，並會越審視越明晰，直至審視到風清月白，天朗水澂，確認了自我的真相。

二〇一五年八月

目次

導言

從風月鑑說到性文學

對於不便直說或說出來可能太刺耳的事情，工於表達的古代文人發明了很多優美的替代詞。在代指性關係和性行為的眾多辭彙中，「雲雨」和「風月」兩個用語可謂最富於文飾的意味。特別是「風月」一詞，堪稱後起之秀，它的語感尤有彈性，置之於不同的語境中，竟能「蹭」出很多含義上的微妙差異。從字面上講，風月就是清風明月，如杜詩所云「風月自清夜」，詩詞中常用以泛指美好的夜景。徐勉所謂「今夕只可談風月」，顯然只是強調談一些輕鬆的事情，把繁雜的公務丟到腦後。歐陽修說得很清楚：「人生自是有情癡，此恨不關風與月。」

不知道從什麼時候開始，清風明月在文人的詩文中沾上了香豔的色彩。據晚出的《妝樓記》所云，唐開元初，凡經皇帝初御的宮內婦女，一律在臂上刺上「風月常新」四字，留作見幸的印記。優美的夜景於是被拉入了男女私情的語境，「風月」漸漸成了一個代指性愛的詩意用語。癡男怨女的情緣被稱為「風月債」；婚外戀泛稱「風月場」；一個小尼姑的性意識萌動被描述為「漸知風月」；淫婦在床上逢迎男人的情趣感叫做「枕上的好風月」；富有玩女人的經驗，則被描述為「久慣風月」；在《紅樓夢》中，談起渲染色情的小說，則貶之曰「風月筆墨」；李漁乾脆把《繡榻野史》等淫穢小說統稱為「風月之書」……總之，在明清文人的筆下，「風月」一詞的語義污染越來越呈現出擴大化的趨勢，以致它所意謂的男女之情及其表現越來越被賦予了否定的性質。據說，《紅樓夢》的初稿本以「戒妄動風月之情」為主題，所以曾名《風月寶鑑》，今本中有關寶玉狎秦鐘、賈瑞思鳳姐、秦可卿之死等有點色情味的內容，可能就是原稿中未刪盡的片段。

倒楣的賈瑞害相思已病入膏肓，有個道士給他送來了治病的寶貝。那是一個名叫「風月鑑」的鏡子，道士向賈瑞鄭重地講了它的來歷、功能和用法：

這物出自太虛幻境空靈殿上，警幻仙子所製，專治邪思妄動之症，有濟世保生之功。千萬不可照正面，只照他的背面，要緊，要緊。

通常，神奇的寶貝總有其致命的邪力，要享用它的效益，必須遵守某種禁忌，而那禁忌往往又是最大的誘惑。賈瑞按道士的吩咐照起了鏡子的背面，只見裡面立著一個骷髏，嚇得他連忙掩住。於是他好奇地翻過鏡子的正面，鏡中立即出現了鳳姐的倩影；她正在招手叫他進去。他恍惚中進入鏡內，立即便與鳳姐雲雨起來。美妙的一瞬過後，賈瑞如從仙境墮入地獄。背面仍是那個骷髏，而他自己則是渾身虛汗，身子底下遺了一大灘精液。如此反反復復地照來照去，一誘一嚇，樂恐相交，治病的寶貝終於斷送了賈瑞的性命。

這到底是一個寶鑑，還是一個妖鏡？那道士到底是為了治病救人，還是意在誨淫害命？當賈瑞的家人架起火燒那妖鏡時，鏡子強辯道：「誰叫你們瞧正面了！你們自己以假為真，何苦來燒我？」

按照鏡子的邏輯，美色與樂境本為虛幻，你用色眼觀看，你就選擇了正面的角度，從本質上說，是你的妄念把自己拖入了陷阱。背面的骷髏是對妄念的棒喝，愚癡的賈瑞始終沒有悟出正反一體的道理，沒有看出美色與樂境背後的陰影，最後枉送了性命。

值得注意的是，曹雪芹在他的寓言中多次強調了賈瑞的遺精，對於他的死亡，也是以「身子底下冰涼漬濕一大灘精」這樣陰森的情景來驗證的。這是中國古代性觀念中最頑固的一個恐懼，關於節欲或戒除的告誡，對女人的提防或對淫婦的指責，各種奢求於性的幻想和努力，歸根結底，全都建立在「固精」這個男性最薄弱的命根子上面。

一言以蔽之，所有的房中書都是教導男人如何求得倖免的教科書，而文學作品中的性主題和性描寫，基本上都是對這一要旨的戲劇化敷演。「風月鑑」正好象徵了這些故事的一般模式，它們的作者對性問題也持兩面派的態度，一面刺激欲望，一面限制快感，然後很快轉向那種興奮的喪失和剝奪。一個人若不能洞鑑紅粉骷髏的本質，不知及時地戒除，還像賈瑞那樣頻頻偷犯，死亡就是他的必然結局。

還有一點值得注意，給賈瑞送來「風月鑑」的人物乃一道士，正如給西門慶送去丹藥的人物乃一胡僧，干預風月事務的反而是一些紅塵外的神祕人物。他們奉行著「導欲以遏欲」的策略，對於癡迷不悟者，更傾向於採取通過饜足以達到治療的方法。正如孤峰長老對未央生所說：「從肉蒲團上參悟出來，方有實際。」於是，誘惑有了考驗的意義，沉溺也被理解為另一形式的洗禮。每一部風月之書的作者都以送鏡子的道士自居，所有的讀者都被設想為具有賈瑞的弱點。張竹坡批《金瓶梅》，反覆告誡讀者勿為其中的淫穢筆墨所瞞過，他說：「看之而喜者，則《金瓶梅》懼焉，懼其不知所以喜之，而第喜其淫逸也。如是則《金瓶梅》誤人矣，究之非《金瓶梅》誤人，人自誤之耳。」

道士的前身就是玩弄巫術的方士，他的寶貝鏡子也是一個又神祕又邪乎的東西。無論是性表現的各種形式，還是性行為本身，都被性話語的傳播者弄得神祕邪乎，籠罩上一層妖異的色彩。狂歡（orgy）向仙境延伸，墮落用禪語自贖。在「風月鑑」的文本中，正反兩面是疊印在一起的，關鍵在於你自己怎樣看。

然而這些作者又是如何寫呢？如果在構造鑑戒的過程中，他們的筆端也像賈瑞的色眼一樣有意無意地窺視，難道能說他們寫出的風月文字不是他們自己並未徹悟的性想像投射到鏡面上的影像嗎？由此看來，正是作者的角度在一定的程度上決定了讀者的角度，他由自慰而悅人，也由自危而嚇人，這才是風月筆墨的本質。

此外，道士的偶然出現也表現了某種必然結局的徵兆，他在這裡扮演著聯繫神人之際的角色，送鏡正是向癡迷者傳達冥冥中的最後警告。賈瑞執迷不悟，於是，治病的寶貝一變而為懲罰的兇器。就這個意義而言，賈瑞之死也是咎由自取。「風月鑑」最終昭示了一個嚴重的教訓，即所謂「報應」的問題。

真與假的困惑，夢想與恐懼的交織，娛樂與懲勸的互補，誡淫與誨淫的矛盾，全都像「風月鑑」的正反兩面一樣，以不同程度的偏斜轉換在形形色色的古代文學作品中。給它們一律扣上「淫書」的帽子，顯然有以偏概全之嫌；用「色情」（erotic）一詞泛指此類作品，同樣難免帶上該詞在使用中已經形成的否定性評價。因此我以為，用「性文本」這個中性的和涵蓋面較大的用語來總括本書將要討論的具體文本，更為合適，也富於包容性。「性文本」沒有嚴格的界定，也無須在此嚴加界定。它包括我們今天視為文學的作品在內，同時更超出此範圍，旁及史傳和集部的其他文本，呈現出更加開放的視野。此外，中性的角度並不等於對文本中的性主題和性描寫不作辨析和評價，而在於避免用現成的判斷作一刀切的處理，在於歷史地描述各種不同的文學現象和性意識表述，在它們各自的語境中還原出一個個合成的分野。開放的視野更傾向於跨過文學文本與其他文本之間的疆界，取消經典文學與雜文學之間的絕對劃分，只要是反映出「風月鑑」的資料，都可以納入性文本描述的範圍。其中既有從名著中截取的有關片段，也有偶然碰到的禁書，還有長期散佚而後來又被重新發現的作品，或某些書中一直被迴避的內容。盡可能找回它們最初創作與消費時的歷史情況，並分析那些情況與我們現在的情況之間的關係，這便是本書所要重審的問題之一。可能佔有的材料極大地限制了我的視野，何況這個向來就受禁忌的領域本身即佈滿了斷裂、隱瞞、遺忘和殘缺，我並不奢想填滿文學史上的朝代空白，硬去拼湊大而無當的全書。因此，我只能滿足於舉隅，即把那些比較常見的，實際上也是具有認識價值的作品作為重審的對象，以期達到舉一反三的效果。

現在的書攤上大量談性的雜書動輒自稱「揭祕」，彷彿有多麼新奇的「中郎帳祕」正在被陸續公佈出來。在一個影視上充斥著床上鏡頭的時代，還能指望從故紙堆裡揭出什麼更刺激的祕密！然而這也難怪，長期的禁錮後剛剛拉開帷幕，過度的興奮和熱心也是完全可以理解的。這本舉隅之作的撰寫並不是想湊熱鬧，相反，它倒是想從一邊潑些冷水，特別是給那些把房中術吹成養生學和把《金瓶梅》拔得太高的時下言論潑些冷水。

第一章

祕戲與文學

素女為我師；儀態盈萬方。
眾夫所希見，天老教軒皇。

——張衡〈同聲歌〉

一、從〈同聲歌〉談起

「祕密」是一個同義複合詞，其義蓋謂有所隱蔽，不讓他人知道。在一切祕密的事情中，世人最諱言者，恐要數男女之事。即使在性觀念日益開放的現代社會中，無論是法律和習俗，還是個人的隱私權和羞恥心，都不會允許一個人不分場合地談到身體的某些部位，更不允許以某些方式毫無限制地表現男女的性行為。也許正因為我們對此中的某些祕密至今仍懷有無法徹悟的性想像，色情文藝才會像野草一樣歷經剷除而不絕，且有愈演愈烈之勢。不管社會怎樣禁止和限制色情文藝的傳播，不管正面的言論怎樣告誡它的危害性，只要色情的需要還存在一天，色情文藝就會存在下去。色情的誘惑好比黑暗中的螢光，你越是把它作為祕密窺視，越是對它抱著私下玩賞的態度，它就越顯得富有魅力。因此，一個更為積極的態度是，正視色情文藝的存在，歷史地揭示這一祕密形成的過程，通過消除色情的神祕性來淡化獵奇的心理。

其實在上古先民的心目中，性行為的表現並不是多麼祕密的事情，相反，它普遍被當作神而明之的對象。例如很多所謂「史前維納斯」的裸體女像、各種材料製作的陽具模型、繪有男女交媾圖的岩畫，還有各種形式的生殖崇拜遺跡，所有這些最新的考古發現都讓我們看到，那個時代的性表現遠比文明社會要公開得多。這一事實是否說明古昔先民比現代人淫蕩、色情呢？不管作出什麼判斷，倘若他們並無我們所謂「淫蕩」或「色情」之類的概念，則任何判斷恐怕都沒有什麼意義。據人類學家的研究，這些早期的性表現形式一般都出於現代人並不理解的動機。它們既非讚美現代人所欣賞的性愛，也無所謂渲染色情，它們的產生僅出自巫術和宗教的動機。這些最古老的藝術形式並非旨在反映當時的現實，它們本身就是被創造出來的一種現實，人們不過企圖用這一新的現實來影響現實生活中的事情罷了。他們相信，崇拜生殖器的圖像可以求得人畜兩旺。他們還相信，通過男女交媾能對大自然施加想像中的魔力，從而求得一年四季風調雨順，獵物豐富。總之，生殖器官和性行為的表現固然十分公開，但都被視為象徵形象，被用於祈福或避邪的目的。在這種將性神而明之的文化背景中，性更多地被用來達到非性的目的，而很少指向性本身。

任何一種事物，只要被當作崇拜的對象，只要被賦予過多的含義和功能，它都會在人心中喚起某種妄想。特別是面對生命創造的奇蹟和陰陽變化的秩序，人類在最初的驚愕中便對一種莫名其妙的起源產生了神祕的想像。「祕密」一詞的最初含義所強調的其實並非隱蔽，而是性行為的神祕感和神聖性。《說文》云：「祕（祕），神也。從示，必聲。」從「示」的字自然都與祭祀的儀式有關，而「必」字則為一會意字，它實際上就是指男女交媾之事。按照許慎的解釋，「必」字從八從弋。「八」者，分也，以象女陰。「弋」者，系絲於矰繳也，在象徵思維中，普遍都以矰矢喻男根，以射箭喻性交的行動。「弋」而入於「八」，豈不正像性交之態？[1]進而言之，不僅「祕」字，包括「密」、「宓」、「閟」等由「必」派生的字，都具有神聖的猥褻意味。夏人的始祖女媧被稱為高密，周人的先妣姜嫄的廟叫閟宮，向曹植「陳交接之大綱」的洛水女神名宓妃。總而言之，在上古時期，所謂祕密的活動，首先指的是伴隨著祭祀生殖女神而進行的男女群體通淫的活動。從《詩經》中很多被漢儒斥為淫風的詩歌可以看出，這種源於遠古的風俗通常發生在春意盎然的季節。平日的男女大防至此突然開放，與會者屆時走向水邊、林中或山上，他們或手持蘭草唱著挑逗性的情歌，或在密閉的神廟裡跳起很性感的舞蹈，而活動的高潮則是在群體參與的儀式中盡興地發洩了個體的肉欲衝動。不難想像，置身於這種狂歡節式的場景中，並沒有多少純粹屬於私人的和可以玩味的東西，個人的快感基本上處於讓群體的陶醉完全淹沒的狀態。在那些男女調笑的歌詞中，

[1] 對「必」字的解釋採取了石鵬飛〈說「祕密」〉一文的看法，參看《讀書》，一九八九年第一期，頁一三五。

歌手們習慣用一些後世的讀者已很難領會其意味的隱語來暗示性的挑逗。男女之間一唱一和，其目的只是為了把不願直接說出來的意思富有風趣地傳達給一點即通的對方。因為在「男女相從而歌」的氣氛中，越是在表達上有某種程度的隱蔽，就越能在想像中激發更強烈的反應。就這個意義而言，性表現從一開始就有其詭祕的性質，儘管它是公開的祕密。

父權制的禮教全面確立之後，婚外的放蕩行為日益受到限制，婦女也從此被禁錮在男人的家庭中，而隨著居住條件的改善，臥室最終成了夫婦共享其性生活樂趣的唯一地方。性活動逐漸退出了原始巫術的神祕光圈，在兩個人的小天地中，夫婦之間的親昵接觸越來越隱蔽起來。張敞是漢宣帝朝中的官員，當他為妻子畫眉的事情被作為不嚴肅的行為彙報給皇帝時，他向皇帝解釋說：「臣聞閨房之內，夫婦之私，有過於畫眉者。」張敞非常含蓄地向皇帝暗示了夫婦之間可能發生的親昵接觸，他把無須辯解的情況留給了皇帝的想像。皇帝對這一切當然並不陌生，他在後宮中的行樂不僅遠遠超出了他的臣民的想像，而且從來都是向外界封鎖的。正如杜甫〈宿昔〉一詩所云：「宮中行樂祕，少有外人知。」也許只有周仁作為一個外人目睹過此中的祕密。這位漢景帝朝中的官員據說平時穿著極為邋遢，身上還發出難聞的氣味。大概他這副模樣讓人覺得他對女人不會有什麼吸引力，所以皇帝特准他經常出入後宮，因而他有幸目睹了所謂的「後宮祕戲」。周仁是一個守口如瓶的人，他始終沒有向外人洩漏過自己在後宮的見聞。但是，從上述軼事的語境中我們不難領會「祕戲」一詞的含義：它是對男女媟褻之私的委婉表示，它閃爍其詞地概括了那些難於啟齒的「中冓之言」，而且特別突出了性生活中為享用快感的目的精心設計的內容。

從〈招魂〉、〈大招〉和〈七發〉等最早描寫宮廷享樂生活的辭賦可以看出，對女色的享受首先是在宮廷中同飲食起居上的精益求精一起發展起來的。豐富多彩的祕戲絕非大多數平民所可企及，只有帝王和貴族才有足夠的物質條件講究快感的細膩，才有閒暇和心思去嘗試富有樂趣的性生活方式。因為只有把性實踐體驗為快感，只有不考慮允許或禁止的條規，而只按照其激烈的程度、延長的時間和新穎感來評價其質量，才有可能發展出一種性愛的藝術，才有可能使性成為一種享樂。這當然與遠古時期近似於動物發情期的群體通淫是大異其趣的，它需要人工的環境和人為的設計：華麗的臥室、精美的床褥、帷帳、蘭燈、熏香，以及指導性技巧的書籍和圖冊。所有這一切，在漢代詩人張衡的〈同聲歌〉中都有詩意的描繪：

邂逅承際會，得充君後房。
情好新交接，恐慄若探湯。
不才勉自竭，賤妾職所當。
綢繆主中饋，奉禮助蒸嘗。
思為莞蒻席，在下蔽匡床。
願為羅衾幬，在上衛風霜。
灑掃清枕席，鞮粉以狄香。
重戶結金扃，高下華燈光。
衣解巾粉御，列圖陳枕張。
素女為我師，儀態盈萬方。
眾夫所希見，天老教軒皇。
樂莫斯夜樂，沒齒焉可忘！

——《玉台新詠》卷一

張衡是一個深受南方辭賦影響的作家，在他的〈兩京賦〉和〈四愁詩〉等名作中，都可以明顯看到楚國宮廷文人的流風餘韻。相比而言，這首歌詠新婚之樂的五言詩卻與風雅正聲的基調一脈相承。雖然詩中也用辭賦的句式鋪寫了臥室的華麗和性愛的歡樂，但它的主旨依然是讚揚《毛詩・序》所謂的「后妃之德」，僅就其詩題來看，即可令人想到它與〈關雎〉的聯繫。「同聲」即《周易》所謂的「同聲相應，同氣相求」。古人似乎很早就在自然界裡注意到兩種動人的情景，其中每一種都表現了一方呼喚一方答應的形式。尤其是善於鳴叫的禽鳥，它們的和鳴給人的印象也許特別美好而深刻。「鳴鶴在陰，其子和之」，這是母子之間的呼應。「關關雎鳩，在河之洲」，則是雌雄之間的呼應。這兩種呼應中的後一種對人類行為的影響尤為重大，比如「三百篇」中「男女相從而歌」的對唱形式也許就是對它的模仿。從古人「天人感應」的觀點來看，人對異性的欲求往往會在面對動物求偶的情景時得到激發，而且人還習慣從自身與動物的相似性中確認和評價他們的行為。因此，古人基本上認為，凡是自然而然的事物，凡是能在自然界中找到其對應關係的屬人的東西，都具有它的合理性。正是面對「天地絪縕，萬物化醇」和「男女構精，萬物化生」的現象，古人才得出了「一陰一陽之謂道」的結論。

然而在自然界中，任何一組對應關係都不存在決定著位置優劣的固有本質，例如天在上而地在下，兩者所處的空間位置本身並不含有先驗的尊卑之分。但是父權制的二元對立結構卻從男性本位的立場出發建立了它的分類體系，它根據位置相似性的原則進行任意的類推，人為地設計了社會上各色人等的身份差異，並給各種物質不同的差異同樣都賦予了一種虛幻的「自然」本質。按照這一傳統的等級劃分，陽代表天、男、夫、君、父等一系列主動的、尊貴的地位，而陰則代表地、女、婦、臣、子等一系列被動的、卑下的地位。在陰陽對立的二元象徵秩序中，只有維持住前者支配後者和後者服從支配的關係，才能保證秩序的穩定與和諧。只要被支配的一方拒絕接受順從的地位，靠這種秩序維繫的一整套等級制度就會動搖瓦解。因此，支配的一方始終都很關注被支配的一方是否自願接受順從的位置。為了維護被規定的身份差異，禮樂一方面將它制度化，詩歌則從另一方面把社會的期望內化成每一個人的感性需求。〈關雎〉云：「窈窕淑女，君子好逑。」這就是說，一個可愛的女性形象，無論在男子的心目中還是在女子的自我意識中，都必須意味著美色與德性的統一。

〈關雎〉一詩僅從男性的視角空泛地讚美了君子的好配偶，〈同聲歌〉進而用「擬女性」的抒情口吻陳述了一個新娘子的愛情奉獻。它的創新特徵——也可以說是它對〈關雎〉精神的發揚——在於，它充分發揮了漢代詩歌踵事增華的優點，全面鋪陳了新婚之後的種種室內場景，從而填補了「鐘鼓樂之」（〈關雎〉的結句）的高潮留下的空白。一、二兩句寫女子與君子締結了良緣，詩人讓這位新娘以喜悅的口吻自稱她有幸成為君子眾多妻妾中的一員。「邂逅」意為不期而遇，語出《詩・鄭風・野有蔓草》。該詩首章云：「野有蔓草，零露漙兮。有美一人，清揚婉兮。邂逅相遇，適我願兮。」一般的注釋家都認為這首詩描寫的是周代仲春時節「會男女」的情景。《周禮・地官》載：「中春之月，令會男女，於是時也，奔者不禁，若無故而不用令者，罰之。司男女之無夫家者會之。」在那個還保留著某些上古遺風的時代，性愛尚未完全演變成閨房中的祕密，因此詩人直率地描述了兩個情人的相會和相會地點的景色，最後暗示了他們的野合。值得注意的是，在〈同聲歌〉中，邂逅相逢的場景已經轉換，一個與草木蟲鳥共享的自然環境隱退了，進入前景的則是接納新娘的「後房」。猝然面臨新婚之夜的性啟蒙，甘願委身的女子難免產生一種受到侵犯的恐懼。「情好新交接，恐栗若探湯」兩句正可與《詩・小雅・谷風》所謂「將恐將懼，寘予於懷」互參而讀。[2]在禮教賦予女子的自我期望中，「薦枕席」——女子同男人上床的婉

[2] 聞一多，《古典新義》，古籍出版社，一九五六年，頁一八八至一八九。

語——與以下詩句中提到的伺候飯菜和協助祭祀都是她身為婦人的分內職務，因而無論在家務勞動中，或是在床笫之事上，她都竭力表現出自我奉獻的精神。按照被支配者甘願接受順從地位的設計，新娘的陳述處處都突出了一種從個人軀體的卑微中昇華出來的愛慕之情。在「思為莞蒻席」以下六句詩中，張衡基本上採用了「鋪采摛文」的辭賦手法，通過將女性的柔順詩意化，一連串的排比詩句也順便掃描了臥室內的華麗陳設。當一個虛擬的發言主體通過詩人所選擇的比附對象把自己的軀體與席子和床帷認同時，這些裝飾臥室的什物也就獲得了與她的軀體相似的美感。我們可以常常看到，在很多描寫閨房場景的古代詩歌中，脫去外衣的女性軀體都被置於半掩的床帷之後，施陳的枕衾之間。正是通過這種將人與物進行等列排比的鋪陳方式，那些使閨房生活顯得非常溫馨的陳設獲得了香豔的詩意，而女性的軀體也被物化成可以觀賞的對象，在兩者的相映成趣中，男性的作者／讀者正好趁機滿足了窺視祕密的欲望。由此可見，描寫的程序本身即表現了特定的注視角度和觀察方式。

在很多有關禮儀的古代典籍中，我們都可以看到對夫婦之間的接觸所規定的一整套繁文縟節，其中特別對他們在床下的一切活動作出了嚴格的限制，各種各樣的告誡基本上都是要求雙方儘量表現出相敬如賓的樣子。《女誡》的作者班昭認為，一旦成為夫婦便要終身相守，兩個人整天在閨房周旋，很容易導致互相輕慢的態度。因此，在平日的接觸中，雙方都應該要求自己「情欲之感不介於容儀，宴昵之私不形於動靜」。這樣一來，像張敞那樣給夫人畫眉的舉動或其他更過頭的事情最終只能撤退到床上了。〈古詩為焦仲卿妻作〉云：「紅羅覆斗帳，四角垂香囊。」在那種床帷一放下就像一間小屋的匡床內，可以發生的狎昵當然是很難想像的。按照「國風好色而不淫」的原則，張衡在「重戶結金扃」以下的詩句中並沒有採用「床上鏡頭」描繪祕戲的細節，他只用當時的讀者都能領會的性描寫套語暗示了做愛的情景，因為詩中提到的性技巧手冊和所配的插圖，還有素女、天老和黃帝這些討論性技巧的書中人物，也以類似的排比句式出現在張衡的〈七辯〉和另一個後漢作家邊讓的〈章華台賦〉中。[3]這些附有插圖的手冊就是所謂的房中書，其中以素女和黃帝等人物的對話組成的內容即古代典籍中常常提到的房中術。因為素女在對話中通常都被表現為傳授房中術的一方，所以詩中這位接受房中書指導的新娘稱素女為師。而下句「儀態盈萬方」則是指書中所描繪的——也是插圖所示意的——各種性交姿勢。詩人在此顯然以讚賞的口吻向讀者強調，新婚夫婦的性愛之弦只有經過房中術調節一番，雙方才能進入琴瑟和諧的佳境。至此，新娘已消除了「新交接」的「恐慄」，在曲盡綢繆之歡後，她興奮地感歎道：「樂莫斯夜樂，沒齒焉可忘！」

從「新交接」的「恐慄」，到華燈下「儀態盈萬方」，直到最後的高潮，通過新娘自述的感受，張衡令人信服地顯示了一個女子接受性啟蒙和完成其性角色的過程。由於該詩的敘述方式採用了「擬女性」的口吻，一種自願獻身的表白不但增強了男性文本特有的感染力，而且構造了一幅魚水和諧的閨房生活圖景。值得注意的是，在塑造這一床上床下均符合「模範角色」的女性形象時，詩人特別強調了房中書作為婦女手冊的重要作用。如果說在該詩的前半部分對新娘恪守婦職的描繪體現了禮教的價值，那麼後半部分的性描寫則突出了房中書與禮儀典籍的同等價值。至少從理論上講，房中術在那個時代被認為有益於健康的性生活，能為夫婦通過養欲來節欲的實踐提供一整套床上的規則。正如《漢書・藝文志》所云：「房中者，性情之極，至道之際，是以聖王制外樂以節內情，而為之節文……樂而有節，和平壽考。」在此，班固的按語還提到了房中術能延年益壽的功能。為了進一步討論如何將快感的享用與養生的目的結合在一起的問題，我們很有必要在以下的篇幅中透視房中書的內容。因為除了像〈同聲歌〉這樣的作品理想地表現了房中術為夫婦的和諧生活增添有益的作用以外，大多數描寫性欲的古代作品都或多或少地突出了房中術

---

[3] 《全上古三代秦漢三國六朝文》影印本，北京：中華書局，一九八七年，頁七一五、九三〇。

的陳規和頑念，在某種程度上說，中國古代的色情文學就是戲劇化了的房中術翻版。這些作品大都在篡改的意義上誇大了房中術所關注的某一個方面，並且從消極的方面渲染享樂與養生兩個目的的衝突，因而不是津津樂道縱欲的樂趣，就是編造死亡的威脅。自從秦漢以降，一方面炮製房中術的方士打著養生的招牌炫世欺人，迎合了男人對性的種種妄想和貪欲；另一方面，色情文學的作者則以經過改寫的房中書文本為更多的世俗讀者打開了窺視祕密的視窗，他們正好從性實踐和性表現兩個方面導演了富有中國特色的色情文化。因此，要消除古代文學中色情的神祕性和性頑念，必須追溯房中術這個總根源。

二、房中書透視

大約在房中書產生的秦漢時代或稍後，印度和羅馬也出現了性質相似的性愛手冊，其中最有影響者首推流傳至今的《性典》（Kamasutra）和《愛經》（Ars Amatoria）。《愛經》現有戴望舒所譯的潔本，而《性典》則僅可從其他西方書籍中讀到簡要的介紹。只要對比一下這兩種書與房中書的內容，我們不難看出兩者的區別。兩種域外的性愛手冊顯然喜歡把「性」與「愛」聯繫起來談論，其中不乏對性體驗的微妙描繪和對性欲的深刻理解。房中書的內容則更局限於床上發生的事情，它用過多的篇幅列舉了大量可操作的經驗之談，卻幾無片言隻語道及心理感受和情緒性的東西。它確實可謂名副其實的房中書。《性典》和《愛經》幾乎涉及男女關係的各個方面，諸如調情的俏皮話，幽會的安排，化妝術和勾引女人的手段，事無巨細，均富有風趣地穿插於其中。作者往往以教唆的口吻向讀者散佈一種享樂主義的情愛觀，其中的告誡多針對人們在愛情事務上易犯的愚蠢錯誤。相比之下，房中書卻具有濃厚的醫學色彩，它所傳授的性技巧嚴格地服務於養生的目的，其中的告誡無不關係到身體健康，乃至性命安危的大事。房中書所關注的性關係範圍基本上限定在夫婦的閨房生活之內，因而其中所討論的任何性實踐都不存在觸犯一夫多妻制的道德問題。在這個大前提下，它對肉體持一種非道德化的生物學態度，性活動不是被理解為與心理和精神等因素相關的人性體驗，而是被描繪為在陰陽相感之下排泄精液或吸收精氣的過程。它的宗旨和它規定的性教條都深深植根於中醫的養生學。

中醫的養生學有兩個要點，一曰保養，二曰補養。保養的原則要求保存體內的元氣，儘量減少對它的消耗。在保養論者看來，人體內有很多分泌物都凝聚著生命的精華，如有浪費，即可造成身體的虧損。一個善於保養身體的人總是堅持節制嗜欲，處處避免超過限度的活動。他還有能力用意念控制機體的各個部分，因而只需通過自我調節，他就可以長久維持生命的活力。對於精力的任何消耗，他都堅持節省的原則，有時吝嗇到連一口唾沫都捨不得隨便吐掉，甚至話說得太多也怕傷了自己的元氣。烏龜的生存方式可能更符合他理想的形象，他欣賞它那緩慢的步態，那常常把頭縮入硬殼的樣子。當它伸出脖子向空中張口吐納，據說那是在行氣導引。因而人們相信，烏龜有時能活到一千多歲。烏龜對保養論者的啟示在於，一個人要學習長生久視之道，首先應珍惜自身固有的、先天的東西，在機體的內部維持一種自足的平衡狀態。

補養的目的則把向外攝取滋補品的想法推到了近乎貪婪的地步。在補養論看來，某些性質堅韌和生命持久的外物可能含有可以被人體吸收的有效成分，只要適當地選擇，經過提煉和炮製，然後攝入體內，即可產生有益於身體健康的作用。不可否認，這種嘗試在飲食療法和中醫藥物學上是有一定的成效，但同樣也不能否認，自古以來「服食求神仙，多為藥所誤」的慘劇便是這種理論的巫術妄想所導致的消極後果。更為荒謬的是，有些江湖術士還招搖撞騙，聲言從某些含有精華更多的人體分泌物中可提煉出最佳的補品。其中尤為臭名昭彰者要數明朝盛傳的紅鉛和秋石。紅鉛取自少女初潮的月經，秋石由童男的尿液煉成。此類臆想的滋補偏方早已無人相信，但它們所依據的理論並沒有得到清算。這一理論就是房中術的「以人補人」之論。

房中術就是把上述保養和補養兩大原則並行引入性生活領域的一種實踐。從保養的原則出發，它首先強調男人應以節省精液或陽氣為目的，爭取少泄或不泄，從而保證他能延長做愛的時間，進而盡可能多地御女。因此在所有的房中書中，射精總是被描述為可厭的、有損於身體的事情。相對而言，所謂的性技巧基本都是基於這一擔憂的防禦措施，如教導男人如何學會自控，如何在妄想的持續抽送中謹慎地求得倖免。有關泄精之後的不適感覺總是被誇大成可怕的症候，如身體困倦、骨節鬆懈、耳鳴、喉乾，種種有損健康的警告都強調了性活動的危險後果。

房中書的固精論在很大的程度上反映了男人的性恐懼。因為男人性能力的根本弱點在於，只要達到高潮，便急遽跌入低谷，一種機能上的自動終止不只中斷了快感的延續，而且要重新起動也頗為困難。在一夫多妻制的古代社會中，上自后妃充斥後宮的帝王，下至一妻一妾的士人，如何在眾多的女眷中普施雨露，往往使多妻者很傷腦筋。孔子說：「不孝有三，無後為大。」宗法制的家庭最重視子嗣的延續，廣置姬妾從理論上講本為繁衍後代，而非為了縱欲。因而對一個男人來說，輪番在他的妻妾中佈施性愛，實際上即在完成繁殖子嗣的使命。性愛的公平分配就是一種齊家的行動。漢儒鄭康成甚至本著這一精神為天子設計了在半個月內同一百多個女人睡覺的程式表，按照那個順序算下去，天子在十五天中的某些夜晚平均御女勢必達到九人次之多！要完成鄭康成的分配方案，其不堪設想的後果必如魏了翁所云：「雖金石之軀，不足支也！」[4]正是基於這一特定的歷史背景，高羅佩對中國古代的房中術給予了比較溫和的評價。

[4] 陳東原，《中國婦女生活史》，上海：上海書店，一九八四年，頁三五至三六。

他認為，「沒有這類書的指導，一個大家庭的家長很難應付眾多的女眷而不筋疲力竭。」他還認為房中術「對男人及其妻妾的健康至關重要的問題提出了總的說來是很明智的勸告」。[5]高羅佩也許說出了房中術在實際應用中可能起到的作用，但是，一個男人要保持旺盛的性能力，進而要過多地分配他的性愛，是否僅靠一種可操作的方法就能解決問題，則是很值得懷疑的。因為作為古代養生術的一個分支，房中術最初只著眼於保養，清心寡欲是它的根本原則，所以傳說中活了七百歲的彭祖被奉為房中術的祖師。一旦它的固精法被用來滿足一夫多妻制的實際需求，就不可避免地誘發更多的虛幻欲念。為了迎合世俗的癖好，漢代以後的房中書大多宣揚御女的神奇功效。諸如「九淺一深」之法等按神祕數位設計的機械活動，其節奏、頻率和路數都被規定得如同氣功或拳術的操練一般。尤其誘人的許諾是，連抽送的不同次數，深淺的不同程度，全都一一對應著對不同疾病的療效。這些療效是虛是實，最好留給醫學去研究，但在此至少可以肯定地說，性生活的健康還與情感和心理因素有關，而房中術所規定的一系列操作程序卻對一種任何方式也難以保證操作者獲得快感的活動只採取了純技術的處理。試想，當那些必須在女性性器官的什麼部位刺多少下，或在多麼深的地方停留多長時間才會有補益的告誡被一個人奉為床上的教條時，可能完成的做愛該何等彆扭！

應該承認，房中書有關陰陽相感和陰陽互補的理論明顯地肯定了人的自然欲求，尤其是泄欲導情的主張，最能代表中國古代非壓抑的性文化的特徵。如陶弘景《御女損益篇》指出，「凡男不可無女，女不可無男。若孤而思交接者，損人壽，生百病，鬼魅因之共交，失精而一當百。」[6]又如《玄女經》云：「陽

[5] 高羅佩，《中國古代房內考》，上海：上海人民出版社，一九九〇年，頁一五一、二〇二。

[6] 宋書功編著，《中國古代房室養生集要》，北京：中國醫藥科技出版社，一九九一年，頁二〇七。

得陰而化，陰得陽而通。一陰一陽，相須而行。故男感堅強，女動辟張，二氣交精，流液相通。」[7]前者指出了人的性欲得不到正常發洩的不良後果，後者則強調了男女在性生活中互相滿足和互相受益的意義。但必須指出，所有的房中書都立足於男性中心的立場，其理論方法的傳授對象也全為男人，其中有關女性性欲的論述並不屬於女性的特殊研究，所有針對女性性欲的論述均關係到是否對男人有益的問題。透過那些重視女性性反應和性高潮之類的告誡，我們不難看到房中術真正的目的在於「採陰補陽」。

作為一種供男人使用的性策略，房中術的全部理論建立在一個基本的假設上，即男人的性能力是脆弱的，易受損傷；而女性的性能力則得天獨厚，具有優勢。如何使脆弱的一方免受損傷，進而從得天獨厚的一方竊取優勢，構成了房中術為之努力的目標。按照《周易》的觀點，陽代表積極、進取的力量或趨勢，但它的剛健含有自我消解的缺陷，它一旦強盛到接近極端，很快就會轉向它的反面。所以《易・乾卦》云：「亢龍有悔，盈不可久也。」對陽道來說，一個倖免的哲學就是向陰道學習。陰被認為是至柔而又至剛的力量，但柔的取值並非目的本身，古代崇拜陰道的道家實際上只把它視為手段或一種有利的姿態。陰柔之所以受到重視，是因為它對陽可以起到調節和限制的作用。《老子》云：「知其雄，守其雌。」只有模仿陰柔的姿態，才能保持陽剛的勢力。如上所述，房中術對肉體採取了一種非道德化的生物學態度，所以在談到縱欲和缺乏控制能力的問題時，房中書很少從倫理的角度對其進行批評，其中的告誡基本上都著眼於一種不利的後果。這就是說，縱欲本為獲得更多的快感，但實際上它只會加速快感的喪失。加強自控能力的意義在於，要與對立面相持下去，就必須儘量發揮將其拖垮的耐力。

[7] 宋書功編著，《中國古代房室養生集要》，北京：中國醫藥科技出版社，一九九一年，頁一五三。

也許是看到了女性的性欲具有持續性的事實，房中術一般認為，女人的陰氣取之不盡，用之不竭，男人要維持陽氣的充盈，應學會從陰氣中索取補養的方法。按照房中書作者的想像，這種「氣」似乎就是一種物質存在，而且可以在性接觸中通過一定的方法從對方身上吸收過來。這就是古代方士一直向世俗兜售的「採補術」。在遠古時代，人們不明白性交的生理作用，妄將男女交媾與天地絪縕相比附，迷信生殖器的威力，把男女的精液視為珍寶。就其原始的巫術思維來看，所有這些妄念都有它自己的邏輯。但是當方士們把古人的幼稚想法神化為醫學的教條，並用以迎合世俗的貪欲時，就造成了妖言惑眾的影響。如果說固精的主張在最初還有其保養身體的意義，那麼到漢代以後，隨著固精的技巧被納入採補的目的，房中術便日益墮入性神祕主義的魔道了。儘管如某些現代的房中書研究者所言，房中書有關「五徵」、「五欲」和「十動」的記錄在準確性上達到了與現代性學的觀察差可比肩的水平。[8]必須看到，房中書記錄這些徵兆的目的並不在於加深對人類性活動的認知，而是為採陰補陽提供可以參照的經驗。因為房中書認為，女性的興奮程度密切地關係到她的陰氣被激發的程度，因而也準確地顯示了採補的火候。所有這些微妙的感受都被作為操作上的匠心點撥出來，都一再被說成是必須面授機宜的祕密。房中書往往把進行採補的一整套操作比擬為道士煉丹的過程，因而在房中書的文本中，女性的性器官也被比擬為煉丹的鼎爐，或者就把供採補的女人稱之為「鼎爐」。這一稱呼明顯地表現了房中書對女性的態度，即只把她視為必須絕對把握的肉體，一個有使用價值的容器。既然對女人的評價著眼於是否有用和能否控制，房中書大都用一定的篇幅討論了「鼎爐」的選擇。在此，女人被分為「好女」和「惡女」兩種對立的類型。這一區分的關鍵在於鑑別一個女人的外形和神態，看她在與男人的性交中可能使他受益還是受損。關於「好女」的長相，《玉

[8] 宋書功編著，《中國古代房室養生集要》，北京：中國醫藥科技出版社，一九九一年，頁一六〇。

房祕訣》描繪道：「須取少年未生乳，多肌肉，絲發小眼，眼睛白黑分明者，面體濡滑，言語音聲和調而下者，其四肢百節之骨皆欲令沒，肉多而骨不大者；其陰及腋下不欲令有毛，有毛當令細滑也。」[9]《素女經》也有類似的描繪：「入相女人，天性婉順，氣聲濡行，弱肌細骨，不長不短，不大不小，鑿孔居高，陰上無毛，多精液者；年五五以上，三十以還，未生產者。交接之時，精液流漾，身體動搖，不能自定，汗流四逋，隨人舉止。男子者，雖不行法，得此人由不為損。」[10]至於「惡女」，其特徵明顯與「好女」形成了強烈的對比：「蓬頭蠅面，槌項結喉，麥齒雄聲，大口高鼻，目精渾濁，口及頷有毫毛似鬢髮者，骨節高大，黃髮少肉，陰毛大而且強，又多逆生，與之交合，皆賊損人。」[11]從以上兩類女相的對比不難看出，房中書一面按照男人的偏愛誇大了男女性徵的基本差異，一面又對應於男人所好惡的對象編造醫學的教條，進而基於男人的幻想和恐懼制定了房中術的審美標準，以及一系列有關身體健康的許諾和威脅。自然並不是一個製造標準件的模子，無論是男人還是女人，其中總有一部分人生來就具有某些傾向於異性的顯著特徵，在一定的程度上，本無所謂正常與異常之分。女性的骨骼固然比男性細小一些，皮下脂肪也較男性豐腴幾分，但當「豐肉微骨」被偏愛地推崇為女性「正常的」性別特徵，並被提升為標準的女性美，以致成為男女共賞的理想形象時，「豐肉微骨」就成了強加在女人身上的變態。正是藉助這種強迫的觀念，男女在身體上的生理差異才逐漸被人為地突出成兩性的本質區別，並被推向極端。與那些被推到極端的女性特徵相比，女人的長相上凡表現出男性化特徵的標誌自然就顯得不太正常，乃至很畸形了。「惡女」的長相即根據這樣的尺度。粗大的骨骼是強有力的標誌，在男人的心目中，一個體格強壯的女人

9 宋書功編著，《中國古代房室養生集要》，北京：中國醫藥科技出版社，一九九一年，頁二三七。
10 宋書功編著，《中國古代房室養生集要》，北京：中國醫藥科技出版社，一九九一年，頁一七八。
11 宋書功編著，《中國古代房室養生集要》，北京：中國醫藥科技出版社，一九九一年，頁二三七。

顯然潛在著對抗性的力量。對於女人體毛過多的反感和神經過敏也源於同樣的動機。女權主義者認為，「毛髮好比獸皮，是一種獸性的標記，也表明了一種進攻性的特徵。男子蓄留毛髮是為了保持自己的競爭性和進攻性的本能，女子要去除體毛都是為了壓抑自己的各種本能衝動。」[12]在很多古代文學作品的性描寫中，對房中書所謂「陰上無毛」的反覆玩味正表現了男人的幻想和恐懼：希望女人以盡可能光潔的外表壓抑自己的本能衝動，而害怕她身上也長著同樣的獸性標記。此外，與西北方的異族相比，華夏人的體毛本來就比較稀少，從華夏中心論的觀點看，過多的體毛也代表了野蠻和邪惡的特徵。其實，諸如「大口高鼻」、「黃髮」、「骨節高大」等惡女的特徵，在很大程度上也是異族女性的特徵。古人認為，「非我族類，其心必異。」對古人來說， 個異族女人，或者一個相貌很像異族的女人，她的長相本身就足以構成某種威脅，因為她身上總含有不潔的東西或某種邪氣。至於「好女」的長相，房中書之所以強調其有益於男人身體健康的特徵，是因為成功的採補需要女人進行順從的配合。對年輕女子的偏好不僅說明房中書很重視女子身上的青春活力，而且說明它很欣賞女子身體發育的幼稚性。因為女子年齡越小，她的身體越有可塑性，也就越容易接受性操縱。越有希望被培養成為合適的「鼎爐」。然而，一個馴服的「鼎爐」能否保證採補的絕對成功呢？馴服並不意味著絲毫不存在顛覆的危險，房中書始終都很提防女人固有的性優勢。固精的努力有時會顯得十分被動，更為積極的防禦機制是對與之交歡的女人提高警惕，把她同時也當成交戰的敵手。在房中書中，成功的性交常常被理解為擊敗對方的勝利。更為確切地說，哪一方在性交中吸取了對方的元氣補充了自己的元氣，哪一方就算獲得了最後的勝利。因為不只男人在採陰補陽，女人也可能採陽補陰。《玉房祕訣》還以神話人物西王母為例，把她描述成一個專門在男人身上進行性榨取的人

12〔英〕格麗梅勒・格麗爾，《被閹割的女性》，楊正潤、江甯康譯，南京：江蘇人民出版社，一九九〇年，頁二九。

物，說她「一與男交，而男立病損」，而她卻由此獲益，臉色始終豔如桃花。按照利器不可假人的原則，房中書還要求掌握了房中術的男人把這一制勝之道牢牢攥在自己手中，就像一個劍客嚴守祕傳的絕招一樣，絕不可讓女人看破底細。所以在談到有關「鼎爐」的選擇時，房中書很欣賞年齡偏小，缺乏性經驗的女子。《玉房祕訣》明確地建議，要想成功地採補，最好選擇「不知道之女」。這樣，男人就更容易採取以逸待勞的戰術，一方面利用對方的力量，一方面節省自己的力量。或者說，將對方的元氣逐漸耗損的過程，也正是逐漸使自己的元氣得到補益的過程。正如劍俠小說的作者總是讓他的英雄一連擊敗很多敵手，房中書所鼓吹的戰績是盡可能多地御女。特別在漢代以後的房中書中，節房事的告誡越來越為「多御女」的誘勸所代替。因為按照新的理論，只要操作得法，多御女乃是大有補益的事情，而始終與同一個女人交媾，反而會耗損陽氣。縱欲和養生的衝突最終被方士們巧妙地消除了，兩者的統一甚至還被引向了成仙之道。連唐代著名的醫學家孫思邈也宣揚：「能御十二女而不復施瀉者令人不老，有美色。若御九十三女而自固者，年萬歲矣。」[13]像孫思邈這樣的名醫竟發此妄言，足見古人對房中術迷信的程度，也足見古代醫學摻雜的巫術成分之多。

房中術的末流固然與它的初衷相去甚遠，但我們不能不看到，自從房中術開始流行，它的主導精神便是成問題的。在一夫多妻制的古代家庭中，房中術的適當應用也許有可能協調夫婦的關係，但隨著方士們越來越神化它的養生功效，並以此趨勢媚俗，迎合世人的貪欲，各種各樣的縱欲享樂思想便在原始的性神祕主義中找到了滿足的捷徑。晉代的煉丹大師葛洪在《抱朴子內篇・微旨》中記載，方士們甚至蠱惑人心地宣揚：「房中之事，能盡其道者，可單行致神仙，並可以移災解罪，轉禍為福，居官高遷，商賈倍

[13] 宋書功編著，《中國古代房室養生集要》，北京：中國醫藥科技出版社，一九九一年，頁二一八。

利。」這些虛妄的許諾已完全墮落到原始人用性行為發揮巫術功能的水平上了。長期以來，人們對於性的奢求總是遠遠超出它可能給予的程度，房中術的末流就是把性濫用到荒誕地步的一種徒勞。其實早在房中術開始流行之時，一些明智之士就以理性的態度對它的謬誤提出了批評，從漢代的王充到明代很多著名的養生學家，他們有關房室養生的言論可謂構成了一種反巫術的傳統。如明人萬全的一段話便非常切中要害，就醫學的可能性和危害性揭露了方士的騙術：

今人好事者，以御女為長生之術，如九一采戰之法，謂之奪氣歸元，還精補腦。不知渾濁之氣，渣滓之精，其機已發，如蹶張之弩，孰能御之耶？已（泄）之精，且不能制，豈能採彼之精氣耶？或謂我神不動，以採彼之氣，不知從入之路何在也？因此而成淋病者有之。或謂我精欲出，閉而不泄，謂之黃河逆流，謂之牽轉白牛，不知停蓄之處為癰為腫者有之，非以養生，適宜害生也。[14]

三、祕戲的寫照

中國古代的性文學不但在立意上與房中術有密切的聯繫，其中的性描寫也多源於房中書內描繪性交狀態的文字。房中書實寫性交，目的本為提供示範，其性質僅限於點撥操作的技巧。所謂「素女為我師，儀態盈萬方」，被攤開在枕邊的此類圖書只是用來臨床作參照，刻畫得越具體，越詳盡，自然越便於使用。

[14] 宋書功編著，《中國古代房室養生集要》，北京：中國醫藥科技出版社，一九九一年，頁三七七。

從一些早期的房中書遺文不難看出，有關性交動作和體位的描述向來都是房中書的主要內容之一。

魏晉以降，房中術日益廣泛傳播，風氣所染，士大夫階層中也有一些人競相效仿。甚至像徐陵這樣著名的文士也在寫給友人的信中津津樂道自己對房中術的美妙體會。他說：「優遊俯仰，極素女之經文；升降盈虛，盡軒皇之圖藝。」徐陵的信至少說明，那些實踐房中術的人確實按照書中的示範來完成自己的房事。可以想像，隨著房中書在文人中擴大流傳，房中書的文字也可能變得更適合文人的趣味，為了提高它的可讀性，文人也可能親自潤色或改寫它的文本。這樣一來，房中書中有關性交動作說明的文字就有可能寫得更具體、更華麗，因而更有感染力。由於在房中書的語境中，性活動只被表現為機械的活動，詳盡的細節均被孤立地羅列在眼前，而所能引起的閱讀反應也只限於一種生理決定論的層次，因而所謂的性描寫並不涉及道德後果，更無情感和精神的因素，也與瞭解其他複雜的人生經驗無關。這正是它與文學作品中性描寫的本質區別。文學作品中並不完全迴避性描寫，但一般來說，文學作品中描寫性經驗，其目的在於表現人生經驗的複雜性，而且所描寫的內容應納入敘事情節的有機構成。從文學作品的構成上看，古代文學中常被出版者刪掉的某些色情描寫片段之所以受到指責，首先是因為這些段落在整個敘述中顯得游離和累贅，它們往往像戲臺上的噱頭，雖能使讀者在閱讀的中途暫時沉迷於所寫的情景，卻對作品主題的深化不會產生多麼有益的影響。就其與瞭解其他複雜的人生經驗無關這一性質而言，房中書內描繪性交狀態的文字便與文學中的色情描寫有了一定的相通之處，所不同者，前者所點撥的技巧旨在增強操作時的快感，而後者的渲染則挑動讀者的幻想，使他得到代替性的滿足。兩者均把性活動簡單地表現為肉欲的滿足和快感的享用。把兩種文字從各自的上下文中抽出來單獨比較，還可以看到，它們的措詞用語和描寫的重點都有不少相同之處，前者對後者起到了示範作用，後者也沿襲了前者很多基本的構件。需要進一步考察的是，隨著房中書內描繪性交狀態的文字寫得更具體更生動、更有可讀性，它在描寫上都顯示了哪些類似於文學作品的特徵。

作為一種寫作手法，描寫最常用於辭賦的鋪陳。《文心雕龍・詮賦》對賦所下的定義是：「賦者，鋪也，鋪采摛文，體物寫志也。」「體物」致力於描繪對象的外部特徵，它把事物的完整背景排除在外，只對局部的東西加以刻畫，企圖用文字製造一種圖畫般的逼真感。「鋪采摛文」則旨在製造豐富多彩的現場性，把一系列各自獨立的細節全羅列在眼前。在辭賦中常常可以看到，所謂繪聲繪色的描寫，很少來自對現實的獨特觀察，而更多出於對詞藻和誇飾的偏愛。一個對象本來只用幾筆白描就可以勾繪出它的特徵，若放在辭賦中描寫，則必用繁多的類比從各個方面形容一番，因為辭賦所具有的文學性就體現在這種刻意渲染的效果中。

房中書向來多出自方士之手，而方士的前身就是古代的巫醫，我們雖無充足的證據證明辭賦的起源與古代巫醫的關係，但從各種跡象都可以看出，巫術話語與辭賦的寫作在修辭上具有相似的特徵。兩者都力圖突出事物的具體性，都慣於用誇飾、比擬製造紛繁的幻象，都喜歡把對事物的描繪作為直接把握事物的一種形式。比如，對事物的指稱多代之以它特有的專稱，甚至用很多不同的名稱表示同一個事物，即儘量用具體的、表示特殊性質的辭彙代替只表示抽象概念的類名詞。在房中書中，像「男根」或「女陰」之類的類名詞便多被改換為「玉莖」和「玉門」這兩個專稱。「莖」和「門」顯然比擬兩種器官的實體形態，而起修飾作用的名詞「玉」字則表示兩者共同的性質。一般來說，在古代的巫術話語和後來的道教用語中，「玉」字具有包括「性」在內的多種神祕含義，稱男女性器官為「玉莖」和「玉門」，不僅具現了它們的形狀，而且在語感上富有神祕和藻飾的意味。可以在很大的程度上說，中國古代性文學的一大特徵就是自始至終的性器官戀，無論在房中書的文本中，還是在後世其他性描寫的文字中，描寫的焦距大體上都對準了這兩個器官，至於可能翻新的花樣，不過造出另外的名稱，以形成新的意象，再添一些側重不同的渲染而已。繁多的性描寫文字實際上就是這樣單調。

《洞玄子》據說是出於唐人之手的一篇房中書[15]，其中運用了大量的辭賦句式，文章的風格也比較華麗。從該書的引言可以看出，作者纂集此書的目的是為了補充前代房中書尚未寫盡的「機微」，因而在綜述舊說的基礎上，他還用更多的筆墨勾畫了「坐臥舒卷之形，偃伏開張之勢，側背前卻之法，出入深淺之規」。

在這些詳盡描繪性交狀態的文字中，對玉莖的描繪主要是突出它勃起的狀態，誇張它的挺拔之勢，如把它比為「孤峰」或「偃松」。對於玉門，則始終渲染它的深幽和潮濕，把它比作流出泉水的「幽谷」或「丹穴」。縱觀書中對玉門的眾多比擬，其構思似乎傾向於把它表現為一個通向神祕世界的入口。於是，對玉門之內各個解剖學的部位，房中書多採用了道教仙界中宮闕洞府的名稱，以致很多描寫性活動的句子又好像寫的是遊仙的旅程。對肉體的局部展示與山水風光的隱喻含混地排列在一起，顯與隱的相互作用構成了此類性描寫文字特有的肌質。

其次，有關性交動作的描寫則用了大量比擬式的排句，從不同的方面具現了玉莖的出入之勢。如比「或出或沒」為「擊波之群鷗」，比「深沖淺刺」為「大石之投海」，比「緩聳遲推」為「凍蛇之入窟」等等，翻來覆去，基本上都是極力具現插入的速度和力度。在這些窮形盡態的比擬中，人體的局部似乎變成了獨立的存在，描寫的目的就是不斷地把兩個器官的接觸比擬為自然界中其他表面上相似的景觀。在此，性類比的氾濫大有充斥宇宙之勢，幾乎天地間一切聳起和凹陷的形體都有可能被當成玉莖和玉門的化身。如像「其勢若割蚌而取明珠」，或「其勢若剖石而尋美玉」之類的比喻，顯然都是把男根想像成鋒利

[15] 宋書功編著，《中國古代房室養生集要》，北京：中國醫藥科技出版社，一九九一年，頁二四三至二五三。

的工具，把女陰想像成藏有珍寶的容器。這種虛張聲勢的比擬在描繪劍術、舞蹈和書法的詩文中也有類似的運用，其目的都是用繽紛多彩的景象製造令人驚歎的、眼花繚亂的閱讀效果。因此，儘量堆砌雜多的意象，以湊夠某種公式化的數目，似乎就成了進行鋪陳的程序。比如摹擬玉莖撞擊的剛勁之狀共分為「九」，而刻畫其出入的不可阻撓之勢則分為「六」。總之，詳盡羅列的細節顯然都被納入了預定的數目。

最後，對房中書通常都會提到的體位和動作，《洞玄子》首次作了全面的總結，一共歸納了「三十法」，並對每一法都「像其勢而建其名，假其形而建其號」。其中多數命名都參照了動物的活動，仍然突出了類比的原則，以至於名稱本身就生動地具現了它所指示的姿態。所有名稱的構思和措詞都令人聯想到古代的拳術家或氣功師對很多造型和套路的命名。這也說明，房中書的作者在某種程度上正是把祕戲當作床上的體操來看待的。因為「戲」字不僅指戲耍或狎昵，戲耍中本來就有幾分比賽的性質，它是半真半假的角鬥，它的規則和程序本身就設計了一方將另一方打敗的結局。

在出自敦煌手卷的〈天地陰陽交歡大樂賦〉中，局部的性描寫擴展成了性愛的全景圖。該賦的原本現存巴黎的敦煌藏品中，首先發表於羅振玉所編《敦煌石室遺書》，後又收入《雙梅影闇叢書》。[16]原題為「白行簡撰」。此文是否為白行簡所作，前人不無懷疑之辭，不管事實如何，似乎都不影響我們對該賦的理解，至少它的來源和行文已足以證明它確為唐人的作品，而且在當時是比較流行的通俗讀物。在每一個時代，對於某些可能引起道德嫌疑的作品，著作界似乎都習慣將它們歸在一個總代理人的名下，比如漢代人習慣將一些輕佻的賦派給宋玉，唐人所選的對象似乎就是白行簡。這到底是因為什麼，誰也說不清楚。

[16] 宋書功編著，《中國古代房室養生集要》，北京：中國醫藥科技出版社，一九九一年，頁二五四至二八二頁。

如上所述，《洞玄子》本屬於指導性實踐的手冊，其中大量羅列的性描寫旨在突出要點，加深閱讀的印象。它的形象描繪仍限於介紹房中術陳規的範圍內，其中並無挑逗情欲或代替性滿足的傾向。〈大樂賦〉則是一篇性愛的浮世繪，它充分發揮了賦體文章博大宏麗的長處，從性生活的各個方面詠歎了性愛的歡樂。司馬相如把賦的構成比為編織美麗的彩錦，他要求「賦家之心」應「包括宇宙，總覽人物」。按照司馬相如的創作原則，一篇賦的構思首先應以所賦的題目為中心，廣泛搜集與它相關的材料，再根據作者個人的偏愛把素材依次排列起來。每一篇賦的製作都類似於編纂有關該賦題目的類書或描寫詞典，應儘量顯示知識的淵博，展覽辭彙的豐富。因為在古人的審美意識中，「眾多」本來就是美感的特徵之一，多樣性和豐富性總是值得欣賞的。作為一種美文，賦的形式可謂集合了「多之為美」的各種因素。正是從上述原則出發，〈大樂賦〉廣泛彙集了有關男女交歡的題材，對婚內外性關係的各種表現形式，對男女一生中各個階段的性經歷，對上自帝王下至山野之民的性生活，全都作了淋漓盡致的描寫。作者旨在寫出一篇雅俗共賞的文章，有些段落甚至可被視為用文學語言改寫過的房中書普及讀本。其中既有優美的詩意片段，也穿插了不少遊戲筆墨，駢儷的句式與俚語俗字相混雜，華麗的風格與諧謔的調子相錯落，而始終貫穿於其中的主旋律則是對「大樂」——天地陰陽交歡之樂——的詠歎。

古人向來認為性欲是男女最自然的欲求，並把滿足性欲視為人生的一大樂事。從理論上講，禮教並不構成對性欲的壓抑，確立禮教就是要確保自然欲求的正當滿足。禮教僅限制淫亂的傾向，因為毫無節制地追求快樂，勢必對個人和社會帶來災難。婚姻就是一個有效的防範，它為性劃定了最終紮根的地方。這就是「發乎情，止乎禮義」的全部意義。只要自然的欲求既得到滿足，又受到限制，性活動便進入了宇宙和人生的和諧秩序。於是在〈大樂賦〉中，對應於這一存在的總秩序，一幕幕性愛之樂的場景依次被展現在讀者眼前。從少男少女身體發育上的新奇變化到青春期對異性的渴求，繼而及時地訂婚、成婚，直到新婚之夜初試雲雨情，早年的所有經歷全被納入了走向性愛之樂的過程。不同時代的性教育各有其獨特的表達方式，〈大樂賦〉實際上就是唐代的讀者當作性知識入門手冊去讀的東西。〈大樂賦〉的主體可分為兩大部分：前者詳細描寫婚內性生活的各個場景，作者基本上用欣賞的語調強調了房中術的成規和教導。後者則對婚外性關係和異常性行為的各種表現作了掠影式的勾繪，對於其中某些為房中書所否定的作法，作者常常採取了漫畫式的處理。在這篇渲染性愛之樂的作品中，作者並沒有忘記貫徹「風天下而正夫婦」的原則，因而在關於婚內性生活的描寫中，夫婦關係自然被置於首位，特別是在蜜月生活的描寫中，作者還有意突出了房中書的指導作用。如云：

> 或高樓月夜，或閒窗早春，讀素女之經，看隱側之鋪。立障圓施，倚枕橫布。……用房中之術，行九淺而一深，待十候而方畢。既恣情而乍疾乍徐，亦下顧而看出看入。

與描寫性愛之樂的文字頗有不同，在描寫男子與眾姬妾性交的段落中，作者的行文換為比較輕佻的口吻。其中特別強調了為增強快感而變換的做愛花樣，以及如何用固精法採陰補陽。如云：

> 乃於明窗之下，白晝遷延，裙褲盡脫，花鈿皆弃。且撫拍以抱坐，漸瞢頓而放眠。含嬭嗍舌，抬腰束膝。龍蜿轉，蠶纏綿，眼瞢瞪，足蹁躚。鷹視須深，乃掀腳而細觀。鶻床徒窄，方側臥而斜穿。上下捫摸，縱橫把握，姐姐哥哥，交相惹諾。或向尻逼，或令口嗍。既臨床而伏揮，又騎肚而倒踔。……回精禁液，吸氣咽津。是學道之全性，圖保壽以延神。

從以上的片段可以看出，〈大樂賦〉中描寫性交過程的文字基本上遵循了《洞玄子》等書所設計的模式：從脫衣到親昵的撫摸，到羅列各種動作和姿勢，到渲染興奮時的聲容情態，直到高潮和結束。如果說《洞玄子》中的文字僅僅給試圖實踐房中術的男女提供了一幅用語言描繪的示意圖，那麼〈大樂賦〉則由於充分發揮了語言的魅力，而把示意圖描繪到了繪聲繪色的地步，以至於祕戲成為可寫可賞的題目。眾所周知，賦體文章的特徵是從「詠」的趣味出發的，任何事物和景象都可以作為被詠的對象，寫作的目的只在於「情必極貌以寫物，辭必窮力而追新」，因而作者只致力於把所詠的題目表現為適應自己主觀嗜好的對象。上自天子的宮苑，下至一草一木，全都可以分門別類納入詠歎的視野，從而顯示作者對某一事類的豐富知識和雕鏤形似的能力。正是基於這一固有的創作宗旨，如何詳盡地展示性愛的各個方面，如何把祕戲的每個細節逼真地再現出來，如何通過這一切突出天地陰陽交歡的大樂，就成了作者的主旨。值得注意的是，賦中性交場面的描寫基本上是從男性的視角出發的，作者向我們提供的畫面多為男方眼中看到的場景，如寫女方如何脫去衣服，肌膚如何白膩，如何作出興奮的反應，乃至強調陰道分泌物的潮濕，所發出的聲音如何刺激，所有這些重點都成為後世色情小說中的性描寫反覆使用的基本構件。

在接下來的一段中，作者用《子夜四時歌》的歡快調子鋪陳了不同季節的閨房行樂圖。在中國古代的「天人合一」的宇宙觀中，男女交歡始終被想像為對自然的模仿和反應。因此，性生活的節奏不僅應隨著季節、氣候、景物的變換而加以調整，同時這一變換著的背景也構成了與那一活動相適應的環境。每一個季節都有獨特的風光，同時也有與之相映成趣的室內佈置，以及在這樣美好的環境中適宜行樂的情景。其中特別突出了富貴人家的居室雅趣和在不同的季節中行樂的獨特詩意。如春季的行樂是：「鶯囀林而相對，燕接翼而相兼。羅幌朝卷，爐香暮添。佯羞偃僊，忍思醃酫。枕上交頭，含朱唇之詫詫；花間接步，握素手之纖纖。」夏季的行樂是：「廣院深房，紅幃翠帳。籠日影於窗前，透花光於簟上。……妝薄衣輕，笑迎歡送。執紈扇而共搖，折花枝而對弄。」秋季的行樂是：「弦調鳳曲，綿織鴛紋。透簾光而皎晶，散香氣之氤氳。此時也，夫憐婦愛，不若奉倩於文君。」冬季的行樂是：「淥酒同傾，有春光之灼灼；紅爐壓膝，無寒色之淒淒。顏如半笑，眉似含啼。……在一坐之徘徊，何慚往燕？當重衾之繾綣，惟恨鳴雞。」作者在最後指出，只要夫婦之間能切實地貫徹房中書的教導，這樣的行樂就能隨著四季的變化周而復始，一直延長到他們衰老的時候。

〈大樂賦〉的後半部分可分兩個層次，首先鋪敘各種婚外的性關係，其次是用嘲笑的口吻寫那些作者認為十分醜陋的性行為。由於性欲的滿足被認為是人生的大樂，自然它的匱乏就成了難堪的苦惱。作者首先從鰥居和旅居的男子寫起，寫他們獨處房室的寂寞，寫他們在男女大防的隔阻下如何備受情欲的煎熬，如何魂牽夢繞，企圖接近女性。接下來鋪敘了三種性場面。一個場面寫放蕩男子深夜潛入陌生女子的房屋偷香竊玉。我們看到了一些從生活的上下文中剪輯起來的片段畫面，其中並不涉及道德的問題，而只關心快感的享用。因此，描寫的焦點只集中於只體的行動，寫男子冒險求歡的過程，寫他的緊張心情，寫他手忙腳亂的舉動。而對被偷襲的女子，則寫她們如何成了男人的獵物，並以戲謔的口吻列舉了各種不同的反應：「未嫁者失聲如驚起，已嫁者佯睡而不防，有婿者詐嗔而受敵，不同者違拒而改常。」另一個場面寫男女倉促間在戶外的苟合，還有一個場面寫欠缺房事的男子在婢女身上尋求發洩。在以上三個場面的描寫中，作者顯然把性欲表現為類似於食欲的要求，所謂的「大樂」就是滿足這一要求的快感。尋求滿足的衝動似乎滲透了生活的各個角落，只要失去了婚內性生活的保養，一個人隨時隨地都有可能做出饑不擇食的行動。從房中術的角度講，這種片刻的交歡無疑是有損於男人的健康的。因此，作者緊接著以〈登徒子好色賦〉的誇張口吻描寫了醜女，她們的長相正是房中書反覆告誡男人不宜選作「鼎爐」的惡女所具有的特徵。最後，譏笑和嘲弄的對象還有佛寺中僧尼之間的非法性關係，宮廷內帝王與孌臣的同性戀關係，以及山野間的農民之間的性關係。全文到此終止，手卷顯然有殘缺，不過也已寫到該曲終奏雅的部分了。

最後，對於某些描繪或詠歎祕戲圖的文字，也有必要在此作一簡略的評介。早在張衡的作品中，已發現兩處有關祕戲圖的記載。如〈同聲歌〉云：「衣解巾粉禦，列圖陳枕張。」〈七辯〉云：「假明蘭燈，指圖陳列。」因此高羅佩認為，在張衡時代，流行的房中書一般都「附有表現性交姿勢的插圖」。[17]這些插圖就是後世所說的祕戲圖或春宮畫。隨著祕戲圖日益由示意性的插圖發展成獨立的、供人私下玩賞的藝術品，它的色情成分便明顯增加，而且作為珍貴的收藏品，收藏家也像題跋其他繪畫作品一樣，用文字描述某些祕戲圖的內容。比如，明代藝術家張醜便對唐代名畫家周昉的《春宵祕戲圖》作了詳盡的描述。他顯然醉心於用文字和畫筆競勝，企圖把畫上美人的面貌和裸體逼真地再現出來：

> 傳聞昉畫畫婦女多為豐肌秀骨，不作纖纖娉婷之形。今圖中所貌，目波澄鮮，眉嫵連卷，朱唇皓齒，修耳懸鼻，輔靨頤頷，位置均適，且肌理膩潔，築脂刻玉，陰溝渥丹，火齊欲吐，抑何態穠意遠也。[18]

值得注意的是：以上一段中，自「目波澄鮮」以下各句全部與張醜的同時代人物楊慎偽造的漢《雜事祕辛》中寫裸體的一段文字相同。我們很難確定兩者之間誰抄襲了誰，但這至少說明，此類描寫祕戲的文字基本上沿襲了一種滿足文人主觀嗜好的描寫程式。

---

17 高羅佩，《中國古代房內考》，上海：上海人民出版社，一九九〇年，頁一一〇頁。

18 高羅佩，《中國古代房內考》，上海：上海人民出版社，一九九〇年，頁二六三。

明代中期以後，在江南還出現了一批商品性質的木刻版春宮畫冊。據高羅佩的介紹，「這些畫冊的形式基本上都是一樣的，它們都是用長條的紙作旋風狀折疊，每一折頁的尺寸約為十英寸見方。畫冊通常有一個帶花紋裝飾的封面，然後是序，然後才是套版畫。每幅畫對折的半頁上都附詩一首，往往繕寫精良。」[19]我們僅有的根據是高羅佩《祕戲圖考》中冊《祕書十種》卷下所收的明末春冊題辭，從這些描寫祕戲的文字可以看出，其作者已完全背離早期房中書的教導，而純粹沉溺於用華麗的詞藻裝飾起來的淫邪想像了。

這是一夥饜足了風月繁華的末世文人，他們已經喪失了〈大樂賦〉的作者公開歌頌性愛之樂的熱情和豪興，因此選擇了一種躲躲閃閃的色情描寫方式，只敢用拐彎抹角的比喻來暗示各種可以意會到的性場面，把常見的、詠歎風花雪月的成句改寫成淫穢的文字，根據個人的主觀嗜好任意玷污花草，意淫器物，把隨便什麼富有詩意的客觀對象全都歪曲成與他們的單調想像相關聯的東西。在他們的筆下，一切挺然翹然的物件全被比為陽具，而嬌嫩的花朵則毫無例外地被想像為陰戶。前者在字面上被描繪為「孤葦」、「玉柄」、「金針」、「紫竹」、「戈戟」、「寶鑰」、「鳳簫」……後者在字面上被描繪為「扁舟」、「巫峽」、「牡丹」、「紅蓮」、「花房」、「海棠」……所有這些旁敲側擊的成句和約定俗成的辭彙都被廣泛應用於各類文學作品中間接的性描寫，甚至被用於現代電影中表現性場景的含蓄畫面，從而產生一種言在於此，而意在於彼的效果，使人不會立刻在想像中看到實際發生的事情，卻能領會到其中的意味。在《花營錦陣》的序言中，從頭到尾甚至全為四書和五經中的成句拼湊而成，但這些從原書的上下文中抽出來的成句一旦組成了新的文本，每一句似乎都別添了淫邪的含義。這種摘取經典名句的情色拼湊正是厭

[19] 高羅佩，《中國古代房內考》，上海：上海人民出版社，一九九〇年，頁四二三。

煩了八股文的無聊文人所搞的文字遊戲，也有些類似今天所說的「惡搞」。在《鴛鴦祕譜》的小引中，作者還提出了所謂「導欲以懲欲」的理論，似乎一味沉溺在肉欲的玩味中也是一種參禪的妙道。我們不難從此類自我放縱的讕言聯想到採補成仙的妄想，後者把性愛之樂的享用導向各種人生貪欲的滿足，前者則用華麗的文字構造一個充斥著男女性器官及其相互作用的詩意世界，中國古代的性文學自始至終都在反覆敷演這兩方面的內容。

第二章

紅顏禍水

大凡天之所命尤物也，不妖其身，必妖於人。

——元稹《鶯鶯傳》

一、尤物

「尤物」本指珍奇之物，用於貶義時，特指美豔而惹禍的女人。人而被稱為物，又被另眼看待，名稱本身就在這類女人與正常的婦女群之間劃清了界線，因而在婦女內部，尤物向來都是被嫉妒和攻擊的對象。她們是禮教確立之後仍沿習上古淫風的女巫，是從被征服的異國俘獲回來的戰利品，她們踐踏婦德，使出身高貴的婦女受到威脅，她們單憑美色和媚術贏得男人的寵愛，她們最終都使男人受到了致命的誘惑。因此，那些以賢妻良母自居的婦女把她們視為異類，並把種種災難都歸罪在她們頭上。

叔向之母就是這樣的「賢婦人」。她的丈夫羊舌大夫的妾很漂亮，她嫉妒這個尤物，阻止丈夫與妾同房。但在兒子面前，她卻把自己的醋意說成是對兒子的關懷。她說：「深山大澤，實生龍蛇。彼美，余懼其生龍蛇以禍女（汝）。」（《左傳》襄公二十一年）在叔向之母的心目中，妾不只對她構成威脅，妾的危險性還在於，所生下的孩子也是敗家的禍根。後來她的話果然應驗，妾所生的孩子名為叔虎，叔虎長大後給羊舌氏帶來了災難。《左傳》一書中充滿了此類紀錄，大都是先有一個預言性的警告，後來便發生與之相符的災難。多年以後，又是這位明智的「賢母」，以同樣的邏輯出面干涉兒子的婚事。原來她打算在自己娘家給兒子挑一個媳婦，但兒子要娶申公巫臣的女兒。此女的母親就是春秋史上臭名昭著的夏姬，於是叔向之母再次用威脅的論調表白了她反對的理由。這一段話記載在《左傳》昭公二十八年的傳文中，現抄錄如下：

子靈之妻，殺三夫、一君、一子，而亡一國、兩卿矣，可無懲乎！吾聞之，甚美必有甚惡，是鄭穆少妃姚子之子，子貉之妹也。子貉早死無後，而天鍾美於是，將必以是有大敗也。昔有仍氏生女，黰黑而甚美，光可以鑑，名曰玄妻。樂正后夔取（娶）之。生伯封，實有豕心。貪惏（婪）無厭，忿纇（戾）無期，謂之封豕。有窮后羿滅之，夔以是不祀。且三代之亡，共子之廢，皆是物也。女（汝）何以為哉？夫有尤物，足以移人，苟非德義，則必有禍。

叔向之母可謂先秦最激烈的「女禍論」者，她顯然警告兒子，女人有貌，即是無德，甚至貌越美，越不祥，連生下的孩子都是災難性的人物。在古代史書和文學作品中，大量否定性的美人形象都體現了這種尤物的危害性，她們扮演著誘惑者的角色，她們的魅力被描繪成一種妖異的現象，她們成了矛盾的混合體，其中既有男人對女人的色情幻想，也有男人對女人的原始恐懼。

讓我們先從上文提到的夏姬說起。夏姬是鄭穆公的女兒，陳國王室夏禦叔的妻子。鄭為姬姓，夏是禦叔之氏，故稱夏姬。她與禦叔生子征舒，禦叔死後，孀居於夏氏的領地株林。《左傳》中並無一字描繪她的美貌，也沒有正面展示她的淫行，但從圍繞著她發生的一連串事件可以看出，她的確是春秋時代一個典型的禍水人物。在討論她的歷史的或文學的形象之前，我們首先有必要對當時所謂的淫行作一點簡要的說明。在中國歷史上，周代處於禮教初步形成的時期，當時的男女大防遠不如後世嚴格，同時婚內外的性關係中仍殘留著很多遠古的遺風。諸如鄭衛的桑中之會，晉國的同姓通婚，齊國的長女不嫁，各種不合禮教的淫亂行為往往都與特殊的地域文化和尚未完全革除的舊習有一定的聯繫。從《左傳》的記載可以看出，王室公卿中的越禮行為幾乎在每一個國家都時有發生。先秦的史官顯然並無後世的文人豔傳風流韻事的趣味，很多宮廷醜聞常常是涉及政治動亂時才被記載下來，對淫行的指責基本上也是為了提供歷史的教訓。

因此，對性問題的關注，更多的是基於對政治危機的擔憂，而非純粹出於道德的厭惡。《左傳》正是通過叔向之母的言論強調了尤物的政治危害，她的話不僅代表了當時流行的女性觀，也反映了一種維護家族利益的性觀念。因為對醜聞的記載目的在於存殷鑑，作者只著眼於淫行與政治動亂的因果關係，他並沒有必要詳細描寫淫行的細節。

《左傳》的記載告訴我們，陳靈公和他的大夫孔寧、儀行父都與夏姬通淫，有一次，君臣三人竟然都穿上夏姬的貼身內衣——這顯然是夏姬作為性愛的表示送給他們的禮物——在朝廷上戲鬧。對於這樣不成體統的醜行，也許不能只簡單地貶之為所謂「統治階級的荒淫無恥」，它顯然還反映了陳國境內男女關係十分混亂的風俗。陳國一直是一個巫風盛行的國家，在古代社會中，巫風的盛行多與淫風的盛行同時並存，因為在那種酣歌恆舞事鬼神的風氣中，其成員的禮教意識一般都比較淡薄。正如《漢書・地理志》所云：「陳本太昊之虛，周武王封舜後媯滿於陳，是為胡公，妻以元女大姬。婦人尊貴，好祭祀，用史巫，故其俗巫鬼。」鄭玄《詩譜》亦云：「大姬無子，好巫覡禱祈鬼神歌舞之樂，民俗化之。」從種種跡象都可以看出，先秦時代所指責的淫亂多涉及與巫風相關的越禮行為，它與後世所關注的個人道德問題並不完全是一回事。值得我們注意的是，在巫風盛行的地方，婦女不僅在性關係中有更多的自由，而且有較高的地位，因而靈公君臣三人與夏姬這樣的尤物通淫，就他們的自我感覺而言，也許並不以此為恥，反而引以為榮。《陳風・株林》一般都認為是國人刺靈公的歌謠，《毛詩》序〈株林〉云：「刺靈公也。淫於夏姬，驅馳而往，朝夕不休息焉。」然而「三百篇」中是否有那麼多漢儒所謂的「刺詩」，首先是一個值得懷疑的問題。如果考慮到陳國當時的風氣和靈公君臣的上述表現，也可從另一個角度讀解這首詩，比如說把它假定為這三個性夥伴的互相調侃之作。以下是〈株林〉原文：

胡為乎株林，從夏南。匪適株林，從夏南。
駕我乘馬，說於株野。乘我乘駒，朝食於株。

夏徵舒字子南，故稱夏南，古代婦人夫死從子，詩中所說的「從夏南」，實際上是指從夏姬。我們甚至可以把首章想像成君臣三人乘車前往株林途中一段對話的剪輯。兩個大夫問靈公：「到株林去幹什麼？」靈公說：「去找夏南。」他們接著說：「不是要去株林，是去找夏南。」二章也可以被想像成他們的合唱：「趕起我的馬兒，到株林外停車。趕起我的馬兒，去株林朝食。」「朝食」顯然是一個富有性意味的隱語，它在這裡代指通淫。[1]

據《左傳》記載，魯成公十年，靈公三人在夏姬家聚會，他們在席間竟當著徵舒的面又開起性玩笑。靈公對儀行父說：「徵舒很像你。」行父附和道：「他也像陛下。」徵舒當下大怒，隨後在馬棚外射死了靈公，兩個大夫逃往楚國。陳國發生內亂，次年楚國入侵，殺死徵舒，虜去夏姬。從此，這個被虜的淫婦成為眾多男人爭奪的戰利品。先是楚莊王本人準備佔有她，早已對她打主意的申公巫臣力諫莊王，莊王勉強放棄原來的打算。接著子反又站出來競爭，巫臣再次阻止。最後莊王把她賞給連尹襄老。襄老不久出征晉國，死於戰場，其子黑要在家已與她通淫。巫臣終於等到了機會，其時夏姬前往鄭國去迎襄老的屍體，巫臣趁機舉家奔鄭，在鄭與夏姬成婚，二人便去晉國定居。叔向後來娶回的新娘即二人奔晉後所生的女兒，而此時巫臣也死去多年，只有夏姬一人依然健在。所以叔向之母說她克了三個丈夫，還連累了很多其他男人，甚至把她哥哥的早亡也算在了她的賬上。

---

[1] 聞一多，《神話與詩》，古籍出版社，一九五七年，頁八三至八五。

上述的事實顯然說明，像夏姬這樣「公侯爭之，莫不迷惑失意」的女人，其不祥的本質即在於，她會使與她發生關係的男人倒楣或死亡。父權制的性別策略向來對男女各施行兩種不同的標準，按照男尊女卑的原則，凡在男子身上都被欣然認可的事情，在女人身上就成被禁止的事情。如上所述，房中術是為一夫多妻制服務的性技術，因而它從養生學的角度肯定了男人多御女的益處，而對女人與更多的男人性交，則認為是有損於男人的事情。所以對男人來說，最大的性恐懼莫過於接觸性能力超常的女人。《易・姤》的卦辭即明確指出，「女壯，勿用取（娶）女。」這裡所說的「壯」不只指女人身體強壯，也強調了她的性能力過於旺盛。王弼注此句云：「一女而遇五男為壯，甚至，故戒之曰：此婦壯甚，勿用娶此女也。」夏姬的妖異色彩正體現了這種「壯」的特徵。從她那接二連三的婚姻關係和漫長的性史，我們不難想像，直至人到中年，甚至進入老年，她仍保持著旺盛的活力和青春的魅力。她的形象很容易令人聯想到房中書所說的西王母，西王母善於採陽補陰，她「一與男交而男立損」，而她卻長保青春，容顏如桃花。按照房中書的邏輯，人們自然有理由把夏姬超常的性能力與某種神祕的道術聯繫在一起。更何況她生活在巫風盛行的陳國，巫風始終都具有對抗禮教的因素，而且巫風向來都被認為是滋生尤物型女人的土壤。於是，很多有關夏姬的傳說都把她描繪成一個有道術的女人。如《列女傳》云：「夏姬得道，雞皮三少，善彭老交接之術。」郭璞《山海經圖贊》云：「夏姬是豔，厥媚三還。」可見在古人的心目中，尤物型的女人不僅是破國亡家的禍根，而且對男人具有致命的性威脅。

晚出的《東周列國志》和《株林野史》便承襲了這一主旨，重寫了性禁忌時代的夏姬的故事。[2]特別是後者，為了在原有的故事框架中填入大量的性描寫，便胡編亂造了一系列荒誕離奇的情節，原有的歷史

---

[2] 參看馮夢龍、蔡元放編，《東周列國志》第五十二回、五十三回和五十七回，北京：人民文學出版社，一九七八年。《株林野史》，原書未見，參看安平秋主編，《中國禁書大觀》，上海文化出版社，一九九〇年，頁五四六至五四

傳聞實際上只被作者當作便於渲染淫穢筆墨的依據。夏姬的名字被改成素娥，作者顯然要把她寫成一個文學化了的素女，因而一開始就虛構了素娥夢中遇神人傳授房中術的情節。此後她便像一個學成劍術下山雲遊的女英雄，將與她交手的男人全打得落花流水。

英國作家霍普金斯（G. M. Hopkings）曾語義雙關地把作家手中的筆（pen）比為陰莖（penis），針對他的文字遊戲，女權主義者大發誅心之論。她們認為，霍普金斯的俏皮話「並不僅僅是比擬的說法，也可以說男性的性欲就是他的文學創作的原動力。我們甚至可以撇開比喻的說法，徑直就把他手中的筆視為陰莖」。[3]在此，自然也可以從這一角度來看這位「癡道人」的創作動機。古代文學中有一個慣例，凡是史書中作為反面教材的女性，也是文學作品最常用來渲染色情幻想的材料。因此，夏姬的豔魂歷經千載而不衰，作為一個典型的尤物，她成了色情文學中通用的符號。癡道人在大肆描寫靈公、巫臣等人宣淫的場景之同時，實際上也用他手中的筆介入了想像中的通淫。通過一幕幕招徠讀者的色情描寫，作者本人正好在文本的意義上加入了巫臣一夥人的獵豔活動。他當然不會受到死亡的威脅，因為他用來滿足欲望的東西僅僅是一支筆。

二、媚術

「媚」有取悅和美好兩個意思。在古代它並不特別用於討好、巴結之類的貶義。因為人類最早取悅的對象就是神靈，所謂「媚於灶」或「媚於奧」，通過不同的儀式祈求賜福消災，那種取悅的態度其實是相

八。另見高羅佩，《中國古代房內考》，上海：上海人民出版社，一九九〇年，頁四一一至四一二。

[3] S. M. Gilbert & S. Gubar, The Mad woman in the Attic, Yale University Press, New Haven, 1979，pp.3-4.

當嚴肅的。比如原始人相信，向神靈獻祭，就能得到神靈的保佑，這種效應即所謂的巫術作用。第二個取悅的對象是異性，在遠古時期，巫術也被用作男女之間的求愛手段，我們可以把這種巫術稱為求愛巫術。求愛巫術可分為兩種，一種是佩戴某些可以媚人的花草吸引異性；另一種是利用詛咒情敵的方法奪取異性的愛。後者即古人所說的「媚道」，在歷代帝王的後宮中，這是爭寵的后妃們常用來對付其他競爭者的陰險手段。媚道也叫巫蠱之術或厭勝術。如漢武帝陳皇后為奪寵而使女巫楚服運用厭勝術，唐高宗王皇后與蕭妃用厭勝術詛咒武媚娘，諸如此類的媚道大致都類似於《紅樓夢》中趙姨娘讓馬道婆謀害鳳姐和寶玉的妖術。由於古人相信媚道一般都會使被害者喪命，所以其罪惡的性質無異於提刀殺人，在歷代宮廷中它一直被視為極其嚴重的罪行。從史書上的記載可以看到，只要這種鬼蜮伎倆被揭發出來，施術的后妃無不立即失寵，被皇帝打入冷宮。可悲的是，儘管血淋淋的教訓史不絕書，一心想奪寵的宮廷婦女們依然把進身的希望寄予這種危險的遊戲，以下要提到的許皇后就是一個失敗者。

許皇后是平恩侯許嘉之女，原為太子劉驁的王妃，太子登上皇帝的寶座，她隨即被立為皇后。許皇后為漢成帝生下一兒一女，不幸接連夭亡，隨著許家的靠山王鳳失勢，許皇后也逐漸失寵。在皇帝的後宮中，失寵者的下沉總是伴隨著得寵者的上升。為了固寵，許皇后也用媚道詛咒後宮懷孕的妃子，事發之後，她因罪被廢去皇后。後來她再作掙扎，終於落了個「賜藥自盡」的下場。

許皇后已往矣，更令人感興趣的事件是，由於她的廢退，兩個來自底層的女人得到了一步登天的機會。她們就是歷史上有名的趙飛燕姊妹。據《漢書・外戚傳》所記，趙飛燕原為陽阿公主家舞伎，因體輕善舞，人稱飛燕。一次成帝微行公主家中，在舞筵上看中飛燕，隨即將她召入宮中。她入宮後極得成帝寵愛，緊接著其妹也入宮侍奉成帝。後許皇后被廢，遂立飛燕為后，其妹也立為昭儀。班固並沒有破費筆墨描寫飛燕姊妹的美貌和她們邀寵的藝術，在《漢書・外戚傳》中，他主要突出了昭儀殺害皇帝後宮子嗣的罪行。飛燕姊妹的最後結局也是被迫自殺，就史書所載的事實而論，她們是非常惡毒的女人，但從後世歌詠她們的詩文中可以看出，文人們最感興趣的東西卻並非她們的罪惡形象，而是她們的媚態和媚術。為了區別於以上所說的媚道，在以下所討論的內容中，我將用「媚術」一詞特指一種女人取悅男人的藝術。它也製造吸引力，但不再憑藉原始的巫術作用，而是用色情的魅力吸引男人。工於媚術的女人明白，更為有效的邀寵手段是，既要使自己的身上處處都很迷人，還要使自己的神情和舉止時時都顯得可愛，進而迎合男人的特殊嗜好，並不斷給他製造新的需求，而非僅僅依靠自己天生的麗質，或一味用媚道詛咒其他的得寵者。在中國的第一篇色情小說《飛燕外傳》（又名《趙飛燕外傳》）中，有很多誘人的細節和微妙的情景都涉及這些有趣的問題。

《飛燕外傳》舊本題漢伶玄撰。伶玄是一個不見經傳的人物，《全漢文》卷五六收有他為該傳所寫的自序一篇，我們僅可依據這篇未必完全可信的序文來辨析一些涉及該傳創作的真偽問題。作者自稱他是潞水人，官至淮南相，由於任職河東都尉時得罪了班彪的從父，班彪沒有把他收入自己所編的史書中。在古代社會中，小說向來被視為「街談巷語，道聽塗說者」所傳播的東西，它始終被排斥在主流文化之外。與很多創作小說的文人處境極為相似，伶玄也是一個在文化上處於邊緣地位的文人，不管序文所說的其人其事有多大的可信性，我們至少可以相信，《外傳》的作者正是一個具有類似處境的文人。序文還向後世提供了另一個有價值的資訊，即這篇小說的素材來源。作者自述，他退休之後，「買妾樊通德。通德，嫕之弟子，不周之子也。有才色，知書，慕司馬遷《史記》，頗能言趙飛燕姊弟故事。」這裡所說的樊嫕，就是《外傳》中作為一個見證者時時出現在飛燕姊妹身邊的人物，作者強調其妾樊通德是樊嫕弟子不周的女兒，顯然是為了說明傳中所記故事的可信性。一般來說，這是古代很多以歷史遺聞為題材的小說慣用的手法，我們只能對它持姑妄聽之的態度。但作者所強調的事實至少令人相信，《外傳》中的故事絕非完全出於作者的憑空揑造，其中有一些細節肯定源於一種非官方的傳播渠道，《外傳》只是一篇對此類傳聞進行了藝術加工的作品。比如在《西京雜記》中就有不少有關飛燕姊妹的類似軼事，可見從漢代到魏晉南北朝這一段時間內，早已有各種有關飛燕姊妹的傳說流播於文人之間，現在雖無充足的證據確定《外傳》作於這一時期的哪一個年代，但即使它的作者不是序文中所說的伶玄，我們也有理由認為，其故事的主體已在這一段時期內逐步形成。因此，斷定它是漢代的作品或出於唐人之手，對理解小說的內容似乎並無多大的意義，像《飛燕外傳》這樣的小說，弄清它形成的背景也許比考證其作者的傳記更有價值。

在唐代以前的書籍中，「小說」一詞的概念極為寬泛而含混，它實際上是一個綜合性的文體歸類，而非特指一種獨特的文學樣式。這些記敘體的叢雜短文或混雜於史書之中，或與史書並行流傳，有時也被稱為野史小說。它在最初與史書的關係倒比較接近，實際上其中的不少雜記瑣語並無多少文學性可言。因此，提起唐代以前的小說，我們應該儘量縮小關注的範圍，從文學的角度看，也只能把某些記載野史遺聞、人物逸事和神怪傳說的作品視為小說。[4]這三種小說雖各有側重，但三者之間也互有關聯，就某些具體的作品而言，三種成分有時也可能交織滲透於其中，因為三者的內容都屬於被正史排斥在外的領域。正史重視事實和可信性，像司馬遷這樣確立了「史學」原則的史官，他對「其語不經見，縉紳者不道」的事情一般都採取闕疑的態度，他所轉述的內容大都涉及著名的歷史事件和歷史人物，至於純趣味性的荒唐無稽之談，他基本上都不予記載。野史、逸聞和志怪最感興趣的正是這些正史棄而不錄的材料。

「野」是相對於朝廷而言的，它代表了一種非官方的趣味。正史有其明確的政治傾向和嚴守的道德標準，野史則對主流文化懷有置身局外的好奇心。在野者沒有自己的故事，於是便從宮闈祕史中挖掘供他們

[4] 三種分類乃用李劍國之說，參看其所著《唐前志怪小說史》，天津：南開大學出版社，一九八四年，頁一——二三。

講述故事的材料，很多官方所忌諱，而在當時有違礙的事情，恰恰就是後來的野史最樂於傳播的遺聞。因而對於同一件史實，記載上的詳略，所關注的方面和評價的態度，野史與正史就有很大的不同。在《漢書‧成帝紀》中，大量的篇幅幾乎全出成帝所下的詔書組成，對於他的後宮生活，書中僅淡淡寫道：「然湛（耽）於酒色，趙氏內亂，外家擅朝，言之可為於邑。」《外戚傳》則用大量篇幅公佈了昭儀殺害後宮子的罪行，其中一段最冗長的記敘顯然是有關此案的審問紀錄。可見正史在很大程度上是官方檔案和文獻的彙編，它很少向後世提供社會生活的生動寫照。在《飛燕外傳》中卻可以看到完全不同的場景，其中雖有很多誇飾的成分，但作為正史的補充，這些場景畢竟再現了《漢書》所迴避的後宮生活的片段。如《外傳》載有昭儀賀飛燕冊為皇后的禮物二十六件，《西京雜記》中也有一則記錄了昭儀送給飛燕的禮物三十五種。如果確實如《西京雜記‧跋》所說，該書是葛洪從現已失傳的劉歆《漢書》中抄錄出的與班固《漢書》相異的兩萬字，這兩條遺聞肯定都有一個共同的根據，它也許就是一張由後宮傳出的禮品單。當然，一件禮品單孤立地置於《西京雜記》中似乎顯得很瑣碎，但在《外傳》中卻構成了必要的情節。對於宮廷以外的人士來說，在故事中插入這一段炫耀富貴的鋪陳，正好滿足了欣賞豪華生活場景的尚奇心理。在很多古代香豔的或色情的作品中，羅列珍貴的婦女用品幾乎成為一種必要的點綴。

人物逸事偏於記敘一個人私生活中的言行，在內容的選擇上則更強調趣味性和獨特性。正史所收的人物大都是政治舞臺上的角色，他們的經歷也多與王朝的興廢盛衰聯繫在一起，正是他們的言行構成了所記載的歷史事件。人物逸事則搜集散逸在日常生活中的奇聞異事，尤其是帝王及其后妃的「中冓之言」，更是它最喜歡渲染的內容。紀昀大概並不理解歷史事實與藝術真實的區別，文學虛構與憑空臆造的差異，所以在《四庫全書總目》中就《外傳》的真偽提出質疑時，他仍然沿用了挑剔《聊齋志異》的可笑邏輯。他說：「且閨幃媟褻之狀，嫕雖親狎，無目擊理，即萬一竊得之，亦無娓娓為通德縷陳理。其偽妄殆不疑也。」如果按照紀昀的想當然之「理」嚴格區分史與非史之別，將真假虛實一刀切開，將再現的場景完全等同於目擊的場景，則文字的轉述必成為不可能的事情，即使《史記》中也有很多不合此「理」的片段。正史和取材歷史遺聞的小說中都有虛構的成分，但前者僅限於增強敘事的生動性，後者的旨趣則是講述故事。成帝是暴亡的，關於他的死，《漢書》上寫得很含糊，並沒有提到他的死因。《外傳》上說他縱欲身亡，其中的情節可能有很多虛構的成分，但它對於死因的想像卻與史書上所謂沉湎酒色的事實有一定的聯繫。

「怪」者異也，凡屬於反常的自然現象和社會現象均被視為災異或妖異。如社會上一時流行的奇裝異服，預言性的歌謠，變異的草木和罕見的動物，以及星象的變化，全都是史書中《五行志》所記載的對象。但史書記錄災異現象並非出於好奇，亦非對未知事物的認知，而是為了收集與人事變化——特別是帝王與朝廷的命運——相關的預兆。如《漢書・五行志》收有成帝時童謠一首，並把這首歌謠解釋成飛燕姊妹殺害後宮子的預言。[5]神怪傳說也有類似的迷信色彩，但它涉及的怪異現象遠比《五行志》廣泛，而且奇思妙想，異彩繽紛，既富於趣味，又有美的意境。《外傳》也有一定的神祕色彩，但作者並沒有採用《五行志》中附會性的童謠，而是從趙氏姊妹的奇異身世等方面來突出她們的魅力。

綜上所述，三種小說本來都有「史」的成分，隨著正史確立了徵實求信的原則，刻意好奇的野史便日益被官方的政教史學推向「史」的邊緣。兩者的分化表現了朝野的對立，史官文化與巫覡文化的對立，公開傳播與私下流傳的對立。正是在野史小說這塊較少受到政治干擾和禮教約束的領域裡，古老的講故事的傳統才得以延續下來。小說之所以為小說，就是因為有故事，而故事大都人言人殊，捕風捉影，在它與正

[5]《漢書・五行志》：「成帝時童謠曰：燕燕，尾涎涎，張公子，時相見。木門倉琅根，燕飛來，啄皇孫。皇孫死，燕啄矢。」

史逐漸拉開距離的過程中，它特有的文學性也隨之發展起來了。但是，朝與野、主流與邊緣的對立並不是絕對的。小說畢竟是用文字記載的傳聞，它還涉及如何將「敘述」傳達給讀者的問題，也就是說，它必須嘗試自己特有的敘述形式，以區別於那些道聽塗說的零星資料。在此，小說的作者起到了一個仲介人的作用，即把私下流傳的祕密公之於眾，把雜亂的素材轉換成讀者喜歡接受的文體。如果說在有關成帝與飛燕姊妹的「中冓之言」中滲透了道聽塗說者的無意識欲望，《外傳》的作者正好文飾了世俗的色情「白日夢」，把它昇華成當時通行的美文。他改寫了文人們卑視的街談巷語，使那些長期積累的傳聞以新的面孔呈現在他們的面前。於是，在他的小說中，朝野公私之間原有的對立得到了溝通。隨著《外傳》的流傳，《漢書》中有關成帝後宮的記載反而在後世少有人知，《外傳》中的故事卻一直廣為流傳。於是小說構造了另一種歷史，它在一個普及的層面上投下了更深刻的歷史印象。就這個意義而言，小說的創作也可以被稱為敘述的「媚術」。

史書中的人物傳記在形式上幾乎千篇一律，像「某某，字某，某某人也」的敘述模式，讀起來最容易令人感到枯燥乏味。就閱讀的期望而言，具有妖異色彩的人物似乎總應有其不同於常人的來歷。比如像趙氏姊妹這樣的女人，出於微賤，位極后妃，天生麗質，一朝得寵，其間必有過一段曲折的經歷，像《漢書》中那樣僅僅用一首童謠附會事件結局的簡單解釋，在情理上很難迎合人們對因果關係的理解。因為人物的出身總會影響她終生的命運，在世人的心目中，位極后妃的女人不可能與貴胄的血脈毫無瓜葛，而穢亂春宮的尤物很可能脫胎於某種邪惡的因緣。因此，為了對應這兩個宿命的因素，《外傳》首先詳細交代了趙氏姊妹的父系和母系。她們的父親本姓馮，名萬金，世為樂工。馮本人尤擅鄭衛之聲，他的職業和專長本身便決定了女兒可能受到的影響。馮與江都中尉趙曼有同性戀關係，並與趙妻私通。趙妻乃江都王孫女姑蘇公主，也算是皇室的分支。她懷上了馮的身孕，一胎生下兩個女兒，後交馮撫養成人。長名宜主，次名合德，兩人都假冒趙氏之姓。不管《外傳》所敘述的逸事是事實還是編造，按照叔向之母所謂「深山大澤，實生龍蛇」的邏輯來判斷，那正是尤物所應有的來歷，或者說這種不祥的來歷正是古代有關尤物的故事慣用的敘事模式。如西周末年的著名尤物褒姒，她的來歷就充滿了妖異的色彩，但太史公仍然把這個荒誕不經的傳聞載入了他的《史記》。總之，趙氏姊妹的來歷顯然表明，她們是淫亂關係的產物，生命的種子中本來就潛伏著以賤犯貴的邪惡，所以注定要成為致命的尤物。福既有種，禍亦有根，賤與貴的矛盾結合早已預示了未來的災難。

媚態是一種迷人的姿態，李漁認為，尤物的本質即在於她的媚態。他在《閒情偶寄》卷三裡寫道：「凡女子，一見即令人思之而不能自已，遂至捨命以圖，與生為難者，皆怪物也，皆不可解說之事也。」也許這種勾魂攝魄的魅力令男人感到非常神祕，彷彿其中含有某種巫術作用，所以古代詩文中常把富有媚態的女性形象比為神仙或妖精。《外傳》正是從這一男性的視角突出了趙氏姊妹各有特色的媚態，並塑造了兩個性格鮮明的人物。這一對孿生姊妹都是「天生麗質難自棄」的人物，飛燕長得「纖便輕細，舉止翩然」，「飛燕」這個稱號便生動地傳達了她的仙姿神態。在這一藝術化了的女性形象中，最突出的魅力就是靡麗之美。《說文》「靡」字段注曰：「凡物分散則細微，引申之，謂精細可喜曰靡麗。」在古人的心目中，這種純形式的美始終與具有正面倫理價值的美處於對立的位置，因而與「靡」字結合的詞多帶貶義。如稱淫蕩的音樂為「靡靡之樂」，稱妖豔的美女為「靡曼之色」，形容奢侈的儀式為「紛華靡麗」。這種華而不實的美正是《國語．楚語》中伍舉所批評的「目觀之美」，它被視為消極危險的東西，因為它能喚起人心中某些不健康的傾向。例如《外傳》在敘述飛燕之父馮萬金時就強調他「任為煩手哀聲，自號凡靡之樂，聞者心動焉」。總之，靡麗之美與淫蕩的誘惑似乎有著天然的聯繫，飛燕天生就一副跳舞的身材，又從小受到家庭中的藝術薰染，因此她在早年就造就了一身的仙姿神態。

後來馮家敗落，她與妹妹流落長安，一入陽河公主家門，二人便抓緊機會習歌練舞，不惜破資著意打扮，一心等待以色邀寵的機會。《外傳》用精練的語言敘述了這一段經歷，同時也突出了姊妹二人為擺脫貧困的處境在媚術上付出努力的細節。由此也可以看出，作為一篇可以稱之為小說的作品，《外傳》優於一般的野史遺聞之處正在於，它的故事中貫穿了情節。情節由人物行為與人物關係構成，它始終與人物緊密聯繫在一起，它不只按時間順序敘述事件，而且揭示事件內部的因果關係。在這篇僅三千餘字的小說中，從一開始作者就在敘述趙氏姊妹的家世、長相和早期經歷等方面注意到了前後的照應。此外，傳中還提到飛燕「家有彭祖分脈之書，善行氣術」，這裡顯然強調，飛燕還是一個熟悉「素女教黃帝採戰之法」的女人，對比一下關於夏姬的傳說，我們不難看出，在此類故事的講述中，掌握道術也是尤物型女性形象的一個要素。技藝再加上道術，舞伎的身上又添了幾分女巫的神祕色彩。後來她與一個被稱為「射鳥者」的男子私通，有一次曾在雪夜的露天下與此人幽會，她「閉息順氣，體溫舒亡疹栗」，以至射鳥者驚歎不已，以為她是神仙下凡。接著又敘述她初次進御成帝，為了蒙蔽成帝，她假裝出處女的樣子，道術又在她的騙術中發揮了作用。她「瞑目牢握，涕交頤下，不迎帝。帝擁飛燕三夕不能接，略無遺意」。事後，成帝向其他宮人描述的感受是：「豐若有餘，柔若無骨，遷延謙畏，若遠若近，禮義人也，寧與女（汝）曹婢脅肩者比耶？」從以上所描繪的形象中，我們不難看出〈神女賦〉中「巫山神女」的影子，以及《莊子》中那個藐姑射山仙子的幾分雪膚冰肌之寒。以上的性描寫顯示了古典色情作品以含蓄和傳神取勝的特色。通過在可以接觸與不可企及的距離間製造的變化，飛燕使自己橫陳的肉體在成帝眼前幻化成「影視形象」。她之所以一舉而奪眾脅肩諂笑者之寵，其奧妙正在於她懂得如何把天生的柔弱之美裝飾成動人生憐的媚態，而這種媚態就是古代的女巫和舞伎精心發展起來的「陰性美」，也是文人們為了把他們的閨房享樂生活藝術化而一直在詩文中詠歎的豔趣。在這一方面，集中國士大夫色情鑑賞美學之大成的李漁曾發過不少當行的見解。他說：「顏色雖美，是一物也，烏足移人，加之以態，則物而尤矣。」又說：「媚態之在人身，猶火之有焰，燈之有光，珠貝金玉之有寶色，是無形之物，非有形之物也。惟其是物而非物，無形似有形，是以名為尤物。」在強調了媚態的重要性和它的難以言傳之處，李漁進一步談到女子習歌舞與所謂「從容養態」的關係。他在《閒情偶寄》卷三裡寫道：「昔人教女子以歌舞，非教歌舞，習聲容也。欲其聲音婉，則使之學歌；學歌既成，則隨口發聲，皆有燕語鶯啼之致，不必歌而歌在其中矣。欲其體態輕盈，則必使之學舞，學舞既熟，則回身舉步，悉帶柳翻花笑之容，不必舞而舞在其中矣。」李漁的言論明確點出了尤物在男人眼中的玩賞價值。

按照他的幻想，一個可愛的女人應該在日常生活中處處都流露出自發的藝術氣質，甚至連做愛也最好是擺出表演的姿態，否則就會讓他感到索然無味。因此他認為女人若「歌舞不精，則其貼近主人之身，而為殢雨尤雲之事者，其無妖音媚態可知也」。李漁長期主持著一個家庭戲班子，其中有不少女演員都是他的姬妾，他的話想必是經驗之談。《外傳》正好具體地描述了這種微妙的情境，飛燕之所以初進御即俘獲成帝之心，即得力於她久習歌舞的功夫。甚至後來失去了成帝的寵愛，太液池上一歌舞「歸風送遠之曲」，又再次奪得了皇上的歡心。在這一段描寫中，作者竭力渲染了飛燕的飄飄欲仙之致：

帝以文犀簪擊玉甌，令后所愛侍郎馮無方吹笙，以倚后歌。中流歌酣，風大起，后順風揚音，無方長噏，細嫋相屬。后裙髀曰：「顧我，顧我！」揚袖曰：「仙乎，仙乎！去故而就新，寧忘懷乎？」帝曰：「無方為我持后。」無方舍吹持后履，久之，風霽。后泣曰：「帝恩我，使我仙去不得。」悵然曼嘯，泣數行下。

這一段中的歌舞描寫著墨並不多，但自有其〈舞賦〉、〈洛神賦〉諸作難以相媲美之妙。與辭賦中大量羅列獨立化細節的鋪陳手法不同，這裡的仙姿神態是在故事的情節中呈現出來的，它是動態的，富有情致的，故雖簡而勝繁，頗有漢武帝〈李夫人歌〉那種朦朧、淒迷的詩意。

其實，仙姿神態的本質就是製造了一種美的幻覺。進入文明社會以後，隨著宮廷中的享樂生活日益向藝術化的方向發展，古老的媚道不可避免地走向了沒落。與色情的藝術相比，巫術的魔力只能是小巫見大巫，拙劣而又陰暗。許皇后縱有高貴的出身，她的厭勝術還是敗在了飛燕姊妹的歌舞之下。然而「君恩如水向東流」，即使有飛燕這樣的媚術，它也不可能永遠有效。實際上她在太液池上唱的怨歌已流露了愛情的危機，富有諷刺意味的是，那個更有魅力的「第三者」就是她妹子合德。

合德以肌膚的豐潤、鮮潔取勝，她「膏滑，出水不濡。善音辭，輕緩可聽」。她的妖豔與飛燕的飄逸可謂各有特色。飛燕為長，又復為后，她顯然明白自己只能屈居次要的、做陪襯的地位。但她更有心計，更善於利用自己的美色，又時刻注意在進退取予上把握適當的分寸，以致後來居上，在《外傳》中最後竟扮演了一個喧賓奪主的角色。她的「遷延謙畏」更像是經過一番計算的花招。她似乎很懂得所謂「日進前而不御，遙聞聲而相思」的帝王心態，所以從邁向後宮的第一步起，她便故作謙遜，處處把飛燕推到前面，一再謝絕成帝的徵召。只是一再受到催逼，她才勉強出來與成帝見面。此刻，她經過了精心的打扮：「合德新沐，膏九曲沉水香，為捲髮，號新髻；為薄眉，號遠山黛；施小朱，號慵來妝。衣故短，繡裙小袖，李文襪。」在此，只連綴了幾個乾淨的短句，一個古典式的時髦美人便楚楚動人地出現在成帝眼前。但她僅露了一面，隨即又以令人讚賞的理由悄然引退。只是拖延了一段時日，排除了通向御榻之路上的障礙，她才向皇上獻出了自己。這時一切都做得恰到好處：「帝大悅，以輔屬體，無所不靡，謂為溫柔鄉。謂嫕曰：『吾老是鄉矣，不能效武皇帝求白雲鄉也。』」合德也是用媚術把自己變成了人間的神仙。順便指出，作者在敘述中顯然一再要向讀者證實故事的可靠來源，因而他時時將樊嫕作為小說中的次要人物推入行動的現場，讓她扮演目擊者的角色，讓她在情節的推進上起穿針引線的作用，讓她的出現調和敘述的單調。既然小說中的故事本出於她的口述，在一些關鍵的場景中讓她介入，自然會增加故事的可信成分。

「昭儀夜入蘭室，膚體光發，占燈燭，帝從幃中窺望之。侍兒以白昭儀，昭儀攬巾，使撤燭。他日，帝約賜侍兒黃金，使無得言。私婢不豫約中，出幃，值帝，即入白昭儀，昭儀遽隱避。自是帝從蘭室幃中窺昭儀，多袖金。」在這一段美人出浴的描寫中，作者仍然採用了比較含蓄的手法，他並沒有直露地實寫合德的裸體，而是一味寫她一再有意躲避，寫帷帳的重重遮蔽，寫侍女的反覆打擾，從而突出了成帝的視覺專注。作為一個不斷被激起欲望而始終又難以澈底滿足的窺視者，成帝的處境也是讀者的處境，在文字的帳幕掩蔽之下，讀者的眼睛正好被引向成帝的視角，以致隨成帝同樣地受挫，被限制在一定的距離之外。也許正由於受到這種「見蓮不分明」的困擾，自從《飛燕外傳》開始流傳，就不斷有人在詩文中描寫窺視美人出浴的情景。特別是在後出的那篇續貂之作《趙飛燕別傳》（又名《趙后遺事》，題「秦醇撰」）中，作者似乎為了彌補成帝的（也是他自己的）缺憾，於是特意添上了原作有意隱去的鏡頭：「帝自屏罅覘，蘭湯灩灩，昭儀坐其中，若三尺寒泉浸明玉，帝意思飛蕩。」成帝的興奮繼續感染著宋代以後的讀者，例如，明人胡應麟便對續作所開啟的孔洞中的世界讚賞不已，而且自稱「百世之下讀之，興猶勃然」。興奮之余，胡便認定續作「蓋六朝人作，而宋秦醇子復補綴以傳者也」。所以魯迅在〈《唐宋傳奇集》稗邊小綴〉一文中譏笑他「時傷嗜奇，愛其動魄，使勃然興，則輒冀其為真古書以增聲價」。

《飛燕外傳》在很多方面都為後世文學作品中的性描寫提供了示範，不但寫美人出浴、寫窺視濫觴於它，在它的情節中還可以找到最早寫服用春藥和足戀的片段。[6]如以下一段：

[6] 靄理士，《性心理學》，潘光旦譯注，北京：生活・讀書・新知三聯書店，一九八七年，頁二〇六頁。

帝嘗蚤（早）獵，觸雪得疾，陰緩弱不能壯發，每持昭儀足，不勝至欲，輒暴起。昭儀常轉側，帝不能常持其足。樊嫕謂昭儀曰：「上餌方士大丹，求盛大不能得，得貴人足，一持暢動，此天與貴人大福，寧轉側俾帝就耶？」昭儀曰：「幸轉側不就，常能留帝欲，亦如姊教帝持，則厭去矣，安能復動乎？」

與飛燕相比，合德對媚術的運用可謂技高一籌。她在蘭室裡藏來躲去，不讓成帝明顯地看見她，就是為了讓他始終看下去。同樣，不讓他牢握她的腳，也是為了不斷激起他的亢奮。總之，為了把成帝一直挽留在自己的「溫柔鄉」中，她在性接觸的每一個細節上施展的誘惑實在是達到了用心良苦的地步。於是相比之下，飛燕沒有節制地推銷自己，反使她的仙姿神態日益暴露出平庸、可憎的面目；而合德懂得在應付成帝的索取時控制自己的給予，因而逐漸把他誘入了不能自拔的境地。然而媚術畢竟有它的極限，一個尤物縱能不斷製造有效的刺激，無奈男人的反應能力最終要受到生理的限制。在這種情況下，她的刺激就像水，男人的力比多（libido）就像火，過多的刺激勢必窒息力比多。正如當年合德初次拜見成帝時，站在一邊的淖夫人所說：「此禍水也，滅火必矣！」順便指出，後世最常用以指責女人的「禍水論」即出自《外傳》中的這一句話。淖夫人的比喻正可與房中書中的警告互參，合德的危害性也與夏姬的不祥遙相呼應。陰盛必致陽衰，樂極隨即哀來，只有死亡能根治沒有饜足的色欲。《外傳》的結局為中國古代的性文學確定了一個持久的基調，在以下討論的作品中，其紛紜的變奏將一直持續到底。

《外傳》中的成帝其實就是西門慶的雛形，是文學作品中第一個迷信房中術而送命的原型人物。隨著他的精力日趨衰竭，他開始求助方士的春藥。有關春藥的效用和五花八門的處方，也是每一篇房中書的內容之一。在古代的性文學中，春藥的母題既是性描寫常用的興奮劑，也是作者為突出虛假的說教而在收場時常用來解決問題的手法。這一手法也始作俑於《外傳》：「帝病緩弱，大醫萬方不能救，求奇藥，嘗得慎恤膠遺昭儀。昭儀輒進帝，一丸一幸。一夕，昭儀醉，進七丸，帝昏夜擁昭儀，居九成帳，笑吃吃不絕。抵明，帝起御衣，陰精流輸不禁，有頃，絕倒。褰衣視帝，餘精出湧，沾汙被內，須臾帝崩。」成帝一死，太后即追究合德的責任，她悔恨羞愧，吐血而死。

我們很難判斷，小說的結局是純出虛構，還是透露了漢成帝真實的死因。不管怎麼樣，就小說的結構本身而言，這樣的結局很符合前後情節的因果關係。因為小說的本質是揭示存在的可能性，它與官方的史書不同，它的目的並不在於記錄歷史本身，它只不過借用歷史事件，把其中的某些因素推到極端而已。就在這一過程中，它展現了包容宇宙的圖式：由盛到衰的必然趨勢。由此可見，媚術是徒勞的，春藥也是徒勞的。

三、妖后

在很多懲尤物的作品中，所謂的警誡有時令人感到滑稽而又虛偽，就像印製精美的煙盒上寫著「吸煙有害」之類的勸告，那與其說是真誠的建議，不如說是對欲望的恐懼，甚至是沉溺中的解嘲。不管此類作品中有多少「諷」的成分，不管它們以什麼方式曲終奏雅，大都掩蓋不了展示色情的頑念。為了使色情的表現更加合法化（legitimation），古代文學向來有一套行之有效的陳規，即把淫亂的行為專派在反面角色身上，而此類角色最初多假託史書上以淫行著稱的人物。如上述的夏姬和飛燕姊妹，她們正是按照這一陳規串演了該她們去演的豔戲。還有一類宮廷婦女，如呂后、晉惠帝賈后和武則天等妖后，她們的淫行更加駭人聽聞，她們背叛死去的皇帝，在年老的時候私通年輕美貌的男人，關於她們的醜聞史書上也有豐富的記載，但取材此類醜聞的文學作品卻十分少見。例如《晉書》中記有賈后的一個故事[7]，茅盾以為，「設密室，獵取美男子，以恣淫樂，正是性欲文學的好材料。」而後世文人之所以不見有描寫賈后的淫豔故事者，乃因其人面青體短，不符合「淫書」中慣以美人為主人翁的陳規，故不足以感發文人為她特造故事。[8]茅盾的解釋也許觸及了一個原因，但未必是本質的原因。人物的美與不美，本出自作者的想像和塑造，而非完全出於歷史的「事實」。關鍵的問題在於你是欣賞誰的美色，是由誰充當獵豔的主體，是男性還是女性？尤物型的女人之所以常被津津樂道，是因為她們以色邀寵，面對她們的誘惑，男性作者、讀者自然與男性主人翁處於相同的位置。古代的「淫書」百分之百是男人寫給男人看的東西，作者與讀者在一定的程度上都對書中的男主人翁懷有角色認同的心理。在男性中心的社會中，佔有美人，消受豔福，也是一件標誌著男性優越感的事情，男人當然喜歡創作或欣賞他們自己獵豔的故事。一個男人以姣好的容貌和諂媚的顏色取悅於有權威的女人，那是被世人嗤之為「面首」的角色，在現實中既少有人樂意效仿，寫在小說中，值得欣賞的東西恐怕也不會很多。大概，這就是賈後之類的妖后雖然也有可供編排的醜聞，卻不足以感發文人為其特造故事的真正原因。

7 《晉書》卷三一，《后妃傳》上：「洛南有盜尉部小吏，端麗美容止，既給廝役，忽有非常衣服，眾咸疑其竊盜，尉嫌而辯之。賈后疏親，欲求盜物，往聽對辭。小吏云，先逢一老嫗，說家有疾，師卜云宜得城南少年厭之，欲暫相煩，必有重報。於是隨去，上車下帷，內簏箱中，可行十途里，過六七門限，開簏箱，忽見樓闕好屋。問此是何處，云是天上。即以香湯見浴，好衣美食將入。見一婦人，年可三十五六，短形，青黑色，眉後有疵。見留數夕，共寢歡宴，臨出，贈此眾物。聽者聞其形狀，知是賈后。慚笑而去，尉亦解意。時他人入者多死，惟此小吏以后愛之，得全而出。」

8 茅盾，〈中國文學內的性欲描寫〉，《茅盾古典文學論文集》，上海：上海古籍出版社，一九八六年，頁一六五至一六六。

妖后的形象與尤物的形象有什麼區別？像賈後那樣貌醜的皇后恐怕只能是一個例外，妖后也有年輕貌美的時候，武媚娘就曾憑著尤物的魅力敲開了通向最高權力的大門。需要辨析的是，男性文本對尤物與妖后的指責所著眼的要害問題並不相同。妖后的可厭之處首先在於她僭越了男性的角色。她干預朝政，架空或竊取皇權，控制文武百官，她的行為直接危及父權制的基礎，那幾乎是一種退回母系制的反動。早在遠古的年代，第一批父權制的理論家就對帝王身邊的這一危機發出過警告。如《尚書・牧誓》云：「牝雞無晨，牝雞之晨，惟家之索。」《詩・大雅・瞻卬》云：「哲夫成城，哲婦傾城。」把僭越男權的女人比為打鳴的母雞，顯然是把妖后的行為視為反常的、非自然的現象，也就是說，視為《五行志》範疇的妖異。其次，妖后的淫蕩更多地表現為老而貪淫，與年輕男子通淫。這也許既是她得到了權力的必然結果，也是她過多介入男性事務所難以避免的嫌疑。不管怎麼說，年老的男人娶年輕女人，從來都是社會認可的事情，年老的婦人與年輕的男人結婚，後果就完全不同。如《易・大過》云：「枯楊生華，何可久也。老婦士夫，亦可醜也。」與以上指責政治上的僭越行為所用的表達方式相同，這裡也用反常的自然現象比喻一種顛倒的性關係：老婦嫁少男，被比為枯楊樹開花。總之，男女各有自己的本分，男人按自己的原則行事，有助於秩序的穩定，而女人若按男人的原則行事，則是對秩序的顛覆。以上兩點便是妖后型女人的要害。懲尤物的作品縱有誨淫的缺點，但在性道德和藝術趣味上與父權制的基礎並無原則性的衝突，妖后的形象則是絕對地否定性的，那幾乎是歷史的傷疤，喜談韻事的文人們能從其中榨取什麼樣的豔趣呢？

在史書上所記載的眾多妖后中，武則天是一個最奇特的人物。她身為女人，竟然踏著父權制的階梯登上了權力的頂峰，而且在私生活上也敢於效法帝王，公開在後宮招納男寵。為了鞏固自己的權力，她無情殘害李唐皇室的成員，用血腥的手段打倒了反對她的政治勢力，最終徹底征服了滿朝文武。奇怪的是，在她的晚年，隨著她的政權日益鞏固，她的女皇地位也逐漸抬高了她的女性身份，以致她在性生活上公然以男性的方式處理她與男人的關係。針對這一現象，有一位侍奉在她身邊的女子宜都內人曾向她規勸說：「古有女媧，亦不正是天子，佐伏羲理九州耳。後世娘姥有越出閨閣斷天下事者，皆不得其正，多是輔昏主，不然抱小兒。獨大家革天姓，改去釵釧，袞服冠冕，符瑞日出，大臣不敢動，真天子也。大家始今日能摒去男妾，獨立天下，則陽之剛亢明烈可有矣。如是過萬萬世，男子益削，女子益專。妾之願在此。」[9]誠如宜都內人所言，武則天與前代一切專權的皇后根本不同，她從幕後操縱走上了公開執政，而且以武氏取代了李氏，名正言順地掌握了天子的大權。但她實現的「革命」與女權毫無關係，她只不過以她的女性身份佔據了父權制的最高位置而已。這一變化絲毫也沒有觸動原有的權力結構，它自然也與宜都內人所期望的未來——「男子益削，女子益專」——毫無關係。父權制內部的成員可以在君臣關係上接受她的支配，因為她坐在君主的寶座上。但他們卻不能容忍她在性權力上造成的顛倒，因為她畢竟還是一個女人。連宜都內人也是從男性的角度批評她在性權力上的僭越，可見她雖有女皇之尊，仍無法徹底改變自己身為女人的處境。從她在位期間到她死去以後，最使她聲名狼藉的事情就是她與眾男寵的關係。

這當然只是事情的一個方面。另一方面，父權制並不單純是一個男性壓迫女性的制度，它的性別支配與政治支配都從屬於總的權力體系。權力也可以改變一個人的性別角色，武則天一旦以女皇的身份君臨天下，在她的宮廷中自然就會滋生一種適應她的享樂生活，在她的周圍自然就會出現一批甘願像女人取悅男人那樣來取悅她的男人。這些人就是宜都內人所說的「男妾」。張易之兄弟大概可謂其中的佼佼者，他們或被阿諛者讚美為面似蓮花，或被吹捧為王子晉後身。為了取悅女皇，他們也樂意把自己打扮成神仙，於是身穿羽衣，騎木鶴，吹洞簫從空而下，一如宮女們在皇帝面前表演歌舞。另一類得寵的男人則屬於薛懷

[9] 陳寅恪，《金明館叢稿二編》，上海：上海古籍出版社，一九八〇年，頁一三七。

義一流的彪形大漢，據說他們的得寵是由於陽具碩大。權力的腐敗本質在於，它不但使居於權力頂峰的人無力絕對避免腐蝕，而且使越來越多的人為獵取富貴而變得寡廉鮮恥。當面目姣好和陽具碩大被認為是獲得女皇寵愛的最佳條件時，就會有人以此自薦。這並不是政治笑話，《舊唐書・張行成傳》中的確載有這樣的遺聞。請看傳中所附右補闕朱敬則的諫書：

> 臣聞志不可滿，樂不可極，嗜欲之情，愚智皆同，賢者能節之，不使過度，則前聖格言也。陛下內寵已有薛懷義、張易之、昌宗，固應足矣。近聞上舍奉御柳模自言，子良賓潔白，美鬚眉。左監門衛長史侯祥云，陽道壯偉，過於薛懷義，專欲自進，堪奉宸內供奉。無禮無義，溢於朝聽。

武則天覽奏後對朱敬則說：「非卿直言，朕不知此。」從武則天的反應可以想見，她固然被佞幸包圍，但最終還是難以過分超越輿論的限制。

朱敬則上書在久視元年（西元七〇〇年），武則天時年七十九歲，很難想像，一個女人已達如此高齡，所謂「陽道壯偉」究竟會對她意味著什麼。因此，與其說這一說法真實地反映了她當時的性欲狀況，還不如說男性文本慣於就這一點來突出妖后之妖異。認為淫蕩的女人對性永無饜足，這是遍及各種文化的一致看法。據說西方也流行一種謔語，說能與淫婦較量的雄性不是人，而是動物，比如像驢子身上那件龐然大物才能填滿她的欲壑。[10]在中國民間，自古以來也有類似的說法，人們一談起那些淫婦最喜歡的男人，最為讚賞和竭力誇張的就是他們有碩大的陽具。早在《史記・呂不韋列傳》中，司馬遷已經記載了此

[10]〔法〕巴丹特爾，《男女論》，陳伏保等譯，長沙：湖南文藝出版社，一九八八年，頁一一〇。

類「其言不雅馴」的傳聞。據說秦始皇的母親也是一個妖后，這位太后床笫放蕩，淫名外揚，她的前情人呂不韋為了籠絡她的淫心，特意給她選拔了一個「陽道壯偉」的男寵。此人名叫嫪毒，太后聽說他的陰莖勃起後能挑起一個桐木做的小車輪，便欣然將他召入後宮。原始人的生殖崇拜有一個項目，其崇拜的偶像是陽具模型，人類學家把這一習俗稱為「陽具崇拜」（phallicism）。原始人崇拜陽具模型本是為祈求生殖旺盛，或把它當作避邪物帶在身上。但後來在世俗的性亞文化中，「陽具崇拜」完全變成了一種生理機能上的性頑念，它固著在男人的陰莖上，碩大的陰莖最終成了一個男人性能力強盛的主要標誌。正如女人的腳越小越得男人疼愛，男人的陰莖也被表現為越大越得女人歡心，在古代文學的大量色情描寫中，這兩個被反復津津樂道的題目簡直成了床笫上「郎才女貌」的最佳寫照。富於諷刺意味的是，嘲笑淫婦的謔語在一邊說淫婦更適合公驢的行貨，而這一邊則是武則天朝中的鬧劇：有人竟自誇起「陽道壯偉」，公然把公驢似的行貨當成了仕進的本錢。

這一滑稽的現象在明代的文言小說《如意君傳》中得到了淋漓盡致的表現。此書又名《闡娛情傳》，署「吳門徐昌齡著」。根據劉輝發現的《讀書一得》（嘉靖四十一年刻本）卷二〈讀如意君傳〉一文，可確定此書早在明正德年間已有流傳。[11]劉的證據顯然比欣欣子《金瓶梅詞話・序》中提到的《如意傳》更有說服力。《飛燕外傳》屬於在野史遺聞的基礎上創作的小說，《如意君傳》則根本不同，它的情節純粹出於虛構，書中的歷史人物和歷史背景只是一種假託，是為了取得色情表現的合法化而在敘述上採用的手段。至於署名「柳伯生」的跋文把它當作「發史之所蘊」的作品閱讀，那只能被視為古代文人的「讀者反應」。在讀完一本淫書之後，挖空心思，從中領會出一些攀附經史，有補於世道人心的意思，題在該書的

[11] 劉輝，〈《如意君傳》的刊刻年代及其與《金瓶梅》之關係〉，《徐州師範學院學報》，一九八七年三月。

後面，這也是一種使閱讀和流傳淫書合法化的做法。明代的色情小說刊本大都有類似的序跋，它們好像堂皇的封面，既掩蓋著讀者自愧的內容，又使讀者合起書之後懷有頗感自慰的心情。「如意君」是武則天加給其男寵薛敖曹的封號，薛敖曹純屬作者虛構的人物，他們兩人的性愛故事就是這本小說的全部內容。該書情節大致如下：小說首敘武則天得寵高宗的經過，由她晚年找不到合適男寵的苦悶轉入故事的正文。後來她得知薛敖曹陽具特大，隨即召他入宮，兩人歷盡男女之歡，恩愛猶如夫婦。敖曹雖極得則天寵愛，卻始終能以清廉自守，多次拒絕了高官厚祿，而且時時直諫則天，暗中保護了太子。後來他移居宮外，為了逃避可能發生的災難，突然遠走高飛。結果武則天一死，其他男寵全部被殺，唯有敖曹一人激流勇退，學道養生，最後成了神仙。

在現存的明代色情小說中，《如意君傳》是較早對性交過程作直露描寫的一篇作品，它的故事框架在很大的程度上都是為依次展示的性場面而編造的，作者一再渲染的色情效果大致可概括為男人的陽具如何碩大，女人如何忍痛求歡。至於它在性描寫上的特徵及其對《金瓶梅》等書的影響，學者們已有充分的論證，此處無須再討論那些問題。[12]值得我們注意的是，性描寫並不是該書唯一的內容，為了使色情的渲染合法化，對薛敖曹這個人物的形象塑造，作者顯然有意識附加了士大夫所讚賞的正統觀和忠義品質。如上所述，面對一個僅僅充當面首的主人翁，男性的作者或讀者難免有受到貶抑的心理，沒有人願意認同單憑一區區陽具給女皇提供性服務的人物。如果在他那富有刺激的性經歷中並置另一種對抗的調子，讓他在淫樂的同時又顯示出委曲求全、忍辱負重的姿態，讓他做一個男寵中的君子，這似乎更符合士大夫的趣味。所以署名「華陽散人」的序文強調，此書雖寫武則天與薛敖曹的淫行，但自有其可資鑑戒之處；序文甚至

[12] 韓南，〈《金瓶梅》版本及素材來源研究〉，《《金瓶梅》及其他》，長春：吉林文史出版社，一九九一年，頁一一〇至一一四。

把敖曹保護太子的功勞與張良當年輔佐太子劉盈相提並論。儘管讀者未必認為此類妄加的比附之詞就是該書真正的主旨，但這至少說明，作者是有意要把薛敖曹塑造成那個時代的正面人物的。一方面要為古今第一號大妖后揑造出一個可以匹敵的對手，一方面又要他始終保持忠臣義士的形象，兩個並不相干的任務一旦集於他一身，其中的每一個都對另一個任務的執行產生了掣肘的作用。於是在小說的敘述中，兩種被強行並置在一起的因素時時衝突，又相互牽制，以致產生了作者當初不可能想像到的荒誕意味和色情幽默。

首先，嫪毐式的性優勢是作者賦予薛敖曹的本質特徵，也是他在這篇淫穢故事中扮演主角的先決條件。他一上場就被描繪成一個以陽具「壯大異常」著稱於鄉里的人物。接著小說用誇張的語言描繪了它的駭人的形狀，把它寫得像是長在驢子等動物身上的東西。作者明顯沿襲了司馬遷的手法，說薛敖曹的陽具勃起之後可以支撐一斗米的重量。但小說並沒有把他純粹寫成一個嫪毐式的人物，在其他方面，仍賦予他正面人物的一切優點。他「年十八，長七尺餘，白晳，美容顏，眉目秀朗，有膂力，驕捷過人，博通經史，善書畫琴弈諸藝，飲酒至斗餘不醉，以故多輕俠之遊」。這樣一個兼具書生與壯士之長的青年，正是古代浪漫故事中最理想的人物，只可惜拖累了一個特大的陽具，嚇得周圍的女人，「無不號呼避去」，以致再沒有人家敢與他議婚。在此，敖曹的困境成了對「陽道壯偉」狂的諷刺。在動物的交配中，體力和生殖器的強壯決定著交配的優先權，但這種動物界的自然選擇服從於生殖的目的，它只起到將優良的種子遺傳下來的作用。把動物的原則歪曲成男子性優勢的唯一標準，實際上就是獸性對人性的僭越，是「雄性本質」（maleness）對「男人氣質」（masculinity）的拖累。房中書中甚至辟有專章，像健美操教程一樣教授將玉莖鍛煉壯大的方法。假如此類方法果真有效，一旦操練者都把自己的玉莖發展到薛敖曹那樣大而無當的程度，他們豈不下了一番自我否定的工夫！本來是為了樹立在同類中作佼佼者的標誌，結果卻伸出了界限，落到了異類的位置上。

與呂不韋引嫪毒入夏太后宮中的過程頗為相似，薛敖曹也是在武則天晚年「欲心轉熾」之日被召入宮中的。好像懷才不遇的良才一朝被天子發現，小說還戲擬了一篇武則天特意為敖曹起草的詔書，其文曰：

> 朕萬機之暇，久曠幽懷，思得賢士以接譚燕。聞卿抱負不凡，標資偉異，急欲一見，慰朕饑渴之懷。其諸委曲，去使能悉，毋專潔身，有孤朕意。

不僅發了「求賢」的詔書，還像皇帝選妃一樣送來了聘禮，有「黃金二錠，白璧一雙，文錦四端」，也像迎娶新娘一樣派來了「安車駟馬」。現實被顛倒的價值所歪曲，但它的荒誕中卻折射了一種似非而是的真實。從字面上的敘述看，作者顯然是運用戲擬性的迎聘儀式來突出女皇的尊貴，從而戲劇化地表現她大張旗鼓選男寵的場面。如果這是皇帝加於一個民間女子的恩寵，如果女皇僅僅是因為敖曹的將相之才而做出這樣的舉動，讀者肯定不會對小說所渲染的場面產生不和諧的感覺。但在《如意君傳》的上下文中，外在形式與內在真實的關係卻如此滑稽而悖理，以致有關詔書、聘禮和迎接儀式的敘述處處都顯示出對它所擬原件的反諷。因為詔書上所讚賞的「抱負不凡，標資偉異」並不是敖曹的將相之才，它不過是用官樣文章常見的陳詞文飾了一個區區陽具罷了。難怪聽了宦官牛晉卿以富貴相賀的話，敖曹深歎說：「青雲自有路，今以肉具為進身之階，誠可恥也。」自古以來，以色事人向來被認為只是女人的事情，社會要求女人把自己的美色和肉體用於個人幸福的投資，沒有人對此提出非議，也沒有人視此為女人的恥辱。但男人的情況不同，男人應該靠立功創業致身富貴，沒有人會把做面首當成光彩事情。所以在應詔前往宮廷的道路上，敖曹發出了無奈的自嘲：「賢者當以才能進，今日之舉，是何科目？」隨著情節的推進，作者愈是突出薛敖曹的士君子形象，便愈是加大了他性器官上的優勢對他的男子漢自尊心的貶抑。一個被認為最能標誌「男性本質」的東西反而使薛敖曹陷入了十足的女性處境，因為顛倒了的權力關係同時可以顛倒原先的性別關係。現在他是女皇的臣妾，當他被迫按「周姥的禮制」（《藝文類聚》卷三五引謝太傅劉夫人語）重新調整自己的性別角色時，他的狼狽相頗能令人聯想到在女兒國被迫纏足穿耳的林之祥或因喝河水而懷了孕的豬八戒。

更為滑稽的是，在接下來從各個角度實寫性交狀態的一系列色情渲染中，為了真實地再現床榻上君與臣的尊卑之別，作者對於他們的性關係也採取了戲劇化的處理。在通常的情況下，色情小說誇張男人的陽具碩大和女人的忍痛求歡都有一個基本的傾向，即通過渲染男性的施虐癖和女性的受虐癖來製造刺激的效果，並在這個床上的施虐—受虐結構中體現男性支配女性的權力關係。女性被等同於她的肉體性，她被描寫成檢驗男性攻擊能力的樣品，刺激的強度總是與她被迫接受那難以忍受的攻擊的程度成正比的。這一過程被表現為充滿了對抗和危險的過程，它更像是一場床上的廝殺，而非肉體的交歡。《如意君傳》的性描寫也有類似的刺激效果，但由於作者在很多細節上一再突出武則天與薛敖曹的身份差異，不斷把一個「男妾」對女皇必須履行的君臣之禮穿插在他們的「床上鏡頭」中，很多滑稽模仿的細節反而沖淡了床上的廝殺氣氛。現在，主動與被動的角色發生了轉換，被作為發洩對象的女性肉體成了要求滿足的主體，敖曹只是一個配合者，他的強大的攻擊武器成了受對方控制的東西。他謹慎地扮演著愉悅「聖情」的角色，床上的進退動作處處都戲擬了朝廷上的揖讓之禮，每一個按照他個人的快感原則貿然推進的步驟都可能意味著對「聖情」的冒犯。武則天彷彿在借用他身上的一個器官給自己手淫，而對他來說，他的身體的一部分反而成了外在於他個人的物件。情況正好發生了顛倒，他被等同於他的肉體性，他的陽具的碩大成了武則天自我探測其容忍程度的標尺。那不再是一個有威力的、瘋狂的武器，一個由男人操縱著施虐於女人的工具，它被置於武則天的女性的視角下，由她把玩、欣賞和讚歎。而且，她還按照她的趣味命名它，用命名把它界定為自己手中的玩具。她把它比為晉代清談名士王夷甫常握在手中的白玉麈柄，並以女皇的名義賜名它麈柄。在一次極盡歡愉之情的性交後，武則天撫摸著敖曹的肩膀說：「卿甚如我意，當加卿號如意君也，明年為君改元如意矣。」如意是古代一種室內小擺設的名稱，它也屬於白玉麈柄之類供人把玩的東西，有人認為它就是工藝品化了的陽具模型。在某種程度上說，把敖曹稱為如意君，正是將他的人格肉體化為一個大陽具的表示。我們現在看到了色情小說中少見的有趣現象：作者愈是在主觀上突出他觀念中的君臣魚水和諧之情，愈是在效果上把他的男主人翁推向了男人慣於使女人屈處的地位。他讓我們從一種偽女權主義的視角看到，當一個男人屈從於更高一級的權力關係時，他在受控制的性接觸中顯得多麼拘謹、笨拙和可笑。

在接下來的色情渲染中，作者一方面在每一個性描寫細節上突出敖曹的忘我奉獻，一方面也相應地增強了武則天深受感動的反應。於是，隨著性愛之樂逐漸消解了掣肘的君臣之別，他們之間出現了極富於色情幽默的和諧關係。它的一個意外效果是，作者以中性的態度表現了女人所理想的做愛方式。這裡首先涉及的問題是，按誰的意思決定做愛的方式，由誰控制做愛的過程，是男人還是女人？在男性文本中，所謂沒有饜足的淫婦，其最大的惡德即表現為要按照她自己的意思選擇做愛的方式，要由她控制做愛的過程。在D. H. 勞倫斯的小說《查泰萊夫人的情人》中，有一段梅勒斯向康妮談到他前妻的性惡癖的對話。羅伯特・司格勒斯指出，梅勒斯所深惡痛絕的性惡癖不是別的，就是他太太「想作主的欲望，她想控制性交場景的欲望」。[13] 梅勒斯的厭惡反映了男人對女人在性交中占主動權的恐懼。在《如意君傳》中，有一段武則天向薛敖曹傾訴自己性經歷的對話正好與勞倫斯的角度相反，她的甘苦之談顯然表現了對男性在性交中

13 〔美〕羅伯特・司格勒斯，《符號學與文學》，譚大立等譯，瀋陽：春風文藝出版社，一九八八年，頁二三一至二三三。

佔主動權的不滿。她說：「常憶我年十四侍太宗，太宗肉具中常，我年幼小，尚覺痛楚不能堪，侍寢半年，尚不知滋味。二十六時侍高宗，高宗肉具壯大，但興發興盡，但由他，我不得恣意為樂。」對比武則天對如意君的讚賞，我們不難看出她在兩種不同的性關係中所體驗的不同感受。對於太宗和高宗，她只是一個侍寢的臣妾，除了儘量滿足他們的欲望，她無權按自己的意思辦事，也談不上考慮個人的滿足，所以他們之間並不存在共享的快樂，皇帝的快樂適足以增加她的痛苦。如意君使她甚感如意之處即在於她在性交中取得了主動權，她可以按照她容忍的程度要求他如何進退，她從被動地承受打擊的位置轉為主動地接納對方的位置。

在這樣一種古怪的和諧關係中，淫行與君臣之道，男人的卑賤與他的忠義之舉，性與政治，色情與它的偽女權主義視角，兩種對抗的因素被不倫不類地扭結在一起，從而構成了《如意君傳》在敘述上的張力，也產生了上述的荒誕意味。小說的結尾與《飛燕外傳》形成了鮮明的對比，成帝以縱欲身亡告終，薛敖曹則在完成了保護太子的義行後激流勇退，保全了自己的性命。在中國古代的性文學中，對於不知饜足的女人和逐漸被耗竭的男人，解決問題的方法不外乎兩種結局，一是死亡，二是徹底戒除。《飛燕外傳》和《如意君傳》分別代表了這兩種模式。戒除總是值得獎賞的，薛敖曹擺脫了致命的誘惑，所以他永葆青春，成了神仙。

四、淫婦懺悔錄

中國古代小說的重大缺陷在於缺乏敘述的真實性，這一缺陷至少涉及兩個原因，一是小說原出於野史雜記，二是很少有回憶錄和自傳性質的作品。

由於小說始終與史傳有千絲萬縷的聯繫，所以它雖以內容的奇異迎合世俗的趣味，但為了取信於讀者，其中的故事往往假託歷史人物。其實，作者所追求的真實只是使讀者確信，他所講的故事都是實際發生過的事情，而非出於他的杜撰。一般來說，他並不重視講述故事的獨特方式，不重視講述本身所製造的真實感，他更多地把文學的真實性建立在故事素材來源的可信性上。所謂的「敘述」，主要是指在書面上組織已經積累起來的傳聞，而很少有意識地發展一種「引導人們去相信那些不『真實』或實際不存在的事物的寫作方式」。[14]因此，在很多古代小說中，編造的和真正的歷史題材常雜糅在一起，真假摻半，以假充真，在被歪曲的歷史輪廓中填補一些模仿現實生活的細節，其幼稚和淺薄一如初學繪畫的小孩子只會在原有的人物肖像上塗抹眉毛，增添鬍鬚，給白描的衣服染上花花綠綠的色彩。

像《如意君傳》之類的色情小說尤其如此。中國的傳統向來好拿已有定論的人或事大做文章，孟子所謂「紂之不善，不如是之甚也」，給歷史上的反面人物大潑髒水，不僅保證了潑髒水行動的合法化，而且滿足了懲惡的道德感。所以，把武則天這樣的妖后安排到不管多麼淫穢的故事中，在客觀上都不會引起道德和理智上的懷疑。在此類真假難分的歷史題材小說中，歷史人物不但被粗俗地文學化了，而且成了想像力貧乏的作者用來反覆串演其奇思怪想的程式化人物。於是，小說長期停留在傳播奇談怪聞的水平上，特別是在小說的性描寫中，人物常常是在那一系列性場面中跑龍套的角色，其中很少有作者得自獨特觀察和個人體驗的東西。

其次，與西方的性文學相比，中國古代的性文學中很少出現回憶錄和自傳性質的作品。與中國人相比，西方人更傾向於坦白自己的隱私，對他們來說，暴露自己的祕密似乎有某種快感。與西方人相比，中

14 〔英〕羅傑・福勒編，《現代西方文學批評術語辭典》，周永明等譯，瀋陽：春風文藝出版社，一九八八年，頁二九九至三〇四。

國人更喜歡揭發和議論他人的隱私，他們似乎企圖從醜化別人的講述中榨取代替性的滿足。福柯甚至稱西方人為「懺悔的動物」，他指出，從中世紀基督教儀式中表示懺悔的告贖（penance）到現代的精神分析，性始終是懺悔的主題。坦白的目的就是說出自己的性真相，傾吐了祕密，就等於獲得了解放與快感，說出的過程也被理解為治療的過程。[15]正是基於這種要求聽取個人坦白的社會態度，不但在西方大量出現的回憶錄和自傳——從盧梭的《懺悔錄》到《鄧肯自傳》——中，我們可以看到坦誠講述個人性史的內容，而且有不少色情小說本身即屬於自傳性質的作品。福柯特別提到了無名氏所著《我的隱祕生活》一書。這位英國人在小說的自序中寫道：「我將所發生的事情原原本本寫出來，能想起多少就寫多少。」「既然所寫的是隱祕生活，就應做到巨細無遺，也談不上有什麼羞為人知的事情……因為對於人的本性，我們所知的並非太多，而是很少。」[16]他還說：「大約是出於下意識，驅使我記錄自己的內心世界和個人隱私……不論社會怎樣評價我，我的書只不過是敘述了個人的私生活，把這些稿子付之一炬是有罪的。倘若能夠強迫人們坦白的話，千千萬萬的人也許每天都是這樣生活的。」[17]不管我們怎樣評價這個英國人的道德觀念，不可否認的是，他的勇氣畢竟反映了一種在寫作上追求真實性的目的。中國古代任何一部色情作品的作者從未有過這種坦白的意識，也沒有產生過這種求真的寫作動機。我個人尚未讀到這本祕笈，不過從《西方性文學研究》所引的片段多少可以看出，作者幾乎像記日記一樣敘述了自己的性經歷，敘述的態度確實很認真，他的書雖談不上有多少文學價值，仍不失為一部社會生活的檔案和人類性行為的文獻。相對而言，中國古代的色情小說基本上缺乏這樣坦率的態度，因而一般都不具備類似的認識價值。在大量

15 M. Foucault, The History of Sexuality, Vol. 1, New York, 1984, pp. 59-63.
16 M. Foucault, The History of Sexuality, Vol. 1, New York, 1984, p. 22.
17 H. 蒙哥馬利・海德，《西方性文學研究》，劉明等譯，海口：海南人民出版社，一九八八，頁一五二。

的作品中，對性交狀態的實寫並不構成故事的情節和人物的經歷，而是一組組可以套在不同上下文中的性描寫預製件。在很多情況下，所謂故事，更像是為依次填充這些預製件而臆造的框架。

在色情小說氾濫的明代之前，文學作品中很少看到取材於現實生活的女性。長期以來，小說的創作主要依賴史書和傳說中的素材，因而小說的作者尚未形成重構現實的敘事意識。文人更喜歡以浪漫的筆調美化他們與各種風塵女子的風流故事，民間淫婦——與形形色色的男人陷入混亂的婚外性關係的閨中婦女——的醜行尚是一個未被揭發的題材。唯一值得一提的作品是唐代古文家柳宗元的《河間傳》[18]，在這篇寓意性質的傳記中，作者生動地敘述了一個良家婦女墮落為淫婦的過程，可謂塑造了古代文學中第一個民間淫婦的形象。但是，從該傳的行文可以明顯看出，作者的宗旨主要是藉故事以諷喻，而非對故事的講述。作為該傳的主人翁，河間婦的失足處處都被作者有意比為士人的有始無終，因而被敘述的淫行更像是一種社會象徵的行動，而非被再現的現實生活。我們與其把這篇傳記視為小說，不如把它視為寓言。柳宗元在貶官以後的處境中逐漸喪失了對人的信任，通過河間婦的故事，他著意刻畫了一個人如何在邪惡的利誘下為滿足一時的欲望而放棄了原有立場的人性弱點，從而說明恩愛的感情未必能始終保證人與人之間的忠誠關係。儘管《河間傳》具有明顯的影射傾向，但作者為達到這一目的而使用的手段——故事本身——仍然很值得欣賞。河間婦其人其事的真實性並不在於她作為一個文學形象在多大的程度上反映了當時的社會生活，而在於她的墮落故事提供了一個戲劇化的敘事模式：被指責為淫婦的女人常常是在一群好色之徒的包圍下陷入了不能自拔的境地，最終她醜名遠揚，被社會唾棄。從故事的結局看，勾引她的男人既沒有承擔任何責任，也未受到明顯的責備，罪惡的後果完全被歸結為一個純粹屬於淫婦本人的道德問

[18] 柳宗元，《柳宗元集》，北京：中華書局，一九七八年，外集卷上，第四冊，頁一三四一至一三四四。

題。對她來說，歹徒們一心要拉她下水的惡作劇彷彿是魔鬼的考驗，作者最終只是要向讀者證實，一個女人是貞婦還是淫婦，完全取決於她固有的道德力量能否戰勝情欲的誘惑。就閱讀的趣味而言，對淫婦的誘惑也許比以淫婦的醜行所昭示的教訓更有吸引力。作者儘管在最後總結了河間婦的教訓，但我們仍可以感覺到，為了突出她的墮落，該傳對她的淫行的渲染已達到了失去節制的程度。

在明代的色情小說《癡婆子傳》[19]中，所謂「警世戒俗」的主旨已降低到假作姿態的程度，由一幕緊接一幕的通姦事件連綴而成的故事將誘惑的吸引力貫穿始終，各種身份的通姦者接踵而來，組成了代表各類非法性關係的隊伍，而淫蕩的女主人翁則像接力棒一樣不斷從他們的手中傳遞下去。該書系用淺顯的文言寫成，文筆平庸，敘述質白，大概屬於當時地攤上流行的讀物。就像「文革」時期以手抄本形式在社會上流傳的小說《少女的心》一樣[20]，《癡婆子傳》也屬於那種用粗俗的性知識滿足世俗性好奇心的小說。

全書基本上採用了第一人稱的倒敘手法，開頭寫有燕笻客前來訪問一髮白齒落、風韻瀟灑的七十老嫗，老嫗為他從容敘述自己的生平往事，至上卷之末終止，又從下卷接著談起，直到卷終。所敘的情節大致如下：主人翁阿娜的性經歷始於十二三歲，其時她情竇初開，因與北鄰少婦私議男女之事，遂起嘗試之念。適逢其表弟慧敏來家，因趁共榻之機初嘗禁果。及至十四五歲，阿娜益美豔，心亦愈蕩，繼慧敏之後又勾引家奴子俊。後嫁欒家，翁名饒，長子克奢，次子克慵為其夫，幼子克饕。歲余，夫遊學他郡，阿娜不耐寂寞，偷家奴盈郎，尋被家奴大徒及伯克奢發現，因受二人脅迫而與之苟合。又與嫂沙氏同被翁姦。去佛寺問卜，被兩寺僧汏，回家後又相繼與叔克饕、妹婿費生、戲旦香蟾通姦。終因與塾師打得一片

[19] 《癡婆子傳》二卷三十三則，題「情癡子批校」，「芙蓉主人輯」，前有「乾隆甲申歲書於自治書院」的序言一篇，未署名。

[20] 楊健，《文化大革命的地下文學》，北京：朝華出版社，一九九三年，頁三三二至三三三。

火熱而不復他顧，遂犯眾怒而事敗。遭夫毒打後遣歸母家，時年三十有九。人皆指之曰：「此欒家敗節婦也！」從此以後，阿娜痛悔前非，苦持三十年。

在中國古代性文學中，這篇小說的突出特徵首先在於它採用了回憶錄的形式，而且含有懺悔的調子，這種敘述方式在古代文學中還是很少有的。儘管小說實際上並非回憶錄，回憶錄的形式只是為了增強真實感而採用的敘事手段，但畢竟由於故事全出於主人翁自己的講述，所以其中確有一些細膩地描繪了女性性心理的段落。比如，從客觀的效果看，主人翁自敘的經歷至少有助於我們認識到，在一個性禁忌和性無知的環境中，有關性知識的錯誤解釋如何使對性懷有好奇心的天真女子走向了「一念之偏」的道路。小說原序云：「從來情者，性之動也。性發為情，情由於性，而性實具於心者也。心不正則偏，偏則無拘束，隨其心之所欲發而為情，未有不流於癡矣。」這裡所說的「性」就本體而言，蓋指未發狀態的自然欲求，「情」則指已發狀態的個人私欲，而「心」則是控制情欲的先驗的道德力量。按照作者的看法，心一旦失去了維持性情之正的力量，欲望就會一發而不可收，這種縱情和濫愛的狀態即所謂「癡」。顯然，在這篇小說中，「癡」純用作貶義，它與魏晉以降文人們常用以讚美一種深情和摯愛的「癡」是兩個根本不同的觀念。稱女主人翁為「癡婆子」，正是譏她失去了性情之正，指責她在男女關係中隨心所欲的行為。這樣看來，「癡婆子」一詞倒與西文中nymphomaniac（一種患有不可遏制的淫欲狂疾的女人，又譯為「女花癡」）一詞頗為相近。不過，按照西方的性科學分類，該詞主要是從疾病與變態的角度來界定這種女人的異常性行為，而中國文化則完全撇開了生理和心理的因素，把一個人過於耽於性欲的傾向只歸結為個人的道德缺陷。原序還說：「嘗觀多情女子，當其始也，不過一念之偶偏，迨其繼也，遂至欲心之難遏。」作者顯然認為，人心中本來就存在著一個先驗的「正」的本質，它一旦發生傾斜，性欲就有失去控制的危險。心與欲的關係始終被理解為控制與失去控制的關係，而不是理性地認識一種存在的關係。這裡所說的

「一念之偏」與今日人們常說的「思想不健康」同屬於含混其辭的唯心之見。

防止「一念之偏」或「思想不健康」的一個措施就是「不見可欲，使心不亂」。人們一般都認為，淫穢書刊是使青少年墮落和犯罪的根源，然而大多數沒有接觸過此類讀物的人難道就能保證不受誘惑和污染嗎？其實，所有的人在早年對色情和錯誤的性知識的接觸主要來自男女兩性各自小圈子中的性的亞文化，而非「淫詩」或「淫書」。我們的性觀念和性幻想基本上都是在性的亞文化最早灌輸給我們的性神話之基礎上形成的。阿娜的父母以自己不潔的心忖度無邪的女兒，在她閱讀《詩經》的時候特別劃定了不准過目的「淫詩」。這種源於漢儒的「淫詩」說實際上比所謂的「淫詩」本身所起的誨淫作用更甚。對不知何為「淫詩」的少女來說，禁止反而產生了教唆的效果。她不但偷閱了所謂的淫詩，還進而按照被先入為主灌輸的不潔觀念去簡單地附會詩中的男女相悅之詞，試圖在人類經驗的審美表現中窺探在日常生活中模糊感受到的某種祕密。苦思而不得其解，於是質疑於北鄰少婦。質疑的結果是，從一開始就接受了流俗所傳播的臆斷和經驗性的片面總結。請看少婦所傳播的性神話：

當上古鴻蒙之世，雖男女兩分而並生，營窟巢穴之間，木葉為衣而蔽嚴寒，然炎暑料亦並木葉而去之。裸體往來，恬無愧怍。見此凹而彼凸，宛然異形……而凸者剛勁，或婦以其凹者過其前，而凸投其凹，彼實訝此之獨無凸，而不知此一投也，實開萬古生生不息之門，無邊造化，情欲之根，恩愛之萌也。夫既投矣……而實為大樂，而喜不能已矣。用是以人傳人，日復一日，而男女之相悅所從來矣。

從上述幼稚、膚淺的性愛起源論可以看出，作者把男女相悅基本上理解為性交的行為，具體地說，一是把性等同於兩性肉體的互相吸引；二是把吸引的焦點集中於兩種性器官的接觸；三是把兩者的接觸描繪為享受人生大樂的過程，在以下展開的一系列通姦場面中，阿娜所受的每一次誘惑無不貫穿了這樣的「欲望三部曲」。其次，少婦還就個人的體驗向阿娜細膩描繪了由苦至樂的漸進過程。樂是終極目的，苦是為了得到樂而必須付出的價值，隨著苦消樂長的趨勢，一個女人的性也趨於成熟，而她的欲望也日益增強。少婦所描述的女性之性欲總趨勢也是這篇小說的綱領，它不僅貫穿了阿娜的性經歷，而且成為她縱欲的內在動力，書中的全部性描寫可以說就是為體現這一總趨勢而設計的套路。主人翁的性行為基本上是按照這些套路描寫的，它們不僅限制了性描寫的內容，而且規定了所能發生的事情。通過它們所製造的刺激效果，作者力圖使我們相信，女性的性經驗表現為以下的特徵：

一、只有男性的凸插入女性的凹，女性才能享受大樂。
二、要得到快感，女性必須忍受痛感。
三、女性的快感與男性的凸的大小成正比例。
四、隨著苦消樂長，女性不斷渴求更大的凸。
五、所謂淫婦，就是無饜足地渴求碩大陽具的女人。

《癡婆子傳》實際上並沒有提供什麼比《如意君傳》更新的東西，它的作者依然在通過書中淫婦的貪欲來渲染他自己的「陽道壯偉」狂，這幾乎是大多數古代色情小說作者共同的頑念。

最後，為了把各種倫理關係中的非法性行為在他的性描寫中一一列舉出來，作者幾乎讓一個女人在當時的家庭範圍內可能接觸到的各種身份的男子都與阿娜發生了通姦的關係。在展現這一系列事件發生過程的描寫中，他始終本著唯多唯全的原則，只是在最後必須作出懲罰的裁決時，他才拿出了人倫的尺度。於是，他讓阿娜懺悔了自己的罪過，同時也通過她的懺悔統計了他自己的荒謬想像中可能組合成的性關係：「當處閨中時，惑少婦之言而私慧敏，不姊也；又私奴，不主也。既為婦，私盈郎，又為大徒所劫，亦不主也；私翁伯，不婦也；私饕，不嫂也；私費，不姨也；私優復私僧，不尊也；私谷，不主人也。一夫之外，所私者十有二人，罪應莫贖，宜乎夫不以我為室，子不以我為母，煢煢至今，又誰怨焉。」小說以阿娜的自責和悔過結尾，但以上提到的男人，除了塾師谷德音一人外，其餘的不但未受懲罰，甚至沒有被揭露出來，而且他們之中還有人充當了揭發者和裁決者。因為小說最終要向讀者強調，所有的醜行全起於淫婦的「一念之偏」，不管後來的通姦關係是由於她主動勾引，還是由於男人迫使她就範，罪過全在於她早已喪失了控制情欲的道德力量。其中沒有任何情節涉及罪行與社會現實和人物特殊處境的關係，這正是色情小說與其他也涉及性描寫的文學作品根本不同的地方。

第三章

男色面面觀

柔曼之傾意，非獨女德，蓋亦有男色焉。

——班固《漢書・佞幸傳》

一、史書上的嬖臣

隨著帝制的終結，前現代中國社會的很多陋習都逐漸淡出或革除。特別是在一九四九年以後的中國大陸，狎男色、蓄孌童的現象早已絕跡，對於「男色」風習留在歷史上的污垢，國人大都不太清楚。大概只是在談到西方社會的種種弊病時，主流批評言論才會提起被作為「反常性行為」的同性戀問題。然而，無論是「同性戀」這個用語，還是視它為反常性行為的觀念，都不是我們的國粹，而是來自西方文化。中國古代稱它為男色或男風，男風不僅盛行於各個朝代，而且法律和道德基本上都對它持容忍的態度。因此對當時朝野間公開的男風，明清時期很多來華的傳教士都深感怵目驚心。他們以基督教文化的優越感自居，宣稱這種禽獸行（sodomy）就是中國人道德墮落的標誌。[1]然而曾幾何時，在性革命之後的歐美國家，傳教士曾嚴厲譴責的頹風也感染了社會的各個階層。同性戀由隱蔽走向公開，從非法變為合法，在今日已被納入人權運動的內容，其蒸蒸日上之勢幾乎大有與一夫一妻制平分秋色的前景。這個局面卻是傳教士當年沒預料到的事情。然而更富有諷刺意味的是，針對這種「資本主義社會的腐敗現象」，國內的批評言論也表現了類似於傳教士當年的道德優越感，而且所持的不容忍態度也很難說完全高於傳教士的水平。同性戀是不是變態的性行為？它是罪行、惡習，還是個人有權自由選擇的偏愛？對於這些涉及當代生活中的同性戀問題，最好讓性學、法學和其他有關的具體研究去作結論。首先需要指出的是，無論是基督教的純道德判斷，還是性醫學所關注的病態根源，乃至當代西方反主流文化所標榜的性解放，全都不適用於解釋或

[1] Bret Hinsch, Passion of the Cut of Sleeve: the Male Homosexuality Tradition in China, University of California Press, 1990, pp. 4, 141.

衡量中國古代的男色風習。在古代中國，同性戀與異性戀從來都不是兩種完全對立和互相排斥的關係，在很多情況下，前者常常是對後者的補充和戲仿。男色不僅是個別人天生的癖好，同時也是封建等級制在男人之間所製造的不人道的關係。因此，談到這種反常的性行為，首先應將它置於古代社會的權力關係中審視，從男人之間的政治壓迫入手來討論它的社會根源。

西元五五〇年，高洋篡魏，建立北齊，從此開始大量誅殺元魏宗室。據《北史》卷十九所載，他把原彭城王元韶剃去「鬢須，加以粉黛，衣婦人服以自隨」，而且得意地說：「以彭城為嬪御。」史官認為高洋的做法是「譏元氏微弱，比之婦女」。這個極端的戲劇性事例雖非同性戀的個案，但高洋侮辱亡國奴人格的方式卻典型地表現了中國古代男色風習的特徵。它象徵性地說明，權力可以在很大的程度上把一個男人改變成女人，並通過強加在他身上的女性角色將他馴服成奴才。所以，男性奴才的女性身份並不完全是一種比喻，實際上主人正是把他當作女人對待的。中國古代的二元對立體系從來沒有產生獨立的「個人」的概念，一個人並不具有主體的人格，只有置身於「二人」對應的具體關係中，才有可能明確雙方的身份。否則，一個人只是在自然欲望支配下的「身體」，他和動物沒有多大的區別。「二人」對應的關係也不存在相互之間的平等，所有的「二人」關係均被納入陽剛與陰柔的象徵秩序中，從本質上說，君臣、主仆、夫婦的關係並無原則的區別，因為三者都體現了主動與被動、支配與被支配的模式。古人常常臣妾並舉，所謂的「臣妾之道」，便十分明顯地體現了男女之間與男人之間在權力關係上的一致性。因此，父權制並不單純是男人奴化女人的制度，在男人的內部，一部分男人也同樣以對待女人的方式奴化另一部分男人。一個人只要處於被支配的地位，不管是男性還是女性，支配者都同樣期待他／她對自己作出柔弱、卑下和屈從的反應。「嬖」字的含義便概括了這種反應的特徵。《說文》曰：「嬖，便嬖。」《廣韻》曰：「嬖，愛也，卑也，妾也。」所以「嬖」在古代適用於男女兩性，於女稱為嬖妾，於男則稱為嬖臣。與一般的君臣關係不同，嬖臣不是通過立功受賞的正規渠道取得富貴，他們像嬖妾一樣用美色、諂媚討君主的歡心，把邀寵作為致身富貴的手段。早在春秋時代，提倡重用賢才的論文《墨子・尚賢》就曾指出，當時的王公大人偏好男色，無故使「面目姣好」之流享有富貴的特權。我們很難確定，這些面目姣好的嬖臣是否都與君主有同性戀的關係，但至少可以從那些批評的言論看出，所有的指責均著眼於嬖臣的政治危害，而非嬖臣與君主的性關係。在先秦的很多典籍中，男色從未作為性變態的現象受到指責，提到男色，往往也並舉女色，兩者總是被當作同一性質的危機受到注意的。試看以下言論：

一、《書・伊訓》：遠耆德，比頑童。孔氏《傳》：耆年有德疏遠之，童稚頑嚚親比之。

二、《汲塚周書・武稱解》：美男破老，美女破舌，武之毀也。

三、《禮記・緇衣》：毋以嬖御人疾莊后，毋以嬖御士疾莊士、大夫、卿士。鄭玄注：嬖御人，愛妾也，嬖御士，愛臣也。

四、《左傳》閔公二年：內寵並后，外寵二政。

五、《史記・佞幸傳》：非獨女以色媚，而仕宦亦有之。

以上五例引文都從兩個方面強調了嬖臣的危害，其一是把嬖臣置於同代表正面價值的廷臣相對立的地位，其二是把男色與女色相提並論，強調兩者具有相同的政治危害。頑童是否即為孌童，現在尚無確切的證據，但就「頑」和「童」兩字均指愚魯之人的古義來看，頑童很可能是供君取樂的弄臣。[2]他們未必生

[2] 馮沅君，《古優解》，見《馮沅君古典文學論文集》，濟南：山東人民出版社，一九八〇年，頁三七。

得面目姣好，但他們奴顏婢膝，善於迎合主子的趣味，這種柔順的態度其實也是男色的一個內容。因為「色」並不單指美色，它也指顏面的氣色和表情。與德高望重的老臣或剛直不阿的莊士相比，頑童的輕慢儇佻和討好君主的態度顯然被視為邪惡的力量，因為它對嚴肅的等級制會起到破壞作用。就這一意義而言，一部古代宮廷的政治鬥爭史其實就是老臣、莊士與嬖臣相對抗的歷史。前者監督、矯正君主的專制，而後者卻寄生在這種制度上，他們利用權力的腐敗趨向，把君主引向墮落和放縱。與那些破國亡家的尤物一樣危險，嬖臣也有其致命的誘惑。西施禍吳的故事是春秋時期最著名的美人計，《戰國策・秦策》記載了一個與此相似的美男計。晉獻公準備進攻虞國，由於虞國當時由老臣宮之奇主持朝政，獻公不敢輕易對虞國下手。於是他採用了荀息的計謀，往虞國派去一個「美男」，讓他離間虞君與宮之奇的關係。結果，虞君親近「美男」，不聽宮之奇的建議，虞國終於被晉國滅掉。這個美男計的故事至少說明，先秦時代不但不把狎男色視為不道德或變態的行為，而且把它當作宮廷生活中必不可少的享受，例如孟子追問齊宣王的大欲，其中就提到了「王之便辟」。總之，從先秦到兩漢，在帝王的性生活中，男色所占的地位並不次於女色，兩者就像一副對聯，可謂缺一不可。

嬖臣是宮廷享樂生活的產物，他們與君主的關係本來只是一個單純的同性戀問題，但是在全體士大夫一律奉行「臣妾之道」的古代中國，這種關係不僅具有政治色彩，而且性的問題也常常同政治問題糾纏不清。提起嬖臣的得寵，所有指責的言論之所以最反對他們無功受賞和干預朝政，就是因為他們完全憑自己與君主的私人關係竊取了國家的財富，削弱了大臣的權力。他們不但誘惑君主放縱、享樂，而且破壞其他廷臣與君主之間正常的君臣關係，使很多正道直行之士陷入了與失寵的賢婦人相似的處境。因此，本來對立的兩方只是政敵，結果卻顯得像情敵一樣；本來是正與邪的權力鬥爭，結果卻大有爭風吃醋的味道。由於輿論慣於把各種邪惡、低賤的得寵者統稱為嬖臣，嬖臣的含義實際上已變得十分寬泛，當正直的士大夫用泛同性戀的有色眼鏡看待君主身邊的一切佞幸時，他們的懷疑態度似乎也被他們自己的臣妾意識所感染，以致他們常常喜歡用失戀的口吻訴說個人在仕途上的失意。由此看來，古代詩歌中以男女比君臣的表達手法就不僅僅是一個純粹的修辭問題了。特別像屈原這樣好奇服而重修飾的莊士，又常出入於男風盛行的楚宮，他的詩歌中所表現的美人芳草之志很可能就與上述的政治同性戀情結有一定的關係。

據聞一多的介紹，孫次舟曾就屈原問題發表了爆炸性的見解，在當時的學術界引起了公憤。[3]孫次舟認為，戰國末年，純文藝家並沒有地位，他們基本上都是司馬遷所謂「固主上所戲弄，倡優所畜」一類的人物。作為一個文學弄臣，屈原的身份同嬖臣並無多大的區別。孫次舟還指出，戰國時代有崇尚男性姿容，以及男性的姿態和服飾以模擬女性為美的風氣，文學弄臣特別具有這一傾向。他說，宋玉就是一個「面目姣好、服飾華麗的小夥子」，態度很不莊重。他進而由宋玉推測出屈原的類似傾向，因為根據《離騷》的自述，屈原也好矜誇奇服，荷衣蕙帶，每以美人自擬。分析了《離騷》的內容，孫次舟認為其中「充滿了富有脂粉氣息的美男子的失戀淚痕」。如以下的詩句：

> 眾女嫉余之蛾眉兮，謠諑謂余以善淫。（後宮弄臣姬妾爭風吃醋。）
>
> 初既與余成言兮，後悔遁而有他。（男女情人相責的口吻。）
>
> 汩餘若將不及兮，恐年歲之不吾與。惟草木之零落兮，恐美人之遲暮。（顧惜青春，唯恐色衰。）

[3] 聞一多，《屈原問題》，見《神話與詩》，古籍出版社，一九五七年，頁二四五至二五八。

曾歔欷余鬱邑兮，哀朕時之不當，攬茹蕙以掩涕兮，霑餘襟之浪浪。（但自傷命薄，做出一副女兒相。）

於是，根據以上引文所流露的語氣和意向，孫次舟便斷定，屈原和「懷王有一種超乎尋常君臣的關係」，而對這位曾得懷王寵愛的文學弄臣，孫次舟所肯定的只是，他「天質忠良」，「心地純正」，他不像其他群小那樣一味引導君王尋歡作樂，而是時時用他的美政勉勵懷王。結果，他成了「文人發展史上一個被時代犧牲了的人物」。

聞一多並不否認孫次舟所謂屈原是個文學弄臣的事實，但他不贊成孫次舟把那些有損於屈原的方面全部誇大的偏激情緒，針對上述的孫氏言論，他嚴厲地批評孫次舟骨子裡嫌惡奴隸的統治階級優越感。因為，即使屈原面目姣好，即使他曾因從容辭令而有幸親近過楚王，乃至與楚王有一種超乎尋常君臣的關係，那樣的身份和經歷也掩蓋不了屈原與嬖臣的明顯區別：首先，他不甘心當一個嬖臣，並且不願同眾嬖臣同流合污；其次，他始終渴求參與國家大事，並且公開批評了宮廷中不良的政治風氣。文學弄臣的地位絲毫無損於屈原的形象，屈原的悲劇性在於他拒絕接受屈辱的君臣關係，在於他反對泛同性戀的關係干擾嚴肅的政治問題，在於他寧可「伏清白以死直」，也絕不用女人的方式尋求倖免。正如聞一多所說：「一個文化奴隸（孫先生叫他作『文學弄臣』）要變作一個政治家，到頭雖然失敗，畢竟也算翻了一次身，這是文化發展的迂迴性的一個方面。」

關於屈原的身份，我們的討論只能到此為止。更值得注意的是，正是有宮廷生活這樣的腐爛土壤，才得以長出如此芳菲的文學奇葩。所有的臣民最初都是君主的奴隸，只是隨著個別的成員不斷從奴隸群中解放出來，「人」的意識才逐漸覺醒。覺醒的男人為了活得自尊，他寧可放棄主人給他的寵愛和富貴。嬖臣卻因為與君主的關係太親近，太需要君主的豢養和鑑賞，他們最終成了死心塌地的奴才。也許僅僅是為了舉例說明說話的技巧或如何使用智謀，《說苑》等書為我們保存了幾則最早的嬖臣的故事。

《說苑・權謀》記載，安陵纏（一作壇）是楚王的嬖臣，有一次江乙警告他說：「以財事人者，財盡而交疏；以色事人者，華落而愛衰。今子之華有時而落，子何以長幸無解（懈）於王乎？」聽了江乙的話，安陵纏十分恐慌，他請求江乙指點。江乙建議他以要求為楚王殉葬來表示對楚王的愛心。一直等了三年，安陵纏才等到了向楚王提出這個要求的最好機會。一次出獵中楚王大樂，他對同車的安陵纏說：「吾萬歲之後，子將誰與斯樂乎？」安陵纏流著眼淚抱住楚王說：「萬歲之後，臣將從為殉，安知樂此者誰？」聽了安陵纏的話，楚王非常高興，當下便封他為安陵君。

安陵君的故事傳達了嬖臣固寵的經驗，龍陽君的故事則反映了嬖臣心中時時縈繞的失寵之憂。《戰國策・魏策》記載，龍陽君有一次同魏王同舟釣魚，釣到十幾條魚之後，他忽然哭泣起來，魏王問他為何悲傷。他回答說：「臣之始得魚也，臣甚喜，後得又益大，臣直欲棄臣前之所得矣。今以臣之兇惡，而得為王拂枕席；今臣爵至人君，走人於庭，避人於途；四海之內，美人亦甚多矣，聞臣之得幸於王也，必褰裳而趨大王。臣亦猶向之所得魚也，臣亦將棄矣，臣安能無涕乎？」龍陽君由衷的悲哀打動了魏王的心，他立即下令禁止任何人再向他推薦美人。「魚」是指代「匹偶」或「情侶」的隱語，因此釣魚也意味著求偶。[4]龍陽君同魏王在一起釣魚，因棄魚而聯想到自己的命運，這是因為按照他與魏王的關係，他就是魏王的「魚」。也許這個故事最能觸動以色事人者的隱憂，於是在後世的同性戀語彙中，龍陽君成了一個男寵的原型，「龍陽之興」也常常被用作男色癖好的文飾性代稱。

[4] 聞一多，《說魚》，見《神話與詩》，北京：古籍出版社，一九五七年，頁一一七至一三八。

龍陽君預感的不幸幾乎是不可避免的，女色如此，男色亦然。《韓非子・說難》記載，彌子瑕是衛君的嬖臣，他曾冒著犯法的危險，私駕君車去探望生病的母親，有人告了他的狀，衛君不但沒有怪罪他，反而稱讚他能盡孝道。一次與衛君同遊果園，他把自己吃過的餘桃給衛君吃，衛君覺得那是愛的表示。後來彌子瑕色衰愛弛，從前的好處全變成了罪過，衛君既嫌惡他給自己吃了餘桃，又要追究他矯駕君車之罪。「餘桃」也是詠歎男色的詩文常用的典故。

從以上三則嬖臣的故事可以看出，在嬖臣與君主的性關係中，主動和被動的角色分別對應於雙方的社會地位。只有尊貴者才有狎男色的特權，卑賤者只能像女人一樣為他提供色情的服務，充當被他玩賞的對象。因此，好男色只能是尊貴者對卑賤者施加的單向行為，如果社會地位低的一方反過來也用同樣的態度對待社會地位高的一方，也就是說，卑賤者公然以主動的角色自居，使尊貴者處於被動的地位，那就成了僭越和犯上的罪行。《晏子春秋》記載，齊景公長得很美，他身邊有一個羽人窺視他，他責問羽人，羽人自供說愛慕他的美色。景公覺得自己受到了侮辱，便下令將羽人處死。後經晏子的勸阻，景公才赦免了羽人。景公畢竟還算一個頗近人情的君主，他不但容忍了羽人的過失，還決定在洗澡的時候讓羽人給他搓背。袁枚的《子不語》也記載了一個類似的故事，結局卻十分悲慘。清初某御史巡按福建，當地有個名叫胡天保的男子，他愛慕御史的美貌，「每升輿坐堂，必伺而睨之；巡按心以為疑，卒不解其故。居亡何，巡按遊他邑，胡竟偕往，陰伏廁所觀其臀。巡按愈疑，召問之，初猶不言，加以三木，乃云：實見大人美貌，心不能忘，明知天上桂，豈為凡鳥所集，然神魂飄蕩，不覺無禮至此。巡按大怒，斃其命於枯木之下。」羽人和胡天保兩個人顯然都有天生的同性戀傾向，而且都偏於主動的性行為。由於二人均與所戀者在身份上別若天壤，便只能在窺視中滿足欲望。

進入漢代，男色的風習在皇宮中更為盛行，據潘光旦的統計，「前漢一代幾乎每一個皇帝都有個把同性戀的對象，或至少犯一些同性戀的嫌疑。」[5]這些嬖臣經常與皇帝同臥起，他們仗著皇帝的寵愛作福作威，或利用手中的權力干預朝政，有的權傾內外，連王侯都要讓他三分。他們確實憑自己的面目姣好得到了富貴，通過與皇帝分享臥榻，他們也分享了劉家的天下。古代的男色風習很可能最先滋生於宮廷，因為在帝王的享樂生活中，嬖臣有著女人所不可替代的地位。劉邦在打天下的時候也有過英雄的經歷，在宮廷生活的腐蝕下，他晚年也墮落到整天與男寵廝混在一起的地步。有一次樊噲冒險衝入後宮找他，發現他臥床不起，枕在一個小太監的身上。樊噲非常失望地對他說：「始，陛下與臣起豐沛，定天下，何其壯也！今天下已定，又何其憊也！」劉邦寵宏孺，他的繼承者惠帝寵籍孺。這兩個嬖臣都長得很像女人，以致當時宮中很多男人都把自己打扮化妝得和女人一樣。文帝最寵愛的嬖臣叫鄧通，為了顯示自己最愛文帝，文帝身上生了瘡，他就用口為文帝吸膿。相面者預言他將要餓死，文帝便把國家的銅礦賜給他，並授予他鑄錢的特權。但是，漢代最受皇帝寵愛的嬖臣要算董賢。《漢書・佞幸傳》說他：「為人美麗自喜，哀帝望見，說其儀貌。」入宮之後，極得哀帝寵愛，年二十二，即位為三公。如此顯貴的地位似乎還不足以體現對他的厚愛，哀帝甚至打算把漢家的天下禪讓給他。他經常陪哀帝睡覺，據說有一次他們同床午睡，董賢的身子壓住了哀帝的袖子，哀帝起床時不忍將他驚醒，竟然割斷了自己的袖子。「斷袖」從此成為有關男色的詩文最常用的典故，「斷袖之癖」也成了男色的又一代稱。在論及中國古代沒有類似於「同性戀」（homosexuality）之類的術語，而常用「斷袖」等代稱指同一行為時，辛赤（Bret Hinsch）指出，「中國的用語並不強調一種內在的性別本質，而只關注行動、傾向和癖好。換言之，中國的作者不說某人『是』什

[5] 潘光旦，《中國文獻中同性戀舉例》，見靄理士：《性心理學》，潘光旦譯注，北京：生活・讀書・新知三聯書店，一九八七年，第五一六至五四七頁。

麼，而說他『像』誰，『做』什麼或『喜歡』什麼。」[6]比如嬖臣一詞的含義就遠比「同性戀者」寬泛，司馬遷和班固在他們的史書中將嬖臣的事蹟專門收入「佞幸」一門，對於嬖臣與君主的關係，他們所關注的就不完全是性的問題，而主要是嬖臣如何諂媚皇帝，皇帝如何寵愛他們的事實。因此史書上眾多的嬖臣之中，有的的確與君主有同性戀的關係，有的則屬於一般的親近，得寵的原因甚至與性完全無關。對於這種超乎尋常君臣的關係，除了警告它的政治危害性以外，最使士大夫為之感慨的就是君臣遇合的問題。儘管他們對嬖臣的佞幸那麼痛心疾首，他們自己卻不甘心放棄對君主的幻想。他們甚至羨慕嬖臣的幸運，從那種形同夫婦的結合中竟昇華出了理想的君臣關係。如以下這首最早歌詠同性戀的五言詩：

昔日繁華子，安陵與龍陽。
夭夭桃李華，灼灼有輝光。
悅懌若九春，磬折似秋霜。
流盼發媚姿，言笑吐芬芳。
攜手等歡愛，宿昔同衣裳。
願為雙飛鳥，比翼共翱翔。
丹青著明誓，永世不相忘。

——阮籍《詠懷詩》其十二

[6] Bret Hinsch, Passion of the Cut of Sleeve: the Male Homosexuality Tradition in China, University of California Press, 1990, pp. 17-18.

阮籍是一個被認為有同性戀嫌疑的人物，論者所舉的過硬證據出自《世說新語》卷十九《賢媛》。[7]反覆思考這則軼事的細節，我個人並看不出有什麼明顯的跡象證明阮籍的同性戀傾向，但以上的詩篇顯然表明，提起安陵與龍陽的故事，詩人似乎流露了讚美和羨慕的口吻。《詠懷詩》素以隱而不顯著稱，詩人常用美人芳草的手法表達他對生存的憂慮和人事變遷的感慨。這首詩的主旨即使不是讚美男色的風習，通篇以同性之愛比君臣關係的傾向也是十分明顯的。經過詩意和麗詞的昇華，詩人讓我們感受到一種不為任何具體關係所限定的恩愛和喜悅，那正是異性戀和同性戀，乃至一切「二人」關係共有的願望：「丹青著明誓，永世不相忘。」

二、南風和男子的女性化

《詩經》中是否有歌詠同性戀的詩篇呢？

自從漢代的《詩經》注釋者在「三百篇」中人為地作出「正」與「變」、「美」與「刺」的分別，很多反映古代性風俗的作品都被貼上了「淫風」的標籤。按照他們的解釋，似乎每一首詩的作者都自覺地站在維持風化的立場上，除了歌頌淳風美政，就是諷刺各種不道德的現象。由於毛、鄭等人的注釋所定的調子從未把任何一首刺詩同男風聯繫起來，因而後世的讀者也很少在這方面做文章。這當然也與古代詩歌特殊的表達方式有關。在一首表達人生基本處境的抒情詩中，詩人所抒發的喜怒哀樂之情本來就很空泛，其中並沒有提供多少事實性的內容，如果並沒有可靠的記載提供與該詩相關的具體背景，而僅僅從每一個讀

[7] 高羅佩，《中國古代房內考》，上海：上海人民出版社，一九九〇年，頁一三〇至一三二。

者見仁見智的角度去猜測該詩的主題，過於肯定的結論是很容易流於捕風捉影之談的。所以古人說詩，向來重視記敘本事，從《毛詩・序》、《韓詩外傳》到後世的《本事詩》、《本事詞》，一首詩的傳播者和解釋者總是力圖從與該詩有關的遺聞逸事中探求它的寫作背景、作者的動機和立意。總之，對一首詩的理解，古人基本上著眼於班固所謂的「感於哀樂，緣事而發」，很多詩篇都與有關它的故事一起流傳，有時讀者對「事」的興趣甚至超過了詩歌本身。為了彌補「事」的空缺所造成的閱讀遺憾，好事者常常根據詩篇文本的傾向性編造本事，以資談助，這類記載充滿了後世的詩話與筆記。這種重視本事的閱讀趣味也影響了近代學者解釋《詩經》的方向，他們的很多標新立異之說往往附會本事，即在完全缺乏旁證材料的情況下，僅僅抓住文本中的某一枝節，便主觀地給作品規定出確切的主題。比如《鄭風・子衿》據《毛詩・序》所說，是「刺學校廢也」，這 解釋本身就有點望文生義，一個清代的解釋者進而據此臆斷該詩是兩男相悅之詞。一提起學校的混亂就聯想到男風，這位解釋者的閱讀反應顯然錯在用清代的社會現象想像周代。於是他毫無根據地把該詩的抒情主人翁「我」的性別臆斷為男性，最後得出它是兩男相悅之詞的結論。有人甚至把《齊風・還》和《秦風・無衣》也確定為男性同性戀的文本，他的看法同樣缺乏令人信服的論證。[8]從這兩首詩的文本看，〈還〉是兩個獵人互相讚美之詞，〈無衣〉則是秦國部隊中的戰歌，沒有任何本事可以證明這種豪放的友情與男風有關係。如果像這樣同仇敵愾的袍澤之情或並肩狩獵的樂趣也可以理解為同性之愛，則友情與男色將難以劃分界線，在大量的古代詩歌中，同性戀的文本可能包括的內容勢必寬泛到無法想像的程度。正是有鑑於此，對於《詩經》中是否有同性戀文本的問題，我們最好暫且採取闕疑的態度。

[8] Bret Hinsch, Passion of the Cut of Sleeve: the Male Homosexuality Tradition in China, University of California Press, 1990, pp. 17-18.

在現存的先秦文學作品中，可以肯定為同性戀文本的詩篇只有一首〈越人歌〉。就是這首〈越人歌〉，如果沒有同它一起流傳至今的本事，我們也很難從它的字面上分辨出那是兩男相悅之詞，還是男女相悅之詞。《說苑・善說》中收集了很多善於說服別人的事例，作者對當時的男風實際上並無任何特殊的關注，為了從莊莘說服襄成君的事例中總結辯論的智慧，他無意中為我們保存了一則有趣的同性戀故事。故事的內容如下：襄成君剛剛接受楚王的冊封，他非常得意地站在水邊，楚大夫莊莘此刻從他身邊走過，看見他身穿華麗的衣服，生得一表人才，莊莘不由得心生愛慕之情。於是，莊莘對襄成君提出非分的要求，他說：「臣願把君之手其可乎？」莊莘的要求顯然說明他對襄成君有同性戀的欲望，按照不同的社會地位決定主動或被動角色的原則，莊莘的舉動自然冒犯了襄成君的尊嚴。所以襄成君顯得很生氣，沒有同意莊莘的要求。為了進一步說服這位傲慢的美男子，莊莘給他講了鄂君子皙的故事。鄂君也生得十分英俊，有一次他穿著華麗的衣服泛舟遊樂，為他划船的越人在他身邊用越語唱了一首歌，以下是該歌的楚語譯文：

今夕何夕兮搴舟中流，
今日何日兮得與王子同舟。
蒙羞被好兮不訾詬恥，
心幾頑（一作煩）而不絕兮得知王子。
山有木兮木有枝，
心說君兮君不知。

這首歌就是文學史上有名的〈越人歌〉（一作〈鄂君歌〉）。歷來讚賞這首楚辭體歌謠的言論大都肯定它的質樸和優美，以下並不打算繼續討論它在中國文學史上的地位之類的問題，令人更感興趣的問題是，唱歌的「榜枻越人」是男還是女？這就是說，該歌所表現的愛慕是男女之情，還是同性之愛？很多單純欣賞其歌詞之美的評論者都從先入為主的異性戀導向讀解歌詞的含義，因而認為划船的越人是女性。如梁啟超《中國美文學史稿》云：「《說苑・善說篇》所載越女歌，說是楚國的王子鄂君子晳乘船在越溪游耍，船家女孩子擁楫而歌……」[9]現在僅根據該歌的文本或「榜枻越人」這一不表性別的稱呼還很難對梁啟超的理解作出肯定或否定的判斷。讓我們把這個問題暫且懸置起來，先看故事的下文。聽完楚譯的歌詞，子晳立即領會了「榜枻越人」的情意，並欣然接受了對方的求愛。「於是鄂君子晳乃揄修袂，行而擁之，舉繡被而覆之。」根據子晳作出的狎昵動作，我們不難想像他與越人之間發生的事情。朱熹之所以在《楚辭後語》中批評〈越人歌〉詞意「鄙褻不足言」，大概是因為他已經看出了這種曖昧的同性戀關係。講完了鄂君的故事，莊莘進而說服襄成君：

> 鄂君子晳，親楚王母弟也，官為令尹，爵為執珪；一榜枻越人猶得交歡盡意焉。今君何以逾於鄂君子晳，臣何以獨不若榜枻之人；願把君之手，其不可，何也？

如上所述，莊莘對襄成君的愛慕屬於同性戀的性質，而且其行為模式屬於身份較低者主動向身份較高者求愛的類型。他不舉其他先例而獨引鄂君與越人的故事為自己辯護，這至少說明故事中的情景與正在發

---

[9] 朱自清，《古詩歌箋釋三種》，上海：上海古籍出版社，一九八三年，頁四四。

生的事情在兩個關鍵的問題上有對應性。其一是性別關係的對應，其二是身份差異的對應。如果划船的人是女性，船上發生的事情是男女關係，莊莘所舉的事例豈非驢頭不對馬嘴？更何況低賤的女子向高貴的男子表示愛慕，向來都不被看作非禮之舉。灰姑娘委身白馬王子，那本是浪漫傳奇的通例。從故事的語境看，越人無疑是個男子。其實古代早有人認為越人是男性，並把〈越人歌〉視為同性戀的文本。《藝文類聚》卷三十三人部十七「寵倖」門錄有吳筠《詠少年詩》一首，末四句云：「不道參差菜，誰論窈窕淑。願君捧繡被，來就越人宿。」這是一首歌詠男色的詩，「不道」兩句反用了《關雎》的成句，明顯表示對異性戀的否定。後兩句以肯定的語氣用鄂君之事，詩人的意思是，希望那個美少年也像鄂君對待越人一樣，捧上繡被來與戀慕他的男子同宿。由此可見，越人之為男性，〈越人歌〉之為同性戀文本，是毫無疑問的事了。

鄂君的故事為莊莘的行為提供了有力的根據，也使襄成君改變了原先的態度，他向莊莘伸出手，接受了對方的要求，並且說：

> 吾少之時，亦嘗以色稱於長者矣，未嘗遇僇如此之卒也！自今以後，願以少壯之禮，謹受命。

這一段話給我們提供了有關嬖臣的史料從未提供的資訊，儘管尚無更多的旁證，以下仍不妨以意逆之：原來南方的風俗與拘謹、僵硬的中原禮儀不同，在那裡，同性之間的性關係並不嚴格地按照尊與卑的身份來決定主動與被動的角色。人們似乎更重視長幼之別，這就是說，社會也允許僅憑年齡的差別決定主動與被動的角色，社會地位只是一個可以考慮的因素，但更古老的風俗是成年男子向年少的美男子求愛。襄成君說得很明確，他年少之時也曾「以色稱於長者」，可見楚人不僅欣賞青少年男子的美色，而且以美色見稱於成年男子也是年輕人的榮譽。因此，對於襄成君最終向莊莘許諾的「少壯之禮」，我們完全有理由認為那是自古以來在南方流行的習俗，即年長的男子有權利主動向年幼的男子求愛，在符合禮儀的情況下，年幼的一方也有義務考慮對方的要求。即使雙方的社會地位與年齡的差別正好逆反，前者也有可能向後者讓步。

在上述的故事中，有纏綿的情歌，有親昵的握手，有超越了權力和肉欲的質樸感情，有引入了某種遊戲規則的求愛過程，還有經過衝突而達到的和解，以及一個吸引人的，但不可輕易得到的美男子形象。所有這一切都與北方的情況形成明顯的對比：那裡更強調尊卑之別，那裡的男色風俗更顯得腐敗，那裡的一切都太鄙俗，太缺乏浪漫的情調。退一步說，即使把「榜枻越人」想像成女性，把〈越人歌〉理解為異性之間的情歌，也不妨礙我們領會其纏綿、淳樸的情致。如果我們能領會《九歌》中人神之間的人情味，理解人間的愛情與對神的企慕有相通之處，那麼，就迷戀美色而言，異性之間與同性之間也就不會絕無相通之處了。正是基於欣賞一種男女共有的美，楚人心目中的美男子在外表上更傾向女性的特徵。他們在姿容、儀態和裝飾上處處模擬女性，他們的美色對男女兩性均有極大的吸引力。

關於楚人欣賞女性化的美男子，在先秦的典籍中也頗有一些記載。《荀子・非相》本為批駁相術之謬的論文，作者並未從民俗學的角度觀察和評論女性化的男色。但從其中的一段話可以看出，楚國的民間卻有欣賞女人氣美男子的風氣。請看荀子的敘述：

> 今世俗之亂君（俞曰：疑本作「世俗之亂民」），鄉曲之儇子，莫不美麗姚冶，奇衣婦飾，血氣態度擬於女子；婦人莫不願得以為夫，處女莫不願得以為士，棄其親家而欲奔之者，比肩並起……

荀子所描述的美男子大概就是〈登徒子好色賦〉中宋玉那樣的風流人物，他也長得「體貌閒麗」，他也很吸引女人，比如，住在他家東鄰的女子就曾隔牆窺視他達三年之久。一般來說，在一個社會中，社會成員的普遍特徵就是這個社會比較欣賞的特徵，將這種普遍的特徵推向極端，並將它樹為標準，就形成了全體成員心目中的理想美。在談到中國人的南北差異時，林語堂指出，南方的男人是身體退化、發育不全的男人，與北方的男人相比，他們的身材體魄更短小，體毛和鬍鬚更少，皮膚更細膩，聲音更輕柔。[10]所有這些特徵都說明，南方男人的普遍特徵本來就與女人比較接近，因而理想的美男子自然傾向於女性化。不僅如此，從楚王好細腰到楚人好淫祀，從老子的女性主義哲學到江南大地上品目繁多的香花芳草，總之，從江山到人物，全都蘊含了先天的女性因素。就是在這個方位上處於「陽」的地方，反倒產生了氣質上更傾向於「陰」的文化。李漁把南方——特別是福建——流行的男風稱為「南風」，這個後起的同性戀用語不但與「男風」正好音義雙關，而且把男色的風習明確界定為南方特有的風習。[11]我們甚至可以說，與北方宮廷中更偏愛便嬖、諂媚等特徵的男色風習形成了顯明的對比，源於南方的「南風」更欣賞富有女性美的少男。它好像從南方吹來的薰風，把一股靡麗的氣息吹遍了中原大地。

在魏晉南北朝時代，這種女性化的男色風靡上層社會，它被納入東漢以來士族之間「品藻人物」的風習，形成一種貴族化的人物姿容鑑賞美學。《世說新語》專立《容止》一門，像品詩評畫一樣描繪了士族中一大批美男子的風貌。當時的男人普遍重視自己的儀表，像曹操這樣的大人物，竟因自慚形穢，寧願讓美男子崔琰裝扮成他接見匈奴使者，他自己卻站在一邊捉刀。姿容優美不只能抬高一個人在士林的身價，甚至會引起世俗的狂熱崇拜。「潘岳妙有姿容，好神情。少時挾彈出洛陽道，婦人遇者，莫不聯手共縈

10 林語堂：《中國人》，杭州：浙江人民出版社，一九八八年，頁三——一二。

11 Bret Hinsch, Passion of the Cut of Sleeve: the Male Homosexuality Tradition in China, University of California Press, 1990, p.124.

之。」衛玠是當時最有名的美男子，世稱「璧人」，他每到一處，觀者如堵，以致被傾慕他的公眾圍觀得疲勞成疾而亡，時人有「看殺衛玠」之稱。潔白的皮膚和烏黑的眼睛是美貌的首要標誌，何晏是著名的白面書生，他「性自喜，動靜粉帛不去手，行步顧影」。人們讚美裴叔則「如玉山上行，光輝照人」。山濤稱嵇康「岩岩若孤松之獨立；其醉也，傀俄若玉山之將崩」。王羲之讚歎杜弘治「面如凝脂、眼如點漆，此神仙中人」。諸如此類的品藻基本上大同小異，我們不難從中看出模擬女性姿容的貴族趣味和唯美的矯飾風格。這樣看來，與其把這些在當時傳為佳話的人物素描視為魏晉人物的真實寫照，不如把這些文字置於中國古代文學的語境中，檢討其為文學作品中男女共賞的美男子形象所樹立的描寫程式。文學固然有模仿現實的因素，但在現實中也會產生模仿文學的傾向。這就是說，現實中的審美趣味一旦被文學規範為一種審美理想，具現為一種標準的形象，它又會反過來影響人們的審美態度和表達方式。一個故事，一句妙語，甚至一個用語，一旦成為有關某一題材的文學典範，它就被後世的作者當作「故實」反覆撏撦。古代文學的「文學性」便突出地表現在這種程式化的寫作習慣上：寫作更多的是堆砌書本上的材料，而很少對豐富多彩的現實作真切的觀察。閱讀的反應因而被不斷引向其他各種相關的文字和書本知識，一個人的鑑賞力必須建築在博學的基礎上，不掌握一大堆詞藻和典故，你幾乎無法進入任何一篇作品。比如提到一個美男子，作者並不寫他的具體特徵，而更喜歡把他比為潘安，或直接稱他為潘安，彷彿天下的美男子都長得像潘安一樣。同樣，形容一個男子白皙，最常用的辭彙就是「何郎」，你必須通過典故的轉換才能想像作者所暗示的東西。「玉」是最常用來美化人物形象的形容詞。這種具有冷感的白令人聯想到一種不食人間煙火的美，如在養尊處優的室內生活中形成的蒼白容顏，或鉛粉塗抹太多而接近瓷化的皮膚。所有這些美的特徵都標誌著富貴與貧窮的對立，它的纖細、清秀明顯地呈現出身體退化的跡象。到了齊梁時代，對姿容的講究已純粹墮落成紈絝子弟的浮華習氣。試看《顏氏家・訓勉學》所反映的社會現象：「梁朝全盛之時，貴遊子弟……無不熏衣剃面，傅粉施朱，駕長簷車，跟高齒屐，坐棋子方褥，憑斑絲隱囊，列器玩於左右，從容出入，望若神仙。」然而，「神仙們」後來的結局是很慘的，據說江南大亂之日，這些坐慣了車的貴族竟然喪失了步行的能力，他們或匍匐街頭，死於鋒刃，或活活餓死在空室中。

飄逸的魏晉風度最終在南朝的浮華習氣中頹唐、沒落了，讓我們的討論再回到莊莘與襄成君的對話。關於襄成君所說的「少壯之禮」，以下還需要進一步展開分析。這種少年男子接受成年男子求愛的禮俗頗似希臘人的「男童之愛」（pederasty）。pederasty一詞的今義是「戀童癖」，它特指成年人對男孩子的性欲望，在醫學上它屬於性變態，在法律上它屬於犯罪行為。但在古希臘的文化語境中，該詞則表示成年男子對已度過青春期而尚未成年的少男所作的求愛行動。關於這種愛是涉及行為，還是純粹的柏拉圖式，專家們尚有爭論。福柯認為，「希臘人並沒有把對同性的愛與對異性的愛視為對立的事物，兩種根本不同的類型。」[12]所以，古代希臘的戀童風與今日所說的「戀童癖」概念有所不同，它不但不屬於反常的或違法的行為，反而受到熱烈的讚頌，被納入身份自由的男子所受的「高等教育」的內容。對古希臘人來說，成年男子能得到男童的青睞，做男童的保護人，像老師一樣帶著男童出入公共場合，甚至被視為令人豔羨的事情。一旦得到這樣的結合，成年男子便以仁慈、溫情對待他的男童，關懷男童的成長，並通過這一合師生關係與情人關係為一的經歷，考驗自己作為一個男子漢的自製力，同時培養男童道德上的完美。總之，按照福柯的分析，古代希臘的戀童風是一種有規則的遊戲，它讓年輕的男子面對求愛的挑戰，從而使他在進入成年期之前接受成為男子漢的訓練。從希臘人有關男童之愛的大量討論中可以看出，被愛的對象始終處於關注的中心，被愛並非僅僅意味著消極地接受被動的角色，被愛始終都是關係到男童的人格、尊嚴和

[12] 福柯，《性史》，上海：上海科技文獻出版社，一九八九年，頁三五三。

榮譽的大事情。因為他的英俊的形象也代表了心靈的高尚，他的儀表美與人格美是統一的，把男童的美貌作為男色狎玩，在希臘被認為是有損於男童形象的事情。與中國的男風相反，年幼者的被動角色在古希臘是一種被追隨、被企慕的角色，他既是欲望的對象，同時又對欲望起到限制和淨化的作用。被愛的對象最終成了愛的觀念的象徵。所以，希臘的輿論認為，如果那「男童『被動』行事，任人擺佈支配，毫無反抗地順從，畢恭畢敬地成為對方感官快樂的伴侶，放縱對方的奇思怪想，身子使誰滿意就把身子獻給誰」，他就會聲譽掃地，喪失被愛的價值。[13]

希臘人關於男童之愛的道德思考置根於希臘的民主制度，它反映了兩個身份平等的自由民之間自由的關係。在古代中國的等級社會中，襄成君的故事只算一個例外，實際上在大多數情況下，主動和被動的劃分都是與長幼、尊卑的差別完全一致的。一般的情況是，社會地位較高的男人收買、豢養漂亮的男孩，讓他們充當自己的性奴僕，把他們像姬妾一樣視為取樂的工具。這種家內的性奴僕被稱為孌童。《曹風・候人》：「婉兮孌兮，季女斯饑。」「孌」字本指女子年少美好的樣子，用「孌」形容一個男童，顯然是欣賞他的女性美。在詩風日趨綺靡的魏晉南北朝，孌童及其美色也成為供詩人吟詠的香豔題目之一，現存最早的一篇「孌童詩」就是西晉張翰的《周小史詩》。以下是該詩的全文：

翩翩周生，婉孌幼童。
年十有五，如日在東。
香膚柔澤，素質參紅。

---

[13] 福柯，《性史》，上海：上海科技文獻出版社，一九八九年，頁三八一。

團輔圓頤，菡萏芙蓉。
爾刑既淑，爾服亦鮮。
輕車隨風，飛霧流煙。
轉側猗靡，顧眄便妍。
和顏善笑，美口善言。

——《藝文類聚》卷三十三

小史本為一種官職，後來也用作侍童的美稱，張詩顯然用後一個意思。由此可以確定，詩人所詠的周生是一個家內的侍童。正如帝王與嬖臣的關係一般都很曖昧，主人與侍童的關係有時也很難說清。《紅樓夢》中提到賈璉在鳳姐病中臨時找個小廝應急，《金瓶梅》有多處寫到西門慶在書童身上發洩性欲。我們雖不太瞭解張翰的時代上層階級家內蓄養孌童的情況，但從上述的小說情節可以推想，不管在哪一個朝代，主人總是有權按照自己的欲望決定他與侍童的關係。特別對有男色癖的主人來說，越是年幼、可愛和貼近主人身邊的侍童，越是容易成為孌童的人選。該詩所詠的周小史大概就是這樣的人物。在後世眾多的模擬之作中，作為一個最常用的典故，「周小史」已成為孌童的代稱。如梁簡文帝〈孌童〉云：「妙年周小史，姝貌比朝霞。」劉遵〈繁華應令〉云：「可憐周小童，微笑摘蘭叢。」

孌童的價值完全在於他特有的孩子氣的美，所以該詩一開始就讚美他的妙齡，用含苞待放的荷花比喻他的稚嫩。接著又寫他的服飾和身體非常潔淨，寫他性情柔順，善解人意，所有的特徵都是女性化的，都突出了他那種任憑主人支配的形象。很多「孌童詩」的構思和寫作大致都沿襲了〈周小史詩〉的程式，這些詩作留給我們的印象與其說是對孌童的真實寫照，不如說是展示了關於這一題目的詞藻、典故和單調的趣味。在南朝歷史上，韓子高是一個比較著名的同性戀人物。他既有女性美，又勇武而有將才；做過陳蒨的孌童，後來，又因戰功做了高官。《陳書》卷二十說他「年十六，為總角，容貌美麗，狀似婦人」，又說他「性恭謹，勤於事奉，恒執備身刀及傳酒炙。文帝性急，子高恒會旨」。因此他甚得文帝的寵愛，文帝死後，他坐誣謀反伏誅。唐人李翊根據以上史實寫了一篇〈陳子高傳〉（改韓為陳），該傳可謂古代最早寫男色的文言小說。[14]在中國古代，主人與孌童的關係基本上都是收買、利用和被收買、被利用的關係，男色的癖好只是主人的欲望，孌童則是為勢所迫，受到利誘，被主人馴服成同性戀的被動角色的。子高出身貧賤，他與陳蒨相遇時年僅十六歲。據李〈傳〉所敘，陳蒨一見子高，便打算收子高為孌童，他首先問子高：「若不欲富貴乎？盍從我？」正如一個委身權貴的女子，為了改變沒有保障的生活，子高的選擇也是拿自己的身體去作交換。李〈傳〉還用直露的性描寫片段表現了子高破身的痛苦：「蒨頗偉於器，既乍幸，子高不勝，齧被，被盡裂。蒨欲且止，曰：『得無巨創汝邪？』子高曰：『身是公身也，死耳，亦安敢愛？』蒨益愛憐之。」從這一段性描寫可以看出，小說的敘述採取了主人的視角，它的刺激效果也是從迎合主人的趣味出發的。因為對身為孌童的子高來說，同性之間的性交並無樂趣可言，他所做的事情只是忍痛為主人提供享樂的服務。

在李〈傳〉的後半部，作者完全撇開了《陳書》本傳的史實，憑空虛構了子高與陳霸先（陳蒨的從父）之女私通的故事。陳女起初許配給王僧辨的兒子，她非常迷戀子高的美貌，「喚欲與通。子高初懼罪，謝不可，不得已，遂與私焉。女絕愛子高，嘗盜母閣中珠寶與之，價值萬計。」後來他們的事情洩漏，王家退婚，引起陳氏對王氏的襲擊。接著子高也被陳蒨帶走，陳女最終「以念急結氣死」。李〈傳〉

[14] 見馮夢龍，《情史》，長沙：嶽麓書社，一九八六年，頁八五七至八五八。

畢竟是小說性質的傳記，我們當然沒有必要根據史實求證其中的情節。古代小說的基本功能是消遣和娛樂，色情的渲染尤其是作者最常用來取悅讀者的手段。正如古代的性生活中男色始終是女色的補充，在很多色情小說中，為了增加故事的波瀾，同性戀和異性戀兩種關係也常被錯綜在一起。主人與孌童的性關係最終會隨著孌童的年長而發生變化。等到孌童也長大成人，他就失去孌童的魅力了。隨之而來的故事，則有孌童轉向異性戀的情況，如李〈傳〉所敘子高與陳女的關係。因此，孌童也同他的主人一樣過著兩栖的性生活，他們都沒有把同性戀當作單一和一貫的性選擇。確切地說，他們都是具有雙性戀（bisexuality）傾向的人物。在很多明清色情小說中，狎孌童的情節幾乎總是作為增強色情刺激的手段穿插在沉湎女色的故事中。對於好色的男人來說，男色和女色都是滿足色欲的對象，兩者的差異只被體驗為兩種不同的滿足方式，兩種互補的快感。由於兩者的相通之處被強調得更多，兩者在性行為和性關係上的本質差異反而一直受到忽視。由此可見，古人所說的「男色」和今天所說的「同性戀」並不是兩個完全相同的概念。

三、身為女人的經歷

明代是色情文學氾濫的時代，在五花八門的淫穢小說中，男色的題材佔有顯著的位置。這一古老的風習從宮廷和貴族擴大到民間，從史書上作為警戒的事例而被簡略記載下來的內容發展成通俗的白話小說中津津樂道的事情。在某些小說中，男色已不再被描寫為與女色互補的快感，它甚至被強調為更勝於女色的快感。小說家開始按照夫婦的關係描寫同性戀的關係，他們筆下的同性戀人物有時對男色的偏好幾乎達到了偏執狂的地步。比如，在李漁的〈男孟母教合三遷〉中，主人翁葳季芳大發怪論，認為「婦人家有七可厭」，兩個男人的性關係反而沒有男女關係中的種種弊病，堪稱「一對潔淨夫妻」。[15]在馮夢龍的《情史》卷二十二中，另有一個被稱為俞大夫的人物，此人對男色的嗜好已達到入魔的程度，他認為男人若有生育的能力，女人便成了多餘的性別。他甚至準備作疏奏請上帝，「欲使童子後庭誕育」，接替女人的生育功能。[16]從俞大夫的戲言可以看出，中國古代對同性戀與異性戀的區分很少考慮性行為本身，而是著眼於兩者所導致的不同後果。社會和家庭可以容忍男色，但不可能不考慮一個人傳宗接代的使命，因而如何調和狎男色與婚姻的矛盾，常常是一些同性戀小說討論的主要問題。

在一本署名為「天然智叟」的話本小說《石點頭》中，有一篇題為〈潘文子契合鴛鴦塚〉的同性戀小說，可惜手頭僅有上海古籍出版社新版的《石點頭》，其中全文刪去了這篇小說，以下只能根據其他書籍略作評介。〈潘文子〉取材於《太平廣記》卷三百八十九中〈潘章〉一則，現將這則故事全文抄錄如下：

> 潘章少有美容儀，時人競慕之。楚國王仲先聞其名，來求其友，因願同學。一見相愛，情若夫婦，便同衾枕，交好無已。後同死而家人哀之，因合葬於羅浮山。塚上忽生一樹，柯條枝葉，無不相抱。時人異之，號為共枕樹。

《廣記》中此條無出處，潘、王二人的生活時代也無從考證，我們只能把其中的故事視為傳說性質的東西。民間傳說在流傳過程中往往出現內容的歧異。例如據另一記載，死後合葬，塚上生共枕樹者，並非兩男，實為潘章與其妻。[17]值得注意的是，兩人中的一人是楚人，合葬之處為羅浮山（在廣東），可以肯

---

15 李漁，《無聲戲》，《覺世名言十二樓》，南京：江蘇古籍出版社，一九九一年，頁一〇〇至一〇一。

16 馮夢龍，《情史》，長沙：嶽麓書社，一九八六年，頁八六〇。

17 錢鍾書，《管錐編》，北京：中華書局，一九七九年，頁七九八。

定故事的發源地在男風盛行的南方。這裡所說的共枕樹似乎也與〈焦仲卿妻〉中所說的「連理枝」不完全一樣，而是閩粵一帶常見的榕樹，即被視為象徵男風的「南風樹」。[18]可見在男風盛行的南方民間，人們甚至也把同性戀關係視為另一種夫婦關係。由於同性戀並無它本身的正面價值和情感模式，只有通過比擬、戲仿異性戀，才能賦予它本無的價值。因而當文學作品把同性戀的故事作為理想的關係講述時，大都套用夫婦關係的模式來突出同性戀的優異可嘉之處。凡是女人在男人的世界裡經歷的事情，幾乎都被不倫不類地照搬到同性戀中被動一方的身上。在以下討論的小說中將會看到，這種完全被改造成女人的男人如何受到另一個男人的勾引和姦污，如何做妻子、當母親，如何受盡了身為女人的苦，又如何發現了此中的樂。

從〈潘章〉的故事可以看出，同性戀的人物、情節和背景都出現了值得我們注意的變化，它表現了有別於宮廷、貴族之間的同性戀傳統。自從先秦以來，主流文化中談論男色的方式主要有兩個方面：一是復述史書上帝王與其嬖臣的故事，借題發揮士大夫個人的仕途感慨，詠歎男色的詩文具有政治諷喻的含義。二是從豔情的趣味出發，把孌童也作為一種美色吟詠，從而為描寫男色的文字積累了大量的典故、詞藻和意象。這兩個方面都對後世的文學產生了一定的影響，前者為以男女比君臣的詩歌表達方式提供了近乎「變性人」的心態，後者為描寫風流男子的形象積澱了一種女性化的人物素描程式。潘章的傳說顯然越出了正史的範圍，故事沒有確切的朝代和地點，其中的人物和事件均與史書上的記載無關，一切都發生在遠離宮廷和貴族圈子之外的地方。這是兩個社會地位平等的書生，一個年少而英俊，另一個年齡稍長而偏好男色。他們在讀書同學的環境中建立了同性戀的關係，由相愛到同居，既為朋友，又做「夫妻」。年齡和經歷在這裡成了決定主動和被動的主要因素，其中的浪漫情調頗令人聯想到古代楚國所謂「少壯之禮」的

[18] 李漁，《無聲戲》，見《覺世名言十二樓》，南京：江蘇古籍出版社，一九九一年，頁九九。

遺風。與那種按照君臣、主僕之間的權力關係建立的同性戀關係形成了明顯的對比，潘、王二人的結合完全建立在個人的自由選擇和雙方之間的趣味相投之上，它代表了平民中的同性戀傳統。

〈潘文子〉卻是一篇滿足市井趣味的白話小說，作者本來想把它寫成「浪漫故事，結果卻寫成了笑話」。[19]這也正是〈潘文子〉與原故事在旨趣上的不同。原故事以同情的態度敘述了潘、王的關係，小說則充滿了嘲笑的口吻。原故事幾乎就把他們生同室、死共穴的同性之愛當作夫婦情歌頌，小說顯然對他們不婚不娶的反家庭行為表示了責備。打著批評和嘲諷的招牌，作者把興趣轉向了描寫兩個男人發生性關係的細節。因而原故事中同學讀書的背景成了大做文章的地方，經過他的刻意渲染，學校便在此後的不少小說中被當作同性戀的典型環境。正如韓南所概括，「故事的中心是引誘。作者寫引誘可謂淋漓盡致：王、潘在一個書院讀書，王是在討論『四書』意義的嚴肅環境中設計引誘他的同學的。潘最初嚴詞拒絕，但在引誘者對天盟誓表示此情終生不渝的情況下終於屈服。王所強調的是只對一個人、而且背誓時甘受天報的極致的『情』，這就使潘的接受成為合理，而且潘自己也承認同性戀的情比夫婦之愛更深。後來以同性戀為題材的白話小說大多也按這一套來寫。」[20]在這兩個同學的關係中，王成為主動角色的模特：年長，好男色，並諳熟此道，有一套勾引美少年的經驗。潘則是一個典型的被動角色：貌美，輕信，經不起誘惑，最終不能自拔。

在《弁而釵》的第一集《情貞記》中，潘、王的同性戀模式又被納入了另外兩個書生的經歷。[21]江都

19 韓南，《中國白話小說史》，杭州：浙江古籍出版社，一九八九年，頁一三〇。

20 韓南，《中國白話小說史》，杭州：浙江古籍出版社，一九八九年，頁一三一。

21 《弁而釵》共分四集，分別以《情貞記》、《情俠記》、《情烈記》、《情奇記》為題，每集五回，各演一則同性戀故事，全書共二十回。題「醉西湖心月主人著」、「奈何天呵呵道人評」，原書未見。以下主要參考安平秋主編：《中國禁書大觀》，上海文化出版社，一九九〇年，頁三〇五至三〇六；Passion of the Cut of Sleeve: the Male Homosexuality

縣書生趙王孫也是個潘章型的美少年，年方十五，被二十歲的翰林風翔看中。風化名塗遇之，與趙同學，百計挑之，終遂所願。正如麥克夢（K. McMahon）所說，小說的大部分內容都是講那位翰林一步步誘姦趙的過程。與王仲先強調的理由相同，《情貞記》的作者也一再讓他的人物打出「情」的旗號，以這個被明清文人用得濫俗的字眼為男風貼金。這一立意貫穿了《弁而釵》全書，所有的故事都是為體現作者的男色性愛論編造的例證。後來趙在翰林的幫助下高中二甲，官至吏科給事中。翰林以忤權貴坐斬，趙不畏權勢，冒險救翰林，二人遂棄官歸家，世世相好。題名「情貞」，即指二人「始以情合，終以情全」。與史書所載的男色事例不同，《弁而釵》的作者首次把同性戀者塑造為與邪惡的社會力量相對抗的人物，他不只把兩個平民的同性戀關係描繪為性的吸引，同時還突出了他們之間符合傳統道德觀念的情誼。在年幼的趙被誘失身之後，翰林便以情為藉口安慰受了傷害的趙。他認為他們的行為雖與常理相悖，卻很合情。與很多明清色情小說所宣揚的「情」基本相同，《弁而釵》一書所說的「情」實際上是對男色之癖的美化，它幾乎像魔術一樣取消了生與死、男與女之間的差別，以致兩個對立面可以互相轉換，否則便非至情。我們不難看出，作者借翰林之口宣揚的「至情論」在很大的程度上是從主動角色的立場發言的，所謂泯滅男女之分，不過是儘量說服被動的一方放棄身為男人的性別意識，自覺接受女人的身份，由對方任意擺佈罷了。「情」成了自由意志對事實的專橫否定，變成了新的權力關係賴以建立的根據或肛門交的合理化。所以，按照作者的設計，被動的一方除了鍾情到「不知此身是男是女」，他進一步還應與對方沉溺到強烈的肉欲中完成至情。對他來說，這是一個由苦到樂的過程，也是在對方的引導下從自己身上找到樂處的過程。在《情貞記》中，作者處處都把翰林描繪成趙的啟蒙老師，正是經過了翰林的誘導，趙才在「身歷其

Tradition in China, chapter 6；另有Keith McMahon, Causality and Containment in Seventeenth-Century Chinese Fiction, Leiden, 1988, pp. 74-78. 以下個別引文不再註出。

境」之後體驗到了快感。麥克夢指出，「身歷其境」是一個關鍵字，《弁而釵》四集所寫的正是各種類型的被動角色身歷其境的故事。《情烈記》寫了一個同性戀者復仇的故事。文韻因遭家難外逃謀生，不幸落入風塵，在戲班裡演唱旦角。後得到才子雲漢的賞識，兩人友情甚篤。忽有惡霸乜儀賓欲霸佔文韻，文韻計難免，遂自賣九百金，資助雲漢進京考試，而自己以死殉情。在這裡，又是「情」創造了奇蹟：文韻的精誠感動了神靈，他死而復生，與雲漢復續舊緣。雲漢此時高中進士，為文韻報了仇。在沒有出路的悲慘世界裡，被壓迫者只有幻想神靈創造奇蹟。《情烈記》對生死之分的漠視顯然是對《牡丹亭》的拙劣模仿。這種可以起死回生的「至情」被認為具有感動天地的力量，與湯顯祖的論調相似，馮夢龍也說：「人，生死於情者也；情，不生死於人者也。人生，而情能死之；人死，而情又能生之。」[22]《弁而釵》全集四個故事中的「貞」、「俠」、「烈」、「奇」便由此情而生，因而萬能的「情」最終也使那些有情的同性戀者都得到了好的結局。

李漁的《萃雅樓》也寫了一個同性戀的復仇故事。但由於李漁向來喜歡以玩世主義的態度看待生活中的苦難，所以他筆下的人物不分正面與反面全都深深陷入了各自的怪癖，不管得到惡報還是善報，似乎全都幹著「自討苦吃」的事情。在《萃雅樓》中，三個讀書人放棄了科舉考試，過著隱於市井的風雅生活，在京師共開一店，專門出售書籍、古董、名香和花卉。他們自己也在營業之餘讀書、賞花、品香，但真正把他們聯繫在一起的是三個人共同癖好的同性之愛，其中年幼的權汝修扮演被動角色，金、劉二人共用這一個寶貴的朋友。可惜好景不常，權奸嚴世蕃聽說汝修年少美貌，企圖霸為己有，萃雅樓上的同性戀三重奏遂被外來的威脅打破。由於汝修拒絕了嚴的要求，嚴惱羞成怒，竟唆使一宦官設計把他閹割。從此他被迫

[22] 馮夢龍，《情史》，長沙：嶽麓書社，一九八六年，頁三四〇至三四一。

進入嚴府，盡知其私事，後世蕃被劾，汝修盡以奏聞。最後嚴被處死，汝修用他的頭骨作溺器以報夙怨。

這篇小說仍然體現了李漁在他的其他小說中合懲勸與娛樂為一的一貫旨趣。萃雅樓象徵了一個「以俗為雅」的世界，其中的生活表現了李漁按照個人的趣味所設計的同性戀關係，他欣賞其中的情趣，並給他們的快感賦予了讓人感到有點滑稽的外在詩意。同時他又對金、劉二人的自享其樂和獨佔韻事流露了譏諷，似乎他們的災難在很大的程度上是由於他們只顧沉溺於自己的癖好，絲毫不願同他人分享而招致的，是他們的過分保守激起了嚴世蕃的嫉恨。在一個充滿了嫉妒和佔有欲的世界裡，萃雅樓這樣理想化的同性戀樂園自然難以長期存在。當金、劉二人終於看出嚴世蕃賴賬的用意是為了讓汝修出面時，他們打算放棄貨款，嚴的管家便威脅他說：

你若不來領價，明明是仇恨他、羞辱他了。這個主子可是仇恨得、羞辱得的？他若要睡人妻子，這就怪你不得，自然拼了性命要拒絕他。如今所說的不過是一位朋友，就是送上門來與他賞鑑賞鑑，也像古董書畫一般，弄壞了些，也不十分減價。為什麼丟了上千銀子去換一杯醋吃？[23]

管家的話公開宣揚了有權有勢者把孌童當玩物的態度。同樣嗜好男色，金、劉二人與權汝修的關係顯然與嚴世蕃的態度形成了兩種對立的同性戀模式：前者的結合出於自願，除了同性之愛的吸引，還有其他方面的志趣相投，性關係也建立在平等的關係上。後者完全出於貪圖男色的欲望，對所垂涎的對象完全採取了以強凌弱的佔有方式。因此，嚴世蕃最後也因自己的怪癖遭了報應。為了追求情節的離奇和滿足讀者低下的報復心理，小說的後半部完全墮入了惡趣，一切駭人聽聞的罪行和污濁的場景幾乎完全是為最後的

[23] 李漁，《覺世名言十二樓》，南京：江蘇古籍出版社，一九九一年，頁一二〇。

復仇而設計的，前半部分所渲染的雅趣已被破壞得乾乾淨淨。被當作正面人物刻畫的權汝修也給人留下了頗成問題的印象，他本來受到了很大的傷害，但在故事結尾處的惡作劇又讓人覺得，這個受害者同時也受到了社會陰暗面的污染。

古代文學中有不少寫妓女如何誤落風塵，又如何終於從良的作品，這類故事大都是講一個女子不甘永遠從事皮肉生涯，終於碰到有情男子為她贖身，被他帶回家中，作了良家婦女。《情奇記》的內容可謂此類故事的同性戀翻版。小說的主人翁李又仙為救父親賣身「南院」，操男妓的職業，後被匡監生救出，男扮女裝，與匡過起了夫婦生活。匡用一種神奇的藥水軟化了李的雙腳，將李的雙腳纏成了三寸金蓮，正式納李為妾。不久匡被人誣告，滿門抄沒，李設計救出匡子，棲身道觀，將匡子養大成人，李最後成仙而去。身為男人，李又仙在其苦難的一生中先後充當了妓、妾、後娘和道姑一系列女性的社會角色，親身體驗了做女人的滋味和苦楚。作者似乎以此證明，一個男人不但可以被改造成女人，而且可以在「情」的作用下做一個模範的女人。不管作者如何美化兩個男人之間的至情，他所編造的同性戀神話依然沒有建立它獨自的感情模式。從上述情節可以看出，每一個故事中的同性戀關係都有其對應的異性戀關係，特別是其中被動一方的種種經驗——被勾引、破身、殉情、守節等，全都戲擬了女人的經驗。在另一篇類似的故事《男孟母》中，李漁在字面上作出嘲弄男風的口吻，又在細節描寫上渲染男色的魅力，並把這種異常的偏好納入了傳統道德。正如韓南所說，他把「訂婚、迎娶、孝道、守節和無私地撫養孩子等理想全都照搬到了同性戀的關係中」。[24]故事發生在「南風」最盛行的福建地區，據沈德符《萬曆野獲編》記載，那裡很久以來就流行一種被稱為「契兄契弟」的風俗：

[24] Patrick Hanan, The Invention of Li Yu, Havard University Press, 1988，pp. 98-102.

閩人酷重男色，無論貴賤妍媸，各以其類相結，長者為契兄，少者為契弟，其兄入弟家，弟之父母撫愛之如婿。弟後日生計及娶諸費，但取辦於契兄，其相愛者，年過而立，尚寢處如伉儷。

正是基於這樣的民俗背景，李漁對某些來自現實生活的素材進行了戲劇化的處理。故事中扮演契兄角色者是二十多歲的秀才葳季芳，他結婚不久，妻子病逝，只留下一個兒子。由於已經完成了傳宗接代的使命，這個性喜男色的書生從此再不打算與女人結婚，一心只想找一個「絕色龍陽，為續弦之計」。在一次廟會上，他結識了當地最漂亮的男童尤瑞郎，經過不少周折，最終把這位契弟娶回家中，兩人過起了恩愛的夫妻生活。在從一見鍾情、挑逗、贈物到訂婚、納聘、舉行結婚儀式、洞房新歡等一系列的細節描寫中，李漁完全戲擬了對應於異性婚戀模式的整個過程，對他認為「有苦於人，無益於己」的事情，在具體的刻畫描摹中明顯流露了玩賞品味的傾向。比如，有關瑞郎的肖像素描，他反覆突出其「白裡閃紅，紅裡透白」之美，那美色也正是他在《閒情偶寄》中強調的女性美的重要因素。由此可見，在古代的男色文學中，作者與讀者幾乎全都站在主動一方的立場上，以欣賞女色的眼光欣賞男色。作為契弟，瑞郎的全部價值就在於他的美貌、年幼和順從。因此，要獲得對他的獨佔權，季芳不得不通過經濟手段，像買一個女人一樣，用彩禮把瑞郎從他父親手中買過來。甚至在這種人身買賣的交易中，論價的標準也「與女子一般，也要分個初婚再醮。若是處子原身，就有人肯出重聘，三茶不缺，六禮兼行，一樣的明婚正娶」。[25]季芳花了大價錢，瑞郎便合法地來到他家承擔主婦的職責，與男女之間的婚姻一樣，他們之間的「情」也建立

[25] 李漁，《無聲戲》，《覺世名言十二樓》，南京：江蘇古籍出版社，一九九一年，頁一〇六。

在經濟的基礎上。但是，為了用模範妻子的角色塑造瑞郎的形象，李漁掩蓋了這種關係背後的很多東西，而只突出了契兄契弟之間的「情」，並將他們的關係澈底改造成真正的夫妻關係。他採取了外科手術的處理，讓瑞郎通過自閹的手段從生理上變成女人，從而保證他們持久的夫妻生活。然而，又是因為季芳獨自享用人人垂涎的快感，最終引起了公憤。嫉妒者誣告他們有非法行為，李芳在公堂上死於杖下，為自己的怪癖付出了犧牲的代價。從此瑞郎像遺孀一樣為死者守節，含辛茹苦，將前房的兒子養大成人。為擺脫壞人的勾引，他帶著孩子多次遷徙，最後孩子高中甲榜，瑞郎也因善於教子而榮獲了誥命夫人的封號。他已經澈底地變成了女人，直到死後，他也以女人的身份與季芳合葬，並以「尤氏夫人之墓」的墓碑給後世留下了永恆的標記。

眾所周知，孟母是中國歷史上「賢母」的樣板，為把孟軻培養成聖人，她曾三次遷居。讓一個契弟榮獲「男孟母」的稱號，這顯然說明，李漁所理想的同性戀婚姻完全因襲了傳統婚姻的模式。通過這一戲仿的形式，約束婦女的通行禮教不但被照搬到同性戀者的身上，同時也以其粗俗的移植隱瞞了同性戀婚姻有待認識和表達的獨特經驗。經李漁這樣移花接木的編造，一個男色與女色共享的模範角色被炮製出來：不管是男人還是女人，只要接受了女性的社會角色，社會同樣期待她／他無怨地忍受這個角色所應忍受的苦難。她／他越是漠視痛苦，越是貶抑自我，越是受虐狂地吃苦耐勞，她／他的事蹟便越感人，越值得傳頌。在《情貞記》中，翰林以「情」為藉口，要求趙王孫忍痛求歡，滿足他自己的嗜好。在《男孟母》中，「情」又從自我放縱的狂熱轉為自我犧牲的狂熱，成了一種宗教化的感情。「情」成了有情人按照自己的意願任意塞入各種內容的空洞口號，這個「情」基本上流動在以「理」殺人的道學家所鼓吹的「理」和它所掩蓋的「欲」之間，在這一端或那一端上權變著添加砝碼。

四、情癡與狎優

有一句俗語：「學堂，戲坊，壞（用作動詞，使動用法）娃的地方。」從前對此話的真正含義並不完全理解，如今走筆至此，方才悟到，由於背景的轉換，此話所傳達的信息在今日的社會中早已變得十分陌生了。原來在過去的時代，人們一般都把學校和戲班子視為男風氾濫的場合。戲班子的情況且待下文詳表，在教室裡沒有女生座位的古代社會，學校顯然為男性青少年的群聚和親密接觸提供了理想的天地。由於古代的男子缺乏與同齡女子相處的機會，他們的初戀經驗常常是通過與同性夥伴的相處來預先排練的。由此可見，在《潘文子》和《情貞記》中，作者把同性戀的男子安排在同學讀書的環境中，並非沒有一定的現實根據。反過來說，這種情節設計一旦成為編故事的模式，作品世界又會對現實世界產生影響，以致形成了生活對文學的模仿。正如《紅樓夢》第七回結尾處的聯對所云：

不因俊俏難為友，正為風流始讀書。

賈寶玉就是懷著這樣的興趣約秦鐘去義學裡讀書，同樣，薛蟠也是出於漁色的目的到那裡應卯。他們兩人雖然人品有高低之差，但他們忽然對學習產生興趣的動機卻沒有多少性質上的區別。至少從他們的故事可以想像，在男風盛行的清代社會，紈綺子弟也把校外的世風帶進了課堂。大概正是基於這樣的印象，上述那位清代的《詩經》注釋者才對《毛詩・序》所謂的「刺學校廢」作出了新的解釋，從〈子衿〉一詩中讀出了同性戀文本的含義。

讓我們先從薛蟠的男色之癖說起。這位呆霸王屬於警幻仙姑所說的「皮膚淫濫之蠢物」，在曹雪芹的筆下，他的出現常常被作為對寶玉的反襯，因此，在好男色的問題上，他的粗俗和頑劣處處都與寶玉的「情癡」形成了鮮明的對比。聽說賈府的義學裡「廣有青年子弟」，薛蟠便「動了龍陽之興」，他裝模作樣地來這裡上學，其實心裡「只圖交些契弟」。曹雪芹在這裡使用的措詞本身已經說明，他不但對這種社會風氣和既有的同性戀文學有一定的瞭解，而且也將其納入「秉風情，擅月貌」的內容。薛蟠的舉動很容易使我們聯想到上述那些反面角色的同性戀人物，權勢和金錢是他用來漁色的唯一手段，除了滿足個人的貪欲，其間並無「情」可言。幾個只圖銀錢吃穿的孩子很快就讓他哄上了手，經他這一攪混，小小的學堂裡一下子彌漫了色情的氣氛。在一個同性戀文化的大背景中，孩子們剛剛萌生的性意識從一露出頭就受到了不良的影響，天真的童心很快就染上了下流的習氣。為了再現其中某些微妙的情景，曹雪芹始終運用了輕鬆而又謹慎的戲筆，他既活畫出一群頑童的憨態，同時也暗示了那幼稚的性遊戲中潛伏的危險。試讀以下一段文字：

> 妙在薛蟠如今不大來應卯了，因此秦鐘趁此和香憐擠眉弄眼，遞暗號兒，二人假裝出小恭，走到後院說體己話。秦鐘先問：「家裡的大人可管你交朋友不管？」一語未了，只聽背後咳嗽了一聲。二人唬的忙回頭看時，原來是窗友名金榮者。[26]

這個金榮也是薛蟠之類的人物，他本想從中插一手，由於沒有得逞，便對那兩個孩子大肆詬誶一番。

26 〔清〕曹雪芹，《紅樓夢》，人民文學出版社，一九八二年，頁一三九。

金榮散佈的言論雖意在誹謗，但就小說的敘述方式而言，我們也可以把他的話理解為從另一角度補充了正面描寫中所省略的場景。《紅樓夢》也有多處寫性，與那些渲染男色小說所不同的地方在於，對於某些說不清的事情，作者常常採取了含糊其辭的處理，他僅僅露出其中的一些痕跡，卻從不作直露的實寫。其實，在以上的場景中，作者已經暗示了秦鐘與香憐之間的不正常關係，如其中提到二人「走到後院說體己話」。這裡除了正面寫他們到背人處密約，另外尚有語義雙關的暗示。因為用文飾性的用語「後庭花」代稱肛門交，向為古書中的通例。對當時的讀者來說，讀到兩個孩子去「後院」，自然不難領會到字面上沒有明說的情景。

在「秦鯨卿得趣饅頭庵」一回中，作者對寶玉和秦鐘的關係同樣採取了虛寫的處理。秦鐘正與智能偷情，寶玉忽然闖入，等智能嚇得張惶竄去後，他笑對秦鐘說：「這會子不用說，等一會睡下，再細細的算賬。」接著下面又插入作者的旁白：「寶玉不知與秦鐘算何賬目，未見真切，未曾記得，此系疑案，不敢纂創。」[27]這種點到即止，故意留下空白的手法表現了《紅樓夢》處理性場面的突出特徵。正如脂評所云：「若不如此隱去，則又有何妙文可寫哉。這方是世人意料不到之大奇筆。」[28]這也說明，在《紅樓夢》中，如何處理性描寫的問題主要是藝術上的講究，而非僅出於一般性的道德顧慮。曹雪芹並未假惺惺地迴避「好色」與「淫」之類的敏感問題。他借警幻仙姑之口宣佈：「好色即淫，知情更淫。是以巫山之會，雲雨之歡，皆由既悅其色，復戀其情所致也。」接著，仙姑又用「意淫」二字界定寶玉的性（別）意識，說他「天分中生成一段癡情」。[29]寶玉的癡情與上述陳詞濫調的「情」有什麼不同？曹雪芹如何表現

27 〔清〕曹雪芹，《紅樓夢》，人民文學出版社，一九八二年，頁二〇七。
28 俞平伯輯，《脂硯齋紅樓夢輯評》，上海：古典文學出版社，一九五七年，頁二三二。
29 〔清〕曹雪芹：《紅樓夢》，人民文學出版社，一九八二年，頁九〇。

寶玉不同於薛蟠的男色之癖？以下可通過分析寶玉的形象來回答這些問題。

如上所述，古代的男風傳統基本上是男尊女卑的性別壓迫在男人內部的翻版，所有美化男風的言論都沒有確立任何顛覆等級制的價值，而且還在同性戀的關係中為年長者支配年幼者，富貴者淩辱貧賤者的合理性提供了感人的事例。曹雪芹對這個問題的認識當然是有限度的，但他賦予寶玉的癡情卻流露出一種新的情感態度。之所以稱這種態度為情感的，又許它為「新」，首先是強調它與其他談論「情」的陳詞濫調有所不同，其次因為寶玉不是按照既定的秩序對事物作出肯定或否定的判斷，而是全憑個人的感覺對一切作出好惡的反應。他用「清」代表正面的價值，用「濁」代表反面的價值，並分別用女兒與男人體現兩者的對立。比如，他在年齡尚小之時就說過，「女兒是水作的骨肉，男人是泥作的骨肉。我見了女兒，我便清爽；見了男子，便覺濁氣逼人。」還說過，「天地間靈淑之氣，只鍾於女子，男兒們不過是些渣滓濁沫而已。」然而，對「清」與「濁」的區分，他並非完全拘於形跡，絕對按性別劃分。提起那些嫁了男人，染上男人氣味的女人，他甚至覺得比男人更可殺。這說明他並未以「清」讚美所有的女人。其次，對於男人，他也不是一律排斥，全部劃入污濁之列。他顯然喜歡漂亮的、單純的、女性化的男人。比如，他聽說北靜王「生得才貌雙全，風流瀟灑，每不以官俗國禮所縛」，便「思相會」。後來二人路遇，一見那位秀麗的人物「面如美玉，目似明星」，他更是心生羨慕。從未見之前到既見之後，寶玉對北靜王的好感主要是由於他的才貌和平易近人，而非基於他的王位。對於社會地位低下的優伶，寶玉也採取同樣的尺度。如一次聚會中與蔣玉菡相識，聽說眼前之人就是他慕名已久的琪官，寶玉立即表現出極大的熱情。對於秦鐘，寶玉的傾慕幾達到入魔的程度。二人初次見面，看見秦鐘生得「眉清目秀，粉面朱唇，身材俊俏，舉止風流」，而且「怯怯羞羞，有女兒之態」，寶玉便「癡了半日」，且深懷自慚形穢之感，甚至恨不得托生到普通人家，與這樣的人物常來常往。

物以類聚，人以群分。寶玉對以上幾個人物的愛慕和依戀正好從側面反映了他對自我的肯定，因為他自己的外貌和脾性也是十足地女性化的。請看曹雪芹對他的肖像素描：

面若中秋之月，色如春曉之花，鬢若刀裁，眉如墨畫，面如桃瓣，目若秋波。雖怒時而若笑，即瞋視而有情。[30]

不難看出，作為一個男色欣賞者，寶玉本人首先就長得一表人才，具有令人愛慕的男色。作者顯然要把他寫成一個男人和女人共同喜歡的美男子。但是，與那些「皮膚淫濫之蠢物」不同的地方在於，寶玉的用情不是出於貪欲和佔有，而是出於一種認同感，一種對靈與肉上共同體現的幼稚狀態的認同。這是男女身上本來都有的，而女孩子相對地保留得更多的東西。它之所以被視為天地獨鍾於女子的靈淑之氣，其實是由於女子的存在的局限性使她們的生命中更多地保留了天真和單純的一面，從而顯示了未被男性價值污染的美。寶玉的「情癡」就在於他始終執著地維護大觀園女兒世界的純潔性，在於他幾乎是死賴活賴地阻止成人世界對這塊淨土的侵襲。他的女性傾向與其說是對女性的崇拜，不如說是迷戀於女兒世界所象徵的少年生活。它毋寧是不分男女相的，因為它的對立面是按照男女、長幼、尊卑劃分等級的秩序，而不是男性本身。同樣，寶玉所認同的「女性」，也非包括婦女群體，而是針對沒有染上男人氣的眾女兒及其特有的「女兒性」，其中也包括幾個與他類似的男性青少年。在他的眼中，他們與他所愛的幾個女子幾乎具有同等的價值。因此，他們的同性戀關係中不但不存在由地位和年齡所決定的主動與被動之分，而且傾向於

[30]〔清〕曹雪芹：《紅樓夢》，人民文學出版社，一九八二年，頁四九。

消除這種傳統的模式。一種互相尊重和互相體貼的交流完全沖淡了其中的性意味。就雙方各被對方的美貌所吸引而言，就兩人的交往中所洋溢的童稚心態而言，他們彷彿是在對方身上互照鏡子，在同性的性遊戲中預習初戀的經驗。《紅樓夢》第九回特別強調寶玉「天生成慣能作小服低，賠身下氣，情性體貼，話語綿纏」。能與秦鐘這樣俊俏的同學親密相處，正好使寶玉得到了釋放這種孩子氣溫情的機會。

對於柳湘蓮和琪官這樣社會身份低下的人物，寶玉同樣沒有一點少爺的架子。聽到琪官要求與他交換禮物，寶玉竟喜不自禁，連忙解下身上的汗巾送給琪官。後來竟因此事挨了賈政的毒打，甚至在自己被打得昏昏沉沉的時候，他還惦記著琪官的安危。

寶玉為什麼如此重視他與琪官的友誼？賈政為什麼如此憎惡兒子與優伶的交往？這些問題需要從清代社會的狎優之風談起。

據沈德符的記載，早在明朝宣德年間，由於朝廷嚴禁士大夫狎妓，京城內便開始流行由男性優伶演出的「小唱」，以填補娛樂的空缺。從此，達官名士召集伶人唱曲侑酒，習以為常，至萬曆年間，已形成一種社會風氣。伶人於是繼承了歌妓原先的各種職能，他們既賣藝，也賣笑，燈紅酒綠之際，自然會發生種種狎昵的關係。正如歌妓一樣，其中俊俏、殷勤的伶人同樣得到顧主的寵愛，甚至被有權勢者獨自佔有，變為專房，一如姬妾。因此，伶業雖為演唱的藝術，但在那種腐敗的社會風氣下，它同時也有賣淫的傾向。在人們的印象中，伶人與男妓似乎並不存在明確的界線。他們也被稱為「相公」，身份甚至比妓女還低下，他們見到妓女還需要行禮請安。因為他們的職業是對妓女的模仿，妓女一旦從良，還可上升為夫人，而相公永遠都是相公。[31]在清代，人們還把相公蔑稱為「兔子」，「兔崽子」一詞至今之所以仍為罵

[31] 潘光旦，《中國伶人血緣之研究》，北京：商務印書館，一九八七年，頁二三六。

人之語，正因為該詞本指「相公的孩子」。

但是，伶人中也有以演技的高超揚名士林的人物，很多風流文人常常寫詩詠歎他們的事蹟，一時在文壇上傳為佳話。如清初名伶王稼（紫稼），吳偉業說他「髫而皙，明慧善歌……風流儇巧，猶承平時故習，酒酣一出其伎，座上為之傾靡」。當時名士競相「捧角」，寫詩詠歎他的色藝，其中尤以吳偉業的〈王郎曲〉豔傳一時。在這首感人的歌行中，詩人幾乎純用歌詠名妓的腔調來讚美這位名伶，他甚至把個人對世事的感慨也寄託在王郎的身世中。如云：「王郎三十長安城，老大傷心故園曲。誰知顏色更美好，瞳神剪水清如玉。五陵俠少豪華子，甘心欲為王郎死。寧失尚書期，恐見王郎遲；寧犯金吾夜，難得王郎暇。座中莫禁獨呼客，王郎一聲聲頓息。移床欹坐看王郎，都似與郎不相識。」[32]由此可見，清代文人捧角的熱情中多少都含有欣賞男色的因素。據梁紹壬《兩般秋雨盦隨筆》卷四所載，正是這位王郎，後來由於「縱淫不法」，被活活打死在巡按李琳枝的杖下。另一位名伶李郎卻比王郎幸運，他的事蹟頗似柳如是等從良的名妓，後來當了達官畢沅的情人，被好事者肉麻地稱為「狀元夫人」。袁枚有〈李郎曲〉專詠他的事蹟，一時奉和者甚眾，也在文壇上傳為佳話。趙翼的〈李郎曲〉和詩中有這幾句特別值得在此一引：「畢卓甕頭扶醉起，鄂君被底把香烘。但申嚙臂盟言切，並解纏頭旅食供。」趙翼在這首歌詠男風的歌行中引入鄂君子皙與榜枻越人的故事，說明他早已把〈越人歌〉當同性戀文本理解了。在今日看來，這種奢談男色的風尚實在令人感到驚訝，但在當時卻被文人視為風雅之舉。正如《菽園贅談》所云：「京師狎優之風冠絕天下，朝貴名公不相避忌，互成慣俗。其優伶之善修容貌，眉聽目語者，亦非外省所能學步。是故梨園座滿，客之來者，不僅為聆音賞技已也。」[33]

[32] 〔清〕徐釚，《續本事詩》卷八後集，上海：上海古籍出版社，一九九一年，頁二六六。

[33] 蔣瑞藻，《小說考證》，上海：上海古籍出版社，一九八四年，頁七二三。

清代著名詩人袁枚就是這種別有所好的人物，他不僅喜歡交接伶人與美少年，而且樂於誇耀聲色，幾乎像追憶難忘的豔遇一樣，反覆在他的詩話中提到他覬覦男色的往事，還特意錄下了不少自作多情的詩篇。[34]據說，長篇小說《品花寶鑑》中那個老而好男色的侯石翁就是影射袁枚。最有趣的是，他的詩話中有一則記載，為我們保留了一個生動的同性戀事例。現抄錄如下：

> 春江公子，戊午孝廉，貌如美人；而性倜儻，與妻不睦，好與少俊遊，或同臥起，不知烏之雌雄。嘗賦詩云：「人各有性情，樹各有枝葉；與為無鹽夫，寧作子都妾。」其父中丞公見而怒之。公子又賦詩云：「古聖所制禮，立意何深妙！但有烈女祠，而無貞童廟。」中丞笑曰：「賤子強詞奪理，乃至是焉！」……嘗觀劇於天祿居，有參領某，誤作伶人而調之，公子笑而避之。人為不平。公子曰：「夫狎我者，愛我也。子獨不見《晏子春秋・諫誅圉人》章乎？惜彼非吾偶耳，怒之則俗矣。」參領聞之，踵門謝罪。[35]

與袁枚的酸風流相比，春江公子的態度可謂爽快而明朗，他的善解人意倒有些與寶玉相似。從他父親對他的怒責，我們自然可以理解賈政痛打寶玉的原因了。

曹雪芹創作《紅樓夢》之日，正當清代狎優之風最盛之時，而此風的中心就是北京。召集伶人侑酒唱曲，或與伶人親密交往，在當時完全是貴公子日常生活中的插曲，《紅樓夢》顯然真實地反映了這些情況。從作者對寶玉和薛蟠的不同態度可以看出，他主張友優而反對狎優。柳湘蓮本是世家子弟，他的社會

---

[34] 袁枚，《隨園詩話》，北京：人民文學出版社，一九六〇年，頁一一六、七二八、八〇五至八〇六、八〇八。

[35] 袁枚，《隨園詩話》，北京：人民文學出版社，一九六〇年，頁一二五至一二六。

身份並非伶人，不過喜歡業餘串戲，大概屬於後世所說的「票友」一類人物。薛蟠犯了那位參領的錯誤，以為可以像對待伶人那樣肆意輕薄柳湘蓮，結果招來一頓毒打，喝了一肚子污水。柳湘蓮的冷面無情與春江公子的寬容態度顯然說明，一個人對同性戀關係接受的程度與他傾向於其中的哪一種角色有關。春江公子似乎更傾向於做被動的一方，因而原諒了參領的魯莽。柳湘蓮大概更傾向於做主動的一方，因而認為薛蟠的舉動侮辱了他的人格。只有寶玉與秦鐘等人之間的關係中看不出明顯的主動與被動之分，他們更傾於維持一種互為主體／客體的關係；年齡相當，旨趣相投，都生得俊俏、溫順，面面相對之際，彷彿互照鏡子。社會地位不僅不被作為劃分角色的依據，而且社會地位較高的一方還對社會地位較低的一方表示應有的尊重。這正是柳湘蓮在賈府的老爺少爺中唯獨與寶玉維持友好關係的原因。

在專門描寫狎優之風的長篇小說《品花寶鑑》中，作者陳森無疑受到了《紅樓夢》的影響，通過梅子玉等名士友優與其他紈絝子弟狎優的對立，自愛自重的名伶杜琴言等人與其他黑相公的對立，他生動地刻畫了男風圈子裡各色人等的正邪雅俗之分。書中的主線是梅子玉與杜琴言的神交情戀，兼寫一些達官名士與八大名旦的友好往來，同時穿插了一些富豪玩弄、姦污優伶的醜惡行徑，以後者的污濁反襯了前者的風雅。一方面自然主義地羅列了市井中種種令人厭惡的場面，同時又寄寓了懲勸之意。所以，對於該書中過多渲染狎優醜行的內容，歷來的評論多持否定的態度。如《菽園贅談》云：「夫訪豔尋春，男女狂浪，選勝者輒侈美談，猶人情耳。忽而為兩雄相悅，私贈餘桃之事，閱《寶鑑》於此，見其滿紙醜態，齷齪無聊，都難為他彩筆人才，寫市井俗事也。」[36]但也有人認為，由於該書在一定的程度上揭露了封建社會的腐朽本質，反映了伶人的悲慘生活，它仍有史料價值和社會意義。[37]不管怎麼說，以洋洋六十回長篇巨制

36 蔣瑞藻，《小說考證》，上海：上海古籍出版社，一九八四年，頁七二四。
37 尚達翔為新版《品花寶鑑》所寫的前言、《中國禁書大觀》頁五三七。

專寫同性戀的題材，以浮世繪式的畫面再現了戲院和男妓院中狎優的場景，在中國古代性文學中，《品花寶鑑》尚屬首創之作，同時也是古代的同性戀傳統即將終結之前的謝幕之作。全書以眾名士與名旦會於九香園告終，此時眾伶已脫身梨園，他們在眾名士之前焚燒了昔日的裙釵，灰燼被香風吹得無蹤無影，眼前一片盛開的鮮花裝點了美好的結局。

《品花寶鑑》顯然有意模仿《紅樓夢》，從表面上看，作者在狎客與優伶中所作的清濁、正邪、美醜之分，也頗有與曹雪芹的態度相似之處。但透過表面上的相似，我們仍可以看出兩書的差異和對立。首先，在《紅樓夢》中，同性戀的內容只是一些片段的插曲，談情的主旨基本集中在男女之情的內容上。對於同性之愛，作者不僅沒有流露出讚賞的態度，而且對其中的場景採取了漫畫的處理。凡是寫到寶玉涉嫌同性戀的蛛絲馬跡，作者多著墨於他的「情癡」，如卑身以交結賤者，對優伶的友好態度，少年時代不分男女相的性經歷等。與其說這些情節旨在強調寶玉對男色的嗜好，不如說是為突出寶玉的「不肖」提供了事例。《品花寶鑑》是專寫男色的小說，陳森本人就是一個狎客，他所謂的正邪、雅俗之分不過是以風雅自居，站在名士風流的優越位置上編造狎優的浪漫故事罷了。從本質上說，他僅僅在狎客中作出了優劣、高低之分，因而他的趣味未超出以五十步笑百步的水平。全書也貫穿了對「情」的強調，但作者借各種正面人物之口所發的友優之論依然建立在按照社會地位和年齡來決定主動／被動角色的傳統模式之上。這一立場從小說的第一回便露出了端倪。他所標榜的「情之正」由縉紳子弟中的十種情與梨園中名旦的十種情互相對應而構成。只要對這兩類人物的「情」作一對比，我們不難從作者對兩類人物的「情」作出的界定看出它所顯露的視角：對名士的讚美完全採用了男性自我評價的用語，對名旦的讚美完全採用了男性欣賞女性美的用語。名士自居於保護人、鑑賞者的地位，名旦則如美人或花草一樣，只是名士品評、玩味的對象，必須經過名士的品題，「花」（優伶的代稱）的品位才能定出高低，「花」的價值才能得到承認。「名旦」的形象處處都被突出為名士形象的對象化，通過傳播名士與名旦的佳話，名士的惜玉憐香之情才得到了理想的表現，他們的仁愛、俠義、慷慨等一切精神優越才得到了滿足。對演技的評價更多的著眼於演員的人品和相貌，對藝術的鑑賞完全被納入了觀眾與演員之間的私人關係。因此，《品花寶鑑》雖寫了新的題材，但它的主題思想和敘事方式絲毫沒有任何創新之處，充其量只是才子佳人文學在同性戀題材上的翻版。如果說有什麼不同之點，那就是才子眼中的佳人換成了男性的優伶。正如魯迅所說：「雖所謂上品，即作者之理想人物如梅子玉杜琴言輩，亦不外伶如佳人，客為才子，溫情軟語，累牘不休，獨有佳人非女，則他書所未寫耳。」[38]《品花寶鑑》是一部打著「好色不淫」的招牌大唱男色讚歌的小說，它把男色的美妙之處誇張得遠遠超過了女色，而實際上處處都按照女色的模式描繪名士心目中的男色。不僅如此，作者還為男色的優越性製造道德上的根據，風流自賞地大談所謂「相公的好處」：他們「面有女容，身無女體，可以娛目，又可以制心，使人有歡樂而無欲念」。[39]原來這種兩全其美的事情全是從狎客自身的利益考慮的，他們付出更多的是他們並不缺少的金錢，而得到的則是憐香惜玉的滿足。正如田春航所說：「以爛臭之糞土，換奇香之寶花。」綜觀《品花寶鑑》全書中眾名士為名旦所作的種種俠義之舉，幾乎都離不開憑藉金錢的力量。正是自居於經濟、道德和文化上的優越位置，他們認為，上天生了如此完美的一批相公，用意就在於供眾名士品題賞識。彷彿「品花」就是他們做名士的人不可推卸的責任，有「花」而不賞，幾乎等於辜負了上天的一片苦心。

因此，本來屬於社會罪惡的問題被名士簡單地歸結為個人品質的問題了。通過正與邪的分類，他們在美化個別優伶的同時，把大多數被歸入邪類的相公連同他們所蔑視的狎客一併推入墮落的一群。但是，把

[38] 魯迅，《中國小說史略》，《魯迅全集》，北京：人民文學出版社，一九六三年，頁二一六。
[39] 〔清〕陳森，《品花寶鑑》，上海：上海古籍出版社，一九九〇年，頁一五一。

伶業納入色情業的病態社會卻始終沒有得到深刻的批判。其實，名士的風雅、美名和他們良好的自我感覺正是建築在不把藝人當人看的社會制度上。古人云：亡國之音哀以思。陳森為名旦大唱讚歌的時代，古老的中華帝國正處於土崩瓦解之中。彷彿夕陽的最後一線閃光，持續了數千年的男風即將走向它的終結。因為，在後來的時代，作為一種職業和社會身份的同性戀者賴以存在的社會基礎必將被徹底摧毀。曾幾何時，中國人已經把自己的骯髒國粹忘得乾乾淨淨，只是在瞭解到「同性戀」這樣從西方傳來的新名詞，並用它來談論西方資本主義社會的病症時，他們才有點大驚小怪，甚至流露出某種歧視的態度。

第四章

仙趣與豔趣

向使淵識之士，必能揉變化之理，察神人之際，著文章之美，傳要妙之情，不止於賞玩風態而已。

——沈既濟〈任氏傳〉

一、從遊仙到豔遇

「遊仙」是古代文學中常見的一個主題，它的要旨在於鋪陳和誇張神遊仙境的快樂。「仙」字本作「僊」，《說文》：「䙴，升高也。」所謂「僊人」，就是淩空飛去的人。飛升的目的是為了棄絕有限的塵世，遨遊天界，進入諸神的行列。而神是全知全能，永生不朽的，人而能與諸神為伍，自然可以長生不老，神通廣大，享盡一切快樂。做一個仙人，幾乎等於成為神靈，所以古人也泛稱仙人為「神仙」。在人類征服自然的能力尚處於水平很低的情況下，升天大概只能被想像為屍解之後由靈魂去完成的事情，只是到了戰國時代，人們才產生了白日飛升的幻想。比如在《莊子》一書中，就可以發現有多處提到所謂「神人」、「真人」、「至人」之類的人物。他們有的「乘東維，騎箕尾，而比於列星」（〈大宗師〉），有的「乘雲氣，騎日月，而游乎四海之外」（〈齊物論〉）。他們住在藐姑射之山，「肌膚若冰雪，淖約若處子，不食五穀，吸風飲露。」（〈逍遙遊〉）顯然，在《莊子》一書的語境中，這種不受任何條件限制的「逍遙遊」並非浪漫主義的神話想像，也不完全是用來比喻思辯意義上的「無待」，它正是當時的道家——包括莊子本人——所嚮往的，並力圖通過修煉達到的境界。如果你不再把〈逍遙遊〉視為一篇玄妙、高深的哲學論文，而是從遊仙文學的角度透視其中的前道教精神，你也許不難發現，莊子的精神超越並非後世所想像的那麼脫俗和富有詩意。在《莊子》一書的語境中，精神的超越必然要導致肉體的超越，飛升和永生才是最終的目的，對「道」的討論和思考只是走向這個終極關懷的修養過程。

《楚辭》則繼《莊子》之後而添枝加葉，它的作者帶著深深的生之憂患歌詠了飛升的快感，為秦漢以降眾多神遊天界的辭賦和詩歌樹立了鋪陳和誇張的模式。值得我們注意的是，在那些四處尋求神女的旅程中，神遊者反覆鋪陳的景象多為凡人最耽溺的樂事，如動人的音樂和所謂的「玉女」。[1]如上所述，房中術本為眾多成仙術中的一種，當房中書的作者許諾說，更多地御女最終可以成仙，遊仙文學同時也極力在快活神仙的生涯中填塞享用女色的荒誕內容，如阮籍〈大人先生傳〉云：「召大幽之玉女兮，接上王之美人。合歡情而微授兮，先豔溢其若神。」又如皇甫湜〈出世篇〉云：「旦旦狎玉皇，夜夜御天姝。當御者幾人、百千為番宛宛舒。」由此可見，遊仙文學所歌詠的並非完全不食人間煙火的境界，它自始至終滲透了追求享樂的貪欲。因為宮廷就是人間的天堂，天堂自然也可以被描繪為天上的宮廷。宮廷文人一方面把宮廷生活美化得恍如仙境，另一方面也按照帝王的口味來描繪他們想像中的仙境。所以秦始皇不樂，博士（即方士）獻上了仙真人詩；漢武帝讀了司馬相如的〈大人賦〉，遂飄飄有淩雲之志。總之，秦漢時期的遊仙文學基本上屬於宮廷文學的範疇，它是為滿足帝王的貪欲和妄想而設計的一種娛樂文學。

隨著遊仙文學中的人欲成分越來越重，仙境逐漸從不著邊際的天界向更確定的下界落實。於是它被確定在遠方的高山和海島上。「僊」字也改寫成了「仙」字。據《說文》的解釋，「仙」字意謂「人在山上貌」，這就是說，仙人即指居住在高山上的超人。現在的情況發生了可喜的變化，成仙未必非要白日飛升，方士們編造說，仙境就在東海中的蓬萊島上或西方的昆侖山上。貪圖長生的帝王也無須通過長期的艱苦修煉了，只要到達某個深山，就可找到不死藥。秦始皇於是派人東渡大海去蓬萊尋找神仙的蹤跡，結果一去不返。漢武帝到處立祠迎神，登山封禪，盼望有朝一日群仙降落到他的身邊。正是基於這種特定的歷史——文化背景，遊仙文學有了新的發展，它從辭賦詩歌中的神遊轉向了敘事作品中遇仙的故事。其中最著名的要數以漢武帝求神仙的事蹟為題材的幾種志怪小說。在《漢武帝內傳》中，昆侖山上的神仙西王

[1] 聞一多，《神仙考》，見《神話與詩》，古籍出版社，一九五七年，頁一六二至一六三。

母帶領一群仙女從天而降，作為仙界的君主，她專程來漢宮訪問了這位好神仙的人間君主。《內傳》長達一萬言，內容極為龐雜，絕大多數篇幅討論的都是服食求長生和傳授神書仙符之事，值得我們在此一提的只有兩點，其一是塑造了一批美麗的仙女原型，其二是有關仙桃的母題。

首先，西王母的形象在《內傳》中發生了很大的變化，她不再是《山海經》所描述的凶神，她從「虎齒豹尾，蓬發戴勝」的獰厲形象一變而為美麗的女仙：「王母上殿東向坐，著黃錦袷襹，文彩鮮明……視之，可年三十許，修短得中，天姿掩藹，容顏絕世，真靈人也。」同時，侍從她的仙女也全被描繪成「容眸流眄，神姿清發」的美人。神仙，特別是其中的女仙，在文人的筆下越來越成了美麗的、富有人情味的文學形象。正是這些名叫董雙成、許飛瓊、阮淩華等王母身邊的侍女，在後世的文學和繪畫中被反覆作為仙女的代表，以至構成了遊仙文學的基本語彙。

王母的來訪還帶來了很多美味佳果。《內傳》云：

> 王母自設天廚，真妙非常，豐珍上果，芳華百味，……又命侍女更索桃果，須臾，以玉盤盛仙桃七顆，大如鴨卵，形圓色青，以呈王母。母以四顆與帝，三顆自食，桃味甘美，口有盈味。帝食桃輒收其核。王母問帝，帝曰：「欲種之。」母曰：「此桃三千年一生實，中夏地薄，種之不生。」

桃從此成了仙界的標誌，成了兼有神仙與豔情兩種意味的意象。

魏晉以後，隨著玄言詩的興起和隱逸之風的盛行，遊仙詩更多地傾向於歌詠唾棄功名利祿的志向和追求長生不老的隱遁生活，所謂「左挹浮丘袖，右拍洪崖肩」（郭璞〈遊仙詩〉）的列仙之趣，往往成為穿插在山水風景素描中的點綴性詩句。遊仙文學日益平民化和世俗化，它從巫術色彩濃厚的天界巡遊轉向了對真山真水的觀照，從誇飾帝王與群仙的盛會轉向了普通人入山得道的傳奇故事。其中對後世文學影響最大的就是劉義慶《幽明錄》中劉晨與阮肇入天台山的故事。[2]原文如下：

漢明帝永平五年，剡縣劉晨、阮肇共入天台山取穀皮，迷不得返，經十三日，糧食乏盡，饑餒殆死。遙望山上有一桃樹，大有子實，而絕岩邃澗，永無登路。攀援葛藤，乃得至上。各啖數枚，而饑止體充。復下山，持杯取水，欲盥漱。見蕪菁葉從山腹流出，甚鮮新，復一杯流出，有胡麻飯糝。相謂曰：「此知去人徑不遠。」便共沒水，逆流二三里，得度山。出一大溪，溪邊有二女子，姿質妙絕；見二人持杯，便笑曰：「劉、阮二郎，捉向所失流杯來。」晨、肇既不識之，緣二女便呼其姓，如似有舊，乃相見忻喜。問：「來何晚耶？」因邀還家。其家銅瓦屋，南壁及東壁下各有一床，皆施羅帳，帳角垂鈴，金銀交錯，床頭各有十侍婢。敕云：「劉、阮二郎經涉山阻，向雖得瓊實，猶尚虛弊，可速作食。」食胡麻飯、山羊脯、牛肉，甚甘美。食畢行酒。有一群女來，各持五三桃子，笑而言曰：「賀汝婿來。」酒酣作樂，劉、阮忻怖交並。至暮，令各就一帳宿，女往就之，言聲清婉，令人忘憂。至十日後，欲求還去，女云：「君已來是，宿福所牽，何復欲還耶？」遂停半年。氣候草木是春時，百鳥啼鳴，更懷悲思，求歸甚苦。女曰：「罪牽君，當可如何？」遂呼前來女子，有三四十人，集會奏樂，共送劉、阮，指示還路。既出，親舊零落，邑屋改異，無復相識，問訊，得七世孫，傳聞上世入山，迷不得歸。至晉太元八年，忽復去，不知何所。

[2] 原書已佚，魯迅《古小說鉤沉》中收有該書輯本。

《內傳》中西王母與眾仙女的來訪只有短暫的一刻，她們忽然而來，飄然而去，好像一片五彩祥雲從天而降，僅給漢武帝留下了一點豔遇的影子。她們仍然類似於《九歌》中的神靈，顯得可望而不可即，連王母賜給漢武的桃子也屬於仙界的珍果，不同於塵世的泥土中可以栽種的凡品。相比之下，劉、阮的故事便顯得更富有人情味和可信性。首先，男主人翁從通常的帝王換為普通的采藥者，遇仙被描述為一般人都有可能享有的福分。神仙居住的地方也從虛無縹緲的神話世界轉向了人境中的天台山，仙桃就生長在山間的桃樹上（或如〈桃花源記〉所描繪的鮮花盛開的桃林）。作為一個含義十分豐富的意象，「桃源」不僅鮮明地標誌著詩情畫意的人間仙境，而且象徵著凡人與仙女的情緣。那一曲流水又清又淺，它分隔了人間與仙境，也連接著兩個本來就近在咫尺的空間。劉、阮二人越過了流水，沒走多遠就在水邊遇見了兩個好客的女子。她們不再是昔日的神遊者在六合之外苦苦尋求的仙女，如今仙凡之間的距離已被男女之間的情緣大大地縮短，歡樂就在河的對岸，一旦越過眼前的界線，你就可以進入性愛與不朽的世界。正是在尋求豔遇與長生不老的雙重願望支配下，「桃花洞」、「武陵源」等詞在古代文學中被賦予了獨特的豔情意味。在唐代詩人的筆下，劉、阮的天台山和陶淵明的武陵兩個完全不同的地方被混淆在一起，以至在其共有的桃色背景下逐漸趨於融合。桃花流水，絕色的仙女，精美的酒食和華麗的房舍，所有男人最感興趣的享樂全被安排到了山水畫一樣遠離塵世的環境中，那一切確實令人感到「乘之愈往，識之愈真，如將不盡，與古為新」。只需細心統計一下唐人的詩詞，我們不難看到其中普遍流露的「劉阮心境」。如元稹〈鶯鶯詩〉云：「等閒弄水浮花片，流出門外賺阮郎。」曹唐〈小遊仙詩〉云：「攀花笑入春風裡，偷折紅桃寄阮郎。」和凝〈天仙子〉云：「劉郎何事不歸來，懶燒金，慵篆玉，流水桃花空斷續。」隨著此類詠歎成為詩詞中的陳詞濫調，「神仙」一詞最終成了美人的代稱，「遊仙」也成了對豔遇的詩意表達。[3]

[3] 陳寅恪，《元白詩箋證稿》，上海：上海古籍出版社，一九八七年，頁一〇七。

遊仙越來越成為虛擬的框架，文人更感興趣的則是在其中填入關於他們自己的浪漫故事。

唐人張文成的《遊仙窟》便是這樣的傳奇小說，它僅僅打起了遊仙的幌子，實際上竭力渲染的則是豔遇的樂趣。該書早在問世之初即傳到了日本，但在中土則久已失傳，直到本世紀初才從日本傳回，現收入汪辟疆校錄的《唐人小說》中。[4]從《遊仙窟》可以明顯看出古代文言小說從志怪向傳奇的過渡，從遊仙的主題向豔遇的轉移。在劉、阮的故事中，作者重點渲染的依然是遇仙和成仙得道，仙女好像嚮導一樣把劉、阮引向了成仙之道，仙凡的結合最終給劉、阮帶來了生命的不朽，性愛的享用只是伴隨在得道過程中的點綴。但在《遊仙窟》中，性愛的享用卻成為主要的，甚至唯一的旨趣，成仙得道的目的幾乎被完全拋棄了。劉、阮式的奇遇僅作為一種敘事程序構成了小說的楔子，所謂的「遊仙」，不過是純形式的戲仿，一種故意施加的煙幕而已。它製造了某種神祕的氣氛，它把每日都發生的眠花宿柳之事非真實化，把當時的讀者熟悉的生活場景移入了遠在深山的神仙窟中，從空間距離上製造了一定的陌生感，從而使一個猥褻的故事平添了幾分浪漫的詩意。

讓我們先從「遊仙」的幌子說起。張文成顯然把自己的漫遊與他心目中顯赫的先祖——博望侯張騫——通使西域的旅程聯繫在一起，因而在這篇以第一人稱自敘親身經歷的傳奇中，傳統的「桃花源」被遠遠地安排在荒涼的絲綢之路上。同樣是行至人跡罕到的森林，他被一個在水邊洗衣的女子引入了神仙窟——崔女郎之家。至於以下所展開的一幕幕場景，便全與遊仙的主旨毫無關係了。如果說其中還有某種遊仙的意味，那只能是作者運用辭賦的誇飾所製造的人間仙境的效果。神仙境界從此成了一種比喻的說法，它在文學作品中常常只是代指極大地滿足感官享樂的情境。

[4] 汪辟疆校錄，《唐人小說》，上海：上海古籍出版社，一九八七年，頁二三至四〇。

正如敦煌手卷中的〈大樂賦〉基本上按照富貴人家的生活方式鋪陳夫婦之間的性愛之樂，張文成筆下的神仙窟也充斥了對富貴的豔羡，可以說神仙境界在很大的程度上就是對富貴生活的美化，或把性愛之樂置於光彩炫目的富貴環境中。首先，敘述者（作者本人）所遇的仙子——十娘和五嫂——都是以貴婦人的身份出現的人物，兩人均出身世族，這種誇門第、矜郡望的假託姓氏又在小說的敘事上製造了第二層煙幕。正是在神仙與富貴的雙重裝飾下，一個本來十分平淡的狎妓事件才被描繪得特別富有魅力。

當然，這也與作者的敘事技巧和浮豔的文筆有關。與劉、阮的故事有所不同，張文成並沒有把欲望的滿足寫成輕而易舉的事情，他用大量的篇幅勾畫了通向那個最終目標的過程，其間穿插了層層的曲折與波瀾。正如俗話所說，「男子偷女隔重山。」書中最吸引讀者的情節其實並非欲望的徹底滿足，而是它的不斷受阻，以及一面克服障礙，一面層層進逼的節奏。在這篇第一人稱敘述方式的傳奇中，通過十娘一步步的退避對作者本人所產生的誘惑，張文成那富有風趣的文筆也對讀者製造了不可抗拒的撩撥。這裡主要突出了一男兩女的謔浪調笑，從一開始就已經在各自的心中暗暗約定了將要幹的事情，過程的重要性在於故意拖延下去，從而用旁敲側擊的語言將那一切一點一點暗示出來。這就像脫衣舞的程序，在不斷激起欲望的同時又將欲望慢慢消耗，使讀者更多地沉溺於對那些浮豔詩文的玩味。一方面，十娘的美色與機智激發了作者的情欲和詩才；另一方面，作者的詩才也向讀者逼真地再現了十娘的美色，並向十娘放肆地流露了他的情欲。作為這篇小說中的對話，男女之間一來一往的吟詩成了他們互相表愛和挑逗的媒介，也構成了才子佳人文學的基本模式。

《遊仙窟》是一篇用駢體文寫成的小說，其間還穿插了大量的詩篇。值得指出的是，在這種詩與文雜湊的特殊行文中，可以明顯地看出濃厚的辭賦風格。這就是說，作為一篇小說，作者著墨最多的並非刻畫人物的性格和構造動人的故事情節，而是毫無節制地發揮了賦體文章「體物」的功能，並且有意運用了

「諧隱」的手法，通過大量的詠物詩，把形形色色的物件都語義雙關地描寫成男女的性器官及其相互的作用。因此，作者與兩個仙子的對話中充滿了巧妙的性玩笑，他們所作的不少詠物詩其實都是淫猥的謎語。如張文成詠刀子詩曰：「自憐膠漆重，相思意不窮；可惜尖頭物，終日在皮中。」十娘詠刀鞘詩曰：「數捺皮應緩，頻磨快轉多；渠今拔出後，空鞘欲如何！」張文成詠筆硯詩曰：「摧毛任便點，愛色轉須磨。所以研難竟，良由水太多。」十娘詠鴨頭鐺子詩曰：「嘴長非為嘲，項曲不由攀。但令腳直上，他自眼雙翻。」十娘詠弓詩曰：「平生好須弩，得挽則低頭。聞君把提快，再乞五三籌。」張文成詠弓詩曰：「縮幹全不到，抬頭則大過。若令臍下入，百放故籌多。」顯而易見，正因為《遊仙窟》中充斥著此類色情詠物詩，《兩唐書》本傳批評張文成的詩文「浮豔少理致，論者亦率詆誚蕪穢」，自然這也是《遊仙窟》自問世以後便在中土失傳的原因。相反，在禮教限制較松的日本，《遊仙窟》卻得到了廣泛的傳播，產生了深遠的影響，千百年來一直被奉為經典作品。

與古代大多數色情小說的結構基本相似，《遊仙窟》的高潮也是排除了重重阻礙之後，最終推出了床上交歡的鏡頭。但作為一篇廣為傳誦的傳奇小說，《遊仙窟》畢竟不同於以敷衍房中書的文本為主的〈大樂賦〉，它僅用較少的文字描寫了性交的場面，不過從其描寫的程序和某些動作的模式仍然可以明顯看出對房中書的模仿。試讀以下一段：

> 十娘即喚桂心，並呼芍藥，與少府脫靴履，疊袍衣，閣襆頭，掛腰帶。然後自與十娘施綾帔，解羅裙，脫紅衫，去綠襪。花容滿目，香風裂鼻。心去無人制，情來不自禁。插手紅褌，交腳翠被。兩唇對口，一臂枕頭，拍搦奶房間，摩挲髀子上，一吃一意快，一勒一傷心，鼻裡酸痺，心中結繚；少時眼花耳熱，脈脹筋舒，始知難逢難見，可貴可重。

小說的敘述很快從一夜風流的高潮轉入了分別的結局，在所有豔遇故事中，與倫理關係之外的女性發生的性接觸總是短暫的，「神女生涯原是夢」，不可避免的分離就像從美夢中醒來，或從曇花一現的仙境中返回人世一樣，它的節奏、氣氛和情調都使豔遇給人以遊仙的感覺。因此，在小說的結尾，當作者告別了十娘和五嫂，又踏上了現實中的旅途時，他的獨白仍然重復著惆悵的「劉阮心境」：

望神仙兮不可見，普天地兮知余心。思神仙兮不可得，覓十娘兮斷知聞。

如果說《遊仙窟》這篇色情傳奇在形式上還保留著一些多餘的遊仙文學的因素，《鶯鶯傳》中的豔遇則甩掉了志怪的尾巴，為後世的才子佳人文學樹立了典範。我們沒有必要在此全面評價這篇已經被談論得太多的名作，值得注意的是，儘管該傳中的故事講敘已與神仙毫無關係，但我們依然能從中看出某些淡淡的仙蹤神跡。首先，張生與鶯鶯的浪漫故事發生在一座佛寺裡，這片神聖的淨土也與仙窟有著相同的性質，它同樣屬於塵世之外，不受倫理關係的制約。其中的禁欲氣氛反而給情欲的暫時放縱提供了富有詩意的環境。它使我們聯想到楚王在高唐之館的雲雨夢，以及上古先民在上宮、桑林等女神廟內群體通淫的風俗。在禮教已經全面確立的中古時代，風流文人之所以在他們的浪漫故事中把妖豔的女性安排在仙窟、寺廟中，顯然是出於遠古癖性的召喚。在男人的潛意識中，豔遇多少總有某種遇仙的色彩，因而放蕩的女子在他們眼中便顯現出或多或少的仙姿神態。儘管張生在拋棄鶯鶯之後向他的朋友發了一通「補過」的高論，但他畢竟不能忘情在西廂房裡做了「快活神仙」的很多夜晚，為此，他曾賦《會真詩》三十韻。據陳寅恪的考證，「真」字與「仙」字同義，「會真」即指遇仙或遊仙。[5]這至少說明，在作者元稹的創作意

[5] 陳寅恪，《元白詩箋證稿》，上海：上海古籍出版社，一九八七年，頁一〇七。

識中，禮教之外的性愛依然被想像為一種類似於遊仙的活動。所以《鶯鶯傳》又名《會真記》，其命名仍沿襲著《遊仙窟》的陳套。

其次，傳中還附錄了元稹本人所作的〈會真詩〉三十韻。一方面，就唐人傳奇的構成要素而言，它體現了所謂的「詩筆」；就小說中的性描寫而言，這首五言排律可謂以華麗的詩句補充了敘事中省略了的色情場面。以下是該詩的原文：

微月透簾櫳，螢光度碧空。
遙天初縹緲，低樹漸蔥蘢。
龍吹過庭竹，鸞歌拂井桐。
羅綃垂薄霧，環佩響輕風。
絳節隨金母，雲心捧玉童。
更深人悄悄，晨會雨濛濛。
珠瑩光文履，花明隱繡龍。
瑤釵行彩鳳，羅帔掩丹虹。
言自瑤華浦，將朝碧玉宮。
因遊洛城北，偶向宋家東。
戲調初微拒，柔情已暗通。
低鬟蟬影動，回步玉塵蒙。
轉面流花雪，登床抱綺叢。

鴛鴦交頸舞，翡翠合歡籠。
眉黛羞偏聚，唇朱暖更融。
氣清蘭蕊馥，膚潤玉肌豐。
無力慵移腕，多嬌愛斂躬。
汗流珠點點，發亂綠蔥蔥。
方喜千年會，俄聞五夜窮。
留連時有恨，繾綣意難終。
慢臉含愁態，芳詞誓素衷。
贈環明運合，留結表心同。
啼粉流宵鏡，殘燈遠暗蟲。
華光猶冉冉，旭日漸曈曈。
乘鶩還歸洛，吹簫亦上嵩。
衣香猶染麝，枕膩尚殘紅。
冪冪臨塘草，飄飄思渚蓬。
素琴鳴怨鶴，清漢望歸鴻。
海闊誠難渡，天高不易沖。
行雲無處所，簫史在樓中。

元稹是一個寫豔詩的能手，綜觀他所寫的百餘首豔詩，其中不乏與這首長詩風格相近的作品。一個最明顯的特徵就是，在字面上把豔遇的過程戲擬為遊仙的過程，用迷離恍惚的仙境烘托男女歡會的極樂情境，堆砌大量遊仙文學的詞藻和典故，從而創造豔情文學特有的朦朧美和神祕色彩。長詩可分為五個層次。首六句寫鶯鶯與張生幽會西廂的夜景，詩中把夜風吹拂庭竹的聲響比為龍吟，並按照想像的方式提到了神話中的鸞鳥，從一開始就製造了一種仙子即將從天而降的氣氛。以下十四句寫鶯鶯從她的閨房偷偷來到西廂的過程。她的羅衣像薄霧一樣飄忽，身上的環佩發出輕響，她本人則被比擬為在仙仗伴隨下的西王母，而張生則被比為道教典籍中的玉童。一個來自「瑤華浦」，一個等候在「碧玉宮」，兩處均為仙人居住的地方。同時，詩中還細膩地描繪了鶯鶯的穿著打扮，而這也是遊仙文學中突出某種豔趣的主要方面。接下來的十六句寫兩人交歡的過程，與《遊仙窟》中比較放肆的直露描寫形成了明顯的對比，〈會真詩〉運用了暗示的手法，即展現個別優美的局部跡象，或點綴一些藻飾性的代稱，讓人意會到可能發生的事情，而非直接從中看到具體的細節。「方喜千年會」以下十句立即由高潮轉入交歡之後的離別，寫兩人的依依不捨，同時也強調了歡樂的短暫性和夢幻感，同樣渲染了恍恍惚惚的遊仙氣氛。最後一段寫鶯鶯悄然離去和別後的思念。其中仍用了不少遊仙文學中的典故，如把鶯鶯比為返回洛水的洛神，把張生比為乘鶴飛上嵩山的王子晉，把鶯鶯還比為朝為行雲的巫山神女，把張生又比為孤獨的仙人簫史。總之，對於熟悉這些故事和詞藻的古代讀者來說，上述的詩句自然會在他們的閱讀反應中引起對其他文本的聯想，從而產生更豐富的含義。所有這些要素最終都成了古代文學作品中的陳詞濫調，不管現實中的豔遇實際情況如何，豔情文學的作者始終喜歡按照既有的程序把它描繪得像進入了仙境一般。

二、帝王豔史

綜覽中國的古代史籍，荒淫的君主可謂代不乏人，幾乎每一朝的正史都記載了大量令人震驚的宮廷醜聞。這些窮極荒淫奢侈的事蹟為我們瞭解古代社會的性生活提供了比較翔實的材料，也給喜談風月繁華的歷代文人留下了說不盡的話題。太平盛世大都沒有自己的故事，往往是到了天下無道的時代，奇聞異事便層出不窮，幾經好事者的渲染和傳播，某些典型的事例就被編成了迎合大眾趣味的佳話或韻事。這就是很多野史遺聞和傳奇小說中所敷演的帝王豔史。豔史不同於正史的地方在於，它雖然也打起了懲戒的旗號，但它的真正旨趣卻非客觀而忠實地記載罪行，而是儘量向讀者炫示新奇、怪異和令人難以置信的道聽塗說之詞。它的鏡頭很少對準帝王縱恣所造成的社會災難，而是一味津津樂道帝王的享樂生活，把宮廷描繪成令人眼花繚亂的人間仙境，從而滿足普通人豔羨富貴的欲望。幾乎所有的帝王豔史都是誇耀富貴生活的神話，它用富有仙趣的紗帔粉飾赤裸的荒淫，它以漢賦式的鋪排大量羅列奇異、精美的物品，從而構造出一個以女色為核心的浮華世界。性不再是一種房中書式的孤立活動，性的滿足不再局限於男女性器官的相互作用，它被滲透在各種感官享受中，它被作為一種特殊的豔趣組成了包括宮苑、珍玩、歌舞、錦衣、玉食、詩文、景物等在內的什樣錦。這就是豔史的藝術效果，它沖淡了「朱門酒肉臭，路有凍死骨」的現實之感，而把悲慘的歷史圖景幻化為令人神往的繁華舊夢。於是，作為風流天子的典型，像隋煬帝、唐玄宗之流的昏君全都被塑造成群體欲望的化身，作者把他們自己的貪欲一古腦全派給了此類戲劇化的人物，讀者也通過其中的奇豔之事宣洩了個人的荒唐夢想。這也許就是隋煬帝和唐玄宗的故事在後來的文學作品中被敷演得最多的主要原因。正如魯迅所說：「帝王縱恣，世人所不欲遭而所樂道，唐人喜言明皇，宋則益以隋煬。」[6]

歷史上的隋煬帝楊廣到底是一個什麼樣的人物？這個問題實在很難用幾句話說清，在這本研究古代性文學的專著中，我也沒有必要過多地涉及應該由史學家解答的難題。然而，可以肯定的是，那個晝遊西苑，夜上迷樓的煬帝無疑屬於各種有關他的豔史所創造的形象。實際上這位亡國之君天賦頗高，富有文才武略，早在不滿二十歲的年齡便統領五十萬人馬，立下了平定江南的大功。他的詩文也寫得不錯，如「寒鴉飛數點，流水繞孤村」這樣的詩句，便常為後世所稱道。文帝死後，他憑陰謀登上了皇位，仗著新王朝初步建立的經濟基礎，他一上臺就雄心勃勃，企圖幹一番秦皇漢武的事業。可以說，他的失敗主要由於他好大喜功，在那麼短的時間內竟動員了舉國上下的人力物力，去攻打高麗，去大興土木，以致拖垮了國民經濟，最終引起了遍及全國的叛亂。這是一場專制者按個人的意志迫使天下老百姓在軍事和大型工程上大搞實驗的動亂，煬帝本人和整個社會都為此付出了慘痛的代價，除了向後世提供殷鑑以外，事件本身並無多少可供欣賞的香豔內容。至少從《隋書・煬帝紀》的有關記載可以看出，可稱為奇豔的事情也只有以下幾條：

大業元年，煬帝在洛陽「營顯仁宮，采海內奇禽異獸草木之類以實園苑」。

同年，又自「西苑開通濟渠，御龍舟幸江都，舳艫相接，二百餘里」。

八年，「密詔江南淮諸郡閱視民間童女姿質端麗者，每歲貢之。」

十二年，「於景華宮徵求螢火數斛，夜出遊山，放之，光遍岩谷。」

[6] 魯迅，《中國小說史略》，見《魯迅全集》，北京：人民文學出版社，一九六三年，頁八三。

必須指出，開掘運河之事始於北魏，並非煬帝所獨創。這一工程主要是為了便於漕運，而不是僅僅為了遊覽江都。至於營造宮室，素以儉樸著稱的隋文帝早已作俑於前，據說他當年命楊素營建仁壽宮，施工的過程中就曾拿上萬具民工的屍體填了溝壑。由此可見，隋煬帝基本上是在繼續完成文帝的未竟之業，只是由於他在追求享樂和耗費人民的性命財產上遠遠超過了乃父，因而歷史選擇他充當了荒淫君主的典型。千百年來，正是在各種豔史的影響下，一代代的受眾形成了他們心目中的隋煬帝。這些豔史的完整文本最初出現在宋代，其中最有影響力的幾篇即《海山記》、《迷樓記》、《隋遺錄》。[7]

這幾篇小說的奇豔之處首先在於，作者運用漢賦的誇飾手法構造了西苑和迷樓兩個人間仙境。在《海山記》中，西苑被描繪成一個類似於上林苑的賦化世界。它周長兩百里，好像一個巨大的植物園，其中薈萃了各種奇異的花木。作者顯然按照賦的構思設計了苑內的風景點，如人工開鑿的湖泊和積土而成的山丘，在周長四十里的北海中還仿照蓬萊仙島造了三個島嶼。在島上建有通仙觀、習靈臺、總仙宮、閬風亭等建築物，從佈局和命名上全都顯示了一種如臨仙境的氣勢。此外，苑內分建十六院，每一院都有別致的名字，各安置二十名美人以待煬帝的幸臨。這些美人就是居住在塵世的神仙，煬帝隨時都可以到她們的身邊就宿。在歌詠湖上泛舟之樂的八首〈望江南〉中，豔趣中融入了仙趣，如「湖上月，偏照列仙家」，「踏青鬥草事青春，玉輦從群真」，「泛泛輕搖蘭棹穩，沉沉寒影上仙宮」。這些詞句反覆表達的詩意只有一點，就是讓讀者把煬帝及其宮嬪的遊樂想像成神仙般的生活。

與西苑的壯麗景象形成了明顯的對比，迷樓則是一座縱淫之窟。這座分佈著無數密室曲房的高樓是否為實有的建築物，正史上並未明確提到。杜牧有詩云：「煬帝雷塘土，迷藏有舊樓。」白居易〈隋堤柳〉

---

[7]《海山記》上下卷，見劉斧《青瑣高議》後集卷五，該篇與《迷樓記》、《隋遺錄》均收入魯迅校錄的《唐宋傳奇集》。

中也有「青娥女史直迷樓」的詩句。可見早在唐代，民間已有關於迷樓的傳說。以下是《迷樓記》對該樓的描繪：

> 樓閣高下，軒窗掩映。幽房曲室，玉欄朱楯，互相連屬，回環四合。曲屋自通，千門萬牖，上下金碧。金虯伏於棟下，玉獸蹲於戶旁。壁砌生光，瑣窗射日，工巧之極，自古無有也。費用金玉，帑庫為之一虛。人誤入其中者，雖終日不能出。帝幸之，大喜，顧左右曰：「使真仙遊其中，亦當自迷也。可目之曰『迷樓』。」

從以上的描繪可以看出，迷樓的落成創造了建築工程上的奇蹟，它再明顯不過地告訴我們，只有帝王的權力和財力才能製造出類似仙境，甚至超過仙境的世界。煬帝的誇口顯然表明了他以神仙自居的態度。這一切也顯示了技術的魔力，它既能令人生動地感受到仙趣，又可以增強豔趣的刺激。於是，煬帝在迷樓中的淫樂也統統被描繪成與某些助淫的技術發明有關的奇豔之事。第一種奇豔之事是使用御童女車和任意車。前者為一刑具般的窄狹小車，在其僅容一人的車廂內裝有機關，它的功能是把處女的手足固定起來，以便煬帝在其中姦淫這些犧牲品。很難確定這是確實發生過的暴行，還是作者自己的淫虐狂想，唯一可以肯定的是，這一性技術設計在構思上顯然敷演了《隋書・煬帝紀》中有關密詔江南進童女的記載。後者是一種便於在迷樓中上下運行的車子，它的功能是，煬帝在其中御女，車身便自動搖晃，從而增強性交的快感。第二種奇豔之事是利用「影視形象」製造更強烈的性刺激。《迷樓記》云：

> 帝令畫工繪士女會合之圖數十幅，懸於閣中。其年上官時自江外得替回，鑄烏銅屏數十面，其高五

尺而闊三尺，磨以成鑑，為屏，可環於寢所。詣闕投進，帝以屏內（納）迷樓，而御女其中，纖毫皆入於其中。帝大喜曰：「繪畫得其像耳。此得人之真容也，勝繪圖萬倍矣。」

不管上述的奇豔之事是否符合史實，它都在一定的程度上反映了古代的性實踐中通常用來助淫的有效方式。因為類似的醜聞還見於其他書籍，如《漢書》卷五十三提到廣川王父子在宮室的四壁上畫滿男女性交的圖畫，並與眾多的男女在畫前宣淫。又如武則天精心設計了鏡殿，為的是在其中邊作祕戲，邊看自己的形影。此外，就色情小說的描寫程序而言，觀春畫或照鏡子也是此類書中常常渲染的性場景。因為能夠在參與的同時觀察自己的一舉一動，正是從片刻的淫樂中品味仙趣的一種方式。第三種奇豔之事是模仿《飛燕外傳》中的場景，讓眾宮女按照舞臺造型組成一個「神遊」的空間。《隋遺錄》云：「（帝）色荒愈熾，因此乃建迷樓，擇下俚稚女居之，使衣輕羅單裳，倚檻望之，勢若飛舉。又爇名香於四隅，煙氣霏霏，常若朝霧未散。謂為神仙境不我多也。」總之，所有這些奇豔之事都向受眾推行了如何把男人的性理想付諸實踐的範例，為他們列舉了如何從快感中昇華出美感的方法。

這幾篇豔史還特別描繪了幾個形象鮮明的美女，她們都以各白特有的魅力滿足了煬帝的色欲。一個是十五歲的御車女袁寶兒，她生得腰肢纖細，一副憨態，煬帝讓她在車前司花，專門捧持洛陽所貢的迎輦花。與袁寶兒得寵於車上形成呼應，吳絳仙則是煬帝在龍舟上最眷顧的殿腳女。這個民間女子善畫長眉，常常顯示出一副「秀色若可餐」的模樣，因此最得煬帝的寵愛。波斯貢入蛾綠螺子黛，煬帝獨賞給她畫眉。越溪獻來了耀光綾，煬帝又賜予她裁衣。美人的美色於是同她所享用的奇玩珍品交相輝映，豔史的豔趣往往就體現在這些誇耀皇家豪奢的細節中。另一個名叫韓俊娥的侍女則在床上顯示了她的媚術。原來她揣摩到了煬帝的特殊需求，有意在侍寢時模仿處在車中的搖晃姿態，用銷魂的溫柔為煬帝催眠。為此，她獲得了「來夢兒」的愛稱。此外，在煬帝與眾美人嬉戲調笑的情節中插入一些宮體風格的短詩，也是此類敘事作品特有的一種豔趣。與其把這些點綴性的韻語當成煬帝及其臣妾的遺作，不如把它們視為旨在製造特殊效果而增添的文字花絮。因為豔史之豔不只體現於事豔，而且講究文辭的豔麗。

奇豔的內容還包括一些屬於妖異現象的事件。《禮・中庸》：「國家將亡，必有妖孽。」按照《說文》的解釋，「妖」指「衣服、歌謠、草木之怪」，「孽」指「禽獸蟲蝗之怪」。籠統地說，凡是自然界和人事中出現的不祥之兆都被視為妖異現象。古代小說的雛形——志怪，最初就是專門記載此類異常事件的書籍。這種好言鬼神之事的傾向始終都是古代敘事作品的特徵，無論是在徵實的信史中，還是在不無虛構的傳奇中，作者大都喜歡用種種妖異現象驗證「變化之理」。因為他們相信，王朝更替本是事物由盛到衰的總秩序所導致的必然結果，每一部亡國史都是這一必然性的例證。正是通過種種不祥之兆，那個一直在暗中運行的趨勢向一群對自己的命運一無所知的人物不斷發出警告。最後這些預兆全都應驗了後來發生的事情。如苑中楊柳的枯死和李花的盛開預兆了楊家王朝的衰敗和李唐王朝的興起，慶兒的惡夢預兆了煬帝在江都的悲劇結局。然而從小說敘述的角度看這些妖異現象與歷史事件的關係，我們寧可認為那是作者自己事後的附會。如煬帝與陳後主夢中相會一事，竊以為，作者的構思也許在很大的程度上是從李商隱〈隋宮〉一詩受到了啟發。該詩最後兩句云：「地下若逢陳後主，豈宜重問後庭花。」一般的注釋多引《隋遺錄》所記的故實，注家顯然把這兩句冷峻的警告視為有出處的點綴。比如紀昀便認為「結雖不佳，然煬帝實有吳公臺事，借為點綴，尚屬有因，若憑空作此種比較，則更入惡趣」。[8]我們已知，《隋遺錄》成書於宋代，從李詩的語氣看，應該說詩人是「憑空作此種比較」的，《隋遺錄》反而可能是對李詩

[8] 葉蔥奇：《李商隱詩集疏注》，北京：人民文學出版社，一九八五年，頁一二三。

的敷演。

綜上所述，作為亡國昏君的典型，煬帝的荒淫奢侈確實為喜談風月繁華的文人提供了說不盡的話題，關於他的豔史也不斷從以上幾個方面複製出迎合大眾趣味的故事。其中的集大成之作便是明末的白話長篇小說《隋煬帝豔史》。該書八卷四十回，題齊東野人編演。在《豔史》的〈凡例〉中，作者雖然明確提出了存殷鑑的宗旨，但實際上書中著墨最多的還是煬帝生平中的奇豔之事，特別是作者認為那些最富有「幽情雅韻」的情景。比如煬帝在迷樓中利用各種助淫之具蹂躪幼女的罪行，經過《豔史》作者的戲劇化處理，便被敷演成長達數回的文字。在該書第三十一回和三十二回中，作者先寫煬帝如何破除幼女月賓的童貞，如何把她當作性實驗的工具來驗證御童女車的妙用，繼寫煬帝用此車遍幸眾幼女，接著又寫他用春畫和烏銅屏助興，與眾美人群體性交，最後寫他服用大丹，借藥力百般逞狂，寫他如何為滿足自己的貪欲而拼命地御女，直到耗竭了自己的精力，以致任何助淫的方法全都失去了作用。在這些「奇情豔態勃勃如生」的場景中，作者不但在一定的程度上把煬帝寫成了晚明文人所欣賞的多情種子，而且也有意無意地具現了他自己的性狂想。如上所述，房中書所規定的上好「鼎爐」正是易於受控制的幼女，《豔史》在煬帝遍幸三千幼女的事件上大做文章，顯然反映了作者和一般受眾無意識中的處女癖。試讀以下的片段：

> 煬帝見月賓驚慌無措，更覺快暢，那裡顧他死活。解了衣服，便恣意去尋花覓蕊，痛得月賓嬌喘不遞，渾身上香汗沾沾，……月賓含顰帶笑，一段痛楚光景，就像梨花傷雨，軟軟溫溫，比昨夜更覺十分可人。
>
> ……自此之後，淫情愈不可制，便日日撿有容色的幼女，到任意車中受用，終日淫蕩，弄得那些幼女痛楚難勝，方覺快暢。這個嘗過滋味，便換那個，那個得了妙處，又更這個。……這些幼

> 女，又嬌又嫩，如何承架得來？被煬帝緊一陣，慢一陣，弄得一個個啼啼哭哭，鬧嚷在一堆。煬帝見光景可愛，滿心歡喜，又叫酒來吃。（頁三三七、三四六）

從以上的片段可以看出，通過生動地再現煬帝的淫行，作者顯然以玩賞的態度向讀者展示了一個如何把男人的性狂想付諸實踐的範例，它的豔趣在於通過給女人製造難以承受的痛楚來增強男人的快感。性活動被表現為完全以滿足男性欲望為目的的競技性遊戲，它只追求更多地御女，更多地向她們施加痛楚。性快感因而只被當作一種以數量計算的享樂，它的高潮便是群體性交的場面：彷彿進入了《土耳其浴室》畫面中的肉陣，煬帝活像花間的狂蜂，他恣意濫採，卻又應接不暇。作者對性的雙重態度始終是貫穿《豔史》的複調，他一方面津津樂道帝王的縱欲，又時時發出告誡，譏諷煬帝的癡心妄想。因此，描寫恣欲似乎也是為達到逞欲的目的而使用的手段。作者讓我們看到了兩種對立的仙趣，一個是煬帝憑藉帝王的權力和財富，用人工製造虛幻的仙境；另一個是真正的仙人所過的禁欲生活。面對兩個道人所描繪的真仙之趣，煬帝執迷不悟，一味自恃尊貴，貪戀享樂，企圖得到靈丹妙藥，「吃了做個現成神仙」。於是，沉湎享樂成了一種垂死掙扎的行動，成了這個昏君在即將毀滅之前唯一可以抓住的補償。規勸和告誡愈是無法奏效，危機的陰影愈是加重，《豔史》所描繪的淫樂和罪行便愈益放縱起來，直到這些奇情豔態得到了淋漓盡致的展示，滿足了讀者的閱讀快感，作者才以毀滅的結局給這部豔史加上道德判決的印記，讓活該倒楣的隋煬帝為他自己的性狂想擔起罪名。煬帝最終成了一個污水坑式的人物，揭露他的罪行更像是作者的藉口，透過那稀薄的外衣，最眩人耳目的實際上還是世俗所欲窺視和幻想介入的狂歡場景。

與被歪曲的隋煬帝相比，另一個荒淫致亂的昏君唐玄宗顯然在關於他的諸多豔史中被賦予了較為美化的形象。自從白居易〈長恨歌〉與陳鴻〈長恨歌傳〉問世以後，千百年來，這位風流天子與其寵妃楊玉環的故事始終都是各種文學作品反覆敷演的內容。不管這些文本所突出的情節與當時的史實有多大的出入，在長期的傳播中，它們已經為廣大的受眾塑造了明皇和貴妃的文學形象：一個是「英斷多藝，尤知音律」的君主，一個是「姿質豐豔，善歌舞」的妃子。他們當初的恩愛和後來死別的綿綿長恨始終是哀豔動人的，他們所經歷的開元盛世與以皇室為主體的城市享樂生活始終是令人神往的，僅此兩點便構成了明皇豔史與煬帝豔史的不同特徵。在以下的討論中，我主要根據《開元天寶遺事》等十餘種敘事作品[9]，對上述兩種豔趣作出簡要的描述。

《長恨歌》與《長恨歌傳》均未明確交代楊玉環入宮的過程，原來這位「一朝選在君王側」的楊家女曾有一段複雜的來歷。在冊封為貴妃之前，她首先是「壽王妃」，也就是說，她起初是玄宗的親生兒子壽王李瑁之妻。為了遮掩自己的新臺之恥，玄宗先把他的兒媳婦度為女道士，住在內太真宮中，號曰太真，讓她以「女道士」的身份和「太真妃」的名義出入宮閨長達七八年之久，直到天寶四載（西元七四五年）才正式冊封她為貴妃。由於二人的結合繞了這麼大的彎子，其亂倫的性質遂漸趨淡化，太真妃的女道士形象反而在後世留下了深刻的印象。她穿著女道士的服裝初次出現在玄宗面前，晉見之日，宮中演奏了《霓裳羽衣曲》。總之，在道教女性崇拜盛行的唐代，太真妃的名字和來歷本身就具有某種仙味，因而當時不少詠歎她的詩文都把她的出現描繪得恍若仙女下凡一般。如李白的〈清平調〉便讚美她的容貌云：「若非群玉山頭見，會向瑤台月下逢。」其次，當時宮廷的音樂生活以及明皇和貴妃在其中扮演的角色也為文人的浪漫想像提供了富有仙趣的素材，著名的《霓裳羽衣舞》便是最動人遐想的一個事例。這個舞曲據說傳自西涼國，其實它本出天竺，由《婆羅門曲》改編而成。如王建的〈霓裳辭〉便認為此曲「如聞梵唄之

9 《開元天寶遺事十種》，上海古籍出版社，一九八五。

聲」，可見它含有佛曲的成分。採取這樣的曲子制舞，自然容易激發編導者從其固有的異國情調中製造恍若仙境的效果。[10]實際上該舞的主要魅力就是它的飄飄欲仙之致。據白居易〈霓裳羽衣舞歌〉一詩的描述，舞女的穿著打扮首先在觀者眼前幻化出仙女的形象。其詩云：

千歌百舞不可數，就中最愛霓裳舞。
舞時寒食春風天，玉鉤欄下香案前。
案前舞者顏如玉，不著人家俗衣服。
虹裳霞帔步搖冠，鈿瓔累累珮珊珊。
娉婷似不任羅綺，顧聽樂懸行復止。

以上的詩句顯然表明，「霓裳羽衣」之名的確不是出於誇張和想像，而是對該舞的特徵作了畫龍點睛的把握。在接下來的詩句中，白居易用排比鋪張的句式描繪了節拍的由緩而急，以及舞姿的各種變化。她們確實是一群從〈神女賦〉或〈洛神賦〉中走到了舞場上的仙子，或斜拖著裙子像騰雲駕霧一般飄動；或像風捲雪花般旋轉；有時突然翻身回顧如受驚的游龍；有時又彷彿長上了翅膀，一舉手便要乘風飛去。最後節拍漸漸慢了下來，舞曲長引一聲，眾舞女垂手而立，她們簡直就像蕚綠華和許飛瓊從天上來到了人間。

正是基於這種仙姿神態及其與異國歌舞的關係，關於該舞的製作也在後來的傳說中摻入了不少神仙志

[10] 歐陽予倩主編，《唐代舞蹈》，上海：上海文藝出版社，一九八〇年，頁三五、一四一。

怪的內容。據劉禹錫所說，舞曲為玄宗所制，本是他獻祭三鄉山女神的作品。[11]另一傳說出自《逸史》，據說天寶初年，術士羅公遠帶領玄宗中秋之夜遊月宮，有仙女數白，在廣寒宮中翩翩起舞，玄宗密記其聲調，回宮後製成《霓裳羽衣曲》。這些神奇的傳說至少說明，精通音律的玄宗在當年曾參與過《霓裳羽衣曲》的製作。因而關於他的眾多豔史往往傾向於把他描寫成一個風雅的藝術家，而不僅僅是一個荒淫的君主，很多描繪玄宗寵愛貴妃的遺事都把他們的恩愛與宮中的音樂生活聯繫在一起。以下是宋人樂史《楊太真外傳》中所記的兩個片段：

> 上又宴諸王於木蘭殿，時木蘭花發，皇情不悅。妃醉中舞《霓裳羽衣》一曲，天顏大悅，方知回雪流風，可以回天轉地。上嘗夢十仙子，乃制《紫雲回》，並夢龍女，又制《淩波曲》。二曲既成，遂賜宜春院及梨園弟子並諸王。
>
> 時新豐初進女伶謝阿蠻，善舞。上與妃子鍾念，因而受焉。就按於清元小殿，寧王吹玉笛，上羯鼓，妃琵琶，馬仙期方響，李龜年觱篥，張野狐箜篌，賀懷智拍板。自旦至午，歡洽異常。……樂器皆非世有者，才奏而清風習習，聲出天表。妃子琵琶邏逤檀，寺人白季真使蜀還獻。其木溫潤如玉，光耀可鑑，有金縷紅文，蹙成雙鳳。弦乃末訶彌羅國永泰元年所貢者，淥水蠶絲也，光瑩如貫珠瑟瑟。紫玉笛乃姮娥所得也。……妃善擊磬，拊搏之音泠泠然，多新聲，雖太常梨園之妓，莫能及之。上命采藍田綠玉，琢成磬；……以金鈿珠翠飾之，鑄金為二獅子，以為趺，彩繪縟麗，一時無比。

---

11 劉禹錫〈三鄉驛樓，伏睹玄宗望女幾山詩，小臣斐然有感〉：「開元天子萬事足，惟惜當時光景促，三鄉陌上望仙山，歸作霓裳羽衣曲。」

早期遊仙文學所突出的兩大樂事——聞樂與求女——現在全都成了現實，仙界就在皇宮中。唐玄宗也像神話傳說中的遠古先王一樣從天上偷回了仙樂，並由他親自組織，在人間大展風采。而在這一顯示權力、富貴和祥瑞的活動中最富有魅力的人物正是楊貴妃。因為，除了她的女道士出身固有的神仙色彩，她還善舞霓裳，她曾在玄宗面前自誇她以《霓裳羽衣》一曲蓋過了前人。總之，所有這些渲染仙趣與豔趣的情節都給玄宗宮中淫靡的享樂生活罩上了特有的藝術氣氛，從而使一個七十歲的老皇帝專寵其年近四十歲的妃子的平淡故事平添了令人豔羨的浪漫情調。

「漁陽鼙鼓動地來，驚破霓裳羽衣曲。」安祿山的叛亂最終結束了玄宗及其寵幸的神仙生涯，在他們向四川逃竄的路途上，貴妃被當作替罪羊，落了個賜死的下場。不久，肅宗接替了皇位，作為一個既無權力，又受到兒子監視的太上皇，玄宗幾乎是在幽禁的狀態下度過了寂寞的晚年。我們並不知道歷史上的玄宗在其晚年最感痛苦的是失去了權力，還是失去了妃子。但無論是妃子的慘死，還是太上皇的失勢，都容易使唐代懷念開元盛世的文人對李、楊二人的遭遇產生同情。於是在五十年後，白居易和陳鴻在他們合作的詩歌與傳奇中進一步把貴妃仙化，他們從漢武帝思念李夫人的故事受到了啟發，又根據《霓裳羽衣舞》中的藝術形象，首先創造了生活在仙境的太真妃。那是東海上的仙島，為玄宗尋覓妃子的方士來到這裡時，正當「雲海沉沉，洞天日曉，瓊戶重闔，悄然無聲」。（〈長恨歌傳〉）太真此時已是身居上位的神仙，她昔日在舞隊裡扮演的角色現在成了她的真實身份。對於她那飄逸、嫻雅和無比哀怨的神態，白居易的長詩作了最動人的描寫：

攬衣推枕起徘徊，珠箔銀屏迤邐開。

雲鬢半偏新睡覺，花冠不整下堂來。
風吹仙袂飄飄舉，猶似霓裳羽衣舞，
玉容寂寞淚闌干，梨花一枝春帶雨。

如果說方士當年確曾用所謂的「李少君之術」[12]安慰過癡情的太上皇，那麼白居易和陳鴻的浪漫想像則在一定的程度上彌補了歷史悲劇的缺陷，正好迎合了不敢正視現實的國人希望一切都顯得很圓滿的趣味。正是遵循著這一想像的邏輯，妖豔的貴妃從此升入仙籍，在某些豔傳韻事的傳奇中又成了風流文人夢寐以求的對象。她既戴著神性的光圈，又煥發出誘人的性感。在宋人秦醇所撰的〈驪山記〉和〈溫泉記〉中[13]，一個名叫張俞的書生幾乎是懷著「遊仙窟」的癡想來到驪山，他煞費苦心地從山間野老的口中採訪當年的遺聞，企圖從中想像貴妃的華容和玉體，接著又在荒唐而又拘謹的夢中親近了貴妃的香澤。比煬帝那座近乎虛構的迷樓更富有詩意的感召力，在風流文人的想像中，驪山下的華清池似乎永遠都蕩漾著沐浴過貴妃玉體的泉水。〈長恨歌〉中「溫泉水滑洗凝脂」的警句，《麗情集》所載〈長恨歌傳〉中「清瀾三尺，中洗明玉」的豔語，尤其為後世詩人的題詠開啟了定向的思路，以致在他們的心目中，驪山上下的整個人文景觀都打上了香豔的印記。秦醇筆下的書生張俞正是懷著這樣的期待來到荒蕪的華清宮。與其說這裡的山水、宮殿以及與之相關的往日逸聞是作者進行實際考察的對象，不如說是他寄託自己色情幻想的一

[12] 據《漢書・外戚列傳》的記載，漢武帝寵愛的李夫人死後，武帝非常想念她。有方士齊人少翁（陳鴻將他與另一方士少君誤為一人），自稱能用法術把她的靈魂找回與武帝相會。於是設燈火帳幕，幕上出現影子，武帝遠遠望去，果然好像李夫人的模樣。

[13] 兩記均見《青瑣高議》前集卷六。

個方便框架。因為只有因襲前人慣常沿用的古事，才能為點綴自己的綺懷或一兩句豔語構成穩定的背景。於是，借著記載貴妃與安祿山的曖昧關係，作者把這位絕代佳人從玄宗的專寵下間離出來，並置於被第三者戲弄狎侮的細節中，從而塞入一些他自己嗜好的韻事或豔語。如用「軟溫新剝雞頭肉」形容貴妃的乳房，用「潤滑初來塞上酥」形容貴妃的肌膚。作者敢於在他的筆下暴露的部位不過如此而已。〈溫泉記〉中所敘的夢境更顯得可笑，它顯然是韋瓘〈周秦行紀〉的拙劣模仿。在夢這樣一個純粹受胡思亂想支配的世界中，拘謹的書生才得到了釋放欲望的唯一機會。他被太真妃召入了仙宮，享受了與她同浴溫泉，對榻而眠的殊榮。但是面對尊貴的神仙，他可能親近的程度始終受到嚴格的限制。他們同浴一池，卻被滾燙的泉水隔絕在數步之外；他們共宿一室，卻不能睡在同一張床上。書生既懷著驚喜、滿足，又帶著一絲遺憾從夢中醒來，在溫湯驛的牆上留下了一首詩：

> 同歡一宵間，平生萬事足。
> 想得唐明皇，暢哉暢哉福。

這首詩的辭意極其蕪劣，並無任何值得欣賞的優點。抄錄在此，只是鑑於它再明顯不過地反映了各種帝王豔史低俗的創作動機。豔史的內容之所以令人感到奇豔，正是因為作者以豔羨的態度對它作了大肆的渲染，進而引起了讀者的豔羨。

三、鬼妖美女

這裡所說的「鬼妖美女」純粹是志怪和傳奇的作者任憑他們的貧乏想像虛構出來的文學形象，與豔史中被仙化的歷史人物不同，她們是一批被人化的女鬼和女妖，除了那身為異類的本質特徵以外，她們大都顯得可親可愛，甚至比人間的婦女更美麗、更富有人情味。確切地說，她們是古代文學中特有的一種女性形象，是文人為抒寫他們所欣賞的仙趣和豔趣而慣用的一種文學程式。在早期的幼稚思維中，鬼的存在折射了人對死亡的恐懼，它被想像為在冥冥之中威脅生命的惡勢力。因此，它首先是人們恐懼、厭惡和力圖驅除的對象，即使今日人們已普遍不相信鬼的存在，一旦置身於黑暗和空曠，碰到疾病和惡夢，鬼魂的陰影還會從他們的無意識深處滲出陰森的寒氣。至於妖，按照干寶的經典解釋，本指萬物在邪氣的作用下發生的異常變化[14]，人們對它的關注首先著眼於這種異常現象所顯示的不祥之兆，而非變化之物本身。由此可見，民間所迷信的鬼和妖均屬於世人自己嚇唬自己的幻象，其中實在沒有多少富有詩意的成分。

只是在魏晉以降，隨著鬼小說（取材於鬼故事的小說）的大量湧現，鬼的形象才日益人化。由於小說的作者全為男性，很多女鬼都被塑造成愛慕男人的人物。這些人鬼戀愛的故事基本上有一個敘事程式，有人將它歸納為「女鬼的愛情三部曲」：一是女鬼自薦枕席；二是男人欣然接受，遂同寢處；三是幽明殊途，在片刻的歡樂後分離。[15]一般來說，早期的鬼小說既缺乏渲染的筆墨，也不注重人物性格的塑造，更

14 干寶，《搜神記》卷六曰：「妖怪者，蓋精氣之依物者也。氣亂於中，物變於外，形神氣質，表裡之用也。」

15 葉慶炳，〈魏晉南北朝的鬼小說與小說鬼〉，見盧興基編《臺灣中國古代文學研究文選》，人民文學出版社，一九八八年，頁二四一至二五九。

談不上什麼獨特的寓意。從今日的欣賞趣味看，它們的文學性大都十分有限，作者不過從獵奇搜異的目的出發，把他們信以為真的奇聞怪事用文字記載下來而已。從性心理學的角度看，人鬼戀愛的故事在最初很可能都是對性夢的改寫和附會。在這種性夢中，一個人常常夢見自己與異性交接，精神不健全的人便把夢境當作實境，以為真有所謂鬼魂（西方中世紀所謂的incubus或succubus）與自己發生了性關係。在人們對性夢缺乏科學認識的古代，此類病態的經驗經過志怪小說的歪曲，便形成了早期的鬼小說。[16]

妖之所以令人感到怪異，是因為物體發生了反常的變化，其中最富有文學色彩的變化故事就是動植物變人的故事。《說文》曰：「狐，祅獸也，鬼所乘之。」《搜神記》則說：「千歲之狐，起為美女。」古人似乎普遍相信「物老為精」的傳說，認為成了精的禽獸草木能變成人形，且有超人的神通。特別是被視為「妖獸」的狐狸，據說它是鬼的坐騎，修煉到一定的年歲，便可變成美女。而按照政教史學的觀點，「紅顏禍水」也屬於妖異現象的範疇，因而狐狸精便與尤物型的女人發生了聯繫，如史書上的頭號「禍水」妲妃，據說便是狐狸精的化身。狐狸精也好，其他各類妖精也好，正如它們本身就有雌雄之分，其中既有變成男人的，也有變成女人的。但在文人的筆下，女妖的形象顯然更受偏愛，具有性魅力的異類幾乎全是女性，男人始終處於被誘惑的位置。於是從女妖惑人的故事中積澱出一種有趣的類比程式：女妖在媚術的雙重意義上成為美女的象徵，女人的化妝術和肉體性全都有了致命的魔力，她既是男人欲望的對象，又令他感到恐懼。一方面是人間的美人，一方面是現形為美人的女妖，兩者越走越近，最後在現實與魔幻的交界點上則合二為一，亦妖亦人，真假難分了。當作者傾向於表達男人的恐懼時，他就用妖狐惑人比女色惑人，從而強調沉溺女色的危險性，如白居易的諷喻詩〈古塚狐〉便直率地表達了這個意思。當作者傾

[16] 靄理士，《性心理學》，潘光旦譯注，北京：生活•讀書•新知三聯書店，一九八七年，頁一三六、一七五，注六三。

向於表達男人的欲望時，他又可能極大地美化女妖的形象，賦予她更多的人情味，甚至把她寫成近乎理想的女性。如沈既濟筆下的女妖任氏，除了在死後現出狐狸的原形，這個居住在長安胡人區的娼妓甚至比人還要可愛。正如〈任氏傳〉結尾的作者議論所說：「嗟呼，異物之情有人焉，遇暴不失節，殉人以至死，雖今婦人，有不如者矣。」[17]與白居易借詠妖狐以諷天下的宗旨不同，沈既濟顯然把婦女的模範角色加在了身為女妖的任氏身上。恐懼的因素最後只剩下了那異類的本質特徵，而且唯其為異類，才更適於充當男人所渴求的豔遇對象，這樣便構成了敘事，構成了男人一廂情願的兩性關係。鬼妖美女的故事於是遠遠超出了早期志怪小說中零碎、簡單的記事，它成了文人表現其色情白日夢的方便形式，因為在夢幻世界的稀薄紗衣掩蓋下，任何荒唐的夢想隨時都可以變成現實，而且絲毫不受現實條件的限制。特別是在以奢談鬼妖美女著稱的《聊齋志異》[18]中，這種願望萬能的敘事程式幾乎被作者蒲松齡運用到了將現實魔化的程度，像畢怡庵那樣入迷的讀者，居然憑著「攝思凝想」，就坐享了飛來的豔福（〈狐夢〉）。

《聊齋》是一本男人寫給男人的書，不管欣賞它的讀者是否相信鬼或妖的存在，他們大概都不會害怕碰到畢怡庵式的豔遇。那通常是在夜間，當寂寞的書生獨臥書齋或寄居廢宅的時候，就會有陌生的女子突然在他面前出現。這些書生或未婚娶，或已有妻室，他們大都未獲功名，沒有富裕的家產和任何權勢，從當時的世俗眼光來看，他們幾乎不具備恣意享受女色的現實條件，僅有在缺乏諸多優勢的情況下渴慕異性的願望而已。從作者蒲松齡本人的生平來看，他基本上處於與他筆下的男主人翁相類似的處境，因而在《聊齋》一書長達四十年的寫作過程中，他自始至終都在不厭其煩地為他所認同的人物編造一廂情願的好事情。首先，前來與書生幽會的異類女性全都很年輕，很漂亮，乍一相見，立即就以她們的姿色迷住了

[17] 汪辟疆校錄，《唐人小說》，上海：上海古籍出版社，一九八七年，頁五八。

[18] 鑄雪齋抄本《聊齋志異》，上海：上海古籍出版社，一九七九年。

書生。一般來說，年長或姿色差的女性總是受到絕對的排斥，如果書生首先碰見了老醜的鬼狐，按照蒲松齡的安排，她們很快就會像熱心的淫媒一樣成人之美，把自己的女兒或妹妹引薦給書生，從不索取分文的報酬。在大多數情況下，年輕、漂亮的奔女都採取了自薦枕席的方式。有的在書生未返回之前早已鑽進被窩靜靜等候，像家貓一樣溫順地接受書生的狎昵；有的在肉體的接觸上比男方還要大膽、主動，幾乎是懷著菩薩般的佈施心理用自己的色相撫慰書生的孤獨情懷。結果，從親密的接觸很快就轉入了諸如「綢繆備至」或「窮極狎昵」之類含蓄描寫的情景，性關係的建立便捷得讓人覺得大概只有在妓院裡才會發生那樣的事情。使書生感到更為愜意的是，這些異類的女性都保持著肉體的童貞，或「雞頭之肉，依然處子」（〈連瑣〉）；或「羅襦衿解，儼然處子」（〈蓮香〉）。總而言之，與她們的交歡都使書生在肉體和心理上得到了極大的滿足。顯而易見，這樣的豔福正是蒲松齡津津樂道的一個主要內容，也是與他類似的窮書生所渴求的，但在現實中又難以如願的好事。因此，當潦倒的書生魏運旺以上述的方式遇到某個自薦枕席的女郎，從她身上嘗到了「漢家溫柔鄉」的樂趣時，女郎調侃魏生說：「癡郎何福，不費一錢，得如此佳婦，夜夜自投到也。」（〈雙燈〉）女郎的玩笑話不啻一語道破了此類「好故事」的虛幻性。我們不難透過幻美的仙趣迷霧，看到滲透《聊齋》故事的可笑豔趣，及其男性中心的情愛心理。

窮書生不但花不起錢納妾、嫖妓，而且缺乏行動的能力，沒有勇氣承擔偷情的罪責。他們希望一切私情都發生在絕對密閉的情況下。因此，與他們幽會的女性全都保持著詭祕的行蹤，半夜來，天明去，完全不受常識中的時空限制。彷彿她們隨時都在準備接受男人的需要，常常是在對方感到寂寞的時候，她們就及時送來了一片溫情。在消受豔福的事情上，最使男人感到麻煩的就是事後的現實事務，蒲松齡始終把一切都編得太美，他告訴我們，雨收雲散之後，侍寢的奔女便消逝得無蹤無影了。她們不用生計拖累男人，也不要求這樣或那樣的承諾，她們只充當臨時的性夥伴，很少在白天的世界裡給一個人的正常生活帶來干擾。確切地說，她們在故事中主要扮演了一種為他人彌補人生缺憾的角色。關於這個缺憾，蒲松齡說得很具體，他在〈青梅〉篇的結尾大發感慨地說：「天生佳麗，固將以報名賢；而世俗之王公，乃留以贈紈絝。此造物所必爭也。」從某種程度上說，蒲松齡正是通過自己的寫作來顯示他深信「造物所必爭」的事情，在想像中把世俗顛倒了的價值再顛倒過來。鬼妖美女的主動獻身及其一反流俗的深情厚意便是他自我肯定的形式，是他唯一能自慰和慰人的美夢。在古老的女性崇拜意識主使下，異類的女性於是多少閃現出神性的靈光，向需要幫助的凡人佈施色相與情愛，成了在男女關係的範圍內實行利他主義的善人。正如蒲松齡在向上天呼籲時所說：「吾願恒河沙數仙人，並遣嬌女婚嫁人間，則貧窮海中，少苦眾生矣。」（〈鳳仙〉）

在一夫多妻制的古代中國，兇悍的妒婦是男人最感到頭疼的家庭魔女，所有的男性文本都把這類人物寫成極端可怕和令人厭惡的反面角色。蒲松齡也許確實吃盡了這種悍妒之婦的苦頭，否則我們就很難理解他為什麼會在《聊齋》中反覆控訴她們的罪行，誇張她們的兇狠，令人恐懼地羅列她們的殘忍行為。所謂「家家床頭，有個夜叉在」（〈夜叉國〉），在蒲松齡看來，悍妒之婦簡直是家庭的災難，是丈夫的「附骨之疽」，是夫婦關係中的禍根。正是基於這種深重的恐懼，蒲松齡對那些來自異類的女性寄予了美好的期望。她們遠比人間的婦女賢慧，更能容忍男人好色貪多的毛病，她們有時也有醋意——如〈小謝〉篇中兩個女鬼的爭寵和〈蓮香〉篇中一狐一鬼的互不相讓——但最終都能在二女共事一男的局面下和睦相處，親密得像親姊妹一樣。娥皇、女英的佳話，「齊人有一妻一妾」的家庭組合，於是被改頭換面，構成了很多《聊齋》的故事的基型。甚至有些可愛的狐女還幫助自己的情人獵豔，為了滿足他的胃口，或為了自己有個女伴，硬是想方設法把另一個女子拉到男方的懷中。總之，對於這種雙料豔福，和諧的三重奏，蒲松齡迷戀之極，欣賞之至。比如，對於孔生初娶阿松，繼納嬌娜的故事，他就發出了十分羨慕的感歎：

「余於孔生，不羨其得豔妻，而羨其得膩友也。觀其容可以療饑，聽其聲可以解頤。得此良友，時一談宴，則『色授魂與』，尤勝於『顛倒衣裳』矣。」（〈嬌娜〉）然而，所有的鬼妖美女卻在與人間男子相處的過程中堅守著專一的愛心，作為異類，她們的特徵是怕見生人，總是被她們的情人在屋裡藏起來，連男方最親密的朋友都難得一睹其芳容。對於他人的勾引和強暴，她們所表現的抗拒一點都不亞於人間的貞女和節婦。我們正是在這個意義上說，她們在兩性關係上的大膽和熱情並沒有超出舊禮教為婦女規定的限制。

蒲松齡派給這些鬼妖美女的差事遠不止上述的性服務。她們不讓窮書生花錢，還常常在伴宿時贈給男人金錢，或當面交付，救一時之急；或偷偷放在箱子裡，讓對方產生發財的驚喜。有的狐狸精甚至是理財的能手，最終幫助窮書生一朝暴富起來。男人的愛財之心有時更甚於好色之心，佳人而不嫌貧，且能助人致富，自然最符合窮書生的願望。不僅如此，這些異類的女性還有生育的能力，樂意為人間的男人承擔傳宗接代的使命。她們常常在緣分已盡，不得不返回自己的世界之前，為男方生下一個兒子，或者在消失了一段時間之後，把保養得很好的狐兒給他父親送回來，甚至在永返冥界之後還不忘托夢男方，告訴他產子的消息，結果掘開了墳墓，果然從幽壙中抱回了呱呱啼叫的男孩。一切求助於神靈的事情都能在她們的幫助下實現，如用高明的醫術給男人治病，有奇謀妙計幫助男人渡過難關，她們還行俠，剷除人間的惡勢力，製造惡作劇，愚弄頑劣之輩。最令人感到不可思議的是，她們還懂得如何激勵書生的上進心，像嚴格的老師一樣監督書生復習功課，最終使他們金榜題名。這樣看來，男人渴求於女人的一切世俗欲望幾乎全從鬼妖美女的身上得了補償，對於這樣的奇蹟，蒲松齡統統歸之於超越現實原則的「情緣」。你如果命中有那份福氣，你就按《聊齋》的方式癡想，精誠所至，說不定就有感動神靈的時候。只要撞開了性愛之門，遠遠多於性愛的恩賜就會不斷落到你的身上。至此，代表邪惡勢力的鬼妖已與體現正面價值的神仙融為一體，仙趣和豔趣也在一個新的層面上交相輝映，折射出明清文人欣賞的人情味。

但是，男人在性能力上對女人的恐懼是根深柢固的，在反覆渲染美人夢的同時，蒲松齡也經常提出警告，用鬼妖美女的陰暗面恐嚇世俗的貪欲之心。他一方面縱容他的人物癡人說夢，一面又以術士的身份出現在故事中說教，把沉溺者從色欲的陷阱中拯救出來。在個別的《聊齋》故事中，對於那些不聽勸告的書生，作者便給他們安排下身受其害的結局，讓他們作為反面教材來教化世人。《聊齋》中常常突出這樣的情景，當書生與美麗的鬼妖親熱得難分難解時，最初的疑慮和恐懼便漸趨消融，性的吸引成為不可抗拒的力量。這時，他忘記了對方是異類，甚至明知自己摟著狐女或女鬼，也寧願為消受眼前的豔福而冒不測的風險。比如，楊生在深夜聽到屋外有女子吟詩，「悟其為鬼，然心嚮往之。」（〈連瑣〉）馮生暗想，「若得麗人，狐亦自佳。」（〈辛十四娘〉）程生揚言，「倘得佳人，鬼且不懼，而況於狐。」（〈青梅〉）這種生動描寫男人受美色的吸引而不畏中邪的情景再明顯不過地表現了女色與妖魅具有同樣的魔力。

按照蒲松齡的解釋，狐女分為兩種，一種是為了成仙專門採男人精氣的邪惡之狐，另一種與人為善，不搞這樣損人利己的事情。男人若與採補者流交歡，就會像〈董生〉篇中那兩個色鬼日益消瘦下去，最終精盡而死。她們的形象就是按照房中書散佈的禁忌塑造的。從象徵的意義看，〈畫皮〉中露出猙獰面目的女鬼抉心吸血的恐怖景象可謂把男人的性恐懼推到了極端，它讓我們毛骨悚然地看到了女人在性交中對男人造成的傷害。由此看來，蒲松齡的確是一個集風流文人與術士於一身的矛盾人物，他一面把讀者引入色情的魔障，一面又給他們的妄念大潑冷水。他嚇唬自己，嚇唬別人，同時又不斷把不可能的享樂許諾給一顆受了驚的男性之心。

女鬼的形象則稍異於狐女，她們是來自地獄的天使，滿懷再生的願望，除了消除書生的寂寞，還能任勞任怨，給書生的蕭齋增添溫馨的家庭氣氛。但她們的美是病態的，走起路來怕風吹，抱起來沒有重量，潔白的肌膚像玉石一樣冰冷，歎息和哭泣簡直成了她們最常流露的語言。因為她們的墓壙裡永遠都處於黑暗和陰冷的狀態，她們渴望接近陽世的男人，最害怕回到自己的墓室，就像怨女和孀婦害怕獨守空閨一樣。《情史類略》卷十四，〈小青〉一文記述了晚明文人盛傳的才女小青，在婚後被悍妒的大婦發配到孤山別業幽居。處在這個完全封閉的環境中，她給一個女友寫信說：「結縭以來，有宵靡旦，夜台滋味，諒不如斯。何必紫玉成煙，白花飛蝶，乃謂之死哉！」小青把空閨比為墳墓，把沒有愛的生活比為死亡，從另一個角度說，《聊齋》故事中很多飲恨黃泉的女鬼正是小青一類女子的寫照，鬼的生活完全成了某種婦女處境的隱喻。現在，男人又反過來充當了女性的拯救者，他們的身上充盈著陽氣，女鬼像植物趨光一樣需要他們的溫撫，只要與他們親吻、交歡，就能吸收富有生命力的陽氣。按照房中書一方受益必致另一方受損的教條，與鬼交接總被描寫為於人有害的事情。關於這一點，蒲松齡在很多故事中都向讀者提出了告誡。如云：「世有不害人之狐，斷無不害人之鬼，以其陰氣盛也。」（〈蓮香〉）又云：「夜台朽骨，不比生人，如有幽歡，促人壽數。」（〈連瑣〉）為了使連瑣起死回生，楊生冒險與她交歡，十餘天後他果然大病一場，排泄了很多像污泥一樣的東西。人們常以鬼形比喻病容，是否在男人的心目中，生病的女子就近似於鬼呢？如果說與生病的女子性交會使男人染病，我們就不難理解男人畏懼女鬼的深層原因了。

與一個半夜來，天明去的奔女偷情，那情景本身就是與鬼交往的隱喻。這種關係既然無人知曉，自然談不上被社會承認。女鬼之所以不堪奔波，畏懼冷露風寒，急欲再生，就是渴望回到現實的秩序中，以活人的形體在對方的親屬面前亮相，做一個明媒正娶的妻子。鬼的形象真切地反映了女人與男人維持婚外性關係時的不明不白的身份。《聊齋》中沒有一篇寫陌生的男鬼與人間婦女偷情的故事，因為社會允許男人自由地發展婚外的性關係，男人沒有女人那種急欲被現實秩序接受的緊迫感，因而也不會產生鬼鬼祟祟的心理負擔。每一個女鬼的新生都伴隨著新婚的喜悅，就這個意義而言，婚禮也可以被理解為女性「成人」

的儀式。

西方文學常把結婚比為墳墓，《聊齋》故事給我們的印象正好相反，它讓我們相信，只有婚姻才能建立完滿的男女關係，但是必須在家中根除悍妒之婦。這樣一來，男人就能安安寧寧地擁有嬌妻與美妾，而兩個共事一男的女人也會親如姊妹，輪換地侍寢，歡樂地忙於生育、持家，幫助男人把日子過得越來越好。此類想得太好，編得太美的故事常常膚淺到成人童話的程度，對於不斷趨向成熟的男人，《聊齋》之類的小說大概只會越來越顯得乏味和可笑。

第五章

話說偷情

從來說的書，不過談些風月，述些異聞，圖個好聽。最有益的，論些世情，說些因果，等聽了的觸著心裡，把平日邪路念頭轉將過來。

——淩濛初《二刻拍案驚奇》

一、話本小說的消遣性

直到現在為止，本書藉以檢察性頑念和性描寫的文本多數仍限於文言文本，與這些基本上屬於文人筆墨的文本有很大的不同，以下要討論的兩種白話短篇小說集則與民間口頭文學的傳統有密切的聯繫。無論是歸在馮夢龍名下的《三言》——《古今小說》（《喻世明言》）、《警世通言》和《醒世恒言》，還是歸在淩濛初名下的「二拍」——《拍案驚奇》和《二刻拍案驚奇》，其中真正可以稱作他們憑個人的想像力獨創的作品，恐怕都是為數極少的。實際上他們當初所作的主要是整理和潤色流傳已久的話本，或把某些文言文本的故事改編成話本的形式。[1]早期的話本多是「說話」藝術的底本，作為口頭講述的書面記錄，它的製作僅供說話人演出之用，其傳播的形式是口頭講述，而非書面閱讀。所以，話本從內容到形式都必須力求通俗，以「諧於俚耳」為目的。不管後世的評論者如何評價此類話本的傳世文本，當年的說話人肯定比誰都更懂得怎樣才能把市井聽眾吸引到瓦子勾欄裡來。他知道他們來這裡聽說書是為了取樂，而非為了求知或接受教育，他還知道他們大多數只具備下里巴人的欣賞水平，講一些聳人聽聞的故事更容易引起他們的興趣。實際上說話人本人的趣味、識見和素養大概也處於同大多數聽眾不相上下的層次，除了增強嘩眾取寵的感染力，很難想像他還會致力於其他更重要的藝術追求。至於穿插在敘事中的口頭格言和說教性的議論，與其說那一切證明了故事的教誨性質，或表現了敘事者個人的見解，不如說是重復和強調大眾中流行的信念，從而喚起他們慣於用現成的簡單判斷來總結經驗教訓的快感。為了增強故事的可信

[1] 據胡士瑩《話本小說概論》（北京：中華書局，一九八〇年）和韓南《中國白話小說史》（杭州：浙江古籍出版社，一九八九年）的研究，很多話本小說均可追溯到更早的文本或更早的素材來源。

性，很多胡編亂造的情節往往被填充到因果報應的框架中，這樣一來，很多在今天的讀者看來難以置信的結局就都有了不容懷疑的合理性。宿命和「報」決定了故事的結構，或者像麥克夢所理解的那樣，小說就是把因果的概念轉換成現實主義的敘事形式。[2]從滿足市井聽眾好奇獵豔的趣味到迎合他們的庸見，直到餵養他們粗俗的正義感，話本的媚俗方向決定了它以消遣為創作動力的基本特徵。

對於「三言」、「二拍」之類出於文人手筆的模擬之作，仍可維持上述的看法。因為從其中的大量故事可以明顯看出，敘事者更傾向於取悅讀者，而非自我表現；更致力於講究詞藻和點綴詩詞，而非追求真實性；更精於製造虛張聲勢的感染力，卻很少顯示一個小說家獨特的洞察力。基於這一事實，我們自然沒有必要把馮夢龍和淩濛初的文學觀點過多地與他們編選的話本小說集聯繫起來，也不應該過於天真地相信，他們在各選集的序跋中發表的廣告性言論確實就是體現在這些小說中的思想。至少有兩點應多打點折扣，其一是他們反覆強調的懲勸宗旨，其二是他們竭力否認的色情筆墨。以下的討論中將集中檢討「三言」、「二拍」中的偷情故事，揭示敘事者在提供教訓的同時如何起到了教唆的作用，如何在因果報應的穩定舞臺上推出了一連串色情的噱頭。

二、婚配喜劇

「偷情」泛指各種非法的性關係，它基本上可分為未婚犯奸和已婚犯奸兩種類型。在妻妾制和娼妓制度並存的古代語境中，所謂的非法性關係對男人的約束實際上十分有限，真正受到全面限制的只是婦女。

---

[2] Keith McMahon, Causality and Containment in Seventeenth-Century Chinese Fiction, p.16.

所以，性關係是否非法，主要取決於女方的身份，男人只是在私通他人妻妾的情況下才被認為犯了不可饒恕的罪行。對於未婚男女之間的私通，家庭似乎更傾向於用婚姻關係包起來，使「發乎情」的東西最終以「止乎禮」收場。「禮」的靈活性正在於它並非一味僵硬地限制人的行為，有時候出於策略的考慮，它也會作出權變，發揮文飾的作用，把非禮的行為導入禮的規範。正如《拍案驚奇》中的一句話所說：「一床錦被可遮蓋過種種羞恥之事。」（卷二九）這裡所說的「羞恥之事」指未婚男女的私通，「一床錦被」指父母認可的婚姻。一般來說，凡是從偷情到皆大歡喜的喜劇結構，都屬於風流佳話，都被置於敘事者與讀者表示讚賞的交流情境中，因為有情人終成眷屬總是令人滿意的好運氣，其間的奇遇和巧合越是顯得難以置信，便越足以證明宿命的決定作用。比如在小說〈吳衙內鄰舟赴約〉（《恒言》，卷二八）中，同為未婚犯奸的行為，「入話」中秀才潘遇與某女偷情的事件便被描繪成一個「做了欺心之事」的例子，最終給予了懲罰的報應。而「正話」中吳公子與賀小姐的「私諧歡好」卻得到了完全相反的結局，成了「五百年前合為夫婦」的前緣決定一切的特殊例證。同一性質的關係和行為卻導致了截然相反的結局，這裡的道德判決顯然不是針對偷情本身，而是看它是否符合宇宙道德運動。生活中一切偶然的事件似乎全與當事人的運氣相關，是凶是吉早已預先決定，小說的任務就是用故事的形式顯示必然性與偶然性的關係，讓讀者面對倒楣鬼或幸運者的經歷，像隔岸觀火一樣欣賞「天公大算盤」導演的好戲。

在〈吳衙內〉這篇小說中，作者刻意編排的戲劇性場面主要集中在賀小姐所住的船艙裡。像浮動在水面上的房間，船艙在小說中被描繪為類似於臥室的封閉空間，同時它又與代表了穩定和安全的家相對立，象徵著「江湖」世界的一部分。話本小說的作者習慣把船艙作為固定的場所，在其中暴露旅途的危機，或讓無辜者在江面遭到江洋大盜的打劫，或讓萍水相逢的男女產生了戀情。幸還是不幸，仍然與船艙這樣的場所無關，它為謀財害命和偷情同樣提供大好的機會。[3]因此，按照姻緣前定的設計，船艙便成了一個偷情的典型環境。故事發生在長江的旅途上，吳府尹和賀司戶各帶家眷乘船上任，由於江面上起了風浪，兩家的船被迫在港口停泊了數日。偶然性——「天公大算盤」——製造了奇遇，男女防線上出現了裂口。兩家的船停靠在一起，吳公子與賀小姐出隔水相望到吟詩寄情，直到發生了私情。在以下的情節中，偶然性仍在發揮必然性的作用，當公子鑽進小姐的船艙偷嘗禁果時，風浪已經平息，兩家的船都離開了碼頭。吳公子被丟在小姐的船艙內，在度過極盡歡愛的夜晚之後，他們不得不用溫和的計謀掩人耳目，混過難熬的白天。一面是夜裡偷享歡樂，一面是白天擔驚受怕。一面是吳公子藏在床下不敢大聲出氣，一面是小姐守在床上裝病不敢離去。兩者的不一致構成這幕「藏舟」之戲的喜劇因素。

在「三言」、「二拍」故事中，敘事者基本上沿襲了「說話人的手法」。「這種方法在敘事者和讀者之間構成了一種假想的對話，雙方同處在局外觀察故事中的行動。這樣就只可能使故事本身失去所試圖渲染的緊張程度或嚴肅性」，而不是「把讀者引入體驗和瞭解人世間狀況的新天地」。[4]按照西方的喜劇理論，與常態事物構成對立的古怪行為乃是典型的喜劇衝突。在這幕「藏舟」之戲中，賀小姐的裝病就屬於這樣的古怪行為。它與兩種常態相對立，一是病人臥床不起，但她卻顯得容光煥發；二是病人聲言病狀日益沉重，她的食量卻突然大增。偽裝成了一種自我暴露的行動，因為一個人只要在暗中嘗到甜頭，不管他／她在人面前怎樣隱瞞，他／她的神色多少都會洩漏一點真情。中國的傳統性觀念認為，性是人的自然的需求，滿足性欲不只是人生的一大樂事，而且有益健康。按照馮夢龍的想像，一個初次領會了性愛之樂的

[3] 同時可參看《聞人生野戰翠浮庵》（《初刻》，卷三四），《吳使君情媾宦家妻》（《二刻》，卷七）。

[4] 參看蒂莫西・C・黃〈藝術的娛心作用：對於《古今小說》的探討〉，見《《金瓶梅》及其他》，長春：吉林文史出版社，一九九一年，頁三九一至四一七。

女子往往顯得氣色很好，就像吃夜草的馬長上了暗膘。這種雙方在肉體上日益融洽的狀態被稱為「漸入佳境」，更通俗地說，就是慢慢嘗到了甜頭。[5]試讀以下的一段描寫：

> 賀小姐初時，還是個處子，雲雨之際，尚是逡巡畏縮。況兼吳衙內心慌膽怯，不敢恣肆，彼此未見十分美滿。兩三日後，漸入佳境，恣意取樂，忘其所以。一晚夜半，丫鬟睡醒，聽得床上唧唧噥噥，床棱戛戛的響。隔了一回，又聽得氣喘吁吁，心中怪異。次早報與夫人。夫人也因見女兒面色紅活，不像個病容，正有些疑惑。……及細看秀娥面貌，愈覺丰采倍常。

更令人感到好笑的是三個庸醫為小姐治病的鬧劇，從某種程度上說，這篇婚配喜劇的「藏舟」一幕就是為諷刺庸醫設計的。原來這位文雅的公子「有一件異處」，平日的食量大得驚人。自從他躲入床下，小姐一人的飯菜兩人分食，為了填飽公子的肚皮，小姐索要的飯菜便與日俱增。這一反常的現象被庸醫診斷為「吃飯病」，直到夫人發現了藏在床下的公子，小姐的怪病才不治而愈。在一環扣一環的偶然性背後，性始終是推進情節進展的內在動力，就連小姐以死威脅父母，要求他們同意自己的婚事，其最有力的理由也是基於偷情的後果。父母的退讓與其說是贊成自己的兒女自由戀愛，不如說是用婚姻的錦被把他們視為丟人的事情掩蓋過去。在小說〈喬太守亂點鴛鴦譜〉（《恒言》，卷八）中，這一主題表現得更富有戲劇性。

---

5 「漸入佳境」語出《世說新語．排調》。原文云：「顧長康噉甘蔗，先食尾。人問所以，云：『漸至佳境。』」關於這一點，Keith McMahon已在其書中作了簡要的討論，見Keith McMahon, Causality and Containment in Seventeenth-Century Chinese Fiction, p. 72.

偷情仍然是這篇小說敘事的動力，是使父母原先包辦的婚配關係發生變動的原因。有趣的是，這種父母嚴密防範的事情卻是父母的愚行一手促成的。故事中的三對男女都已訂婚，不巧在劉家夫婦給兒子完婚之際，劉子得了重病。為了應付劉家的催逼，孫寡婦把兒子玉郎扮成女兒嫁過去。洞房之夜，劉媽媽讓女兒慧娘為假新娘伴宿，遂演出了一場弄假成真的好戲。在這場戲中，真正的新郎新娘全未上場，兩個在場的人物均為替身。當他們睡在一個被窩裡玩起「做個女夫妻」的遊戲時，事情便從一開始口頭上的打趣漸漸轉入身體上的接觸了。慧娘蒙在鼓裡，處於完全沒有設防的情況，結果卻被挑動了春心。玉郎本來就暗懷挑逗之意，所以在偽裝下步步緊逼，最終露出了自己的真相。這一場從「做個女夫妻」到「竟是真夫妻一般」的預演也被描繪為「漸入佳境」的過程。敘述的節奏始終貫穿了男性的視角：男方扮演著勾引者的角色，女方則是經不起撩撥的獵物。當慧娘終於摸著玉郎的「一條玉莖」，發現它「鐵硬的挺著」，便只好默認了對方是一個男人的事實。認真排演的假戲到此結束，兩個替身人物現在都驗證了各自的身份，於是立即進入了真正的交鋒。對於和諧的性關係，話本小說一般都不採用直露的性描寫，而多用辭賦式的句子作比較含蓄的鋪排，如以下這段文字：

> 一個是青年孩子，初嘗滋味；一個是黃花女兒，乍得甜頭。一個說今宵花燭，倒成就了你我姻緣；一個說此夜衾裯，便試發了夫妻恩愛。……各燥自家脾胃，管什麼姐姐哥哥；且圖眼下歡娛，全不想有夫有婦。雙雙蝴蝶花間舞，兩兩鴛鴦水上游。

與吳公子和賀小姐的故事基本相同，玉郎和慧娘也是在進入「佳境」之後產生了愛情，以致忘乎所以，露出了破綻。「破綻」意指裂縫或漏洞，話本小說的作者顯然一再強調，任何事一旦做得過了頭，都有可能鬧到出現破綻的地步。從前的父母總是關注及時給兒女完婚，其中確實含有防止青年人做出非禮之舉的因素。所以，不考慮合適的時機而急於完婚或拖延婚期，都被認為會引起不良的後果。劉媽媽便是這樣一個自惹煩惱的人物。她催逼孫家嫁女，結果招進了男扮女裝的玉郎。她同時又一再回絕裴家的請求，不願將自己的女兒先嫁出去，最後犯了「慢藏誨盜」的錯誤。是她的私心太重給自己招惹了羞辱。事情最後鬧到了公堂上，喬太守將錯就錯，重新調整了被打亂的婚配關係。三男三女又組成了新的對稱。四家姻親的糾紛終於平息。醜事反而變成了美談。

值得注意的是，作為一個皆大歡喜的結局，重新組合的婚配關係並不完全是亂點出來的「鴛鴦譜」，喬太守的判決既考慮到了既成的事實，同時也維護了一種世俗的原則，即以女人作為交換砝碼的道德平衡。這位父母官儼然在代替天公執行公平的「報」，所以竟把「亂點鴛鴦譜」的根據簡單地歸結為「奪人婦人亦奪其婦」。他對裴九公說得很明確：「慧娘本該斷給你家。但已失身孫潤，節行已虧。你若娶回去，反傷門風，被人恥笑。他又蒙二夫之名，各不相安。今判與孫潤為妻，全其體面。」顯而易見，對偷情者的遷就並非基於現代意義的自由戀愛，而是通過婚姻的形式把他們重新納入社會的秩序。這樣的結局經過了一番修補，故事中途出現的破綻再次被縫合起來。玉郎玷污了慧娘的童貞，給她的名節造成了虧損，判決他作為丈夫佔有慧娘，正是保全其名節的措施。喬太守的神來之筆可謂點到了好處，它以法律的名義把私下的「玷」轉化成公開的「占」，同時也點明了作者的意圖。在公眾飽覽了偷情的場景之後，最後給故事畫上道德愉悅的句號。

如何讓一個男子混入閨房，以遂其所欲，這是構成偷情故事的一個主要情節。為了使通向閨房的過程更加戲劇化，話本小說的作者有時為風流型的男主人翁設計了易裝的手段。他們裝扮成女人，以女伴的身份睡在小姐身旁，就像玉郎對慧娘那樣，達到偷香竊玉的目的。在男女大防十分嚴密的古代社會中，易裝的手段似乎更像是男人自己幻想的障眼法，正如馮夢龍筆下另一個男扮女裝的人物，他假充了半世婦人，專幹誘姦良家婦女的營生。後來事情敗露，他被判處了死刑。（《恒言》，卷一〇）話本小說慣於把同一類型的母題敷演成性質和結局截然相反的故事，易裝本身只是構成偷情故事的一種敘事程式，它既有如桑茂之流的醜惡一面，也有小說〈喬太守〉中那種世俗的浪漫情調。它的故事性正在於事件本身的「奇」，在於那行為的古怪和蹊蹺，在於展示人們以假為真時的愚蠢和可笑。就它的深層含義而言，作者似乎還向我們傳達了一種微妙的性經驗，即女子更喜歡通過一種表面上可以接受的方式來滿足隱密的欲望。或者更確切地說，她喜歡把一個陌生的性夥伴假定為同性，在相互的溫撫中儘量延長前戲（foreplay），直到情不自已的時刻，才被捲入狂風暴雨之中。比如在小說〈喬太守〉中，當慧娘終於發現玉郎是個男子時，她已被對方「引得神魂飄蕩」，按照馮夢龍的敘述，她受蒙蔽的整個過程似乎含有某種程度的自欺自瞞，以致到業已面對鐵的事實，她還企圖把假戲再演下去：這時她「又驚又喜，半推半就，道：『原來你們恁樣欺心！』玉郎那有心情回答，雙手緊緊抱住，即便恣意風流」。同樣，在小說〈蔣興哥重會珍珠衫〉（《古今小說》，卷一）中，薛婆的偷樑換柱之計也利用了三巧兒這種自欺的性心理，使她從虛擬的同性戀情境逐漸過渡到被誘姦的陷阱邊緣。不同的是，在這篇小說中演假戲的是一個真正的女人，當演到欲罷不休時，暗中把演真戲的男人換上場來。以下是陳大郎替換薛婆睡在三巧兒身邊的場景描寫：

> 三巧兒摸著（陳大郎的）身子道：「你老人家許多年紀，身上恁般光滑！」那人並不回言，鑽進被裡，就捧著婦人做嘴。婦人還認是婆子，雙手相抱。那人驀地騰身而上，就幹起事來。那婦人一則多了杯酒，醉眼朦朧；二則被婆子挑撥，春心飄蕩，到此不暇致詳，憑他輕薄。

從以上兩則性描寫可以看出，或為淑女，或為貞婦，她們都傾向於接受一種由佯裝不知到只得承認的漸變過程，似乎只有經過了准同性戀接觸的預熱，她們的情欲才足以亢奮到與陌生男子交歡的程度，而且對她們最有吸引力的男性，也都是十足地女性化的。

風流男子女性化的一個標誌是，他們大都被假設為天生成一副女性的外表。蔣興哥從小長得「眉清目秀，齒白唇紅」，被周圍的人稱作「粉孩兒」。玉郎與他姐姐生得一般美貌，「就如良玉碾成，白粉團就一般」，因此他扮成姐姐不但未引起劉家的懷疑，反受到眾人的讚賞，以致慧娘一見到這位假嫂嫂，便心生愛慕之情。甚至他們睡在一起互相撫摸，慧娘仍把玉郎當成女子，稱讚他「好個軟滑身子」。總之，在整個的「三言」、「二拍」故事中，女人所喜歡的男人幾乎全都是相貌和軀體與她們極相似的人物，兩者的區別只在於各自的性別角色和作為身份標誌的衣著，以及剝掉標誌後暴露出來的性器官。小說的結構不但高度地戲劇化，小說中的人物也明顯地扮演了戲劇中的角色，比如風流男子就類似於戲曲舞臺上那些尖聲尖氣的小生，沒有一根鬍子的面孔簡直讓人覺得他們是一種介乎女人與男人之間的人物。按照這種男性美的取值，所謂的美男子，可以說不僅是女人悅慕的對象，同時也很符合好男風者的口味。他們的形象堪稱為中國古代性文化獨創的標本，從〈登徒子好色賦〉中的宋玉到《紅樓夢》中的賈寶玉，直到現代銀幕螢屏上的奶油小生，全都體現了這種美男原型。

其次，風流男子在氣質、性格上也是女性化的。他喜歡用女人式的態度對待女人，或者說他善於用女人喜歡的態度博得女人的愛情。與厭女症（misogyny）的好漢或踐踏花柳的惡少完全相反，他殷勤、體貼，動不動就為女人害相思病，慣於用下跪的方式向所愛者求歡，常常為親近國色而動用全部心思和才華，甚至甘願貼賠性命。馮夢龍把這種善於用情的態度叫做「幫襯」或「知情識趣」。在〈賣油郎獨佔花魁〉的「入話」中，他一開始就點明了該篇的主題，並對幫襯作了詳細的解釋。

幫者，如鞋之有幫；襯者，如衣之有襯。但凡做小娘的，有一分所長，得人襯貼，就當十分。若有短處，曲意替他遮護，更兼低聲下氣，送暖偷寒，逢其所喜，避其所諱，以情度情，豈有不愛之理。這叫做幫襯。風月場中，只有會幫襯的最討便宜，無貌而有貌，無錢而有錢。（《恒言》卷三）

從以上的語境可以看出，幫襯更多地意味著曲意討好他人的心計和做法，它是一個人以自利為目的的處人技巧，而非無條件地為對方服務。它強調揣摩對方心思的機智，與真正的愛顯然大異其趣。但在以下的故事中，馮夢龍為體現幫襯的旨趣而刻意描寫的人物——賣油郎秦重——卻讓人感到，他對美娘的體貼入微已超出了上述意義的幫襯，他之所以最終獨佔了這位名妓，恰恰是因為他的用情與眾嫖客的幫襯形成了明顯的對比，以致打動了美娘的心。

秦重是一個社會身份低下的賣油郎，相貌平庸，也沒有文才和金錢，從各方面看，他都不具備話本小說中那些風流人物的條件。作者之所以把這樣的「市井之輩」描寫成風月場中的優勝者，顯然是為了給立志從良的美娘設計一個理想的配偶。早在劉四媽為美娘大講各種從良前景的對話中，作者已經確立了類似的目標，秦重就是作為作品取得效果的手段而推舉出來的人物。他最初的癡念只是想以一個普通嫖客的身份花錢與美娘風流一夜，於是辛辛苦苦積了十幾兩銀子，穿上體面的衣裳來到妓院尋歡。不幸美娘外出陪客，他獨自在房中守候到半夜，等美娘回到房中，她已被灌得爛醉。她對他絲毫不感興趣，一上床就沉睡過去。秦重不但不介意自己受到的冷遇，反以為能在這樣的美人身邊捱上一夜是「三生有幸」。他本是來這裡尋歡作樂，結果卻伏侍在醉美人的身邊，幹了半夜護理她的差事。特別是半夜裡美娘坐起來想吐的時候，秦重怕弄髒了被窩，竟把自己道袍的袖子張開，罩在她嘴上，兜住了她吐出的全部汙物。當次早美娘清醒過來向他深表歉意時，他說：「這是小可的衣服，有幸得沾小娘子的余瀝。」這句話比昨夜的行動更打動美娘的心，她當下就對秦重產生了好感，覺得他是個「識趣的人」。麥克夢認為，作者用「沾」與「占」兩個同音字巧妙地暗示了其間的連帶關係。正因為秦重能欣然忍受諸如「得沾余瀝」這樣的事情，所以才獨佔了美娘的心。[6]話本小說不只是消遣性的讀物，同時也是市井公眾的生活教科書，它的作者特別喜歡在故事的講述中傳達通俗的戀愛藝術，秦重的識趣便是作者所標榜的機智。

作者似乎要讓男人明白，女人的高不可攀是依靠其華麗的外表維持的，因而一旦男人目睹了她失態、露醜的情狀，就等於觸及了她的自我的薄弱之點。秦重之所以把他為美娘承接嘔吐物之事稱為「得沾餘瀝」，也許正是因為他從中洞察到幸運的機會：受得住玷污，就能爭取到沾光。秦重不久又碰到了更好的機會。一天美娘被一個她拒絕應酬的惡少強行拉到西湖上遊樂，最後惡少惱羞成怒，剝光了美娘的裹腳，把她赤腳丟在湖畔荒野上。正巧秦重此刻從那裡經過，他用自己的白綾汗巾為美婦包上了赤腳，雇轎把她送回妓院。秦重的恩情和志誠終於徹底底打動了美娘的心，在他目睹了這個纏足女人身體上最隱密的部分——赤腳——之後，[7]她在當天晚上就與他成就了雲雨之事，接著又對他以終身相許，訂下了贖身的計劃。

故事以秦重和美娘結為夫妻告終。正如婚姻的錦被遮蓋了未婚男女偷情的醜事，它也在賣油郎的故事中製造了圓滿的收尾，把風月場變成了美談。婚配喜劇告訴我們，失節和賣淫都是被社會排斥到人倫關係之外的行為，失行的女人要重新得到社會的接納，必須通過婚姻，並永遠地歸宿於婚姻。但對已婚男女的通姦，話本小說的態度便截然不同，通過故事中的各種報應，作者讓他們全都受到了各自應得的懲罰。

---

[6] Keith McMahon, Causality and Containment in Seventeenth-Century Chinese Fiction, p. 58.

[7] Keith McMahon, Causality and Containment in Seventeenth-Century Chinese Fiction, p. 58.

三、通姦的計謀及其報應

古代的詩文習慣把婦女居住的房屋稱為「深閨」，把男人在華麗的居室裡安置妻子叫做「金屋藏嬌」，這些用語至少說明，婦女在婚前婚後基本上都處於封閉的家庭環境中。父母或丈夫總是儘量減少她們接觸戶外世界的機會，以免她們受到誘惑，似乎只要在窗口或門前拋頭露面，就可能招來好色之徒的覬覦。也許是嚴密的防範容易使男女之間在情色上變得極度敏感，大量的偷情故事都把年輕的男女描寫成幾乎完全受情欲驅使的人物。他們常處於一觸即發的狀態，好像一有機會就千方百計去鑽禮教的空子。通過這些反面事例，小說向讀者展示了男女防線上的薄弱環節，羅列了通姦者得逞所欲的手段，既使讀者從中得到奇豔的快感，也使他們領悟了防微杜漸的道理。

一般的情況是，越是迫切待嫁的閨女，越處於危險的邊緣。如果她正好住在臨街的樓上，遲早都有一天在打開窗戶向下張望時發現吸引她的目標。比如在小說〈陸五漢強留合色鞋〉（《恒言》，卷一六）中，樓上的女子剛揭開簾兒向下潑水，正巧與一個路過的男子目光碰到一起。一個在樓下向上凝視，一個從窗口向街上微微一笑。僅此一來一往，男女大防上便出現了小小的裂口。從此以後，這個名叫張藎的男子多次來樓下觀望，後來他終於再次見到壽兒，兩人趁機互贈了信物。馮夢龍一再在他的小說中揭示「原來情色都不由你」的現象，因為偷情故事中的危險關係大都始於這樣的迷戀。

防線內的狹小天地好比一個城堡，漁色的男子從一開始就處於攻勢，他瞄準了獵物，打聽有關女方的情況，探尋可鑽的空子，買通淫媒，設計密謀，總之，為了進入深閨，他甘下一番死工夫。（〈珍珠衫〉：「欲求生受用，須下死工夫。」《金瓶梅》第二回：「西門浪子意倡狂，死下工夫戲女娘。」）但對閨中的女子來說，這一切全在想像之外。除了從樓上看到的面孔，其他的事情她一無所知。與男人的下死工夫形成了對比，她更傾向於抓死機會，在猝然面臨某種情境時拿自己的身子和名節去冒險。在無法與對方接近和交談的情況下，她慣於用信物向男子表情達意，如趁機拔下簪子或解下汗巾，迅速地丟給對方。此類小物件具有極其豐富的含義，它意味著允諾，釋放出召喚，充當贈予者的替身，具有遙控對方的魔力，而且是信用的證明，前來求歡的許可證。壽兒贈給張藎的信物是順手從腳上脫下的一隻合色鞋。這無疑是一個過於輕率的舉動，該書的原批便在此處指出：「結禍根。」讀者須知，女子的足部在古代向來被視為她身體上最隱私、最性感的部位，鞋自然與足有著同樣的含義。在王婆向西門慶列舉的偷情「十分光」中，最後一個步驟就是去捏潘金蓮的腳。顯然，壽兒把鞋贈予張藎，實際上已等於向他發出了同意私通的信號。張藎已有妻室，又是當地有名的浪子，事情從一開始就很蹊蹺。按照話本小說的敘事原則，它必然走向災難性的結局。

在很多惡人最後受到懲罰的偷情故事中，幫助男子勾引女人的角色往往是一些被稱為「三姑六婆」之類的人物。關於「三姑六婆」，陶宗儀《輟耕錄》卷一四有如下的解釋：

> 三姑者，尼姑、道姑、卦姑。六婆者，牙婆、媒婆、師婆、虔婆、藥婆、穩婆也。蓋與三刑六害同也。人家有一於此，而不致姦盜者，幾希矣。

這種人物在戲劇中屬於丑角，在明清小說中多為專做拉皮條生意的中年婦女。關於她們的危害性，《拍案驚奇》卷六有更詳細的描述：

> 說話三姑六婆，最是人家不可與他往來出入。蓋是此輩工夫又閒，心計又巧，亦且走過千家萬戶，見識又多，路數又熟，不要說有些不正氣的婦女，十個著了九個兒。就是一些針縫也沒有的，他會千方百計弄出機關，智賽良、平，辯同何、賈，無事誘出有事來。

為張蓋賣力的陸婆以賣花粉為名，暗中幹的就是給風流男人當淫媒。她得了張蓋的銀兩，串通了壽兒，定下了偷情的計策。事情在接近成功的時候，突然節外生枝，情勢急遽向壞的方面轉化。在話本小說中，這種轉折的形成總在原先的情節進展突然中斷處插入偶然的事件。一般來說，人物的缺席常常是事情發生變化的原因。陸婆在定計之後去找張蓋，不巧他出外未歸。接著她把幽會之事洩漏給兒子陸五漢。後者隨即冒名頂替，捷足先登，摸黑與壽兒成就了私情，而使他能夠以假亂真的東西正是那雙合色鞋。

這裡有兩種敘事程式值得一提。一種涉及麥克夢所謂「間隙」（interstice）的運用。他用「間隙」一詞指內外、男女、動靜等兩極間的轉換，在話本小說中，這種連接兩種事物的空間常常是門窗。[8]陸婆為張蓋設計的偷情通道正是樓窗。現在前來赴約的人物換成了她的兒子，他按預先約定的暗號咳嗽一聲（這是小說中情人之間常用的暗號，例如《金瓶梅》第三回：西門慶「到王婆門首，便咳嗽道……」），樓上立即從窗口放下布匹接應他上來。[8]由於一切都在黑暗中進行，壽兒始終以為來者就是她喜歡的那個男人。這種冒名頂替與錯認也是構造偷情故事的敘事手段之一。它令人感到遺憾，因為女方所期待的人完全被置於局外，她卻把自己誤給了另一個不配佔有她的男人。結果，她的每一次享樂實際上都在使自己受辱，從欲望滿足的那一刻開始，她就鑄成了大錯。等到真相大白，一切已不可挽回，她除了自盡，別無選擇。從

[8] Keith McMahon, Causality and Containment in Seventeenth-Century Chinese Fiction, pp. 18-19.

報應的角度講，即所謂「自作孽，不可活」。在另一篇小說〈陳禦史巧勘金釵鈿〉（《古今小說》，卷二）中，類似的冒名頂替和錯認則起到了間接的報應作用，它使一個貞節的女子飲恨而死，從而懲罰了背棄婚約的父親。所有的報應都反映了大眾信奉的教條，他們普遍認為，如果失節的婦女最終不能嫁給使她失身的男人，她必須被排除到社會以外，自殺可能是最體面的出路。

事情在向更壞的方面轉化，正當壽兒與陸五漢來往密切之際，情節的進展又出現了「間隙」。父母對壽兒起了疑心，他們搬到了樓上住宿，把壽兒換到了樓下的房間中。他們的幽會暫時中斷。一天夜裡，陸五漢又從樓窗偷爬到房中，此時睡在床上的已是壽兒的父母。「其夜，老夫妻也用了幾杯酒，帶著酒興，兩口兒一頭睡了，做了些不三不四沒正經的生活，身子困倦，緊緊抱住熟睡。」陸五漢誤以為壽兒與另一姦夫睡在一起，一時憤怒，殺了他倆。案發之後，陸五漢被處以死刑，壽兒在公堂上碰死，陸婆和張藎都問了徒罪。在此，壽兒父母之死似乎顯得完全無辜，但也可以被認為有幾分報應的因素。因為壽兒的父親是當地有名的地痞，這樣的結局正在情理之中。他們的死也與管束女兒不嚴有關，而且被殺的晚上正好「做了些不三不四沒正經的生活」。從作者的這種用語可以看出，他對老夫老妻的性行為持嘲笑的態度，他們的床笫之事在這裡不但被描繪成齷齪的事情，甚至成了受害的偶然原因。

大量的偷情故事最終告訴我們，要長久地維護未婚女子的貞節，嚴密的防範並非萬全之策。因為外來的引誘和侵襲是防不勝防的，生活中到處都潛在著不可避免的偶然因素，你堵住了這一方面的漏洞，也許正好促成了那一方面的失守。潘氏夫婦以為把女兒換到樓下的房間鎖起來便可高枕無憂，結果卻招來了殺身之禍。本來是一篇懲勸文字，結果卻寫得走了樣，以致在很大的程度上是在用偷情的計謀給讀者製造奇妙的快感。作品的客觀效果於是對作者主觀宣揚的價值構成了微妙的反諷，作者在小說開頭和結尾所強調的教訓與大量的細節描寫出現了斷裂。我們驚奇地發現，那些一味把女兒的童貞當作可交換的價值保存下去的父母全都是可笑的人物。舊式婚姻本質上是男人之間的一種交換關係，它並不完全考慮兩個男女之間的個人感情。在這種交換關係中，作為交換品的女子，她是不是處女，極大地決定著她的身價的高低。在重視童貞的態度背後，實際上隱藏著幾分實利的打算。要求娶處女為妻，正如要求買到手的商品必須完好無損一樣。相應地說，父母愈是保護好寶貝女兒的童貞，他們手中的「寶貝」便愈有利於待價而沽，挑到更理想的女婿。情欲之所以被視為危險的、必須限制的東西，是因為女子若受情欲的驅使去選擇男人，勢必偏離父母一方實利的打算。從很多偷情的故事可以看出，當父母從實利的打算出發嚴厲地限制女兒時，他們的愚行不但禍及女兒，而且使自己成了笑料。如上述的小說〈金釵鈿〉，女兒的失身自殺便是對勢利的父親的懲罰。但從整篇小說的情節處理看，這一不幸結局仍然是為了宣揚大眾所信奉的貞節觀而設計的。儘管作者站在正義的立場上維護阿秀與魯公子的婚姻，但他卻讓我們看到，這兩個男女所捍衛的信義和情愛僅僅建立在一個薄弱的基礎上，那就是女方肉體的清白。一旦被別人玷污——即使是在受騙和錯認的情況下——就必須派給她去尋死的角色。

在小說〈鬧樊樓多情周勝仙〉（《恒言》，卷一四）中，仍然是為了按照這種貞節觀的敘事策略安排女主人翁的結局，馮夢龍甚至不惜讓這個多情的女子一死而再死。周勝仙與范二郎在金明池一見鍾情，後因她父親堅決反對他們的婚事，勝仙當場氣死。入葬的當天晚上，盜墓賊朱真為貪隨葬的財物，半夜裡掘開了勝仙的墳墓，趁機姦污了墓中的女屍。勝仙得到陽氣，突然復活。後來她逃脫了朱真的控制，滿懷癡情，終於找到了范二郎。范二郎卻以為白日見鬼，嚇得失手打死了再生的勝仙。編造如此荒誕的故事，目的顯然在於迎合庸俗的市井趣味，但勝仙最後被自己一心癡戀的情人活活打死的結局顯然說明，整個的社會都不接受一個被他人玷污了的女子。多情的女子在此類小說中常起到兩種作用，她們既在小說所需要的性場景中充當被動的角色，又帶著受辱的身子死去，從而體現貞節的重要性。所有的偷情故事都反映了一種自相矛盾的男性心態：既幻想偷情，又害怕自己的妻女被他人所偷。於是便通過渲染好色之徒的淫行滿足大眾的窺淫欲望，同時又讓他們目睹「果報不爽」的事例，從中吸取教訓。

像很多「三言」、「二拍」故事一樣，小說〈珍珠衫〉也從勸人戒除「四貪」——酒、色、財、氣——的老生常談開始。作者認為，其中最誘人、但也最要命的一個就是色欲。從接下來的議論可以看出，作者主要是從維護男人的利益出發向男人說教。他提出了一個「隨緣作樂」的原則，建議男人可以偶然去公開提供色情服務的地方放鬆一下，但絕不能用計謀勾引他人的妻子，為圖自己的一時歡樂而破壞他人的家庭幸福。對於男人的婚外性行為，作者顯然並非持絕對否定的態度，他只是劃定了嚴格的界線，認為一個人的性行為一旦觸及他人的利益，必然會遭到報應。〈珍珠衫〉的故事便提供了令人震驚的證明，陳大郎的下場最終說明，誰誘姦了別人的妻子，誰的妻子就會落到那個丈夫的手中。於是，故事中各種巧合與奇遇在此已不純粹是銜接情節和構成敘事完整性的手段，它們同時還被顯示為某種受宇宙的道德運動支配的偶然性。對於這種話本小說廣泛使用的敘事模式，此處沒有必要再去爭論它的可信性，以及它在這篇故事的講述中達到了多麼令人信服的程度，值得玩味的倒是另一種起相反作用的動力。它是事物本身所固有的消極面，是人的作為中自我否定的趨勢，頗類佛教所謂的「因惑造業」。起相反作用的動力使生活中任何看起來圓滿的事情都潛伏著新的危機，使一個人為有利於自己所作的努力往往成了庸人自擾的事情。故事從一開頭就以讚賞的口吻描寫了蔣興哥的婚姻，誇他的妻子十分美貌，敘述了這對般配的夫婦婚後的恩愛生活。但興哥家中世代經商，經過了一段幸福的新婚生活，他們面臨著「坐吃山空」的威脅。為了出外掙錢，他不得不把妻子撇到家中。本來是一個為了長遠維持美滿生活的行動，現在卻使當前的生活出現了缺陷。在即將出外做珍珠生意之前，興哥最擔心的事情是如何在他走後保護好妻子的貞節。他臨別時叮嚀三巧兒的一段話既流露了一個擁有漂亮妻子的丈夫出門前的憂慮，也為後來的事情埋下了伏筆。他說：「地方輕薄子弟不少，你又生得美貌，莫在門前窺瞰，招風攬火。」丈夫的出外使原有的秩序失去了穩定，妻子漂亮反而成了惹禍的根源。人的煩惱本質上可被歸結為自我造業，正如小說從開始部分轉入展開時插入的一句口頭格言所說：「只為蠅頭微利，拋卻錦被良緣。」

小說的第二部分是故事的主體，作者以占整個小說一半的篇幅描述了一個良家婦女被外人勾引到手的過程。〈珍珠衫〉優於「三言」、「二拍」中其他偷情故事的地方在於，作者並沒有把三巧兒寫成一般的淫婦，沒有把她喪失貞節的行為簡單化，而是在一條拖得很長的進入閨房之路上一點一點顯示了她的心理變化。夫妻的恩愛反而加深了離別的痛苦，隨著盼望丈夫歸來的心情日益迫切，三巧兒漸漸放鬆了當初對自己的限制。她不再死守在深閨中，開始到臨街的前樓上向外張望。閨中與戶外的界限一直保障著三巧兒的貞節，但這種自我禁閉的狀況同時也逐漸積聚著尋求突破的因素。節日的到來終於造成了鬆動，當新年的熱鬧聲從街上傳入深閨時，三巧兒坐不住了。丫頭從外面請來了算卦先生，他預言興哥年後便會回到家中。我們可以把問卜的結果視為算卦者的信口胡謅，也可視為三巧兒自己的期待視野，不管怎麼說，這個純屬偶然的事件從此成為三巧兒經常從臨街的樓窗向外張望的誘因，或者說成了她無所顧忌地走向界限邊緣的藉口。因為樓窗本來就是古代的思婦悶得發慌時縱目散心的瞭望口，而憑軒或倚樓在閨怨詩中幾乎已成了千古思婦的標準姿態，窗口的危機以及走向窗口的前因後果，不過是借用閨怨詩的母題製造鋪墊，以便使走向欲望滿足的過程顯得更曲折罷了。正是藉助此類敘述手段，作者有意或無意地向讀者顯示了人性的脆弱，強調了話本小說經常向人們灌輸的某些日常生活禁忌，如勸婦女「莫在門前窺瞰，招風攬火」之類的告誡。

接下來的場景果然證實了這一告誡的合理性。古人常說：「不見可欲，使心不亂。」按照小說的敘事邏輯，讀者自然很容易相信，如果三巧兒從來沒有從臨街的樓窗向外看過一眼，她肯定能夠平安無事捱到丈夫歸來的一天。然而她看了，她看見一個人遠遠走來，錯把他當成了歸來的丈夫，並對他專注地看了一眼。又發生了一個純屬偶然的誤會：那人並不知她此刻的心思，只當是在對他暗送秋波，從此害上了相思病。這個短暫的一幕印證了作者在故事一開頭就提出的警告：「眼是色媒，心為欲種。」

此人名叫陳大郎，是個來此地做生意的外地客商。樓前巧遇之後，他立刻帶上兩錠黃燦燦的金子去買通專做淫媒的薛婆，求她去借「一件救命之寶」。確切地說，他是在求薛婆幫他去偷蔣興哥藏在家中的「珍寶」。人們正是在這個意義上把勾引別人的妻女稱為「偷情」。該詞在《金瓶梅》中又稱「挨光」，即佔便宜也。從引誘者一方言，勾上別人的妻子是討得便宜，相對而言，戴了綠帽子的丈夫就是吃虧。從命名本身即可看出，在妻子的人身完全從屬於丈夫的語境中，社會對婚外性關係的評價主要著眼於丈夫的實際利益，而非兩個偷情者的關係實際如何。之所以把婦女的為人輕薄也稱吃虧，還是因為她的放蕩使她丈夫蒙受了性利益上的損失。在故事中反復起照應作用的珍珠衫也可以從側面說明這個問題。珍珠衫就是女性貞節的物品化，興哥臨走前將這件傳家寶交給三巧兒收藏，保藏它也意味著為丈夫守貞節。三巧兒後為委身於陳大郎，隨之便把珍珠衫作為臨別的贈品交給他保存。不幸它暴露了二人的姦情，因為只要穿在別人的身上，它在主人的眼中就是確鑿的贓證。最後，陳大郎病死，他的妻子被興哥娶回，珍珠衫又物歸原主。陳大郎「得便宜處失便宜」，他妻子的貞節以還債的形式被興哥佔有。

讓我們的討論再轉向薛婆為陳大郎求「救命之寶」的計謀。薛婆也是一個「三姑六婆」之類的人物，她表面上以賣珠子為職業，暗中兼幹拉皮條的勾當。只要有人肯花錢，她就給出鬼點子。因為將要勾引的對象不是一般的淫婦，所以她為陳大郎設計的進入閨房之路必須繞很大的彎子。薛婆試圖從女人難免都有的弱點上找到一個突破口，她故意帶上一些精緻的珍珠、首飾擺在蔣家樓前，與陳大郎高聲討價還價，終於達到了以寶引寶的目的。三巧兒「推窗偷看，只見珠光閃爍，寶色輝煌，甚是可愛」，仍然是通過樓窗和眼睛使閨房內外發生了接觸，陳大郎為得到「救命之寶」支付了討得三巧兒喜愛的珍珠，三巧兒卻為擁有珍珠落入了失去貞節的圈套。[9]兩者的對比顯然說明，女人的貞節本質上是男人競相佔有的價值，也是她進入男性中心秩序的本錢，一旦失去了它，她就被排除到秩序之外。薛婆的計謀開始逐步地實施，每一步驟都進展得極其緩慢，正是通過這一拖延的過程，作者比較真實地描述了三巧兒從「甚是貞節」到恣意偷情的心理變化。防線上的破綻首先起於貪愛珍珠，接著由於在同薛婆的交易中占了便宜，轉而對薛婆產生了好感。然後兩人常來常往，直到薛婆搬入三巧兒的房中伴宿，兩人建立了准同性戀的關係。在一連串漸進的步驟中，一個思婦的孤獨、寂寞之情呈現出逐漸轉換的勢態：由臨窗盼望到收買珍珠，到交上了同性的朋友，直到委身於陳大郎。從表層上看，她一步步被薛婆誘入了圈套，實際上驅使她造業的動力來自擺脫孤獨的願望。因為尋求變化的念頭早在過年前後已經萌生，薛婆所做的一切只是把三巧兒心裡的模糊衝動因勢利導向確定的目標罷了。從某種程度上說，作者甚至已經暗示，三巧兒的受騙也含有幾分自欺，正是憑藉薛婆導演的假戲，她的真情才慢慢地醞釀成熟，直到七月七日的晚上，她終於上場演起了真戲。從眾所周知，這是一個有特殊含義的節日，人間的偷情與天上牛女的鵲橋會正好形成了富有詩意的對照。從開春時的偶遇到此時已過了半年，這一段進入閨房的漫長道路也頗有一點「銀漢迢迢暗度」的味道。在接下來那段比較含蓄的性描寫中，作者特別強調了話本小說經常渲染的一種趣味，即偷情的感受優於夫婦之間的做愛，如明清文人品評風月之趣的話所云：「妻不如妾，妾不如婢，婢不如妓，妓不如偷。」陳大郎早在第一次巧遇三巧兒之時已有了這樣的期待，他覺得自己的妻子雖有些顏色，但遠不如三巧兒可愛，若能與她風流一夜，「也不枉為人在世」。後來他們打得一片火熱，三巧兒也覺得「勝如夫婦一般」，甚至要求與他私奔，去做長久夫婦。按照話本小說的構思，有夫之婦一旦被風流男子勾引上手，不管她原來多

[9] 《拍案驚奇》卷六所云：「原來人心不可有欲。一有欲心，被人窺破，便要落入圈套。」狄氏也是一個貞婦，終因貪圖珍珠，被一個好色之徒騙到尼庵內誘姦。

麼貞節，她總是被假設成進入了前所未有的佳境。[10]由此可見，在大量的偷情故事中，作者的懲勸意圖總是與作品的教唆效果摻合在一起的，兩者互相調劑，互相補充，從而取得了能被世俗接受的消遣作用。

〈珍珠衫〉的獨特之處還在於，小說並沒有以兩個偷情的男女受到懲罰告終。對陳大郎一方的懲罰，已以他本人的病死和妻子改嫁蔣興哥做一了結，但對三巧兒的安排似乎還存在著某種遺憾。首先，她與興哥本為恩愛夫婦，興哥的休妻主要出於維護做丈夫的尊嚴，而非完全恩絕。其次，她的失節主要由於被人誘騙，作者在敘述中始終傾注了容易使讀者同情她的態度。此外，小說的敘述角度基本上站在維護蔣興哥這樣一個寬厚、和善的丈夫的立場上，讓三巧兒最終改嫁他人，似乎還存在著尚欠圓滿之處。因為從蔣興哥的實際利益考慮，休妻畢竟是一種損失，「合浦珠還」的尾聲便是為彌補這一點缺憾設計的。碰巧，興哥又去南方經營珍珠生意，而且所去的地方是著名的產珠之地合浦。他在當地吃了一場官司，辦案的官員碰巧是三巧兒的後夫。經過三巧兒的懇求，知縣從輕處理了興哥，當他得知三巧兒與興哥原來的關係時，慷慨地將三巧兒讓給原夫。經過一度分離，這對恩愛的夫婦終於團圓。珍珠生意，具有特殊含義的地名，又一次巧遇，所有這一切都使他們的團圓具有「合浦珠還」的豐富含義。它再一次說明，對興哥來說，三巧兒是一件珍寶，只有失而復得，才能滿足大眾的趣味。從被休到重婚這一段過程也可視為一種敘述策略，它讓讀者看到一個失節之婦為她的過錯付出了什麼樣的代價。重婚也與前邊的珍珠衫物歸原主相呼應，最終構成故事的敘事圓滿性。只有一點發生了不可更改的變化：陳大郎的原妻平氏此時已是興哥的正室，三巧兒只能屈居偏房。貞節的本質固然是維護男性利益的一種價值，但在女性身上卻是以性接觸的專一不貳體現出來的，三巧兒被貶抑的身份無疑表明了作者的觀點：已婚婦女的貞操一旦被他人玷污，便永

10《拍案驚奇》卷六寫狄氏被誘姦後的感覺說，「原來狄氏雖然有夫，並不曾經著這般境界，歡喜不盡。」接著又寫她對誘姦者說：「若非今日，幾虛做了世人。自此夜夜當與子會。」。

遠洗刷不掉了。

〈珍珠衫〉的確不失為一篇明代話本小說的典範之作，幾乎所有讚揚這篇小說的言論都一致肯定了作者對三巧兒的同情態度。我們並不否認作品的這種效應，但我們更應該看到，對三巧兒的同情態度始終服從於反對勾引已婚婦女的主旨。儘管最後的報應像公平的判決一樣調和了原有的衝突，但事件本身畢竟說明，一切維護婦女貞節的手段並不是完全有效的，只要丈夫不在場，他就有戴上綠帽子的危險。像三巧兒和蔣興哥這樣的恩愛夫妻都難以避免此類不幸，更何況那些妻妾成群的達官貴人。應該指出，作者對三巧兒的同情實際上也反映了他對蔣興哥的同情，這本是話本小說對善良的平民所持的基本態度，相反，對於富豪和有權勢的人物，話本小說卻常常持諷刺和挖苦的態度。在有關他們的故事中，作者完全站在居高臨下的位置上講述其中的一切，他扮演著插科打諢的角色，嘲笑他們的愚行，暴露他們的驕奢淫逸，把他們如何讓人戴上綠帽子的故事往往描繪成在公眾中引起幸災樂禍之感的笑料。比如在小說〈任君用恣樂深閨〉（《二刻》，卷三四）中，作者一開始就長篇大論，以李漁式的幽默嘲笑了廣蓄姬妾者的徒勞：

> 且說富貴人家，沒一個不廣蓄姬妾。自是左擁燕姬，右擁趙女，嬌豔盈前，歌舞成隊，乃人生得意之事。豈知男女大欲，彼此一般，一個人精力要周旋幾個女子，便已不得相當。況富貴之人，必是中年上下，娶的姬妾，必是花枝一般的後生，枕席之事，三分四路，怎能夠滿得他們的意，盡得他們的興？所以滿閨中不是怨氣，便是醜聲。總有家法極嚴的，鐵壁銅牆，提鈴喝號，防得一個水泄不通，也只禁得他們的身，禁不得他們的心。略有空隙，就思量弄一場把戲，那有情趣到你身上來？只把做一個厭物看承而已。

在這一類型的偷情故事中，被諷刺的丈夫多依託為蔡京、嚴世蕃之類的權奸，而囚禁在高牆後邊的婦女則成了主動突破防線的人物，風流型的男子反而成了供她們解除性饑渴的工具。內外、男女之間的障礙通常被描繪為嚴密的門牆，因而逾牆的母題便是通姦者慣用的計謀。很難確定，逾牆的母題是否真實地反映了古代男女偷情的實際狀況，但作為一種典型的偷情動作，它在古代文學作品中的確是源遠流長的。早在「三百篇」的時代，有一首情歌就提到了男子逾牆與女子幽會的情景[11]，孟子也把「鑽穴逾牆」作為傷風敗俗的行為加以申斥[12]，因而「逾牆」一詞在古代的語境中本身就代指不正當的性行為。自從《鶯鶯傳》中穿插了張生逾牆赴西廂幽會的細節，後來的文學作品一直都在反覆使用這個敘事程式。

在淩濛初的筆下，逾牆的母題則成了貫穿整個故事的紅線，而且被敷衍成極富有戲劇性的情節。事情是這樣的：權奸楊太尉喜好聲色，內宅裡養了一大群出色的姬妾。這位太尉心性猜忌，對家中女眷防範極嚴，有一次要出遠門，竟命令手下的人把內宅的通道全部封鎖起來，只在其間挖一孔洞，以備向內傳送食物。

姬妾中有一個名叫築玉夫人，因在太尉走後不堪寂寞，便與身邊的侍女想出了一個取樂的妙計。她們用秋千繩編了一具軟梯，在一天晚上將太尉家中的館客任君用偷偷從牆外接入，度過歡樂的夜晚，天亮前再讓他逾牆而出。此後任君用暮入早出，流連忘返，在被其他姬妾發現之後，他乾脆長住其中，與她們日夜輪番交歡。小說以戲謔的調子描寫了任君用與眾美人亂交的場景，寫他如何在縱欲的同時逐漸淪為眾美人泄欲的工具。軟梯已被藏起，太尉的封鎖反而保障了內宅的安全，當任君用最終被搞得疲憊不堪時，眾

11 《詩・鄭風・將仲子》：「將仲子兮，無逾我牆，無折我樹桑。豈敢愛之？畏我諸兄。仲可懷也，諸兄之言，亦可畏也。」

12 《孟子・滕文公下》：「不待父母之命、媒妁之言，鑽穴隙相窺，逾牆相從，則父母國人皆賤之。」

美人依然不放他逾牆出去。就在這時候，太尉突然回到家中。結局很慘，任君用從此長期留用內宅之中，但已經被太尉閹割，在眾美人眼中成了「中看不中吃」的人物。

任君用的遭遇顯然說明，偷情的空子同時也是陷阱，享樂愈多，陷入愈深，直到陷於不能自拔的地步。從表層看，閹割是對姦人妻妾者的懲罰，但任君用的閹割狀態也在一定的程度上折射了楊太尉之流的苦況。小說的開頭說得很明確，一個人的精力很有限，當他難以應付過多的妻妾時，即使日夜廝守在她們身邊，他也只被「做一個厭物看承而已」。從功能上講，他與被閹割的男人並無本質的區別。小說最終嘲笑了囚禁妻妾的丈夫，調侃了他們的焦慮和無能，使他們顯得非常滑稽。

四、淨土中的陷阱

按照現代的文學趣味來衡量，「三言」、「二拍」中描寫偷情的小說可能並沒有多少可讀的作品，除了個別頗有浪漫情調的婚配喜劇和〈珍珠衫〉那樣精雕細琢的傑作，絕大多數作品都顯得比較膚淺，甚至十分粗俗。可以按三個層次來把握這些小說中性頑念和性描寫的特徵：一種寫未婚男女的性關係，其中的性描寫比較含蓄，他們的醜事最終都被描繪成了用錦被遮蓋起來的風流佳話。另一種寫風流男子勾引人家的妻女，描寫性交場面的文字也很有限，著筆更多的總是勾引的過程。對於那些不管在什麼情況下都絕不應該有性行為的男女，如僧尼、道士、寡婦，話本小說一律予以無情的嘲弄，專為迎合低級趣味而編造的性犯罪，幾乎全都派在了此類人物的身上。描寫這一類非法性關係的故事多屬於公案小說的範疇，淫行常與重大的罪行聯繫在一起，性場面也不再呈現出漸入佳境的景象，而是充斥著惡俗和肉麻的內容。

寺院和道觀是一片淨土，還是暗藏著淫窟？其中的修行人是像我們平日見到的那樣虔誠，還是背地裡也會幹小說中講述的種種醜事？這當然不是本書應該爭辯的問題，甚至是根本難以澄清的問題。需要認真考慮的是，為什麼話本小說常把最骯髒的性行為派給此類角色？為什麼文學作品中常把宣淫的場所安排在這些絕對禁欲的地方？原因當然很複雜，但首先可以肯定地說，這些故事的廣泛流傳始終都植根於中國文化的非宗教傳統，反映了儒家對佛教和道教的偏見，也傳達了俗人猜忌出家人的可笑心理。以上已反覆指出，男人最擔憂自己的妻女受到外人的勾引，在他們多疑的心中，自然像出家人這樣特殊的獨身者嫌疑最大。特別是和尚，他們剃著光頭，奉行一整套傳自異域的教義，從各個方面都顯示出與俗世的眾生完全不同的價值。儘管他們作為團體始終受到善男信女的恭敬，但作為一種類型化的人物，他們在通俗文學中卻變成了被嘲弄的對象。在日常生活中，人們侵犯他人的欲望往往是為了掩蓋自己的弱點，為了變相地發洩自己心中某些見不得人的念頭。常見的一個表達方式就是採用象徵性的攻擊，把自己肚子裡的髒水吐到某些適合充當污水坑的人物身上。性玩笑即這種象徵性攻擊的表現方式之一。反正必須有人扮演供大家取笑的丑角，在大眾的心目中，像和尚這樣外形與行為均顯得古怪的人物，似乎最適合在色情噱頭中充當笑料。他們被想像成時刻處於性饑渴狀態的樣子，他們的眼睛和耳朵好像總在靈敏地捕捉周圍的性信號，但他們的身份又使他們絕對地被限制於局外，使他們徒然地處於窺視和竊聽之中，使他們最終作為被剝奪了參與權的第三者而顯示出受到了挫折的苦惱和可笑。正如豔羨富貴的心理常轉化為強烈地蔑視寒酸，好色的動機也可以轉化成冷嘲那些被剝奪了性經驗的人物。早在《西廂記》中，即可看到揶揄和尚的片段，為突出鶯鶯的豔麗誘人，劇中便插入和尚呆看她的漫畫場面。[13]同樣，在《金瓶梅》中，為了渲染西門慶與潘金蓮的淫樂，作者更讓念經的和尚聽個不亦樂乎。通俗文學的非人道主義傾向正在於，它把各種社會邊

[13]〈陌上桑〉一詩中便運用了這種手法，不過其中被漫畫化的呆看者都是質樸的鄉下人，後來的通俗文學則選擇和尚扮演這樣的丑角。

緣的人物都描寫成丑角，通過醜化他們的形象來製造惡俗的大眾趣味。

正因為和尚在公開的場合被俗人想像成受挫的第三者，所以話本小說中充滿了寫他們如何在暗中破了色戒的故事。第一種模式屬於韓南所說的「宗教小說」[14]，敘事者基本上站在維護佛法的立場上發言，真正受到譴責的是設計敗壞和尚德行的官員。在小說〈月明和尚度柳翠〉（《古今小說》，卷二九）中，作者並沒有把和尚的偷情誇大成可怕的罪行，他只把和尚的破戒作為一念之差的過失供讀者欣賞，從而為豐富多彩的性場面增添一個新奇的場景。從某中程度上說，小說中一系列胡編亂造的情節主要是為了具現作者所欣賞的兩句色情詩：「可憐數點菩提水，傾入紅蓮兩瓣中。」故事中前來勾引和尚破戒的妓女即名紅蓮，該詞也是玉門的隱喻，它構成了對佛性（蓮）的反諷：禪心最終被肉欲俘獲，高僧敗在了妓女的手中。僧與俗的對立顛倒了勾引與被勾引的關係，現在守身如玉的一方成了男性，女人卻成了勾引者。有趣的是，破戒的和尚也同失身的婦女懷著相似的心情，兩者都企圖把事情隱瞞下去，所以他們主要擔心姦情的敗露，而非感到犯了重罪。一旦他們的醜名傳播出去，他們就羞愧得坐化死去。

但在絕大多數寫僧人淫行的小說中，和尚和尼姑全都是身著袈裟的歹徒，他們狡詐、淫蕩，比《十日談》中的基督教僧侶還要無法無天，好像一群色中餓鬼潛伏在佛堂的陰暗角落，隨時都準備勾引前來燒香的良家婦女。比如像寶蓮寺這樣的廟宇，在小說中竟完全被描寫成一個用佛菩薩托夢送子的騙局偽裝起來的「精子公司」，凡是在這裡祈子過夜的婦女，後來都生下了胖娃娃。一位機智的地方官員最終戳破了這群淫僧的黑幕，他派入寺內執行偵破任務的人員仍然是妓女。原來所謂夢中送子的佛菩薩就是寺裡的和尚，他們半夜從暗道裡鑽進淨室，在祈子的婦女們睡得迷迷糊糊時給她們佈施精子。（《恒言》，卷三

[14] 韓南，《中國白話小說史》，杭州：浙江古籍出版社，一九八九年，頁六八至七〇。

九）此類故事顯然是為了追求聳人聽聞的效果而有意誇大其詞的，要構造如此奇妙的淫窟，恐怕只有在想像的世界中才能完成。我深信這類故事反映了俗世的男人對寺廟的惡意和敵視，而他們的妻子和女兒可能正好持相反的態度。男人要把他們的妻女禁閉在閨房中，大概只有藉口去佛寺燒香，婦女才有機會公開露面，到比較熱鬧的場所遊玩一番。初一、十五的日子，寺院裡往往是婦女集會的場所，她們都打扮得楚楚動人，似乎想趁拜佛的機會展示一下自己的風采。她們手中的銀錢肯定不會很多，但她們在佈施上可能比自己的父親或丈夫更大方，因為她們比男人更需要神靈的保佑，更崇敬神聖的東西。僅僅這些情況已足以引起男人對寺廟產生某種模糊的不滿了。當一個女人生下的孩子有點來路不明時，人們便認為那是和尚的孩子，和尚常常背著公共姦夫的黑鍋。男人希望女人盡可能少去佛寺，他們更害怕自己的妻女與和尚有單獨的接觸，於是便把佛寺描繪得恍若陷阱。

就是在窮鄉僻壤，村外有一座破舊的小佛寺，寺裡住著幾個營養不良的窮和尚，話本小說的作者也會警告說，婦女從那裡路過可要格外當心。不要隨便走進寺門，不要到僧房裡討水喝，說不定你剛一踏入寺門，裡面就開始羅織獵豔的蛛網了。在小說〈奪風情村婦捐軀〉（《初刻》，卷二六）中，一個趕路的村婦正好遇到了上述情況。杜氏與丈夫發生了口角，她去娘家住了數日，在返回夫家的路上不巧遇到大雨。杜氏匆忙走入路邊的太平禪寺避雨，剛一進去就被師徒二人姦污。沒有任何鋪墊，所有的過程完全省略，禪房裡的雲雨之事好像路上的大雨一樣來得突然，淅淅瀝瀝地拖延下去。老和尚本來與年輕的徒弟有同性戀關係，現在中間夾入了一個婦人，三個人的性關係變得複雜起來。小說以極其淫猥的細節呈現了他們之間的糾纏，自始至終都把惡俗的嘲弄對準了老和尚心有餘而力不足的醜態。小說的旨趣顯然在於把這種兩男與一女之間的糾纏寫到欲罷不休的程度，讓不斷受挫折的老和尚最終成為被剝奪了性參與的第三者，讓他的性無能成為笑料，佛寺及其中的淫僧只是為製造這些效果而習慣採用的典型環境和固定角色。最後，老和尚惱羞成怒，殺死了杜氏，故事以淫僧受到懲罰收場。

即使是這樣等而下之的小說，其中也有一定的敘事策略。它讓讀者感到大大小小的佛寺可能都是陷阱，它特別給不安於閨中生活的婦女製造了一種恐怖。幾乎所有的「三言」、「二拍」故事都反復勸說婦女安居閨中，不要外出，凡是離家出走的婦女，在故事中全沒有好下場。總之，婦女只要進入陌生男人的世界，等待著她的命運就是被拐賣，被姦污，或死於非命。[15]人們這樣想像婦人出走的前景，話本小說則添枝加葉，把種種危險寫得活靈活現，富有威脅的效果。可見所有的偷情故事都具有不同程度的意識形態作用，都力圖確立男女、內外之間的界限。

話本小說編故事常追求一種獵奇的對稱性，如有男扮女裝的故事，必編出女扮男裝的故事；有村婦被淫僧輪奸的奇案，必編出一男獨戰群尼的奇案。〈赫大卿遺恨鴛鴦絛〉（《恒言》，卷一五）的故事正好與上述的故事形成了對稱的關係。由於進入陷阱的人物換成了男性，環境隨之換為尼庵。這裡的情況比和尚的淫窟更可怕，每一個尼姑都被描繪成不知饜足的淫婦，她們為了長久享用好色的書生，竟把他剃成光頭。從此，他再也走不出庵門，最後縱欲過度，活活累死在尼姑庵裡。所有的性描寫都是淫穢的，它的淫穢性並不在於直露地描寫了性交狀態，而在於把有益的性欲滿足完全醜化成骯髒的排泄。那簡直像是一群完全失去控制的女人在爭奪使用唯一的淫具，直到把它用得完全磨損，她們方才十分洩氣地暫停下來。總之，越是把庵裡發生的淫行寫得令人作嘔，便越能說明尼姑的無恥。在話本小說中，對性的玷污始終都是為達到誣衊人的效果而使用的手段。

故事中的尼姑全都是沒有來歷的，作者向來不交代她們出家的原因，也從不用同情的眼光觀察寺院的

---

[15] 〈姚滴珠避羞惹羞〉（《初刻》，卷二）中，離家出走的婦女落入了人販子的手中，被賣給財主當外室，最後引起一場官司。

日常生活，更不懂得真實地表現凡心與戒律的衝突。[16]他們筆下的尼姑一上場就扮演邪惡的角色，而尼庵則如巫婆的洞窟或另一形式的妓院，正是最便於她們幹壞事的場所。只需就戲曲《思凡》中性主題的具體處理作一對比，我們就能明顯看出「三言」、「二拍」中同類作品之低劣。《思凡》是一出流行的地方戲[17]，全劇由一個小尼姑的獨白組成。與很多並非出於堅定的信仰而出家的尼姑一樣，劇中的尼姑也是從小被父母舍入空門的。在古代社會，孩子從小體弱多病，父母多用出家的方式保存他們的活命。當他們漸漸長大，開始羨慕俗人的生活時，寺院裡的單調生活就會顯得十分可厭。戲文以質樸的語言描述了女主人翁的這種心情。最值得讚賞的是，作者讓小尼姑用天真而逗趣的臺詞調侃了寺院的陳規，青春的煩惱是用活潑、明朗的調子唱出來的。整個場景向觀眾展現了她決定逃出寺院之前的那一刻所流露的興奮狀態。她嚮往的塵世幸福尚在下山之後，所以一切都處於歡欣的想像中，甚至連佛殿上的泥塑群像也在她眼中活了起來，或笑她虛度春光，或擔憂她未來的際遇。「思凡」被表現為由春情萌動到覺醒和作出選擇的過程，所有的細節都符合心理的真實。

尼姑本為「三姑六婆」之一，所以在話本小說中還充當淫媒的角色。尼庵顯然更適合婦女燒香拜佛，因而尼姑與婦女的交往最為頻繁。在話本小說中，她們常常以兩栖人物的形象出現在偷情的男女之間。她們同樣剃著光頭，穿著與和尚幾無差異，在與俗世男人的接觸中，她們的表情和舉止基本上是男性方式的。然而她們實際上卻是女人，所以被允許隨時出入於深閨，又最容易取得婦女的信任。這種似男而女的

[16] 〈聞人生野戰翠浮庵〉中，作者便批評了父母在尼姑的唆使下從小送女兒出家的惡果說：「若今世上，小時憑著父母蠻做，動不動許在空門，那曉得起頭易，到底難。到得大來，得知了這些情欲滋味，就是強制得來，原非他本心所願。」（《初刻》，卷三四）。

[17] 該劇曲文收在《綴白裘》中，此處所依文本見林語堂《中國人》中的引文，頁一〇八至一〇九。

形象有利於尼姑幹拉皮條的差事，她們同樣見錢眼開，為謀利而幫助風流男子勾引良家婦女。於是，尼姑庵又被描寫成情人幽會的場所。通常的情況是，一個男人想勾引某家的女子，因為「無門可入」而找到尼姑門前。尼姑被他買通，便把女子騙入自己的庵內，然後縱容預先躲在那裡的男人將她姦污。所以淩濛初把尼姑寫成「三姑六婆」中最狠毒的人物，他指出，「從來馬泊六、撮合山，十椿事倒有九椿是尼姑做成，尼庵私會的。」（《初刻》，卷六）此外，「三言」、「二拍」中還有個別故事把道士也寫成傷風敗俗的人物，他們有的利用妖術誘姦皇帝的嬪妃（《恒言》，卷一三），有的裝神弄鬼，趁做道場的機會勾引民女。除了外表與和尚截然不同，道士在非法的性關係中同樣扮演邪惡的丑角，同樣被用來醜化有益的性欲。比如在小說〈西山觀〉（《初刻》，卷一七）中，淩濛初除了突出道士比和尚更容易幹姦淫之事[18]，他還用更多的篇幅諷刺了淫蕩的寡婦。像對待其他社會邊緣人物一樣，淩濛初對待寡婦的態度也是冷漠無情的。因為社會要求寡婦必須為亡夫守節，所以她也屬於應該絕對禁欲的人物，小說自然只可能從否定的方面表現她的性欲，從而對天下的寡婦產生威懾的作用。由此可見，話本小說中的淫穢描寫並不完全與它的懲勸宗旨衝突，把一個寡婦與道士的通姦事件寫得非常醜惡，正好起到了壓抑她的性欲的效果。因為對寡婦來說，偷情總是被描繪成非常可恥的事情，除了既不想又不做以外，她沒有任何選擇。到處都彌漫著監視她的氣氛，孩子在身邊製造障礙，亡靈在暗處釋放恐懼，古代守節的寡婦大都處於這種強制的絕欲狀態。

[18] 淩濛初的理由是，和尚光頭，身份標誌很明顯，故最易引起世人對他另眼相看。道士的髮型與俗人相差無幾，故在與女人接觸時不易露出破綻。此外，在明清通俗文學中，我們還可以看到一種十分猥褻的類比，即由和尚的光頭聯想到龜頭，這也許是淫行常被派到和尚身上的一個原因。如在一本專講寺廟中淫穢故事的小說《僧尼孽海》中，便有一首這樣的詩：「上禿牽連下禿，下光賽過上光。禿光光禿禿光光，才是兩頭和尚。」參看高羅佩：《中國古代房內考》，上海：上海人民出版社，1990年，第420頁。

在小說〈西山觀〉中，作者竭力把道士與寡婦的通姦寫得令人作嘔，在另一篇同樣醜化寡婦的小說〈莊子休鼓盆成大道〉（《通言》，卷二）中，作者則用魔幻的手法讓讀者見證了寡婦的薄情。一個寫的是道士詐稱死者的魂附在了他的身上，從而在靈堂前誘姦了身穿孝服的寡婦。另一個寫的是莊子詐死之後，幻化出一個風流小生來考驗自己的妻子，結果發現妻子轉眼之間已對死者毫無情義，儘管她不久之前還發出「烈女不更二夫」的誓言。靈堂前的諷刺劇原來是詐死的丈夫為引誘妻子暴露真面目而巧施的幻術，幻景很快消失，莊子隨之從棺中復活，「自覺無顏」的妻子不得不拼一死以遮羞。兩篇小說都站在男性的立場上抨擊了女人的不貞，富有諷刺意味的是，小說對寡婦的醜化也起到了相反的作用。本來是為了懲勸，結果卻暴露了男女在守節上的不公平現象，進而從反面說明，失節正是社會強加給女人的守節要求逼出來的。[19]在漫長的古代社會中，不知有多少寡婦都是因受節烈觀念的束縛，或在人性與禮教的衝突下默默忍受絕欲的痛苦，或抵不住誘惑而招來了羞辱和災難。因此，列舉不幸的事例以說明守節之不易，也是小說常寫的一個內容。

不管是表面上或事實上多麼貞節的寡婦，在小說中一律都被描繪為最終經不起誘惑的人物。按照話本小說所設計的程式化場景，女人越處於絕欲的狀態，她越經受不住諸如暴露在她面前的陽具之類的情景對她的誘惑。小說〈況太守斷死孩兒〉（《通言》，卷三五）寫了一個失節寡婦的故事：這位立志守寡的邵氏過了十年的清白生活，最終還是在鄰人丘大勝的詭計誘惑下落入了偷情的陷阱。丘大勝的詭計是讓邵氏

[19] 在《二刻》卷一一中，淩濛初就此發了一段同情婦女的議論。他說：「天下事有好些不平的所在。假如男人死了，女人再嫁，便道是失了節，玷了名，汙了身子，是個行不得的事，萬口訾議。及至男人家喪了妻子，卻又憑他續弦再娶，置妾買婢，做出若干的勾當，把死的丟在腦後不提起了，並沒有道他薄幸負心，做一場說話。就是生前房室之中，女人少有外情，便是老大的醜事，人世羞言；及至男人家撇下了妻子，貪淫好色，宿娼養妓，無所不為，總有議論不是的，不為十分大害。所以女子愈加可憐，男人愈加放肆。」

的男僕晚上睡覺故意赤身仰臥，「把那話兒弄得硬硬的」。在邵氏查夜時多次目睹這一情景後，她終於情不自禁，失去了十年的清白。所有的偷情故事幾乎都一致告訴男人，女人既是防範森嚴的，又是不堪一擊的，只要你戳破了那層薄紙，她很快就會失去控制。

這當然在很大的程度上是勾引者所希望的情況，但某些更可靠的記載也讓我們看到了相反的事例，它說明社會強加給婦女守節的要求的確對婦女的行為起到了強大的約束作用。沈起鳳《諧鐸》（卷九）記了一則某節婦的軼事：這位節婦十八而寡，守節終身，她在八十歲臨終時勸晚輩不要在青年寡居時輕易立志守節。

她說：

> 守寡兩字，難言之矣；我是此中過來人，請為爾等述往事。……我居寡時，年甫十八；因生在名門，嫁於宦族，而又一塊肉累腹中，不敢復萌他想。然晨風夜雨，冷壁孤燈，頗難禁受。翁有表甥某，自姑蘇來訪，下榻外館；我於屏後覷其貌美，不覺心動；夜伺翁姑熟睡，欲往奔之。移燈出戶，俯首自慚。回身復入。而心猿難制，又移燈而出；終以此事可恥，長歎而回。如是者數次。後決然竟去，聞灶下婢喃喃私語，屏氣回房，置燈桌上。倦而假寐，夢入外館，某正讀書燈下，相見各道衷曲；已而攜手入幃，一人趺坐帳中，首蓬面血，拍枕大哭，視之，亡夫也，大喊而醒。時桌上燈熒熒作青碧色，譙樓正交三鼓，兒索乳啼絮被中。始而駭，中而悲，繼而大悔，一種兒女之情，不知銷歸何處。

這段節婦的遺言雖已經過男性作者的處理，但它的第一人稱敘述仍能比較真實地表述一個寡婦在禮教與人性的衝突下所經歷的內心痛苦，它甚至比「三言」、「二拍」中所有的偷情故事都更為感人。特別是其中真切的心理描寫，正是庸俗的話本小說最缺乏的敘事要素。古代的婦女很少從事敘事作品的寫作，至於白話小說，似乎從無閨秀染指此類粗俗的體裁。如果說古代的敘事文學中缺乏貴族女性作家的傳統是一種缺憾，那麼是否可以說，中國古代小說的種種局限性確實與女性作家的缺席有一定的關係呢？

第六章

浮世風月債

悲夫！本以嗜欲故，遂迷財色，因財色故，遂成冷熱，因冷熱故，遂亂真假。……世即有假聚為樂者，亦何必生死人之真骨肉以為樂也哉。

——張竹坡《竹坡閒話》

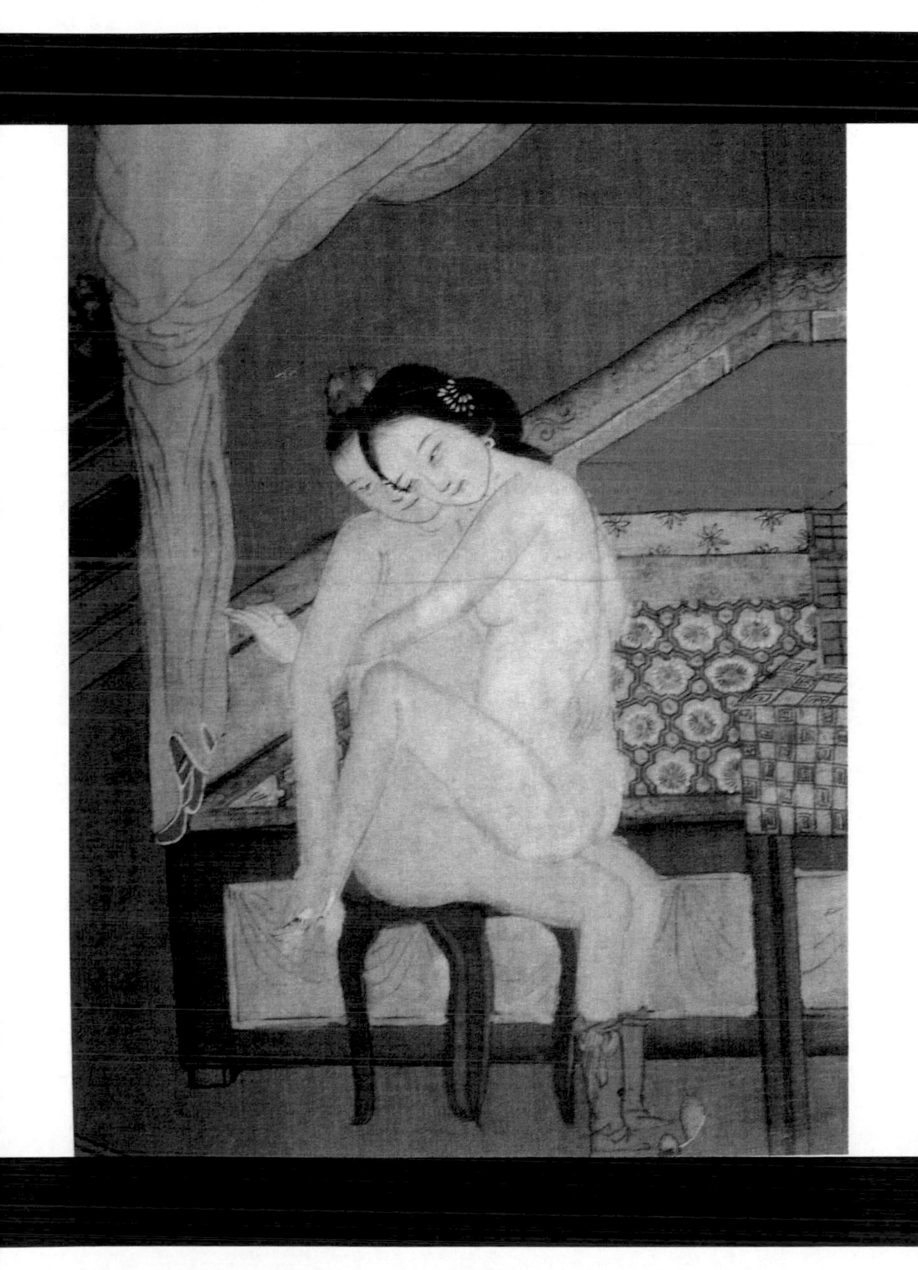

一、《金瓶梅》：財色與自我

《金瓶梅》問世至今已有四百年左右，作為一部屢禁不止的暢銷書，四百年來，它帶給這個世界的最大實惠也許就是讓一代代的出版經銷者賺了大錢。大約早在萬曆三十七年（一六〇八），該書的手抄本剛開始在某些江南名士手中私下傳播之日，當時著名的書坊撰稿人馮夢龍便一眼看出了它潛在的商業價值。馮建議書商高價收購沈德符手中的一個抄本立即付印，但沈卻出於道德上的顧慮拒絕了馮的要求。沈不過不願親自促成此書的出版，他相信很快就會有人去幹這樣的事情。情況果然不出沈德符的預料，此後不久，吳縣的書商便隆重推出了這部曠世奇書，書市的行情十分可觀，一時間幾乎達到了「家傳戶到」的程度。接著不同的書坊都競相翻刻，據說蘇州和揚州便有兩個書坊因此撈取了厚利。但人們又傳說這兩家書坊的老闆均因掙了造孽錢而死於暴病，他們的後人因此嚇得焚毀了家藏的書版。[1]對於此類有關淫書報應的無稽之談，可暫且存而不論，值得注意的是，沈德符的預料和書商的發財至少說明，晚明色情文化的氾濫與江南出版業的高度發展的確有很大的關係。很多學者往往喜歡把淫書的盛行歸罪於當時社會的全面腐敗，有人甚至認為那是朝野間普遍熱中房中術的結果。[2]他們顯然過分誇大了現實生活中的淫風與色情出版物大行其道的因果聯繫，因為現在的事實已經日益證明，促使色情文化傳播的真正動力實際上來自出版業牟利的動機。這就是說，晚明士大夫的末世頹風和江南城鎮的桃色環境固然滋生了對色情文化的需要，但是，真正刺激和助長這種需要，並使之轉化為消費享受的力量則來自江南書畫出版業的商業化趨勢。對

[1] 王利器輯錄，《元明清三代禁毀小說戲曲史料》，上海：上海古籍出版社，一九八一年，頁四一八。

[2] 茅盾：《茅盾古典文學論文集》，上海：上海古籍出版社，一九八六年，頁一七〇。

於這種前所未有的社會現象，很難在此作出適當的道德評價，需要指出的是，正是在這一趨勢的促使下，迅速地興起了一種表現性欲的新型文學，這就是色情的或有色情傾向的白話長篇小說。從《金瓶梅》問世前後到清政府開始嚴禁淫書，百餘年之間，此類小說層出不窮，除了少數幾部廣為人知的作品，這些末世的「惡之花」絕大多數都隨同滋生它們的土壤變成了歷史垃圾。

在色情小說興起的年代，木刻版畫的工藝水平也有了相當的發展，憑藉著新的技術優勢，江南的書坊還把長期以來收藏在內府和富貴人家的祕戲圖複製成春宮版畫冊，作為批量生產的商品投入了市場。這些半裸的或全裸的性交姿勢圖被高懸在蘇州的旅遊景點公開出售，有時還作為裝飾，被繪在日用器皿之上。新的技術也被應用於書籍的裝幀，比如當時出版的很多色情小說，其中就有一些描繪性場面的木刻插圖。面對這些圖文並茂的讀物，我們不難聯想到張衡和徐陵在他們的詩文中描繪的性手冊。不同的時代有各自表現性欲的特殊形式，有使之傳播的相應手段，相比之下，明代小說的文本雖然已與往昔的「素女經文」和「軒皇圖藝」相去甚遠，但就圖文對照的形制和圖文均以性交狀態作摹寫對象這兩點而言，其間仍有一脈相承之處。如果說古代的性手冊主要供帝王和少數擁有性特權的人物作臨床的參照，因而更強調有益於夫婦關係的「閨中佳境」，在明代的色情小說中，性欲的表現則更加大眾化，它以粗俗的形式暴露了羅幃後的祕戲，它把人們在現實中不願正視的活動再現為供他們玩賞的文字，並使其中的情景極富於刺激，以致使讀者全成了耽於窺視淫穢場景的人。

這樣的場景是令人感到驚訝的，它在各個方面都顯得很成問題，具有一種與「閨中佳境」對立的特徵。房中書的世界是一個假定的封閉空間，夫婦的性愛在理論上被納入了天地陰陽交歡的和諧秩序，除了考慮技術上許可或禁忌的事情，所謂的「閨中佳境」並不存在任何涉及道德或犯罪的問題。對享用快感的性主體來說，快感的質量只取決於它的激烈程度，所延長的時間，以及養生的效果。理想的交歡被描繪成男女互相滋補的過程，但其間的一切細節必須由男性調控，女人只能做順從的「鼎爐」。男人只要設法使與他依次性交的眾姬妾不斷達到高潮而自已並不頻繁射精，他就能維持後房的穩定秩序，保證子嗣的繁衍。對房中術的掌握和運用給一切打了保票，據說，它不但能使男人的精力始終免於耗竭，而且有助於採陰補陽，使男人收到強身和長壽的效果。在房中書的語境中，快感並不意味著單純的享樂，它更傾向於強調養生上的受益。由於一切潛在的危險都可以根據規則預先排除，所以存在的可能性完全被描述成機械決定論的狀況，生命的不朽，家庭和樂，種種關於滿足物質欲望的樂觀設想，竟然全部建築在「不射精」這個純生理的薄弱基礎之上。千百年來，方士們就是用這樣荒唐可笑的許諾迎合、慫恿帝王和權貴的貪欲，而詠歎房中術的詩文向來都喜歡把充當採補工具的女性美化成佳人或神仙。如在一幅題為「無上真鼎」的明代道教版畫上，我們可以看到這樣一首頗有幾分仙趣的詩，其詩曰：

眉目無瑕性欲良，皮骨相宜音韻長。
再推八字無沖克，始稱佳期作藥王。

不難看出，這個「藥王」的形象正是按照房中書所謂「好女」必備的條件描繪的：她必須年輕、健康、乾淨、柔順，沒有自己特殊的嗜好，總是在駕御者的絕對操縱下作出預期的反應，用她被激發出來的陰氣給對方作補藥，從而使自己變得更可愛、更依戀男人。這是一個被想像成從現實生活與人的複雜性之中分離出來的「佳境」，在其中，支配與被支配的關係是持久而穩定的，就像〈大樂賦〉所描繪的那種行樂圖景，夫婦的性愛遵循著四時的節序，一直延長到衰老之年。

然而在摹寫「浮世風月」的明代長篇小說中，我們驚訝地發現，整個背景發生了變化，源於房中書的性主題在暗中向對抗的方面轉換，封閉性的「閨房佳境」出現了裂口。誘人的「風月鑑」向男性觀賞者轉出了它的背面，馴良的「藥王」從其中漸漸露出了猙獰的面目。翻開《金瓶梅》的第一頁[3]，兩首開場詩首先向我們透露了「浮世風月」的危機，試讀這首據說是出於純陽真人之手的七絕：

> 二八佳人體似酥，腰間仗劍斬愚夫。
> 雖然不見人頭落，暗裡教君骨髓枯。

這是一個美麗的魔女，她既向你顯示出不可抗拒的魅力，又隱隱約約露出致命的威脅，她身上最銷魂的地方現在被比喻成具有殺傷力的武器，儼然向好色的男人擺出了角鬥的陣勢。鏖戰的交鋒很快從小說的第四回拉開序幕，在該回描繪西門慶與潘金蓮初次交歡的文字中，我們驚訝地發現，那兩首粗俗的詠物詩竟把男女主人翁的性器官描繪成用來廝殺的東西。一個強硬而倡狂，「曾與佳人鬥幾場」；一個陰柔地固守，「等閒戰鬥不開言」。在這位「笑笑生」的筆下，浮世的風月場從一開始就滲出了兩軍對壘的緊張氣氛。他顯然有意採用民間「葷謎」的形式製造色情的噱頭，但由於過分地誇張，男女的性器官竟被塑造成獨立於人物軀體的「活物」，以致使這個「物」升格為人物體驗和證實自我的基礎。自我成了佔有感的虛假對象，交歡的雙方總是在感到佔有對方，並從中得到享樂的時候，他們才感到自我的存在。

這種性的佔有是同對財富、權勢、社會地位的佔有交織在一起的，對所有這些「物」的佔有欲支配著

[3] 《金瓶梅》引文均依齊煙、汝梅校點的《新刻繡像批評金瓶梅》，濟南：齊魯書社，一九八九年。

小說中各種人物的行動，聯結了他們之間的關係，從而構成了浮世的炎涼景況。「浮世」一詞本指虛浮不定的塵世，我試圖把該詞引入《金瓶梅》的語境，用它來概括該書所體現的獨特的寫作態度。從另一首開場詩可以看出，一種對世事無常的哀歎在小說的開始就為故事的發展和結局定了調子。隨著故事的展開，我們逐漸看到，所謂的「閨房佳境」原來都是水月鏡花，實際的情況並不像祕戲圖畫面上那樣豔媚、光潔，西門慶佔有的所有女人竟無一個配稱得上是古典的或傳奇型的佳人。在她們或多或少的姿色中都摻雜了市井的俗氣，個性的污點反而在這群平庸的婦人身上煥發出情欲的活力。在中國文學史上，《金瓶梅》可謂初次突破了傳統文學單調的美人程式，它讓我們睜眼看見了浮世的缺陷，使文人型的仙趣和豔趣受到了挑戰，進而以其放肆縱恣的筆墨揭出了男歡女怨的事件與金錢、權勢、貪欲的糾葛。詩意的感傷情調被毫不吝惜地清除了，情和欲的表現達到沆瀣一氣的程度。相比之下，文言傳奇小說中有關女性美的寫意傳神之筆反而顯得空洞、蒼白，話本小說中半文半白的簡短對話也讓人覺得比較呆板，而在這部新型的長篇小說中，西門慶身邊眾婦人嘴裡的淫聲浪語，她們互相拈酸吃醋的口角，全都寫得精力彌滿，讀起來簡直就像偷聽了她們平日的閒言碎語一般。

袁枚平生喜談聲色，且常以多情自負。在批本《隨園詩話》中有一條批語，說的是批評者本人在袁家作客的一點印象。他說當時袁枚讓他的四個小妾全出來見客，她們的相貌都很平庸，而且語言無味，顯得十分可笑。[4]這則瑣碎的記載使我們得以從一個見證者冷眼旁觀的角度瞥見了古代多妻者家庭中某些灰暗的生活場景。由此可見，實際的情況似乎並非如大量的詩文所描繪的那樣輝煌，諸如嬌妻美妾，金釵十二行的富貴豔福大抵多為文人的浮誇之辭。《金瓶梅》正好讓我們看到了完全不同的景象，面對西門慶身邊

[4] 袁枚，《隨園詩話》，北京：人民文學出版社，一九六〇年，頁八五三。

的女人，讀者也會產生與那位在隨園作客的詩話評點人相類似的感覺。與房中書的告誡完全相反，西門慶對所謂的「好女」並無興趣，他似乎奉行著不騷擾良家婦女的原則，只是本著貪多不嫌濫的低標準納妾、偷情，因而作者把他的小老婆和姘婦全都寫成了身份低賤或名聲本來就很壞的女人。李嬌兒出身妓女，生得「肉重身肥，額尖鼻小」。孫雪娥是收房的丫頭，大嗓門，矮個子。潘金蓮長得最標致，但一開口就是一連串損人的髒話。孟玉樓和李瓶兒都是有錢的寡婦，一個臉上長著稀疏的白麻子，另一個生得「五短身材」。小說寫西門慶果斷地娶孟玉樓為妾，接著又寫他多方策劃，最終把李瓶兒用花轎抬進家門，兩件婚事都在很大的程度上含有把對方的財產與其人身一併轉移到西門慶手中的因素。總之，小說在有關西門慶發跡過程的講述中，他漁色的成就始終都是同他不斷發財的事業穿插在一起的。西門慶之所以在所有的女人中最寵愛瓶兒，並在她死後痛哭流涕，唯一的一次動了真情，除了對她懷有特殊的性愛以外，顯然也與她帶進門來的箱籠在他心上的分量有關。對於西門慶的悼亡之情，僕人玳安說得最中肯：「為甚俺爹心裡疼？不是疼人，是疼錢。」（頁八六五）本為突出西門慶貪財好色，故有意將其群妾和姘婦的相貌和出身來歷都寫得有這樣那樣的缺陷，結果卻在無意中暴露了生活中平庸的一面，讓我們看到實利的打算在婚姻選擇中所起的重要作用。像孟玉樓和李瓶兒這樣有錢的寡婦，只要沒有硬漢子為她們做靠山，手中的財產很快就會受到家族和地方勢力的侵蝕。她們明知道西門慶是「打老婆的班頭，坑婦女的領袖」，之所以睜大眼往火坑裡跳，顯然是考慮到尋求蔭庇的因素。作者似乎更傾向於從不安分守己的寡婦自討苦吃的角度寫她們的選擇，但他仍然能讓人從中看出，在一個權勢支配一切的社會中，男人佔有女人的程度更多地取決於他的社會地位和勢力，而不是他本人的魅力。於是，在這部描寫貪財和好色的長篇小說中，閨幃淫亂始終都與頻繁的官場應酬穿插在一起，地方上的不法行為總是同朝廷的腐敗一呼一應，最後，隨著西門慶的死亡，他生前佔有的女人和財產又紛紛轉移到其他有權有勢者的手中。

至於對待家僕和店鋪夥計的妻子，西門慶則完全仗著主人的身份，一律用金錢收買。常常是在與其中的某個女人碰了一個滿懷，忽然發現她身上有某種動人之處時，他就「淫心輒起」，於是他隨即派人送去衣料、銀兩，宣告他購買的欲望。對方總是高興地收下禮物，受寵若驚，一次次通姦便以這種金錢與肉體的交易達到成功。對於自己的佔有欲，西門慶也有一套辯護的歪理，當月娘向他提出積德求福的勸告時，他自恃金錢的力量，狂妄地反駁說：「天地尚有陰陽，男女自然配合，今生偷情的、苟合的，都是前生分定，姻緣簿上注名，今生了還，……咱聞那佛祖西天，也止不過要黃金鋪地，……咱只消盡這家私廣為善事，就使強姦了姮娥，和姦了織女，拐了許飛瓊，盜了西王母的女兒，也不減我潑天富貴。」（頁七四六—七四七）這一派褻瀆神靈的狂言再明顯不過地反映了西門慶對國法的蔑視，因為在這個浮世的穢土上，他確實用金錢買通了官府，賄賂了一大批幫兇和幫閒，也買到了女人所能給予他的種種享樂。

綜覽《金瓶梅》全書的每一處性描寫，我們可以明顯地看出，傳統文學中常見的情愛與美感的因素已經被完全排除在外。性行為成了一種隨時隨地都在發生的日常活動，它伴隨著酒後的興奮，午睡醒來的困懶，園中澆完花木之後的無聊，處理公務家事和應酬賓客中的片刻空閒……它成了西門慶最重要的，甚至唯一的享樂方式。因為享樂與真正的內心快樂毫無關係，它追求的是滿足和刺激，它本質上是一種把對象作為消費品去使用的活動，所以對西門慶來說，凡是與他交歡的女人，無論是妻妾還是姘婦，全都與妓女沒有什麼不同。為了滿足自己病態的性嗜好，為了用更強烈的刺激製造神經的興奮，他一貫在枕席間同他的女人們搞金錢與肉體的交易。或為了獎勵這個女人的「枕上好風月」，他立即支付一件漂亮的衣服；或在要求哪個女人卑賤地滿足他某種性的奇思怪想之時，他許諾了對方貪求的財物。於是，在該書那些看起來過分直露，而實際上仍有所節制的性描寫中，作者往往把男人的好色與女人的貪財並置在一起，不斷地插入有關淫婦們向西門慶索取「風月債」的對話，從而形成一種敘述上的巧妙過渡，使每一個縱欲狀態的場景均與金錢的作用聯繫在一起。兩者的對比不但沖淡了性描寫的刺激效果，而且在一定程度上給讀者提供了一個非觀淫癖的角度，讓我們看到「浮世風月」其實是缺乏快樂的享樂。在淫婦們極盡屈身奉承之能事的活動中，被她們用來滿足自己性欲的成分是極少的，她們所做的一切不過是促使西門慶達到縱欲狀態的頂峰，並趁機向他討一點自己想要的東西罷了。「繡像本」中的一則眉批便對她們的這一處境流露了憐憫之情：「以金蓮之取索一物，但乘歡樂之際開口，可悲可歎。」（頁一〇二五至一〇二六）金蓮一方面把自己作為「物」供他人享用，一方面又從他手中索取物來裝飾自己，通過「我佔有物」的形式，她最終使自己陷入了「我等同於物」的事實。一個物化的人並沒有真實的生存，就佛教的觀照而言，他／她只是虛假的軀殼，正如小說第一回中兩句《金剛經》的引文所說：「如夢幻泡影，如電復如露。」

金錢和社會地位為西門慶的享樂生活打下了基礎，給他的漁色帶來了極大的方便，然而要徹底佔有女人的肉體，要從中榨取盡可能多的快感，還必須在與女人交鋒時具有完善的技術裝備。在小說第三回的開端，王婆首先向西門慶列舉了「挨光」的五大條件，其中的第二條是「耍驢大行貨」。作為風月場上的老手，西門慶毫不含糊地向王婆保證說：「也曾養得好大龜。」從此後陸續出現的床上鏖戰可以看出，西門慶簡直像個好鬥的武士隨身不離刀劍一樣，每一次在交歡時「露出腰間那話」，差不多總在根下帶著所謂「銀打就、藥煮成的托子」。此外，一種被稱為「粉紅膏子」的東西，也是他經常用來增強刺激的藥物。此類在性交中起助興作用的裝備通稱為「淫器」。你可以看出，小說的敘述者幾乎像寫「起居注」一樣為讀者記錄了西門慶在房事上的各種細節，其中特別提到了他對「淫器包」——一個包著各種淫器的錦包——的關注，只要去搞尋花問柳的活動，這位重視戰備工作的性鬥士總忘不了從褥子下摸出那個「淫器包」帶在身上。對西門慶來說，女人既是佔有的對象，也是攻克的堡壘。金錢的力量使他大大縮短了佔有一個女人的過程，但要攻克她肉體的內核，打開她那個性愛的保險箱，他卻不得不致力於發展自己的陽具和附加於其上的裝備。因為他畢竟比不上薛敖曹那樣的先天優勢，所以就儘量用人為的手段彌補自己的不足，於是他把一個區區性器官精心武裝起來，致使它每一次在枕席之間精神抖擻地亮相，總是像全副披掛的花臉走向前臺一樣，顯得它的行頭過分累贅。比如，有一次西門慶與最能與他匹敵的對手王六兒交歡，為了在這個永不饜足的淫婦身上顯示自己的威力，他帶去了在行淫時起助興作用的全部家當。小說的作者以浮世繪式的精確性和逼真性把這些淫器羅列在讀者眼前。它們是「銀托子[5]、相思套、硫磺圈、藥煮的白綾帶子、懸玉環、封臍膏、勉鈴，一弄兒淫器」（頁四九四）。不管這是作者誇張的筆墨，還是在一定的程度上反映了當時性生活中一種講究技巧的實踐，總而言之，在這樣煩瑣的裝備下，西門慶已經把自己的性器官弄得面目全非了。與其說這些描寫是富於刺激的，不如說令人感到滑稽，因為西門慶的努力已經在很大的程度上成了一種自我否定的行動，他本打算通過壯大自己的陽具來擴張他的自我，結果卻由於使用了這麼多的輔助工具，致使自己身上的器官物化為半人造的東西。他不再是以一個活生生的人面對與他做愛的女人，過分武裝的陽具已斷喪了他的「真我」，因為對沉溺在極度刺激中的王六兒來說，對方的那話兒越顯得強大而富有進攻性，它便越像那個被稱為「角先生」的手淫工具。

與大多數明清淫穢小說的突出區別在於，《金瓶梅》中的性描寫並不是小說的唯一內容，不是那種沒完沒了的色情連續劇。從這部小說的整體結構看，對性交場面的安排，對於這一方面的內容在敘述上的詳略、疏密、顯隱、熱冷，作者均有特殊的考慮。可以肯定地說，作為西門慶生活的一大樂趣，性活動始終同他滿足其他貪欲的追求緊密地聯繫在一起，並同樣被納入了由盛到衰的總趨勢。從二十七回的「醉鬧葡萄架」到三十七回的「包占王六兒」，西門慶藉助淫器的武裝以大肆縱欲，可謂達到了頂峰，至四十九回

[5] 銀托子，一種淫器，男子用以增長陽物者。參看魏子雲：《金瓶梅詞話注釋》，鄭州：中州古籍出版社，一九八七年。

討取胡僧的春藥，已經露出了他氣力不支的症候，於是他不得不由藉助機械的作用轉向乞靈春藥的神力。這一行動把西門慶推向了更深的性危機。因為前者主要製造了一種強大的假像，而後者則被描繪為一種將性欲的衝動引入魔道的邪力，它最終使西門慶當作進攻武器使用的陽具瘋狂起來，變成了外在於他的「活物」，一個強硬得不受他控制的東西。

例如在第四十九回中，施藥的胡僧初次上場，他在西門慶眼中就顯現出擬陽具的凶相[6]，試讀以下的描寫：

（西門慶）見一個和尚形骨古怪，相貌搊搜，生的豹頭凹眼，色若紫肝。戴了雞蠟箍兒，穿一領肉紅直裰。頦下髭須亂拃，頭上有一溜光簷，……垂著頭，把脖子縮到腔子裡，鼻孔中流下玉箸來。……只見這個僧人在禪床上把身子打了個挺，伸了伸腰，睜開一隻眼，跳將起來，向西門慶……道：「……貧僧……乃西域天竺國密松林齊腰峰寒庭寺下來的胡僧……」（頁六三五）

與這個胡僧的性化形象前呼後應，對於西門慶勃起的陰莖，作者也常常給予擬人化的描寫，說它「暴怒起來，裂瓜頭凹眼睜圓，落腮胡挺身直豎」，甚至在很多場景中，它被描寫成潘金蓮邊撫弄、邊戲謔的對象。在這種情況下，西門慶本人似乎已被置於局外，她只面對軀體的這一局部，只與那個堅硬挺起的東西交談，她幾乎把它視為西門慶的化身。王六兒則直呼西門慶為「大雞巴達達」，這個淫穢的昵稱本身說明，胡僧的春藥已把西門慶變成了一個陽具人。從此以後，西門慶如患狂疾，淫興一發而不可收。快感似

6 「繡像本」眉批：「和尚舉止，與陽物原差不遠。」魏子雲也指出胡僧的形象「顯然是以男人們的那話兒作模特兒的」。（魏子雲：《金瓶梅札記》，台北：巨流圖書公司，一九八三年，頁二六一。）

乎已不能再滿足他了，他更渴求重創與他交鋒的女人，從給她們製造痛苦的動作中取得滿足。正像在牲口身上燙烙印那樣，他往往在他姦淫過的婦女身上燒上香瘢[7]，從而給她們打上被他佔有過的印記。

對於西門慶施加的淫虐，淫婦們全都表現出近乎受虐癖的順從。例如，西門慶要在王六兒身上燒香，她對西門慶說：「你要燒淫婦，隨你心裡揀著那塊只顧燒，淫婦不敢攔你。左右淫婦的身子屬了你，顧的那些了。」（頁八〇七）與施虐的行動相比，從被淩辱者口中發出的此類話語似乎更能滿足西門慶的佔有欲，因此，他常在交歡中不斷要求對方發出從屬他的誓言，彷彿只有從各種感覺渠道確認了他對一個女人的徹底佔有，他才能意識到自己的存在。然而，使這種支配與被支配的關係得以維持下去的東西實際上並不是他的陽具，也不是那些淫器或胡僧的春藥，而是他的錢財。從卑賤的王六兒和如意兒直到專橫的金蓮，她們全把自己的身體當作換取物質利益或地位的工具。讀者可以明顯看到，在很多性描寫結束之後，作者往往照例交代西門慶付給淫婦們的獎賞，什麼樣的衣服、首飾，多少銀兩，始終都像記賬一樣寫得清清楚楚。

另一個引人注目的程式是，絕大多數性描寫都以所謂「一瀉如注」的射精作為終結，它正好與房中書的告誡形成了強烈的對比。但是，如果從反面來看這一反覆出現的細節，其中仍然表現了與房中書一脈相承的思想。所不同的只是，房中書從正面誇大了止精法的養生效果，《金瓶梅》的性描寫則從反面暗示了縱欲的危害。兩者可謂從不同的方面強調了中國古代性觀念中的一個基本教條，即認為男人的精液是他最

7 「在女人陰阜上以艾團炙香瘢，以示兩情之深。蓋性變態之一斑。明馮惟敬詠藝香之〈雙調水仙子〉云：『雪冰肌淺露紫葡萄，金寶釵斜連紅瑪瑙，麝蘭香正點花穴道。選良時，真個燒。俊生生玉腕相交，齊臻臻香肩並靠。磣可可銀牙碎咬，亂紛紛珠淚同拋。』這闋〈水仙子〉已把此一『燒』的淫行，寫得淋漓盡致矣。」參看魏子雲，《金瓶梅詞話注釋》，鄭州：中州古籍出版社，一九八七年。

寶貴的東西，是他健康的保證和生命的源泉，射精必然會導致元氣的損傷。因此，小說從首回的開場詩提出警告，直到這一警告在第七十九回應驗，其中的每一個性描寫細節實際上都構成了具現西門慶走向死亡之門的過程。從表面看，那些繪聲繪色的淫猥場景的確充滿了感官的刺激，但透過字裡行間彌漫的險惡氣勢，我們仍然能夠領悟到張竹坡所謂「熱中冷」的敘述氛圍。這種由強盛到衰敗的必然趨勢在故事的講述中並不完全被體現為來自鬼神的懲罰，而是更多地被描繪成愚夫愚婦自己的「造業」。在長達七十九回的故事中，作者讓我們目睹了西門慶所幹的很多傷天害理之事，但他並沒有安排其中的任何一個受害者直接對西門慶進行成功的報復。相反，通過描寫西門慶縱欲身亡的過程，作者一再讓我們看到，不斷對西門慶構成傷害的力量正是他滿足貪欲的行動。享樂生活在這裡被描繪成一個苛刻的債主，享樂者每得到一次片刻的滿足，他同時都要為此抵押自己的性命。

從這一角度透視小說中的性描寫，我們便會發現，此類細節既有渲染色情的效果，同時也可能含有這樣或那樣的特殊寓意。比如，在書中反覆出現的銀托子等淫器似乎就不完全是對一種性交技術的津津樂道，它們也可能被作為一種意象來暗示西門慶的自我擴張如何一步步導致了他的自我戕。如上所述，小說的作者常用擬人化的手法描繪西門慶勃起的陽具，從某種程度上說，緊束在陰莖根上的銀托子其實也是套在西門慶脖子上的絞索。隨著西門慶的色情狂愈演愈烈，銀托子換成了潘金蓮親手縫製的白綾帶，接著又添了王六兒用頭髮精心編制的錦托子，絞索於是愈勒愈緊，直到他縱欲身亡的前一刻，他的自我擴張已達到即將自我爆炸的程度，潘金蓮才解去了束在根下的帶子。不斷勒緊的帶子象徵了人對性的奢求，它一旦超出了性所能給予的限度，便會招來像西門慶這樣自戕的後果。西門慶的徒勞也在一定程度上諷刺了房中術的頑念，我們也可以把方士們妄談的止精法、回精術視為無形的銀托子或白綾帶，因為不管是人造的淫器，還是人心的妄想，全都會造成違背自然生機的危害。它的不正當性並不在於它是不道德的，而是在於它製造了反自然的需求。

對春藥的否定同樣基於這個原則。在《金瓶梅》的語境中，春藥被描繪成類似於毒品或酒精的東西，它象徵了把人的性衝動導向完全失去控制的一種魔力。在西門慶服用了過量的春藥之後，他那勃起的陰莖已經完全成了在藥力的作用下自行膨脹的怪物。最後，當它的亢奮超出了它所能承受的限度，西門慶不得不讓潘金蓮用口吮咂，緩解藥性的猛烈發作。結果，她咂出了湧流不止的精液，接著是血，然後是一股冷氣。西門慶終於「油枯燈滅，髓竭人亡」。這一可怕的景象發生在西門慶半醉半醒的時候，潘金蓮自始至終扮演著惹禍的角色。整個過程與當年武大郎遇害的情景形成了有趣的對照，作為一種報應的形式，謀殺的事件如今又在西門慶身上重演了一遍。所不同的只是，毒藥換成了過量的春藥，對人的謀殺換成了對陽具的吞噬。難怪張竹坡把西門慶稱為「鳥人」。小說不只把他的死亡界定為他的陽具的崩潰，甚至在那篇戲擬的祭文中，眾光棍頌揚死者的每一句話也語含雙關，處處突出了一個反諷的擬陽具形象。現節錄這篇妙文如下：

> 維靈生前梗直，秉性堅剛，軟的不怕，硬的不降。常濟人以點水，恒助人以精光。囊篋頗厚，氣概軒昂。逢樂而舉，遇陰伏降。錦襠隊中居住，齊腰庫裡收藏。……也曾在章台而宿柳，也曾在謝館而猖狂。正宜撐頭活腦，久戰熬場，胡為罹一疾不起之殃？

這是一篇蓋棺定論的遊戲文字，它從西門慶拜把兄弟的角度總結和評價了他縱欲的一生，對於其中的每句哀辭和讚語，西門慶都是當之無愧的。然而，正是基於致祭者真誠的欽佩和遺憾，我們才從祭文的字裡行間讀出了辛辣到極點的寓意。因為他們的措詞和語氣明確地告訴讀者，他們實際上是在用那些從一個昂藏的陽具上引申出的美德來頌揚死去的長兄，他們的祭文與前面那段胡僧的肖像描寫可謂一呼一應：一個以陰鷙的幻象具現了西門慶的妄想，一個以臭味相投的口吻再現了發話者熟悉的音容。兩篇文字均沿用了民間「葷謎」的形式。綜觀《金瓶梅》全書，此類陳詞濫調的大量堆砌已達到了令人難以分清哪些是詠物，哪些是寫人的程度。世界是語言構成的，當反復使用的雙關語和比喻已經形成了一本小說的特殊語境，以致其中的每一個詞語都可以充當人物的代稱時，在它們所指稱的物與那個人的形象之間，你還能看出多少明顯的本質區別！由此看來，《金瓶梅》一書雖然充斥了迎合市井趣味的內容，但它的媚俗形式中仍寓有尖刻的嘲諷。上述的事例已足以證明，作者自始至終都在勾畫西門慶的非人形態，他讓我們不斷看到那個人頻頻露出的原形。

至於該書的寫作是否出於報仇泄怨的動機，我們沒有必要作此類考證，而且也不會考證出什麼結果。所以，對於西門慶影射某「西門千戶」或「金吾戚里」之類的傳聞，我們最好持李漁所謂「戒諷刺」的態度，一概視其為輕薄文人的臆說。如果一個作者僅僅為播他人之惡而編造故事，為泄怨而處處把書中的人物比成陽具，他的寫作豈不等同於惡毒的咒罵！西門慶的故事向我們展現了一種重佔有的生活方式，它讓我們驚訝地看到，拼命地追求享樂如何使享樂者捲入了縮減的旋渦，如何使豐富的兩性關係縮減成財和色，如何使一個人的自我最終縮減成蠢然而動的性器官。

二、《肉蒲團》：誡淫與誨淫

李漁平生最講究享樂，他常常別出心裁，在個人的生活享受上搞了很多花樣，同時，他還喜歡把自己在這方面的感受和見解寫成文章，作為生活藝術的指南傳授給他人。這些作品歷來以其造意創詞的尖新著稱於世，或可作為富有詩意的小品文字反覆玩賞，或以片面的精到觸及了生活的真諦，為世人提供了頗有教益的建議。這種重享樂和好勸世的傾向也體現在他的小說創作之中。他喜歡拿筆下的人物當自己的傳聲筒，讓他們在對話中講一些令人感到很新穎的看法；有時則以敘事者的口吻直接插入大段的議論，讓讀者明顯地聽到作者的聲音。特別是在色情小說《肉蒲團》中[8]，這種李漁式的議論可謂運用到了極致，以致議論本身已成為小說的主要內容和有機構成，我們甚至可以認為，藉助議論發表自己的獨特見解——特別是那些只有在這部小說的語境中才適宜發表的見解——正是李漁寫作《肉蒲團》一書的一大動機。難怪情死還魂社友（這位批評者很可能就是作者本人[9]）在第五回的回末評中對李漁式的議論極力稱讚，認為這一模式是李漁的獨創，李漁的絕活。

凡是熟悉《閒情偶寄》的人大概都會看出李漁立論的特點，用他自己的話來說，他從來不屑於「剿窠襲臼，嚼前人唾餘」，即使很細瑣的事物，很淺顯的問題，一入他的筆下，總是要儘量說得令人耳目一新。似乎有意要同流行的見解抬槓，他很少引經據典，羅列書本知識。相反，他喜歡從自己的感性出發觀察事物，常常從生活經驗中列舉出例外的或特殊的現象，從而有力地駁斥了某些一概而論的說法。總之，他不相信被告知的現實，而更傾向於兜開圈子，去到成見的背後發現令人感到新奇的事實。當然，他絕不是一個深刻的思想家，更談不上敏銳地表達內在的東西，他只不過敢於抓住人們常常迴避的問題，善於

8 《肉蒲團》，又名《覺後禪》。題「情癡反正道人編次」，「情死還魂社友批評」。大多數學者都認為此書為李漁所作，對於這個問題，崔子恩在《李漁小說論稿》（北京：中國社會科學出版社，一九八九年）中有詳細的論述。本書所依據的版本係哈佛大學所藏清刊六卷二十回本。該本錯字極多，以下引文中將作適當的校正。

9 韓南認為《肉蒲團》一書的批評者正是李漁本人，或者說所有的評語都傳達了作者的聲音，所謂的批評不過是作者化名自評罷了。見The Invention of LiYu, pp.134-135. 這種有趣的現象正如戚蓼生序《紅樓夢》所云：「絳樹雙歌，一音在喉，一音在鼻；黃華二牘，左手能楷，右手能草。」

用不拘一格的語言把舊題說得富有新意罷了。比如，從話本小說到《金瓶梅》，凡是談風月的小說一開頭總是大談色欲的危害和女人的危險性，在《肉蒲團》的開場白中，李漁卻大講女色無害論，以貌似新穎的巧辯重申了房中書的「閨中佳境」。最後，他得出的結論是，一個人應在自己的妻妾群中享受性愛之樂，「斷斷不可舍近而求遠，揀精而擇肥，厭平常而求怪異」。在以下的故事中，他的目的就是要讓讀者看到主人翁未央生如何走上了這樣的邪路，後來落了什麼樣的下場。小說自始至終是站在男人的立場上教訓男人的，所以在有關性愛的討論中，李漁所用的關鍵字總是「女色」二字，女人被比喻為最佳的補藥，療效的好壞並不在於藥物本身，而在於服用的劑量和方式。未央生的漁色歷險正好是一個典型的反面教材，借著敘述他的經歷，李漁也趁機發表了他自己的性見解，甚至包括他在個人性生活中的經驗和感受，以及性的亞文化中有關的信息。

未央生一上場就是一個自稱很好色的人物，連「未央生」這個自起的別號也暗含喜歡過夜生活的意思（取義《詩經》中「夜如何其？夜未央」兩句）。與很多年少氣盛的書生相似，他有兩大私願，一要做世間第一個才子，二要娶天下第一位佳人。不過，從接下來展開的故事看，他想做的「才子」和要娶的「佳人」與「才子佳人文學」中的男女主人翁差異極大，不過美其名曰才子與佳人而已。他長得美貌，也有才學，要做才子，似乎完全夠格。然而他並不重視功名，更不喜歡詩文，對他來說，才貌只是贏得佳人垂青的本錢。確切地說，他所謂的「世間第一個才子」，實際上就是世間最吸引佳人的男子。這樣看來，他的兩大私願其實可以合而為一，因為做才子只是必備的條件，娶佳人才是最終的目的。至於對佳人的鑑定，他只重一個「色」字，他不僅不論佳人的品行、出身，甚至不滿足於相貌、儀表之美，更看重所謂的性感。所以，當他滿懷色欲和癡念告別了孤峰長老，終於娶到了天下無雙的佳人時，使他難以完全滿意的地方便是嫌這位玉香小姐「風情未免不足」。為了按照他自己的性嗜好塑造新婚的妻子，為了把他們的蜜月迅速推向「閨中佳境」，未央生買回了三十六幅春宮冊子，他試圖用這些「儀態盈萬方」的圖像觸動妻子的春心，點撥她的技巧，把她提高到能夠互相配合得很好的水平上。未央生所買的「性知識入門」正是自晚明以來江南書坊大量印製的春宮畫冊，小說的詳細描寫不但使我們對此類明式祕戲圖有了更清晰的印象，而且讓我們目睹了它的實用價值。

李漁在小說中詳細地描繪了未央生專門用來陶冶閨房情趣的春宮冊子，其中的每一幅前半頁上都畫著不同的性交姿勢，後半頁上寫有解釋性的題跋。經過他一番勸說，玉香終於同他一起翻閱起那些「沒正經的東西」。顯而易見，李漁在這裡用通俗的敘事文體戲仿了古典的〈同聲歌〉和〈大樂賦〉，小說對前代文本的戲仿與小說中的人物對畫中人物的戲仿交相輝映，形成了一種「照花前後鏡」的諧趣。從歌詠夫妻恩愛的五言古詩到渲染好色的丈夫如何給妻子搞床上功夫培訓的場景，其中用來臨摹的樣本並沒有什麼本質的不同，但兩者使用圖冊的導向已出現了很大的分歧。在張衡的筆下，新婚夫婦面對的是上古真人的教導，是素女那樣的性愛之神，由於尚未完全形成後世那麼多的道德禁忌和色情觀念，快感的享用更多地被理解為自然的需求，其養生的效果也被納入了悅情和齊家的範疇，因而呈現了一種古樸的靈肉交歡景象。未央生面對的卻是一個「女道學」，她滿腦子都是視性為不潔的觀念，所以在她的眼前，春宮冊子完全被用作挑逗情欲的讀物，同時也是作者藉以諷刺道學面孔的試劑。這一微妙的情景說明，正是性禁忌的土壤滋生了色情書畫，正是這種對性愛的扭曲表現把人的自然需求導向了追求刺激的享樂。李漁在他的《閒情偶寄》中多次稱讚房中之樂為人生的最大樂趣，並以這方面的行家自居；他嘲笑道學家的拘謹，主要出於以風流自負的心理，而非基於一種健康的性態度。因此，按照他的狹隘的想像，色情書畫對所有的人一律起相同的作用。於是，當玉香看到第五幅春畫時，出現了這樣的情景：

玉香看到此處，不覺淫興大發，矜持不住。未央生又翻過一頁，正要指與他看，玉香就把冊子一推，立起身道：「什麼好書，看得人不自在起來，你自己看，我要去睡了。」……未央生知道他急了，就摟住親嘴……（第三回）

在接下來大段的性描寫中，房中書記錄女子性快感的五征、五欲、十動之說被敷演成製造刺激的場景，玉香達到性高潮的狀態處處都被突出為未央生操縱有方和春畫的啟蒙之益。同時，李漁也乘機插入議論，向讀者炫示了某些非得自書本的性知識。從關於「丟」的一段對話可以看出，色情小說用來製造刺激效果的一個主要手段便是，極力把女子達到性高潮的狀態描繪成男子大顯身手的效果，極力把兩個人的「漸入佳境」歸功於技巧的運用。為了進一步把妻子性化，未央生又為她購置了多種淫穢小說，這些書既增加了他們的房中之樂，同時也埋下了禍根，因為對剛嘗到甜頭的玉香來說，這些書提供了太多的新東西，滿足的可能性已遠遠超出了她的閨房。未央生並不知道他幹了多麼危險的事情，他起初只是為了開導這個女道學，現在的做法卻漸漸變成了對她的教唆。後來，未央生出外去作他的漁色歷險，樂而忘返，獨守空房的玉香不堪寂寞，便很自然地在那一大堆淫書中找到了自慰的樂趣。李漁以詼諧的語調描述了此類讀物蠱惑人心的力量，特別點明了其中的性神話如何在一個比較單純的少婦心中喚起了淫欲的妄念：

（玉香）只見那些書上說著男子的陽具，不是贊他極大，就是誇他極長；凡說男子抽送的度數，不是論萬，就是論千，再沒有論百論十的。心上思量道：我不相信天地間有這樣精健的男子，男子身上有這樣雄壯的東西。我家男子的物事長不過二寸，大不過兩指，幹事的時節極多不過一二百抽就要泄了，何曾有個上千的時節，他還對我說是天下無敵的了。難道男子裡面竟有強似他幾十倍的？……又思量道……焉知書上的話不是事實，倘若做婦人的嫁得這樣一個男子，那房幃之樂自然不可以言語形容，就是天上的神仙也不應去做了。（第十四回）

從玉香的內心獨白可以看出，中國性文學的核心頑念就是始終以刺激的強度和延長的時間計算快感的質量，因而「陽道壯偉」狂在色情小說中反覆被描寫成男女共有的情結，《肉蒲團》可謂把這一頑念誇大到了瘋狂的地步。

有趣的是，當初丈夫嫌妻子風情不足，而經過他的開導，如今妻子反發現了丈夫的欠缺。更富有諷刺意味的是，未央生剛踏上歷險的征程就暴露了自己的劣勢，就被證實不具備獻身漁色事業的基本條件，而使他感到自慚形穢的事情恰恰就是玉香暗中疑慮的那個問題。

原來未央生在旅舍結拜了一個很講義氣的慣盜，此人名叫賽昆侖，由於他神出鬼沒，常在夜間入戶行竊，所以經常有機會窺視竊聽人家的床笫之事，對於天下夫婦如何作他們的祕戲，他肚子裡可謂有一本細賬。在李漁的筆下，他完全是一個從現場觀察中成長起來的性專家，經過幾次交談，僅讀過幾本淫書，看過幾幅春畫的未央生深感自己孤陋寡聞，如同小巫見大巫。《肉蒲團》實際上是一本邊誡淫邊誨淫的書，在懲勸的大框架中，李漁有意無意地塞入了大量口頭傳播的性知識。如果說小說的敘述者常通過議論對這方面的資訊作正面的說明，賽昆侖則扮演著教唆犯的角色。正是通過這個肆無忌憚的人物之口，李漁發表了他的歪論，強調了日常生活中的性教條，特別挖苦了好談女色而實力不足的書生。正如巴爾扎克讓伏脫冷處處詰難拉斯蒂涅，讓那個底層社會的黑精英給稚嫩的外省青年大肆灌輸向上爬的世故，李漁也在未央生漁色歷險的起點上安排了賽昆侖這樣一個導師性質的人物，讓他先給未央生徹底洗腦，再把他逼上接受外科手術的歧路。小說的第六回中有一段長篇對話，在準備幫助未央生勾搭一個名叫豔芳的佳人之前，賽昆侖以表面上慎重的口吻瞭解未央生的性實力，未央生被迫應付對方令他頗為難堪的詰問，最後，他們的談話終於觸及最實質的問題，賽昆侖率直地問未央生道：

> 「只說你的本錢果然有多少大，幾寸長？你且說一說看。」未央生道：「不消說得，只還你不小就罷了。」賽昆侖見他不說，就伸手去扯他的褲襠，要他脫出來看。未央生再三迴避，只是不肯。賽昆侖道：「若是這等，劣兄就不管。看你的精力又不叫做強健，若還本錢正是渺小的，萬一不得，那婦人不疼不癢，故意喊叫起來，說爾去強姦他，怎麼了得！到那時節弄出事來，反是劣兄耽誤爾了，怎麼使得。」未央生見講得激切，……就伸手下去，把褲帶解開，取出一副嬌皮細肉的陽物來，把一隻手托住，對著賽昆侖掂幾掂道：「這就是小弟的微本，長兄請看。」……

在接下來的對話中，賽昆侖一面向未央生灌輸他的「本錢論」，一面貶抑、嘲弄未央生的「微本」，最後，他乾脆向未央生宣佈：「像你這樣的本錢，這樣的精力，只要保得自家妻子不走邪路就夠了，再不可癡心妄想，去玷污人家女子。」（第六回）這一席話說得未央生心灰意冷，他忽然發現，他作為一個才子所具備的優點原來在實際的漁色中並無多大的用處。他原以為僅憑自己的才和貌就可以贏得天下佳人的垂青，現在才知道事情並非那麼簡單。對於這個道理，賽昆侖用十分滑稽的比喻作了說明，他說：「才貌兩件是偷婦人的引子，就如藥中的薑棗一般，不過借他些氣味，把藥力引入臟腑之中，及至引入之後，全要藥去治病，那生薑、棗子都用不著了。男子偷婦人，若沒有些才貌，引不得身子入門，入門之後，就要用著真本事了。難道在被窩裡相面，肚子上做詩不成！」（第六回）這些體現了中國世俗性觀念的粗鄙言論不但否定了未央生的原有價值，而且明顯被李漁用來反諷流行的「才子佳人文學」，乃至揶揄了李漁所鄙視的酸文人。因此，我們完全可以說，賽昆侖在一定的程度上正是李漁的代言人，他從務實的角度向讀者散佈精明的策略，提供得自觀察的案例，他的言論與敘述者所發的說教性議論正好形成了相輔相成的呼應。賽昆侖的「本錢論」絕非危言聳聽，李漁緊接著用豔芳的經歷和獨白證實，未央生確實不是她的對手。豔芳是個村學究的女兒，未出嫁的時候也很看重男人的才貌，後來嫁了一個書生，才貌倒可以，只是「本錢」太差勁，經不起豔芳的折騰，不到一年便害弱症而死。從此以後，她才懂得「才貌」二字是中看不中用的東西。所以第二次嫁人，她本著舍虛取實的原則，選擇了長相粗笨，精力卻很健旺的權老實。使豔芳喜出望外的是，事實更勝過她的推想，結婚以後她才發現丈夫擁有非凡的「本錢」。基於她自己和諧的夫婦生活，她建立了一種講實效的性愛觀，因此她認為婦人「不過靠著行房之事消遣一生」，而且勸她的女伴們把精力和「本錢」作為擇婿的主要條件，正如韓南所說，「她是一個明白人，她把一切事情都縮減成基於性享樂的一套簡單的價值。」[10]她也向女伴們一本正經地講守婦道，但她的專一是以丈夫能使她滿意的精力和「本錢」為前提的。賽昆侖的深慮與豔芳的旨趣可謂不謀而合，後來的事實也確實使未央生非常佩服他的先見之明。

李漁顯然有意避免重彈《金瓶梅》等書的老調，所以他在自己的小說中處處貶低春藥的效力，隻字不提淫器的使用，他甚至把「本錢」不行的人吃了春藥行房與胸無文墨的人服了補藥去應考相比。因此，他給未央生安排了一個匪夷所思的選擇：為了徹底改造自己的「微本」，未央生接受了一個道士給他成功施行的性器官移植手術，道士把一隻狗的生殖器割下來增補在他的「微本」之上。未央生終於藉助手術變成了「偉男」，從此撇開家室，告別孌童，滿懷自信地衝入了風月場。未央生總算砸碎了人性的枷鎖，甩掉

[10] The Invention of LiYu, p.122.

了書生的精神負擔，然而使他獲得這一自由的竟是那個半人半獸的東西。小說的譏刺意味是十分明顯的，漁色的欲望和「本錢論」的頑念竟使一個人不惜把自己降低到類似一隻公狗的狀況。現在未央生只剩下占盡天下佳人這一個願望，做世間第一才子的實際含義已隨著手術的成功發生了質的變化，他終於成了豔芳所讚賞的「有用之才」（第九回），和被另一個名叫香雲的佳人極力向眾姊妹推薦的「一件至寶」（第十五回）。總之，他以經過改造的「本錢」一舉贏得了佳人群中好名聲。在《肉蒲團》大量描寫未央生瘋狂漁色的片段中，李漁把《如意君傳》以來各種淫書一再渲染的「陽道壯偉」狂可謂發揮到了頂峰，同時也等於把它貶到了谷底。

《金瓶梅》中的性描寫遠比《肉蒲團》節制，敘述者的聲音也遠比《肉蒲團》隱蔽，然而《金瓶梅》的色情感染力卻明顯比《肉蒲團》厲害。「笑笑生」的語言富有彈性，他筆下的性場景彌漫了肉欲的氣息，色情的意象、淫蕩的動作和猥褻的對話，全與人物沉溺的狀態相表裡，因而有其特殊的魔力。李漁的語言過於油滑，他在造詞創意上的尖新常常讓人覺得太饒舌，他筆下的性場景大都是一些粗俗的色情漫畫，與其說它們富有刺激，不如說全都顯得很可笑。同樣誇張陽具的威力，西門慶的陽具被寫成了一個「活物」，是西門慶的化身，它和西門慶本人一樣狂妄、專橫，最後與西門慶同歸於盡。未央生的陽具只是一個純粹工具化的東西，因為它已經被改造成非人的器官。李漁越是誇張它的功效，便越顯得它完全麻木，猶如死物。他並沒有像「笑笑生」那樣用誇張的字眼和擬人化的手法把陽具寫得神氣活現，對於未央生腰間那個打滿了補釘的怪物，他很少作特寫鏡頭式的描繪，而更多的是以數量的計算來突出它的妙用。從後來未央生的多次漁色歷險可以看出，李漁顯然喜歡把這一妙用導向一個他認為最富於刺激的場景：如何使一個女人多次達到高潮或使更多的女人依次達到高潮。這是古代色情小說的一大特徵，它與房中書所強調的「閨中佳境」有一定的聯繫。因為房中書完全從養生的角度考慮女性在性交中的興奮程度，更多地激發女性的陰氣始終被描述為有益於男性採補的過程，因而對女子在這一過程中的一系列反應均有詳細的記載，其中特別強調了所謂「淫津流溢」。其次，房中書向來把陰道分泌物視為女人的陰精，甚至把它列為「三峰大藥」之一。[11]對這種津液的神化也導致了某些房中書文本對它的誇張描寫，以致大肆渲染津液流溢成了表現女子達到高潮的描寫程式，比如在〈大樂賦〉中，有關的描寫已達到了製造刺激的程度。高潮的另一個反應是發出興奮的呻喚，說一些甜言蜜語，即〈大樂賦〉所謂的「姐姐哥哥，交相惹諾」。這兩種自然的反應在《肉蒲團》中完全被敷演成有意製造的效果，性行為的目的，交歡者證實自己享受到快感的依據，甚至是敘述者固執地強加給人物的主觀嗜好。從未央生新婚之初希望妻子「叫死叫活，助男子的軍威」（第三回），到賽昆侖大談「婦人口裡有三種浪法」（第四回），直到花晨向未央生解釋「聽騷聲」的樂趣（第十七回），李漁幾乎利用一切表現手段突出了他自己對於淫聲浪語的感受和見解，因為在這部自稱旨在誡淫的小說中，他更關心向讀者灌輸享樂的方法。未央生與賽昆侖的對話被描述為一問一答的授課，他與眾佳人的狂歡則如互相切磋的實習，各種有關性的奇談妙論使《肉蒲團》更像一部色情的教科書。

《肉蒲團》中的佳人幾乎沒有絲毫獨特的個性色彩。她們全都被寫成了只關心滿足淫欲的女人。豔芳對行房之事的樂趣精打細算，在初次與未央生通姦的晚上，她先讓鄰婦暗中做替身，以驗證是否值得同他交鋒。香雲與未央生姘居數日之後，感到非常滿意，她立即召來她的兩個姊妹，與她們分享快樂，因為她想讓她們「也知道天地之間有這一種妙物，大家賞鑑賞鑑」。（第十二回）而她的兩個姊妹——瑞珠和瑞玉——一聽到她的誇耀，便對未央生其人充滿了好奇，「一句遞一句的問他，就像未考的童生遇著考

[11] 高羅佩，《中國古代房內考》，上海：上海人民出版社，一九九〇年，頁三七六。

過的朋友，在試館門前扯住了問題目一般」。（第十五回）後來，三姊妹的好事被她們的親戚花晨發現，這個年長的寡婦更是後來居上，在四女一男的盛會中占盡了風騷。所有的佳人既無貞節觀念也沒情感的需求，她們結交未央生的共同目的只有一個，就是讓「兩件寶貝湊在一處」。（第十二回）在她們的眼中，未央生與其說是個情人或姘夫，不如說只是「一幅活跳的春宮」。（第十六回）她們之間也不存在《金瓶梅》中眾淫婦的勾心鬥角和拈酸吃醋，因為未央生並不是她們共事的主子，她們更傾向於把他當成可以共享的「天下之寶」。她們與未央生的關係被描繪為一種純粹的性關係，其中排除了任何經濟的、社會的和精神的因素，雙方都拼命地追求快感，把自己作為寶貝出讓給對方，同時盡情享受對方的寶貝。在她們的丈夫全都不在場的情景中，在這個暫時從人倫的背景中抽離出來的春宮世界裡，李漁讓他筆下的眾佳人全都表現出一種虛假的性解放姿態。如果把小說中未央生漁色歷險的諸場景比成一系列床上的運動比賽，眾佳人就是幾個大同小異的運動員。相比之下，她們的形象顯然比《金瓶梅》中的淫婦們膚淺、單薄，儘管後者的身上有更多可厭的東西。西門慶的姬妾和姘婦沒有一個表現出自己獨特的性要求，性行為主要是她們達到其他目的的手段，是她們為討得西門慶的歡心而屈身奉承的事情。在「笑笑生」的筆下，她們的快感更多地表現為忍痛、受虐，為滿足西門慶的嗜好而幹任何卑賤的事情，她們往往不是在享樂，而是辛苦地為他人服務。因此，她們總是很關心報酬，西門慶也從不吝嗇於獎賞。即使像潘金蓮這樣使盡手段奪專房之寵的淫婦，她在交鋒時幾乎要把西門慶完全吞沒的衝動也不完全是性欲，而或多或少是與其他女人爭奪地位的一種變態反應，是對西門慶的一種消耗。她們的表現儘管很醜惡，而唯其醜惡，正顯示了她們的奴化之深。她們自甘卑賤和屈辱的行為也正好說明，女人在受男人豢養、被男人當作佔有物的處境下，在必須以自己肉體為本錢去謀取只有男人才能賜予她們的其他利益時，她們是不可能有自己獨特的性要求的。李漁向來在小說中不關心表現人物的處境，他的人物幾乎都是他製造戲劇效果的木偶，人物的對話和敘述者的議論不管多麼新奇、精闢，他全都是當作噱頭處理的。總的來說，《肉蒲團》中的眾佳人全都是作為未央生欠下的一筆筆淫債陸續出現的，未央生從她們身上得到的所有歡樂則是他預支的消費。他自己的妻子緊接著就要為他的偷竊和揮霍付出代價。

李漁絲毫也不懂得男女之間自由的性關係，眾佳人的肆意踐踏禮法只是他製造的一場鬧劇，為了完成她們的丈夫狠狠報復未央生的結局，他有意設計了她們縱淫的場景。她們仍然被視為各自丈夫的佔有物和丈夫們之間的交換品，因為一方的妻子被另一方所偷，偷竊者就得拿自己的妻子償還。不管是欠債還是討債，所兌現的總是妻子們的肉體，這就是李漁在《肉蒲團》中宣揚的「陽報」。作者的另一個代言人孤峰長老在小說一開始便向未央生宣佈了故事的既定格局：「淫人妻者，妻亦為人所淫；汙人女者，女亦為人所汙。若要脫套，只除非不姦不淫則已，若要姦要淫，少不得要被套話說著。」（第二回）未央生蔑視孤峰長老的套話，企圖僥倖占漁色的便宜，結果仍未跳出報應的老套。李漁並不迴避在他的小說中採取這個老套，他所自負的創新是把報應推到極點，讓故事的結局圓滿到「無一人不報，無一事不報」。（第十八回評語）

報復首先從豔芳的丈夫權老實開始。豔芳發現未央生的「本錢」更合她心意，隨即拋棄了丈夫，寧可給未央生做妾。權老實憤恨之極，想出了一條報復的計策：「他淫我妻，我淫他妻，這才叫做冤報冤，仇報仇，就是殺死他，也沒這樁事痛快。」（第十三回）為了達到報仇的目的，權老實傭身玉香之家，經過了不少周折，最終把玉香勾到了手中。玉香不久懷孕，不得不同權老實私奔。私奔途中，玉香小產，遂被權老實賣給了妓院老闆。玉香從此操起皮肉生涯，她又從顧仙娘那裡學到了床上的三大絕技[12]，把自己陶

[12]《肉蒲團》第十八回：「第一種是俯陰就陽，第二種是聳陰接陽，第三種是舍陰助陽。」在接下來關於三種絕技的詳細描寫中，每一種絕技都是把男人的性理想付諸實踐的範例。

治成嫖客們的「一味補藥」（第十八回），一時間名動京師，門庭若市。其時，香雲、瑞珠和瑞玉的丈夫正好結伴在外尋花問柳，三人特意慕名來到妓院，領教了玉香的好風月。或有意報仇，或無意中巧合，未央生欠下的淫債很快全通過自己的妻子償還了別人。富有諷刺意味的是，三個佳人的丈夫從玉香身上大受補益，與此同時，未央生卻被眾佳人搞得體力日益衰竭。當有關京師名妓三大絕技的消息傳到他耳中時，他也抱著治療的目的來到妓院。沒想到見面之後，那位名妓正是他的結髮妻子。玉香含羞自殺，未央生此刻面對絕境，方才想起了孤峰的套話。於是他滿懷羞愧地拜在長老面前，從此斷絕色欲，皈依了佛門。

在李漁的筆下，現實對未央生的嘲弄看起來似乎頗像禪宗的當頭棒喝，實際上它只是李漁慣於玩弄的敘事技巧，與真正的頓悟毫無關係。李漁所販賣的因果報應思想從來也沒有達到一般的佛教境界，正如大多數俗念深重的明清文人一樣，談禪常常只是對談色的裝點。妻子的墮落和自殺確實使未央生受到了極大的刺激，但使他感到刺疼的主要是發現自己終於沒有跳出報應的套子，而非認識到自己罪孽深重。因為他原來打算把自己妻子的貞節完好保存起來，放心地出外大佔便宜，現在忽然發現自己落了個得不償失，所以他僅為失敗的結局苦惱，他的出家根本不是出於覺醒，不是出於對享樂本身的超越性否定。試讀這一段獨白，即可明白未央生在性和婚姻的問題上始終堅持的經濟學原則：

（未央生想道：）如今算起來我生平所睡的婦人不上五六個，我自家妻子既做了這樁勾當，所睡的男子多則論千，少則論百，決不止幾十個了，天下的利息那裡還有重似這樁的！

顯而易見，李漁試圖利用男人怕吃虧的心理勸說他們在互不侵犯的條件下維持各自的性利益，他並沒有真正勸人絕欲。

出家是未央生對失敗的逃避，也是李漁給書中幾個有罪過的男人安排的共同出路。因為女人一直在男人之間的債務關係中充當體現代價的角色，隨著他們的債務一筆勾銷，女人便無戲可演。於是，玉香自殺於前，豔芳被殺於後，兩者都落了淫婦應得的下場，作惡多端的男人反得到了出家自新的寬大處理，權老實和賽昆侖隨後也陸續逃避到孤峰長老的門下。不過，對未央生還採取了另外的懲罰，在小說的結尾，李漁出其不意地安排了讓他自閹的結局。這是一個滑稽而令人震驚的結局。在這部有關浮世風月債的小說中，對主人翁未央生的處理自始至終都突出了對他的陽具的處理。那東西似乎並不是一個區區性器官，而是某種具有兩面性的怪物。當它從狗身上移植到未央生身上，使他享盡豔福時，他自以為得到了一件寶貝。事後發現自己吃了大虧，他準備從此洗手不幹，才看到它是一條禍根，自閹並不是他決心禁欲的壯舉，而是他避免再次吃虧唯一能夠採取的措施。

現在我們終於可以對這部長達二十回的小說作出簡單的總結。李漁花費了這麼多的筆墨，原來只是要讓讀者認識到一個講究實利的真理：一個男人絕不可幹使自己吃虧的事情，因為報應是不可避免的，只有不佔便宜才能保證自己不吃虧。

三、各種淫穢小說：退入狂歡的桃源

在未央生從書鋪買回來為妻子助興的多種淫書中，李漁提到了三種書名：《如意君傳》、《癡婆子傳》和《繡榻野史》。前兩種文言色情小說已在本書的第二章作了詳細的討論，對於《繡榻野史》這部純粹的淫穢作品，有必要在此給予簡單的評價。[13]在《中國古代房內考》中，高羅佩把此書與另外兩種淫書列入「江南淫穢小說」的專節，以示此類小說與《金瓶梅》等作品之間的性質區別。他用「色情」（erotic）界定《金瓶梅》，而對於《繡榻野史》等書，則貶入純粹否定的「淫穢」（pornographic）之列。他指出，《繡榻野史》「代表了這樣一種體裁，即情節在其中只是作為一連串淫猥描寫的框架」。關於此類淫書的作者，他認為他們是一小夥頹廢的江南文人，他們「熱中於骯髒下流的東西，他們用街頭巷尾粗俗下流的俚語寫淫穢透頂的小說，並用豔詞麗句的色情詩句點綴他們粗俗的文字。他們著力描寫令人反感的性交細節，以致大段大段儘是淫猥描寫」[14]。《繡榻野史》正是這些末流淫書的代表作，它在《金瓶梅》與《肉蒲團》之間起到了承上啟下的作用。它把前者的片段性描寫發展成小說中唯一的內容，最終把性描寫導向了文學之外；它把旨在懲勸的報應歪曲成惡毒的報復，以致報復的行動本身就是更鄙劣的犯罪。

《繡榻野史》的內容大致如下：揚州秀才姚同心白號東門生（顯然是對西門慶的模仿），他與本地小秀才趙大里日為兄弟，夜為夫妻。東門生縱容其妻金氏與趙大里亂交，趙又通其使女賽紅和阿秀，兩男三女群聚狂歡。趙使用春藥，使金氏受創，東門生懷恨在心，遂與金氏設計報復，誘姦了趙母麻氏及使女小嬌。麻氏、金氏俱因縱欲過度而亡，趙亦患病死去。東門生夢見麻氏托生為母豬，金氏托生為母騾，趙大里托生為公騾，對他訴說因果報應，從此感悟出家。

《繡榻野史》的內容和語言毫無值得討論之處，需要指出的是，該書至少在三個方面對此後其他等而

[13] 《繡榻野史》，題「情顛主人著」，「小隱齋居士校正」，一九一五年上海圖書館排印本。孫楷第認為此書的作者是明代文人呂天成（約一八五〇至一六二〇）。

[14] 高羅佩，《中國古代房內考》，上海：上海人民出版社，一九九〇年，頁四一一至四一二。

下之的淫書起到了始作俑者的影響。首先，敘述者完全撇開了訓誡的套話，從一開始就直接推出了描寫性交狀態的場面。書中儘管提到了報應，但對主角東門生卻安排了較好的結局。其次，書中人物幾乎完全喪失了人倫觀念，為了不斷介入群體通淫的狂歡（orgy），夫婦之間不但不排除第三者的在場，甚至互相結為淫亂的同謀。在這種戲劇性的高潮中，一般色情小說中男人怕戴綠帽子或女人們爭風吃醋的主題遂趨淡化。最後，在亂交中有意插入男主角的男寵，從而構成一種雙性戀的大雜燴場景。

在另外兩種淫穢小說《浪史》和《濃情快史》中，這三種傾向又有了變本加厲的發展。[15]《繡榻野史》純屬粗製濫造之作，書中男女全是在肉欲的支配下蠢然而動的人物，作者並沒有對他們的行為賦予任何理由。《浪史》和《濃情快史》的作者則有意識地宣揚縱欲的理論，公開表現了對綱常和名教的背棄。《浪史》的主人翁名梅素先，風流無檢，人稱浪子。他勾引他人的妻子，誘姦鄰家寡婦，接著又與其女通姦，甚至縱容堂妹與他的同性戀者陸珠通姦。像這樣的人物在《金瓶梅》和《肉蒲團》中均以反面角色的形象出現，在《浪史》中卻完全被美化成一個不慕榮利的正面角色，他種種縱欲的狂熱也被籠統地概括為「鍾情」。作者甚至把他贊為「千古情人」，說他「亦英雄人也」。《濃情快史》開卷第一回即以欣賞的口吻提到主人翁魏玉卿因一念狂癡而得了許多奇遇。敘述者十分直率地指出，這種「癡心狂念」人人皆有，上自風流文人，下至蠢笨的庸人，全都「思量新雲鬢與他同床共枕」。但「人人有此豔色之思，未必人人遂意」，所以魏玉卿的奇遇令人豔羡，值得一讀。顯然，兩書的作者完全拋棄了懲勸的宗旨，他們毫不隱瞞自己寫書的目的就是為了以虛構的故事向讀者提供代償性的滿足。這一點倒比那些又誡又勸，勸百而諷一的小說來得爽快一些。

[15]《浪史》，明代淫書，題「風月軒入玄子著」。四十回，一名《浪史奇觀》。《濃情快史》，題「雲居山人著」。十二回（非四卷三十回之《濃情快史》）。兩書均據臺灣「中國古豔稀品叢刊」第五輯之「珍藏版」。

在前此的所有色情作品中，通姦之罪主要壓在女人的頭上，這兩部小說對通行的性觀念最具有顛覆性的地方即在於，女人的通姦不但不被表現為醜行，而且還受到鼓勵。浪子主動撮合自己的妻子李文妃與寵奴陸珠濫交，文妃道：「這不是婦人家規矩，你恁地卻不怪我？」浪子卻回答道：「三人俱是骨肉，有甚做人不起？……你便恁地容我放這個小老婆，我怎不容你尋一個小老公？」而寡婦趙大娘先與浪子成奸，又勸親生女兒妙娘與自己的姘夫相交，她對女兒說，「你兩個年紀又相仿，容貌又相配」，「有甚羞處？做了女子，便有這節。你娘先與他幹了……叫你卻不愛這標致書生，卻不錯過？」同樣，魏玉卿也與鄰婦二娘先有私情，接著又勾上其女非雲，最後娶非雲為妻。然而，即使如此激進的性觀念仍然置根於男性中心的利益。陸珠是浪子的寵奴，他與浪子的其他姬妾只有性別的區分，沒有身份上的本質差異。他們之間的關係並沒有超出他們共同從屬於浪子的總關係。

在這兩部小說中，兩個男主人翁的漁色歷險都被描寫成他們依次娶妻納妾的浪漫之旅，隨著他們發現和姦宿的美人越來越多，他們合法擁有的女人也日益增加著數字。浪子歷險的結局是：「娶著七個美人，共兩個夫人與十一個侍妾，共二十個房頭，每房俱有假山花台，房中琴棋詩畫，終日賦詩飲酒，快活過日，人都稱他為地仙。」最後與兩夫人入山隱居，俱成神仙。魏玉卿歷險之後共聚一妻四妾，小說在他與五姬同床共歡的場面中發展到高潮，最後也以魏攜五姬入山仙隱，享盡人間樂事告終。

這兩部小說的格局也影響了清代的不少淫穢小說。如《杏花天》寫維揚紈綺子弟封悅生一生淫媾多女，最後退居鄉里，蓄妻妾十二人，美曰「十二釵」，能滿足她們所有人的要求，她們之間也能和睦相處，故事以封得善果而告終。[16]與《金瓶梅》正好相反，此書虛構了一個妻妾成群之家的安樂圖，封悅生

[16]《杏花天》，十四回，原書未見，有關內容參看安平秋主編：《中國禁書大觀》，上海文化出版社，一九九〇年，頁五四一至五四二頁。

好像一個被改造了的西門慶，他也占盡了人間的春色，但由於後來能適可而止，因此維持了一個幸福的家庭。[17]在另一部清代淫穢小說《巫山豔史》中[18]，主人翁李芳文武雙全，又有法術，不但文運亨通，而且豔遇不絕。最後他擁有妻妾八人，經友人的點化，他攜眾美人隱居深山，不知所終。

上述四部淫穢小說遵循了一個共同的模式，即在大肆宣淫之後，生拼硬湊一個歸隱成仙的結尾，把淫穢與仙趣極不和諧地結合在一起。其實，從另一方面看，這些小說的內容也在很大的程度上為讀者具現了潛藏在「桃花洞」深處的東西。古代的遊仙文學同樣滲透了追求享樂的貪欲，「夜夜御天姝」的仙境不過拉遠了與塵世的距離，省略了享樂的細節。隨著市井文化的興起，仙境日益失去魅力，「桃花洞」墮落為風月場，仙子也變成了淫婦。性被描寫成越來越誘人的東西，同時又是致命的東西。偷情被誇耀成勝似「閨中佳境」的樂事，但又不斷暴露出報應的威脅。淫穢小說的末流於是提出了解決的辦法：在享樂者享盡肉欲之樂後，讓他帶上嬌妻美妾退入狂歡的桃源。結局並不意味著享樂的終止，而是要給世人留下一個他永遠安享豔福的印象，因為所有的「風月債」已被作者無窮的貪欲和妄想一筆勾銷了。

[17] Keith McMahon, Causality and Containment in Seventeenth-Century Chinese Fiction, p.105.

[18] 《巫山豔史》，十六回，原書未見，有關內容參看安平秋主編：《中國禁書大觀》，上海文化出版社，一九九〇年，頁五四二至五四三。

第七章

淫書的命運

淫辭邪說，禁之來嘗不嚴，而卒不能禁止者，蓋禁之於其售者之人，而未嘗禁之於閱者之人之心也。

——錢湘〈續刻蕩寇志序〉

一、說「淫」

「淫」字的本義是水的滲透或浸漬，同時也泛指各種過度的現象、放縱的行為、邪惡的事物，在時代較遠的語境中，它的使用極為寬泛，其中似乎並沒有後來那麼濃厚的性意味。隨著人們的色心越來越重，色眼越來越尖，所想像的和所注視到的色情場景越來越多，「淫」之一字遂越來越多地被用於指責不正當的性行為和非法的性表現，於是有了淫曲淫詞，淫書和淫畫，以及現在的淫穢錄影……

十分有趣的是，正如該詞本來所指的自然現象一樣，它所含的性意味也在後來呈現出彌漫性的擴散，大有把被它沾上的人和事、作者和作品全都染得很不光彩的勢頭，以致它成了長期被濫用的惡謚，很多人時時提防的大棒，漢語中最有淫威的一個批評用語。從古到今，有關「淫」與「非淫」的辨正一直聚訟紛紜，但從來也沒有完全辯白清楚。原來很普通的歌謠，到後來被稱為「淫詩」，從前被列入「淫書」的小說，現在已成為世界名著。隨著淫穢、色情等批評用語的定義變得比較清晰，很多古代的文藝作品已陸續從「淫」的罪名下解放出來。但是，由於我們的性觀念畢竟與古人還有很多一脈相承之處，所以「淫」之一字依然對我們起到相當的約束作用。對於某些淫書，我們的社會仍舊在維持原先的判決，同時新的需要還會不斷製造出今日的輿論不能容忍的誨淫之作。

淫書未來的命運且留待以後再說，現在先讓我們回顧一下它歷史的客觀存在。眾所周知，對於淫穢文藝，輿論所關注的始終是其不良的社會效果，因而那些更直觀、影響面更廣的傳播媒介總是最容易引起「淫」的敏感。一般來說，在時代較遠的語境中，並不存在晚近意義上的淫書，關於「淫」與「非淫」的劃分，主要集中於歌舞之類的演出形式。所以，在一篇相傳是最古老的官方訓誡——《書・伊訓》——

中，首先受到譴責的就是「恒舞於宮，酣歌於室」的巫風；到了春秋時期，孔子嚴加斥責的一種藝術便是被稱為「煩手淫聲」的鄭聲。古代的禮樂制度向來維護「樂而不淫」的原則。這裡所說的「淫」泛指極度狂歡的狀態，它意味著酗酒、放縱、沉溺於強烈刺激的歌舞；從事不合禮制的祭祀活動（所謂「淫祀」），其中或多或少地伴隨著一些違背禮教的淫蕩行為。因此，對「淫聲」、「淫祀」的反對雖然主要基於其惑亂人心、破壞秩序的野蠻習氣，同時也包含對某些遠古性風俗的否定。可以說，「淫」與「非淫」之分，首先是野蠻與文明之分，混亂與秩序之分，性行為及其表現上的正當與不正當之分只是一個從屬的內容。在另一些語境中，「淫」則與性毫無關係。如「淫辭」指浮誇失實的言辭[1]，華而不實的製作被斥為「淫巧」[2]，在這一意義上，「淫」又意味著虛飾、奢侈。

在性行為及其表現忌諱較少的情況下，人們談論它的態度自然也更直率、更質樸一些。從先秦的典籍可以看出，一些涉及性行為的記載大都寫得很簡潔、很平淡，既沒有刻意的渲染，也很少對它的醜化。例如在《戰國策》中有一段記載，內容是宣太后與一個朝臣的談話，讀者會驚訝地看到，她竟然在有關政事的討論中插入了自己與死去國王的床笫之事。後世的道學先生曾對這樣的記載嚴厲指責，然而此類言論之所以永垂史冊，顯然說明那個時代的史官認為此類言論並不有損太后的尊嚴。《詩經》中大量的男女相悅之詩更加有力地證明，在「會男女」的風俗依然盛行的背景下，無論是歌唱桑中之約的戀歌，還是指責「女子有行，遠父母兄弟」的怨言，全都反映了那個時代的詩人對性愛的健康態度，其中並不存在漢儒所強加的美刺之分。本來的情況是「男女相與詠歌，各言其情」，詠歌之人即相悅的男女，廣義地說，他們就是那個時代的詩人。但漢儒卻要以漢代的禮教為標準來評價這些詩作，由於考慮到「三百篇」已被尊

1 《孟子・公孫丑上》：「淫辭知其所陷。」注：「淫美不信之辭。」
2 《書・泰誓下》：「作奇技淫巧，以悅婦人。」

為經典，他們於是臆想出站在局外維持風化的詩人，從而把質樸的戀歌全都解釋成所謂的「刺淫」之作。宋儒又變本加厲，進而把「刺淫」之作升級為「淫詩」，「淫」之一字於是日益成為擴大化的否定性批評用語。舉凡靡麗的「宮體」，過多涉及閨房世界的「香奩詩」、「花間詞」，往往都被不加辨析地排斥到「淫豔」的範疇中，在文學史上留下了洗刷不清的污點。

其實「淫豔」一詞最初僅強調修辭、風格上的不良傾向，它並不意味著此類作品確有誨淫的內容。[3]但是，中國的傳統向來認為，浮華的文風是社會危機的徵象，它與淫巧的製作同樣有腐蝕的作用，足以使人玩物喪志。所以，一般的輿論常把作品的淫豔與其作者行為的放蕩相提並論，把不良的文風與不良的社會效果聯繫在一起。輿論的導向最終使舞文弄墨者在這個問題上達成共識，以致熱中寫香豔詩賦的文人也慣於揮舞「淫」的大棒，互相亂咬一起。從唐代詩壇上的一件公案即可看出，玩弄詞語的詩人們竟然都成了詞語的囚徒。

據說，唐代詩人張祜年輕時好寫樂府豔詞，曾在當時的詩壇上引起一定的反響。另一個詩人徐凝的詩風以古樸著稱，頗受白居易的賞識。後來白居易一度掌握用人大權，徐凝由於詩風古樸得到了提拔，張祜卻因好寫樂府豔詞遭到了擯斥。有人竭力推薦張祜，元稹卻認為張的詩作屬於「雕蟲小技，或獎激之，恐害風教」。[4]張祜的為人如何？他與元、白的關係怎樣？我們今日已無從瞭解。如果元、白確實曾把一個人的詩風作為其入仕的主要條件，那麼他們對張祜的處理不是另有原因，就是為了作出維護風雅正聲的姿態。因為當時豔詩寫得最多、最有名的恰恰是元、白二人，他們開創的「元和體」一直都被視為「浮靡豔

[3] 如揚雄《法言》：「詩人之賦麗以則，辭人之賦麗以淫。」又如元稹〈唐故工部員外郎杜君墓系銘〉：「陵遲至於梁陳，淫豔刻飾佻巧小碎之詞劇，又宋、齊之所不取也。」

[4] 陳友琴編，《白居易卷》，北京：中華書局，一九六二年，頁八—九。

麗」的典型。他們這種責人重、待己輕的作法後來終於受到了杜牧的攻訐。據說杜牧對張祜的遭遇感到不平，為了替張祜出氣，他借李戡之口回擊了元、白。杜牧這樣轉述了李戡的言論：

詩者可以歌，可以流於竹，鼓於絲，婦人小兒皆欲諷誦，國俗薄厚，扇之於詩，如風之疾速。嘗痛自元和以來，有元、白詩者，纖豔不逞，非莊人雅士，多為其所破壞。流於民間，疏於屏壁，子父女母，交口教授，淫言媟語，冬寒夏熱，入人肌骨，不可除去。吾無位，不得用法以治之。……[5]

在以上批評元、白詩風的言論中，杜牧可謂把元、白譏議張祜的陳言升級到了「上綱上線」的程度。元、白的詩作當然遠遠談不上誨淫，但杜牧的論調卻為後世聲討淫書的議論樹立了大批判的模式。首先，他誇大了元、白詩作的傳播面，其中特別強調了它的通俗與普及，從而突出了它對普通受眾的影響。其次，他動用了「淫言媟語」這樣惡意的批評，顯然歪曲了元、白詩作的性質。由此進一步誇大了它的危害性，把文學作品可能產生的某種社會效果擴大到敗壞人心的地步。最後，他揚言要把文風上的爭論訴諸法律解決，試圖憑藉權力對那些被認為作品成問題的作者給予懲罰。我們將會看到，不論是對於被誣衊為淫書的作品，還是對於確實充滿了淫穢描寫的小說，後世的口誅筆伐大概都強調了以上的幾個要點。

然而杜牧自己又如何呢？且不說在行為上他的「贏得青樓薄幸名」之句已作了自供狀，諸如「娉娉嫋嫋十三餘」的狎妓之作顯然也寫得並不比元、白遜色。鑑於批評與嗜好的矛盾如此錯綜，我們最好不要天真地相信今日的文學史家那些一刀切的流派劃分，更不要相信兩條路線鬥爭的神話。一般來說，高倡風雅

[5] 陳友琴編，《白居易卷》，北京：中華書局，一九六二年，頁五—六。

正聲的詩人未必不寫豔詩豔詞，寫過香豔之作的作者也不乏陶淵明、韓偓那樣的莊人雅士。香豔文學始終都是文人文學的一個主要組成部分，它是文人寫給文人看的抒情遣性之作，傳播的範圍始終都極為有限，不管它淫豔到什麼程度，從來也沒有嚴重到官方必須「用法以治之」的程度。在文人的小圈子內，「淫」與「非淫」的辨正從來都是含混不清的，不管怎麼說，詩詞畢竟是典雅文體，它的形式和審美要求本身便對性表現有極大的限制。真正引起官方警惕，並遭到士大夫階層普遍譴責的東西，其實是從民間興起的通俗文藝。它們是戲曲、彈詞等各種形式的演唱，以及白話小說，它們雖然一直被籠統地稱作「淫詞小說」，但它們最初被禁被毀的首要原因卻並非確有誨淫的內容，而是比色情更嚴重的問題。

二、對淫書的禁毀

自從秦始皇點起了焚書之火，兩千多年來，各朝各代都出現過大大小小的禁書事件。總的來說，宋代以前，各朝始終嚴禁的書籍主要是讖緯、星氣之書。這是一些籠罩著神祕色彩的政治預言，在人們普遍迷信天命的古代社會，每逢朝代更替之際，奪權者常用此類偽造的「天書」惑亂人們的視聽，為新政權的合法性製造輿論。此外，民間的造反也利用這種最具有號召力的小冊子鼓動群眾，因此，歷代的專制王朝最禁忌讖緯、星氣之書。嚴格地說，它們並不屬於傳播知識的書籍，而是謎語式的宣傳口號，如果我們懂得傳單、大字報和各種地下刊物在現代政治鬥爭中的作用，那就不難理解官府嚴厲禁毀此類讀物的原因了。直到宋代，禁書的範圍才擴大到個別文人的著作，它的作用也從防止造反發展到限制文人批評朝政的言論。從此，一些實際上並非散佈異端邪說的詩文集也被打入了禁書之列。由此可見，中國古代的禁書自始至終都是出於政治上的考慮的，對所謂「淫詞小說」的禁毀，最初也是由於官方敏感到這些通俗文藝擾亂治安的作用，直到清代才開始強調它誘人墮落的惡果。

例如，從元代某些禁止唱曲演戲的法令即可看出，蒙古統治者所關注的似乎並非演出的內容，而是警惕到聚眾演戲的潛在危險。因為在諸如高臺演戲、迎神賽會之類的群眾娛樂活動中，娛樂場所本身即為政治集合提供了方便。明代也發佈了一些針對戲劇演出的禁令，著眼點又從杜絕叛亂轉向了不許優伶扮演帝王將相，禁止演戲的動機僅僅出於維護權貴們的尊嚴。[6]

對小說的禁毀最初也未涉及誨淫的問題。正統七年（一四四二），國子監祭酒李時勉向明英宗上書，要求禁《剪燈新話》等小說，在中國禁書史上，小說首度被列為禁毀的對象。在此之前，這種屬於「街談巷議」的讀物始終都被文人視為不登大雅之堂的東西，現在的情況卻發生了奇怪的變化，李時勉警惕地發現，《剪燈新話》之類的小說忽然成了當時書生群中的熱門讀物。他說：

> 近年有俗儒，假託怪異之事，飾以無根之言，如《剪燈新話》之類，不惟市井輕浮之徒爭相誦習，至於經生儒士，多捨正學不講，日夜記憶，以資談論，若不嚴禁，恐邪說異端，日新月盛，惑亂人心；乞敕禮部，行文內外衙門，及調提學校僉事御史，並按察司官，巡歷去處，凡遇此等書籍，即令焚毀，有印賣及藏習者，問罪如律，庶俾人知正道，不為所惑。（《史料》，頁一五）

李時勉的奏疏僅點了《剪燈新話》一書之名，至於還有哪些小說被列為禁書，我們已無法知曉。但無論從他所列舉的不良影響看，還是就《剪燈新話》一書的內容論，這些小說被列為禁書的原因都不是單純

---

[6] 有關禁令的文本可參看《元明清三代禁毀戲曲小說史料》，頁三至一八。以下簡稱《史料》。

針對所謂「誨淫」的問題。這則禁令更像是一個警告的信號，它意味著官方試圖利用禁書之舉對文人群中出現的思想混亂進行一次整頓，也說明小說的廣泛傳播開始引起了官方的擔憂。這起發生在明代初年的禁書事件只是一次心血來潮的舉動，兩百年後，當明王朝業已陷入農民暴動的滅頂之災，朝廷又連續兩次發佈了禁毀《水滸》的命令。統治者害怕《水滸》的原因是十分明顯的，此後不久，李自成的大軍便攻入了北京城。

從禁《剪燈新話》到禁《水滸》，整整兩百年中，官方對小說的出版和傳播似乎並沒有再採取任何限制的措施。《金瓶梅》及其他色情小說的大量出版本身即可證明，直到清代大興文字獄以前，禁書之令始終沒有明確涉及色情領域。對於淫書和春畫四處氾濫的現象，國家並沒有確立相應的書籍檢查制度，長期以來，社會一直通過輿論的壓力和人們對「淫」這個惡謚的畏懼來限制淫穢品的傳播。文風上的浮豔，政治上的異端邪說，作品中確實存在的淫穢描寫，這些性質完全不同的問題常常被混淆在一起，被籠統地加上惑亂人心的罪名。例如，像《無聲戲》這樣趣味惡俗的小說，在它風行一時之日，並沒有人指責其中確實存在的淫穢描寫，後來卻因為出資刻印該書的人犯了重罪，最終牽連得這部小說成了禁書。

事情是這樣的：李漁的短篇小說集《無聲戲》問世後頗為風行，他接著又完成了《無聲戲二集》，由他的友人浙江左布政使張縉彥出資刊印。不久，張受到政敵的彈劾，罪名之一便是，「刻有《無聲戲二集》一書，詭稱為『不死英雄』，以煽惑人心。」張隨即被革職問罪，李漁的小說集從此也成了禁書。[7] 大概由於李漁顯赫的文名向來沾有過多的色情汙跡，不瞭解真相的人大都把這部禁書視為《肉蒲團》之類的小說，以致此書的全本直到最近才在中國大陸正式出版。現在看來，《無聲戲》固然有不少惡俗之處，

[7] 安平秋主編，《中國禁書大觀》，上海文化出版社，一九九〇年，頁一二一至一三三。

但平心而論，它並不是真正的淫書。這個案例說明，在中國禁書史上，很多被列為「淫書」的小說實際上未必全是真正的淫書，有時候只是由於政治事件的牽連，人們便對這些作品形成被告知的印象：不是誨盜，就是誨淫。清政府明令禁毀所謂「淫詞小說」，始於康熙二十六年（一六八七）。刑科給事中劉楷在上給皇帝的奏疏中指出：

自皇上嚴誅邪教，異端屏息，但淫詞小說，猶流布坊間，有從前曾禁而公然復行者，有刻於禁後而誕妄殊甚者。臣見一二書肆刊單出賃小說，上列一百五十餘種，多不經之語，誨淫之書，販買於一二小店如此，其餘尚不知凡幾？此書轉相傳染，士子務華者，明知必無其事，僉謂語尚風流，愚夫鮮識者，妄擬實有其徒，未免情流蕩佚，其小者甘效傾險之輩，其甚者漸肆狂悖之詞，真學術人心之大蠹也。（《史料》，頁二四）

這篇奏疏至少告訴我們：一、當時被列為「淫詞小說」的書籍約一百五十餘種；二、市面上出現了租賃小說的行業，可見此類讀物流布之廣；三、把「淫詞」與「小說」並舉，似乎意在把小說劃入誨淫誨盜之列，同時把劇本及各種唱詞與小說作為同一類型的讀物加以禁毀。疏文仍傾向於籠統地斥責通俗文學造成的不良社會效果，只突出其淫邪的性質，並不劃分色情與非色情的界線。實際上還是借禁書之舉整頓社會秩序。

皇帝批准了劉楷的請求，接著在康熙四十年（一七〇一）、四十八年（一七〇九）、五十三年（一七一四），朝廷又連續公佈了相似的禁令。如此頻繁的禁令顯然說明，此類禁令一般只能起到暫時肅整的作用，稍有間隔，新的出版物又會流行起來。因此，在康熙五十三年的禁令中，朝廷終於制定了懲罰的條例：

> 嗣後如有違禁，仍有私行造賣刷印者，系官革職，軍民杖一百，流三千里，賣者杖一百，徒三年，買者杖一百，看者杖一百。若該管官不行查出，一次者罰俸六個月，二次者罰俸一年，三次者降一級調用。仍不准藉端訛詐。（《史料》，頁二八）

條例中明確規定了對官員的處罰，這說明執行禁令的人員中也有人私下犯戒。有一則傳聞可作為笑話轉述如下：它說的是南海縣令愛讀《肉蒲團》，這位縣令親手把該書抄成袖珍本，供平日展玩，後來不慎將此本混入公文，被上司查出後受了處罰，竟羞愧而死。[8]

康熙之後，雍正、乾隆、嘉慶、道光各朝，直到同治年間，清政府持續發佈禁令，從未放鬆過對「淫詞小說」的禁毀。但是，從這些措詞雷同的禁令可以看出，官方對待「淫詞小說」的態度畢竟有別於具有反清傾向的著作。對後者一般都採取了血腥鎮壓的措施，不但禁書，而且大肆株連，製造震驚朝野的文字獄。對「淫詞小說」的禁毀則是一種不斷在書籍市場上「大掃除」的活動，其目的在於盡量減少此類書籍的流通，縮小它們的影響。就現存的資料來看，執行禁令的部門所做的主要工作只是收繳、焚毀禁書，至於這些書應予禁毀的具體原因，某書的哪些章節淫穢到何種程度，則完全缺乏確切的說明。禁令只劃了一個「誨淫誨盜」的大框框，只強調維持風化的總原則，因此，只要把某些書列入了「淫詞小說」，便不加分辨地予以禁毀。在對「色情」或「淫穢」的概念從來不作法律界定的中國社會中，執法者和製造輿論的

---

8 《元明清三代禁毀戲曲小說史料》，頁一九五。

人更傾向於憑主觀印象辦事，本來就沒有制定出明確的法律條文，自然不會像審理一個人的案件那樣來決定一本書的命運。那彷彿一次次突然出擊的軍事行動，只要上邊一聲令下，下邊便匆匆行動起來。禁書之火成了一把玉石俱焚之火，《繡榻野史》之類的東西與《紅樓夢》、《西廂記》等傑作全都被扣上了同一頂淫書的帽子。口誅筆伐的聲音淹沒了一切，根本聽不到作者為自己辯護的聲音。由於淫書與非淫書的界線從一開始就含混不清，因而一本書到底具備哪幾個要點才算淫書，或一本書中的性描寫達到了什麼程度才會產生誨淫的效果，所有的法令都沒有明確作出有關的規定。執行者顯然只憑上面開出的禁書目錄逐個查禁，任意性和擴大化的現象隨時都可能發生。因此，禁令中常常強調對執行者的限制，不准他們借禁書之機敲詐勒索，挑起事端。

配合著朝廷的禁令，地方政府也公佈了一些更為具體的法令，在書籍出版業最繁榮的江、浙兩省，對「淫詞小說」的禁毀也搞得規模最大。如康熙二十五年（一六八六），江蘇巡撫湯斌嚴禁私刻淫邪小說、戲文。道光十八年（一八三八），江蘇按察使裕謙憲禁淫書淫畫。道光二十四年（一八四四），浙江巡撫禁淫詞小說，浙江學政嚴禁淫書。同治七年（一八六八），江蘇巡撫丁日昌查禁淫詞小說，對各種違禁的小說和劇本發動了最後一次大圍剿。此時清政府剛剛平定了太平天國起義，面對國內此起彼伏的反清運動，統治者在軍事鎮壓的同時，也加強了文化上的專制，所以他們依然按慣例行事，力圖通過禁書，達到整頓社會的目的。丁日昌在禁令中要求：

亟將應禁書目，黏單札飭，札到該司，即於現在書局附設銷毀淫詞小說局，略籌經費，俾可永遠經理。並嚴飭府縣，明定限期，諭令各書鋪，將已刷陳本，及未印板片，一律赴局呈繳，由局彙齊，分別給價，即由該局親督銷毀；仍嚴禁書差，毋得向各書肆藉端滋擾。此系為風俗人心起見，切勿

視為迂闊之言。（《史料》，頁一四二）

從丁日昌簽署的禁令可以看出，經過了兩百年持續的禁毀，「淫詞小說」的氾濫之勢顯然並未受到遏制。為了取得更大的成效，官方也逐漸完善了禁毀的措施。如成立了常設的書檢機構，把禁書之舉制度化；收繳禁書的手段也變得比較溫和，從先前的強行沒收變為利誘，由官方出錢賠償書商一定的損失。由此可見，禁毀通俗讀物遠比禁毀某些具有反清傾向的書籍困難，後者只在小圈子內傳播，可以用血腥的文字獄杜絕其流傳的渠道；前者卻擁有更為廣泛的讀者群，在永遠有利可圖的情況下，刻印者與經銷者當然不畏法網，敢於鑽官府的空子。為了掩人耳目，他們常常改換禁書的書名，如改《無聲戲》為《連城璧》，改《肉蒲圖》為《迴圈報》，改《紅樓夢》為《金玉緣》……另外，書商還在他們刊行的小說和劇本上標明「京本」或「本衙藏板」等字樣，把私刻的書偽裝成官方批准或官坊發兌的書，從而達到公開出售、廣泛傳播的目的。[9]當然這些偽裝的手段只可能起到有限的保護作用，使用一久，逐漸就會露出馬腳。所以在丁日昌所開的禁毀書目上，我們可以看到，有些書還特別注明了另一名稱。丁日昌的書目可分兩大類，一種是小說和劇本，另一種是「小本淫詞唱片」（大概是一些短小的地方戲曲唱本），共計二六九種。它們基本上反映了清初以來，官方禁毀「淫詞小說的全貌，同時也讓我們明確地看到，真正有色情傾向和大量淫穢描寫的小說只占其中一小部分。被禁書目中本書已論及的小說有：《品花寶鑑》、《濃情快史》、《隋煬帝豔史》、《巫山豔史》、《繡榻野史》、《株林野史》、《浪史》、《如意君傳》、《迴圈報》（即《肉蒲團》）、《金瓶梅》、《杏花天》、《癡婆子傳》、《弁而釵》、《石點頭》、

[9]《元明清三代禁毀戲曲小說史料》前言，頁二九。

《十二樓》、《拍案驚奇》。其中尚有多種本書沒有論及的色情小說，如《昭陽趣史》、《禪真逸史》、《禪真後史》、《桃花豔史》、《歡喜冤家》、《燈草和尚》、《妖狐媚史》、《綠野仙蹤》等。對於丁日昌詳列的書目，也有人提出了批評，他的理由是：「少年子弟，雖嗜閱淫豔小說，奈未知其名，亦無從遍覓。今列舉如此詳備，盡可按圖而索，是不翅示讀淫書者以提要焉，夫亦未免多此一舉矣！」[10]順便把這位深慮先生的言論錄在這裡，聊備一說。

還有人建議用偷天換日的手法刪改「淫詞小說」，沖淡和消解其中誨淫誨盜的內容，增強說教的作用，以期收到化腐朽為神奇的效果。他們提出了這樣的對策：

> 宜約集同人，籌款設局，彙集各種小說，或續或增，或刪或改，仍其面目，易其肺肝，使千百年來習傳循誦膾炙人口諸書，一旦汰其蕪穢，益以新奇。更如治盜然，引邪而歸正，即化莠而為良，蕩瑕滌垢之餘，即訓俗型方之選，此世道人心千秋大局，固非尋常操選家區區小補者比也。（《史料》，頁一四九）

這一策略的實效到底如何，很難一概而論，但它顯然給一些試圖打起合法化的旗號推行淫書的評點者提供了藉口。為了偽裝出一副關心世道人心的姿態，他們在淫書的首尾添上導讀性質的序跋，在小說的文本中插入不關疼癢的批語，這些假惺惺的說教往往欲蓋彌彰地暴露了他們迫不及待地要看淫書的心態。從《繡榻野史序》一文便可看出，這位自稱對淫書不感興趣的作者如何遮遮掩掩地流露了他私下的觀淫癖：

---

[10] 孔另境編輯，《中國小說史料》，上海：上海古籍出版社，一九八二年，頁二六二。

余自少讀書成癖，……奚僮不知，偶市《繡榻野史》進余。始謂古之脫簪珥永巷有禪聲教者類，可以娛目，不意其為謬戾。亦既屏寘之矣。

逾年，間過書肆中，見冠冕人物與夫學士少年行，往往諏咨不絕。余慨然歸去評品批抹之。間亦斷其略。

客有過我者曰：「先生不幾誨淫乎？」余曰：「非也，余為世慮深遠也。」曰：「云何？」曰：「余將止天下之淫，而天下已趨矣，人必不受。余以誨之者止之，因其勢而利導焉，人不必不變也。」

然而如何「以誨之者止之」，這位玩賞淫書的評點者並沒有講清楚，他僅僅以孔子不刪「淫詩」的先例為自己樹起了立論的根據，似乎一個人只要把淫書當成「刺淫」之作去讀，就會收到有益的效果。但是，不管此類言論說得多麼振振有詞，發話者的心虛總是掩蓋不住的。他們從來不敢以真實的作者身份出現，所有的署名全是「癡」、「狂」、「憨」等字眼組成的別號。他們似乎想用這種故作的病態原諒自己的嗜好，同時又流露出一種頹唐的自賞。

三、對淫書的口誅筆伐

與官方的禁書法令相比，譴責淫書的社會輿論更為集中地突出了它誨淫的惡果，由於此類言論多為長輩寫給子弟的訓誡，所以其中特別強調了淫書對青少年的危害。首先，這些言論從醫學的角度向男性青少年提出警告，把他們的手淫傷身歸咎於淫書的刺激。如黃正元〈欲海慈航少年宜戒〉所云：

按醫書《明堂圖》，腎俞為藏精之穴，乃人生安身立命之蒂，一或受傷，其害莫測。每見人家子弟，年方髫稚，情竇初開，或偷看淫書小說，或同學褻穢，妄生相火，尋求喪命之路，或有婢僕之事，而斫喪真元，或無男女之欲，而暗泄至寶，漸漸肢體羸弱，飲食減少，內熱、咳嗽、咯血、夢遺、虛癆等症迭現，父母驚憂而無措，醫藥救治而難痊，一以為先天不足，一以為風寒所感，一以為補養失宜，不知皆自作之孽，其事隱微而戕賊其性命者深也。即萬端調治，幸而得痊，然早年受傷，終身多病，下元虛冷，子嗣艱難，腰疼腿痛，陽痿不舉，目暈頭昏，未老先衰，一切勞心用力之事，皆不能任，雖留此軀，亦屬無用，何以承啟先後，建功立業，而享富壽康寧諸福乎？（《史料》，頁二三九）

這種醫學說教對沒有性經驗的青少年製造了一種甚至比淫書還有害的恐嚇，它從否定性的方面強調了房中書的保精論，把手淫和夢遺說成比性交中的射精更傷身體的事情。它的危害性在於，不是引導無知者以健康的態度面對青春期的苦惱，而是給本來就很神祕的性再罩上威脅的陰影。於是，對獨居的男子來說，只要產生性衝動，不管是自發的還是被刺激的，似乎都會引起可怕的後果，都可能像賈瑞那樣害上丟臉的病，最後精盡而死。這種將性衝動貶入死亡和邪惡領域的恐嚇是房中書的性教條在帝制末世的勸世醫學遺產，它把醫學無力治療的疑難症——肢體羸弱、飲食減少、內熱、咳嗽、虛癆——全都簡單地歸咎於手淫。如果我們把此類威脅言論理解成「風月鑑」反面立著的骷髏，那麼它在犯了手淫的青少年心中引起的恐懼正如賈瑞觀鏡後的症狀：渾身虛汗，精滑如流。嚴誡最終導致了嚇殺。

不過，「風月鑑」的正面更是耐人尋味的。那裡面站著迷人的鳳姐，她招手一叫，賈瑞便丟魂失魄，蕩悠悠地進入鏡子，與她雲雨起來。賈瑞的鏡中樂趣正好可以用來象徵讀淫書的快感。現在，不必再從誘發手淫的角度議論讀淫書的可怕後果，乾脆就把讀淫書視為對手淫的替代。面對鏡子一般逼真映現的性場面，讀者終於從孤獨的自慰中擺脫出來。他通過窺視的眼睛參與了書中所描寫的性活動。

這種在想像中參與他人性活動的情景是色情藝術的一個基本特徵，它使讀淫書的人始終站在窺視和偷聽的角度體驗他實際上並沒有介入的活動。[11]有趣的是，在大量的色情小說中，作者常常喜歡通過第三者的窺視或偷聽向讀者展現性場面的片段，彷彿作者安放在暗處的攝相機或竊聽器，第三者的眼睛和耳朵把別人在臥室中的祕戲全都偷到了讀者的面前。在《肉蒲團》一書中，身為盜賊的賽昆侖就扮演著這種偷竊春色的角色。正如他在大談漁色之道時對未央生所說：「我雖不在風月場中著腳，那風月場中的事只有我眼睛看得分明，耳朵聽得分明，就是當局的人也只好得其大概罷了。這些細微節目，他哪裏知道？」（第四回）在接下來的對話中，賽昆侖如數家珍地向未央生講述了他得自觀察的性經驗，同時李漁也向讀者傳授了他自以為富有洞見的性知識。這些直露的性場面和奢談性技巧的言論到底能在多大的程度上把讀者誘向手淫或使他們犯罪，都是很難一概而論的，因為沒有讀過淫書的人照樣在手淫和犯罪，淫書不過有可能助長這個本來就存在的傾向罷了。其實，淫書受到社會普遍譴責的主要原因在於它的暴露性：它把幕後發生的事情拉到了前臺，它把長輩不讓子弟知道而自己卻在私下做著的事情向子弟公開，它在禮教維護的光潔表面上戳了一個洞，讓人們知道了太多的東西。而且，它的暴露是片段的，是抽離了生活的完整背景的，是根據作者的主觀嗜好拼湊起來的，因而它所暴露的真實有很多歪曲和醜化的成分。長期以來，譴責

[11] Keith McMahon, Causality and Containment in Seventeenth-Century Chinese Fiction, p.98.

淫書的言論始終基於「萬惡淫為首」的觀念，所以不但不敢正視淫書的本質，反而製造了新的性神祕。

淫既然是萬惡之首，淫行便成了惡人的標誌，而暴露惡人最有力的手段自然就是大肆寫他如何宣淫，這便是一切主觀上或口頭上以懲勸為宗旨的小說把不堪入目的性行為全派給反面角色的理由。面對這樣一種假定的性描寫結構，作者和讀者似乎都獲得了道德上的豁免，因為他們敘述的或窺視的全是惡人的行為，惡人現在在一邊代理他們宣淫，不管他們事實上以什麼樣的心態對待筆下或眼前的情景，他們都自以為在從「否定性的」或「不以為然的」角度俯視那種色情的替代狀態。就這個意義而言，讀淫書反而成了對手淫的超越，手淫者是純粹孤獨的個體，他浪費了快感，結果給自己留下內疚和羞恥，而讀淫書則在品味偷來的快感之同時，把自己的羞恥轉變成對那些代理人的鄙視。

在《金瓶梅》中，張竹坡所謂的「節節露破綻處」幾乎成了該書基本的敘事手法，「如窗內淫聲，和尚偏聽見；私琴童，雪娥偏知道……蕙蓮偷期，金蓮偏撞著；翡翠軒，自謂打聽瓶兒，葡萄架早已照入鐵棍……燒陰戶，胡秀才偏就看見……」[12]通過這些見縫插針的性場面，作者顯然力圖把西門慶寫成一個時時處處宣淫的惡人，但是，從另一個角度看，西門慶也是他為陸續展現這些場面而設計的角色。暴露罪行和窺視淫戲的雙重目的是很難截然分開的，書中的窺視者和該書的作者與讀者於是都同樣處在可望而不可即的位置上，他們既身臨其境，同時又置身局外。無論是聽得不亦樂乎的和尚，還是看得欲火中燒的金蓮，他們的處境都可被視為「在敘事上對更加置身局外的作者或讀者所體驗的替代狀態所作的戲劇化表現」。[13]

[12] 〈批評第一奇書《金瓶梅》讀法〉十四，參看朱一玄編：《《金瓶梅》資料彙編》，天津：南開大學出版社，一九八五年版，頁一六。

[13] Keith McMahon, Causality and Containment in Seventeenth-Century Chinese Fiction, p.98.

與針對子弟的說教不同，在禁止婦女讀小說和看戲的大量言論中，所強調的不良效果主要是失節的問題。正如《紅樓夢》第四十二回中寶釵勸黛玉那段文字所反映的情況，那個時代不允許婦女閱讀的文學作品遠遠超出了淫書的範圍，香豔的詩詞和《西廂記》、《牡丹亭》之類的劇本全在被禁之列，父母師長所防範的不只是誨淫，甚至是動情，凡足以移人性情的文字，全被籠統地視為淫穢作品。金賽（Kinsey）的調查分析證明，「絕大多數女性不為吸引男性的那種色情描寫所打動，從而引起性衝動。能迅速引起女性性回應的是動人的愛情關係，羅曼蒂克的愛情文學與藝術。總的來說，女人對純色情的東西不感興趣，因為對她們而言，這種性題材的描寫手法太原始，太赤裸裸，太不加修飾。」[14]金賽描述的現象同樣適用於明清時代的中國，對於絕大多數不識字的婦女來說，她們接受浪漫愛情故事的渠道主要是戲曲，而非讀書。因而戲曲也被維持風化的人士不加分辨地斥為「淫戲」，看戲的場合則被描繪成導致婦女墮落的環境。如〈勸禁演串客淫戲俚言〉所云：

串客之花鼓淫戲，則全是醜惡可憎之淫戲，並無一出正戲，且都系遊手好閒，不習上流之子弟，平日毫無廉恥，專喜淫蕩，把一種小本唱片買來，你唱我和，及至上臺，一花面，一旦角，扮做男女，備極醜態，裝盡油腔，而其白口油子，又都是土語，使婦女小兒們聽了，句句記得，做的既揚揚得意，唱的自戀戀不捨；所以大班演戲，婦女看的還少，若打聽得某處有串客做，則約妯娌、會姊妹、帶兒女、邀鄰舍，成群結隊，你拉我扯，都去看到，做一日看一日，做一夜看一夜，全然不厭，做串客的見了年輕婦女越多，他裝做淫相越醜，頓使婦女們當下眼花繚亂，欲火焚燒，已有按

14 H. 蒙哥馬利・海德：《西方性文學研究》，劉明等譯，海口：海南人民出版社，一九八八，頁三二至三三。

捺不住之勢，再加以輕薄子弟，遊蕩淫棍，從旁百般戲謔，無所不至，此刻，在婦人恐怕當場出醜，隱忍不敢聲張，在男子私喜暗地無知，倡狂任其戲弄。況情欲既動，胸中便無把握，其或素愛名節女子，雖不至失身於人，而情魔纏繞，難免因想成病，因病喪命之患。若是沒廉恥婦女，淫念一起，姦情百出，往往看此戲後，有私期偷會的，有密約拐逃的，有不顧貴賤主僕通姦的，有丈夫久出不歸勾引狂童入室的，有孀婦空房難守招攬光棍當家的，種種傷風敗俗之事，都從看串客起因。（《史料》頁三一八—三一九）

這篇妙文在一定程度上反映了古代鄉村戲臺下的某些實情，在那個缺乏娛樂場所的時代，以各種演出形式為中心的民間集會似乎多少都含有上古放蕩節日的流風餘韻。這裡可能發生很多傷風敗俗的事情——正如現代都市的歌舞廳中時刻都存在著違法活動一樣，但其中也自有其鄉土味的歡快情調。只是由於衛道士始終戴著妓院的有色眼鏡看待這些民間的娛樂活動，所以便把伴隨著這類娛樂活動發生的治安問題簡單地歸咎於活動本身，進而把民間的各種演出形式籠統地斥之為「淫戲」，而且把婦女的參與誇大為禍根，最終達到禁止平民娛樂的目的。其實，帝王、權貴、富豪同樣熱中於看戲，所謂「正戲」與「淫戲」之分，其實質不過是「只准州官放火，不許百姓點燈」。[15]在等級制的中國社會中，觀淫的特權也是性特權的一個內容，禁欲主要針對的是不享有性特權的普通人。從已經披露的材料可以看出，在老百姓只能看樣板戲的「文革」時期，「旗手」江青及其同夥卻有權欣賞大量「腐朽的西方資產階級」文藝作品，並將不少低俗的香港影片引薦給臥病中的毛澤東。

15　《元明清三代禁毀戲曲小說史料》前言，頁三—一七。

由於沒有建立健全的法律和書檢制度，所以對「淫詞小說」的禁毀除了採取官方搞突然打擊和社會嚴厲譴責以外，唯一能起威懾作用的只有因果報應之說。關於縱欲的男女受報應的故事，以上已談得很多，這種報應的方式也同樣適用於誨淫的人。一個反覆被用來製造恐懼的故事是湯顯祖死後的報應：

昔有人入冥府，見一囚身荷重枷，肢體零落，因問為何人，獄卒曰：「汝在生時，曾閱《還魂記》否？」曰：「少年曾閱過。」獄卒曰：「此即作《還魂記》者也。此詞一出，使天下多少閨女失節，上帝震怒，罰入此獄中。」問：「幾時得遇赦出獄？」獄卒曰：「直待此世界中更無一人歌此詞曲者，彼乃得解脫耳。」吁，可畏也夫！（《史料》，頁三〇一）

按照同樣的邏輯，很多被判為寫了淫書的作者都受到了各自應得的報應：王實甫寫《西廂記》，「忽然撲地，嚼舌而死」。曹雪芹創作了《紅樓夢》，死後斷子絕孫。金聖歎批淫書，死於極刑。某孝廉著《金瓶梅》，終身不舉。王次回好寫香奩體，墜入糞坑淹死。[16]所有的此類傳聞都充滿了附會和捏造的內容。奇怪的是，這些受報應的人物多為那幾部傑作的作者，而對於真正的淫書，由於其署名均為不知何許人也的別號，那些有先見之明的作者反逃脫了報應的羅網。看來鬼神也與衛道士達成了共謀，他們實際上並不多麼厭惡淫穢本身，他們不能容忍的是暴露淫穢的內幕，描寫有情人對禮教的突破。所以在寫性主題的作品中，受到譴責最激烈的始終是《西廂記》、《紅樓夢》等最膾炙人口的傑作。

[16] 《元明清三代禁毀戲曲小說史料》，頁三七四、三七七、三七八、四〇六、四一〇。

如上所述，通俗文學得以廣泛傳播，與晚明以降的出版業繁榮有很密切的關係。書商本以牟利為目的，為了追求暢銷，他們的出書自然難免良莠不齊。因此在針對淫書的因果報應之說中，靠淫書發財的書商也是受淫報的主要對象。試讀這則故事：

江南書賈嵇留，積本三千金，（有這本錢，那樣生意不好做。）每刻小說及春宮圖像，（何苦賺此孽錢。）人勸不聽，（得意時那肯歇手。）以為賣古書，不如賣時文，印時文，不如印小說春宮，（算你會做生意。）以售多而利速也。（利之害人，一至於此。）其家由此積多金，（且看他受用。）不數年，目雙瞽，（引壞了別人多少眼睛，到底弄瞎了自己一雙眼睛。）所刻諸版，一火而燼，（天火。）及死，棺斂無措，（如此收梢結局，何利之有。）妻子有不忍言者。（生前敗壞他人門風，死後敗壞自己門風。）（《史料》，頁四〇三—四〇四）

在普遍相信因果報應的古代社會中，此類報應故事可能起到一定的警戒作用，但財色的誘惑遠比死亡的威脅有力，在明清兩朝，無論是禁毀淫書的法令，還是譴責淫書的言論，對淫書傳播的抑制始終都很有限。

四、對淫書的辯護與細讀

事實現在已經十分明顯，對「淫詞小說」的禁毀和譴責主要針對的是通俗文學這個總目標，它表現了官方和社會輿論對一種文化新動向的過敏反應，「反淫」只是一個慣用的口號，一頂更有壓力的帽子。在這種不分青紅皂白亂扣帽子的勢頭下，我們自然不能期待聽到同一時期西方國家某些審理淫書案的法庭上那種辯護的聲音。在人們習慣根據共有的成見評價事物的文化語境中，要對經過印象染缸浸泡的不同事物作性質和程度的區分，實在是非常困難的事情。那些試圖為通俗文學正名的文人不得不沿用比附經典的套話，他們很少就文學作品應如何表現性欲的問題展開正面的討論，他們更喜歡強調小說和戲劇的教化作用，突出其中與經史的傳統相通的方面，通過肯定作品的社會效益，從而爭取它的合法地位。或像「三言」的作者那樣在小說集的序言中明確宣佈懲勸的宗旨，或像《紅樓夢》的作者那樣在卷首大批「風月筆墨」，這些話在今天看來似乎是老生常談，但在當時卻是必要的，難能免俗的。洗刷誨淫的嫌疑，首先是為了自我保護，在社會輿論慣於把通俗文學貶為「淫詞小說」的情況下，肯定它的言論只能從攀附經史和辯誣說起。這兩個要點不但是大量的小說序跋反覆強調的內容，而且也是評點派在其批評實踐中立論的兩個基點。

在評點派的批評實踐中，「批評」二字最初專指一種具體的評論形式，「批」指穿插在某一具體文本間的眉批、夾批、旁批，「評」指附在其章節前後的評論。正如語文教師寫在學生作文上的批語，這些評論文字是同作品的文本編排在一起供人閱讀的。與今日的評論文章不同，這種導讀性質的文字幾乎完全依附於所評的具體作品，只有在與原文互相參照的閱讀過程中才能更充分地領悟它向我們指點出的東西，如對作品主題的闡發，對人物的品評，對個別細節的說明，對寫作手法的辨析等。用教師批作文比評點家批小說並非出於純粹的聯想，其實，評點派採用的批評形式是從明清文人評點八股文的「墨卷」上借鑑來的。那是相當於今日的「範文選講」或「考試指南」之類的讀物，為了適應讀書人參加科舉考試的需要，當時的書坊出版了大量的八股文寫作輔導，所謂「評點」，就是針對書中所選的範文，評議八股文的章法、句法，點撥起承轉合等行文上的講究。利用這種當時流行的批評形式鑑賞小說，就作者而言，寫起來可謂運用自如，對讀者來說，自然也容易接受。可以想像，在那個普天下讀書人都擠到八股文這條狹路上競短長的時代，居然能把原來用作敲門磚的修辭本領戲仿地用於通俗文學的欣賞，無論對於作者，還是對於讀者，肯定都是很有吸引力的。特別是那些在科場上遭遇坎坷的文人，不平的悶氣，滿腹的文才，正好在這個新開闢的領域找到了發洩的渠道。所以，我們今日當作小說和劇本閱讀的傑作，在當年評點家的眼中都是絕妙的「文章」，我們今日當作文學批評研究的鑑賞文字，在他們的筆下則充斥了很多與現代意義上的批評離題甚遠的內容。正如魯迅所說，金聖歎批《西廂記》的突出缺點在於，他把劇本的佈局行文硬拖到八股文的作法上強作解析，尋求伏線，挑剔破綻……金聖歎的《西廂記》批文確實有過於拘泥的缺點，然而也許正因為這位清代最卓越的評點家當初一心要把劇本當文章欣賞，要向那個時代與他懷有共同期待的讀者度盡金針，他才煥發出罕見的熱情與膽識，竟然敢把一本當時公認的「淫書」捧為「第六才子書」[17]，把它與屈賦杜詩相提並論，在他的批評實踐中開創了一種評點式的細讀方法。

與上述《繡榻野史・序》那種勉強遮醜的遁詞截然不同，金聖歎的《西廂記》批文始終都是用理直氣壯的調子為該書辯誣。在《西廂記》已被尊為古典名著的今天，說那些話似乎純屬多餘，但在金聖歎的時代，這樣的分辯卻是完全必要的。所以，金批《西廂記》最值得我們重視的一個方面即為《西廂》非淫書的辯論。在全書的卷首，金聖歎劈頭第一句就提出了《西廂記》非淫書，而是妙文的論斷，至於「淫」與「非淫」的分歧，他中肯地指出，不同的評價取決於不同的欣賞態度，即所謂「文者見之謂之文，淫者見之謂之淫」。接著他又說：

> 人說《西廂記》是淫書，他止為中間有此一事耳。細思此一事，何日無之，何地無之？不成天地中間有此一事，便廢卻天地焉？細思此身自何而來，便廢卻此身焉？一部書，有如許纚纚洋洋無數

[17] 金批《西廂》原名《第六才子書》，本書所據版本為張國光校注的《金聖歎批本西廂記》，上海：上海古籍出版社，一九八六年。以下簡稱金批《西廂》。

文字，便須看其如許纚纚洋洋是何文字，從何處來，到何處去，如何直行，如何打曲，如何放開，如何捏聚，何處公行，何處偷過，何處慢搖，何處飛渡。至於此一事，直須高閣起不復道。（金批《西廂》，頁一〇）

這樣的言論在那個時代無疑是具有叛逆的氣味的，為了突出《西廂》是妙文的主旨，金聖歎始終把淫書之說視為眼中釘，不但絲毫不能容忍，而且喜歡在駁斥的同時挖苦之，嘲弄之，措詞和語氣極富於挑戰性。綜觀金批本〈讀法〉中駁斥淫書說的十餘則言論，理性辨析的成分顯然很微弱，為了製造反擊的聲勢，金聖歎基本上採取了刺痛論敵的論辯方式。這種先聲奪人的行文確有其特殊的感染力，但同時也流露了它那裝腔作勢的八股腔調，這也可以說是金聖歎《西廂》批文最突出的一個缺點。此外，對《西廂》是妙文的強調同時也伴隨著抬高錦繡才子的趣味，而對淫書說的斥責也相應地譏笑了他所憎惡的冬烘先生。從某種程度上說，一部《西廂》的妙文幾乎被金聖歎批成了鑑別才子與非才子的試金石，抬高《西廂》甚至成了抬高才子的鑑賞力的手段，特別是為金聖歎這樣的才子揚名的手段。因此，在金聖歎的筆下，妙文與淫書的對立，歸根結底在於清除「淫書」這個障礙，把讀者的目光完全引向對妙文的鑑賞。

更令人感到離經叛道的是，在駁斥了淫書說之後，金聖歎公然用為自己的批文做廣告的口氣鼓勵年輕的學生讀金批《西廂》，他說：「子弟至十四五歲，如日在東，何書不見？必無獨不見《西廂》之事。今若不急將聖歎此本與讀，便是真被他偷看了《西廂記》也。他若讀得聖歎《西廂記》，他分明讀了《莊子》、《史記》。」（金批《西廂》，頁一二）把《西廂》作為習文的入門讀物向子弟推薦，這在那個時代確實是令大多數父母感到氣憤的事情，在他們的眼中，金聖歎的言論自然是不折不扣的誨淫。早在金批《西廂》問世之初，歸莊就曾對金聖歎嚴加斥責，要求當局誅滅這樣的「邪鬼」。

然而事實上金批《西廂》的叛逆色彩十分有限，經過金聖歎的連批帶改，元人雜劇中常見的鄙語蕪詞雖然變得更典麗一些，但原有的質樸和風趣也損失了許多。王實甫筆下那個顯得有點拋頭露面的鶯鶯現在被批改成了一個矜持的千金小姐，金聖歎一再爭辯說，在老夫人把鶯鶯許配給張生之前，鶯鶯不唯從未對張生動過情，甚至沒有「目挑心招」地看過張生一眼。於是，金批本從一開始就挑剔原本的破綻，任意亂改，同時又輔之以批文，自改自誇，這種竄改與讚揚其所改的互相配合可謂貫穿了金批本全書，如果把王實甫的原本與金批本對比細讀一遍，我們簡直要懷疑金聖歎所讚揚的一部《西廂》妙文能有幾分是王實甫的原本！難怪金聖歎在金批本〈讀法〉中自負地說：「聖歎批《西廂記》是聖歎文字，不是《西廂記》文字。」這樣看來，他對所謂妙文的稱讚顯然包括了對竄改與批文的自賞。

為了避免過多的徵引，此處僅舉〈驚豔〉一折的煞尾來說明金聖歎的用心。這一折寫張生與鶯鶯在佛殿上一見鍾情，張生的唱詞中有兩句歷來膾炙人口，原本是這樣的：

> 怎當他臨去秋波那一轉！（休道是小生）使是鐵石人也意惹情牽。

為了強調鶯鶯這位千金守禮小姐的身份，金批本首先把紅娘催鶯鶯避生人的道白改成鶯鶯主動提議趨避的道白，並刪去了她回顧張生的動作。因此，接下來那兩句唱詞也被改成了「我當他臨去秋波那一轉，我便鐵石人也意惹情牽」。這樣一來，刪改便不再是修辭上的點鐵成金，而完全成為文意上的歪曲了。為了進一步說服讀者相信鶯鶯此刻並未顧盼張生，金聖歎又在夾批中申辯說：

> 妙！眼如轉，實未轉也。在張生必爭云轉，在我必為雙文爭曰不曾轉也。忤奴乃欲效雙文轉。（金

批《西廂》，頁四四）

熟讀金批的人大概都很瞭解其中的「好論極微」之說，這種金聖歎式的細讀幾乎對戲文中任何一處細枝末節都抓住不放，條分縷析，大作文章。他一再讚歎王實甫「真是將三寸肚腸直曲折到鬼神猶曲折不到之處，而後成文」。實際上如此苦心經營的人正是他自己，上引的一例便是最有力的證據。

在明清文壇上眾多才氣十足的作家中，金聖歎可謂一個比較典型的代表人物。他文筆放縱，才氣橫溢，不僅常發前人之所未發，而且敢言時人之所不敢言，因而看起來頗有一股子叛逆性的狂勁。但這種狂勁更多的是以恃才傲物的姿態表現出來的，是面對他口口聲聲謾罵的「忤奴」或「傖父」所顯示的自負，那並不意味著他確實在理性上認定了某種反傳統的選擇。相反，他批駁淫書說的言論恰恰在很多方面與維護禮教的精神有千絲萬縷的聯繫。《西廂》之所以被當時的社會輿論判為淫書，關鍵在於全劇生動地描繪了鶯鶯背著母親與張生偷情的過程。從〈驚豔〉中的一見鍾情到〈鬧齋〉中的目挑心招，再到〈賴婚〉後的詩來信往，直到最後西廂中自薦枕席。在王實甫的原本中，鶯鶯的一舉一動，從頭到尾的心理變化，基本上被表現為《會真記》所說的「兒女之情，不能自固」。所謂相國家的千金小姐，不過沿用原故事既定的稱謂，實際上她在元雜劇中的形象更像一個適合市井趣味的普通女子。不管王實甫原來的創作意圖如何，從客觀效果上看，鶯鶯的一系列行徑顯然體現了「管得住身，管不住心」的喜劇意味。優美的詩意，文白夾雜的打趣，再加上一點粗俗的色情調料，這大概才是該劇在舞臺上的演出效果。等醜事鬧出來了，便用現成的婚姻錦被一遮，從而完成一個皆大歡喜的結局。正如我們在有關話本小說的討論中曾分析過的「婚配喜劇」模式，這本是一個用風流佳話包裝起來的偷情故事，它既滿足了觀眾欣賞豔遇的快感，又迎合了他們盼有情人終成眷屬的願望。至於所謂反抗封建禮教的傾向，那恐怕只是現代學者自己眼中看到的效果。

那麼，金批本的主要意圖是什麼？既然原本的喜劇意味與現代學者的反禮教說尚有一定的差距，它與金批本的差別又是什麼性質的差別？如上所述，偷情故事的喜劇結局是用錦被遮住醜事，另有一種悲劇結局意在懲罰父母的愚行，其中特別表現了對毀婚約這種行為的譴責。金批本的意圖頗與後一種類型有一定的聯繫。在開卷第一條評語中，金聖歎便用「春秋筆法」說明了這個意圖，他說：

> 一部書十六章，而其第一章大筆特書曰「老夫人開春院」，罪老夫人也。雖在別院，終為客居，乃親口自命紅娘引小姐於庭前散心，一念禽犢之恩，遂至逗漏無邊春色。良賈深藏，當如是乎？厥後詐許兩廊退賊願婚，乃又悔之，而又不遣去之，而留之書房，而因以失事，猶未減焉。（金批《西廂》，頁三三）

王實甫筆下的老夫人是一個「積世老虔婆」，經過金聖歎的批改，她似乎增添了某種庸人自擾的特徵。金聖歎認為〈賴婚〉一折是戲中關鍵處，沒有老夫人的背信棄義，該劇就不可能再有下文。因為在他看來，鶯鶯本為秉禮的絕代佳人，未經母親當著眾僧人之面許婚，她絕不會與張生有任何親昵的接觸。現在既已許之，在鶯鶯的心目中，他們倆就是合法的夫婦。然而老夫人後又悔之，真正失禮的是她自己，而非鶯鶯和張生。他們的偷情，從程式上說屬於違禮，但從原則上講，卻並不算多麼違禮。因為張生早已擁有佔據這個「至寶」的權利，而鶯鶯本人經過多次反覆，最終自薦枕席，主要也是基於她所信守的婚約，而非情欲的衝動。聖歎的妙文妙就妙在批改出了一個不斷受阻的拖延過程，並把它一直拖到了偷情的興奮點。不管怎樣批改，偷情畢竟是不可避免的，無論從情節的完整性上考慮，還是就玩味妙文的意趣著眼，金聖歎都會覺得它難以刪去，也不應刪去。然而正是在這個熱點上，妙文更加露出了淫書的嫌疑。於是，金聖歎不得不再次揮灑放縱的筆墨，為他的妙文繼續辯護。

〈酬簡〉總評是金批本中最富有雄辯的一段，在占全書長達四分之三的批改中，他處處為鶩鶩開脫，拘謹地迴避這樣那樣的破綻，現在他突然開足馬力，走得很遠很遠。在中國古代所有談論性行為及其表現的文字中，大概只有這段妙文談得最坦率，最富有挑戰的意味，應該儘量完整地把它抄在這裡。其文曰：

古之人有言曰：「國風」好色而不淫。比者，聖歎讀之而疑焉，曰：嘻，異哉！好色與淫，相去則又有幾何也耶？若以為「發乎情，止乎禮」，發乎情之謂「好色」，止乎禮之謂「不淫」，如是解者，則吾十歲初受《毛詩》，鄉塾之師早既言之，吾亦豈未之聞？亦豈聞之而遽忘之？吾固殊不解好色如之何者謂之「好色」，好色又必如之何者謂之「淫」，好色又如之何謂之幾於淫而卒賴有禮而得以不至於淫，好色又如之何謂之賴有禮得以不至於淫而遂不妨其好色。夫好色而曰「吾不淫」，是必其未嘗好色者也。好色而曰：「吾大畏乎禮而不敢淫」，是必其並不敢好色者也。好色而大畏乎禮而不敢淫，而猶敢好色，則吾不知禮之為禮將何等也。好色而大畏乎禮，而猶敢好色，而獨不敢淫，則吾不知淫之為淫必何等也。且「國風」之文俱在，固不必其皆好色，而好色者往往有之矣。抑「國風」之文俱在，反不必其皆好色，而淫者往往有之矣。信如「國風」之文之淫，而猶謂之不淫，則必如之何而後謂之淫乎？信如「國風」之文之淫，而猶望其昭示來許為大鑑戒，而因謂之不淫，則又何文不可昭示來許為大鑑戒，而皆謂之不淫乎？凡此，吾比者讀之而實疑焉。人未有不好色者也，人好色未有不淫者也，人淫未有不以好色自解者也。此其事，內關性情，外關風化，其伏至細，其發至巨，故吾得因論《西廂》之次，而欲一問之：夫好色與淫，相去則真有幾何也耶？（金批《西廂》，頁二〇八至二〇九）

讀完這一連串對成說的窮詰和質疑，我幾乎不由得要同聖歎一起發出「不亦快哉」的感歎，同時又不能不承認，在「淫」這頂大帽子的覆蓋下，一個人要理性地說清情與欲的複雜關係，實在非常困難。費了那麼大的周折，金聖歎至少澄清了一個被掩蓋的事實，即情與欲是構成性愛的兩個方面，兩者亦彼亦此，而非互相完全對立。禮可以防止情的過度放縱，但不能保障情的絕對純潔。提出「好色與淫相去幾何」的疑問，實際上等於間接地肯定了文學作品表現性欲的正當性。接著他把諷刺的筆鋒又指向戴著「有色」眼鏡讀《西廂》的三家村冬烘先生，揭露了他們的虛偽，進而強調鑑賞《西廂》這部妙文應著眼作品本身，應發現它的審美價值，不應拘泥於就事論事的低等層次。他說：

蓋事則家家家中之事也，文乃一人手下之文也。借家家家中之事，寫吾一人手下之文者，意在於文，意不在於事也。意不在事，故不避鄙穢；意在於文，故吾真曾不見其鄙穢。而彼三家村中冬烘先生猶呶呶不休，詈之曰鄙穢，此豈非先生不惟不解其文，又獨甚解其事故耶？然則天下之鄙穢殆莫過先生，而又何敢呶呶為？（頁二一〇）

這些犀利的文字自然刺痛了歸莊之類的衛道士，引起了他們的敵視，也在很大的程度上埋下了後來他被處極刑的禍根。據說，在當年的「哭廟」事件中，金聖歎並不在當場被捕的十一人之列，後來只是由於當局需要抓一個名氣很大的人物填補首犯的名額，殺雞給猴看的禍事才落到了這位狂士的頭上。就這一點而言，批「淫書」似乎又真的有了報應，儘管那報應不是來自公正的神靈，而是來自不允許人們講出真相的權力。

金聖歎以批「淫書」獲罪於世，而把他推上斷頭臺的真正原因則是當局對江南反清勢力的鎮壓。在中國的社會中，性與政治的糾纏向來難以說清，金聖歎實際上並不是堅定的反清鬥士，他充其量只是一個令世人感到過於狂妄的才子。一個敵視個性的社會總是傾向於削平露出的頭角。就必須把露出的頭角儘量砍掉而言，誨淫與造反這兩個罪名常常是相通的。

金聖歎死於順治十八年（一六六一），九年之後，另一個著名的評點家張竹坡在徐州出生。與明清時代很多夙慧的才子命運相近，上天賜予他的穎悟似乎以急遽地耗損他的生命為代價，在他短促的一生中，從早年開始讀書識字，直到二十九歲病歿，熾熱的才情始終像火一樣煎熬著日益衰弱的身體。奇才常有奇癖，在那個讀書人全都熱衷八股文的時代，他卻好讀「淫詞小說」。據說，他從小敏捷過人，「讀書能一目十數行下」，翻閱起《水滸》、《金瓶梅》等大本小說，就像風卷敗葉一般，可惜他在科舉考試上一直失敗到底。正如蒲松齡那類失意文人，他也把一肚子抑鬱磊落之才揮灑到小說這種鄙俗文體的書寫上。起初他打算創作一部像《金瓶梅》那樣的「世情書」，用來排遣胸中的積憤，由於考慮到工作過於艱巨，大概也因為預感到自己的大限將至，於是他放棄了這個計劃，轉而從事小說評點的寫作。康熙三十四年（一六九五），張批本《金瓶梅》完成，次年，該批本由張竹坡親自經營在他的故鄉印出，題名《臯鶴堂批評第一奇書金瓶梅》。[18]

---

[18] 現有齊魯書社一九八八年版的潔本，王汝梅等校點。本書所引張評一律據朱一玄編《《金瓶梅》資料彙編》（天津：南開大學出版社，一九八五年版）中所收輯評，見該書頁一——一九四。

除了上述的動機以外，張竹坡之所以在如此短促的時間內完成評點《金瓶梅》的工作，接著又出資把該書刊印出來，顯然也有一定的經濟目的，正如在今天，一個嚴肅的作家常常也會為生計所迫而去寫迎合市場需求的暢銷書。張竹坡當時正處在窮困潦倒的境地，他顯然瞄準了這部書的銷路，之所以全力以赴，自刊自賣，也是為了濟一時之貧。關於這一點，他在〈第一奇書非淫書論〉中說得很明確：「小子窮愁著書亦書生常事，又非借此沽名，本因家無寸土，欲覓蠅頭以養生耳。」不知是張竹坡的經濟狀況確實惡化到這般境地，還是故意說些哭窮的話沖淡宣淫的嫌疑，但不管怎麼說，他確實親自把印出的書成批運到南京銷售，錢總算掙了一些，才名也得到了極大的張揚。他長期住在旅館裡，既接待買書的顧客，也應酬論文的朋友，賣書的收入於是很快在交遊中花光。最後他把未售之書全部留給店主，還清了債務，仍然帶著羞澀的錢囊離開了南京、蘇揚一帶，在漫遊的途中病逝。[19]

是批「淫書」導致了張竹坡的厄運和死亡，還是他黯淡的生平中，圍繞著評點《金瓶梅》的活動點燃了他生命之火最光輝的一瞬，抑或二者互為因果，這是很難說清的。但至少有一點可以肯定，評點和刊行《金瓶梅》的工作使他在族人中留下了不肖子的名聲。在他死後，他的名字和事蹟多次被從當地的方志與張氏家譜中刪去，因為在他們的記憶中，這位評點過《金瓶梅》的族人給張家和鄉里帶來了恥辱。[20]

原來，所有的報應全屬於人報，天何言哉？

如上所述，康熙二十六年，朝廷已公佈了禁毀「淫詞小說」的法令，張竹坡刊行《金瓶梅》批本正當

---

19 張道淵：〈仲兄竹坡傳〉，見《《金瓶梅》資料彙編》，頁二一一至二一二。有關張竹坡批書、刊書及售書的時間，均據吳敢〈張評本《金瓶梅》瑣考〉一文，《徐州師專學報》，一九八七年一月，頁八一—八六。

20 張省齋《族名錄》說他「恃才傲物，曾批《金瓶梅》小說，隱寓譏刺，直犯家諱，非第誤用其才也，早逝而後嗣不冒，豈無故歟？」（轉引自吳敢〈張評本《金瓶梅》瑣考〉）

文網最密的年代，他當然完全懂得，為了儘量避免違礙，他必須把《金瓶梅》評得與世人心目中的原本截然不同，也就是說，通過評點製造該書並非淫書的效果。甚至從某種程度上說，重版《金瓶梅》的計畫在先，給它附上批與評則是他認為推銷該書重版所必備的條件。所以，對於張批本中「非淫書論」與「洩憤說」這兩個最突出的方面，也應給予一分為二的分析。不可否認，他在這十幾萬字的評論中寄託了自己的身世之感，很多解釋都有明顯的主觀色彩，因而不乏真知灼見。但同時還應看到，淫書說的強大壓力也迫使他在評論中作出有針對性的反應和自我辯護，以致有些提法難免牽強附會，甚至有把《金瓶梅》拔高之嫌。

與金聖歎為《西廂》辯護的角度相同，他也指出：「凡人謂《金瓶》是淫書，想必伊只知看其淫處也，若我看此書，純是一部史公文字。」（〈讀法〉五十三）此類話說得的確很犀利，對那些一面公開譴責這部「淫書」，一面又暗中玩賞其淫處的人士來說，不啻為一記響亮的耳光。所以，在《金瓶梅》的接受史和效應史中，張批本的最大功績在於，它首先全面地洗刷了世人潑在這部世情書上的過多汙跡，初次確立了它作為一本敘事傑作的地位。它的問世給讀者提供了一個欣賞和評價此書的新角度，把抨擊或窺視書中性描寫的一孔之見導向了廣闊的審醜世界，同時也掃除了自該書問世以來各種閃爍其詞的奇談怪論，在中國小說批評史上，可謂上承金批《水滸》，下啟脂批《紅樓》。

當然，張竹坡為把這本市井小說重構成「一部史公文字」所做的努力也是有得有失的，而其所失往往正緣於所得的過分。

首先，張竹坡強調《金瓶梅》「獨罪財色」，是洩憤之作，可謂一語點明了該書的主題和傾向。關於「獨罪財色」的主題，在小說的第一回作者已有詳細的說明，張竹坡進而結合情節和人物的分析，比較準確地把握了作者試圖表達的意向。如王六兒這個人物，他一再強調她是「財中之色」，認為作者寫她與西門慶的關係主要在於表現「財能致色」。他說：「你看西門在日，王六兒何等趨承，乃一旦拐財遠遁，故知西門於六兒，借財圖色，而王六兒亦借色求財。故西門死必自王六兒家來，究竟財色兩空……甚矣，色可以動人，尤未如財之通行無阻，人人皆愛也。」（〈讀法〉二十三）對於書中諸多宣淫的場景，他也更注意把這些直露的性描寫與暴露西門慶惡行的作用聯繫在一起。如云：「《金瓶梅》說淫話，只是金蓮與王六兒處多，……至百般無恥，十分不堪，有桂姐、月兒不能出之於口者，皆自金蓮、六兒口中出之。其難堪為何如？此作者深罪西門，見得如此狗彘，乃偏喜之，真不是人也。故王六兒、潘金蓮，有日一齊動手，西門死矣。此作者之深意也。」（〈讀法〉五十一）但是，當他試圖用冷熱變化的結構圖解這一主題，硬要說何處熱、何處冷時，就顯得含混而牽強。《金瓶梅》固然是一部罵世之書，是表現了作者對他所處時代的不滿，但他是否如張竹坡想像的那樣窮愁潦倒，專為泄怨憤而寫小說，則是值得懷疑的。張竹坡顯然把自己評點《金瓶梅》一書的動機硬說成了那位神祕的「蘭陵笑笑生」創作該書的動機。至少有一點可以肯定，此人的創作態度和風格與張竹坡絕不相同。他更像是一個冷眼看世態的人物，大概不會有年輕的張竹坡那麼多的牢騷、憎惡和倫理熱情，假使他對灰色的生活與沉淪的一群持張竹坡那樣激烈的評判，恐怕他很難有耐心把市井和床笫問的聲氣形貌寫得如此逼肖和生動。他應該是一個冷靜的審醜家，一個對模仿現實的藝術更感興趣的人，一個罪惡和荒淫的場記，對潰瘍並不過敏的外科大夫。他沒有什麼高深的思想，也不會固守這樣或那樣的觀念，但他善於運用罪財色和說報應之類的老套容納新編的故事，對他來說，把素材——錄自他書的片段和來自生活的印象——轉換成作品的操作遠比寄託什麼個人的情感和思想重要。如果說他就是這樣一個與張竹坡根本不同的人，那麼，他們的差異便註定了張竹坡不得不放棄寫小說的打算，而最終去評點他人的小說。至於認為小說作者以孟玉樓自喻，那完全是張竹坡自己的夢囈。

其次，張批本的細讀有很多獨到之處，它不但全面點撥了小說的章法結構，而且特別注意到書中人物的形象塑造，如在〈寓意說〉中索名探原，煞費苦心地勾勒出人物間的複雜關係，所有這些形成了系統的《金瓶梅》藝術論。

為了把這本洋洋百回的小說重構成「一部史公文字」，張竹坡特意拈出了所謂「立架處」的概念。何謂「立架處」？他說：「房屋花園以及使用人等，皆其立架處也。」又說：「寫其房屋，是其間架處，猶欲要獅子，先立一場，而唱戲先設一臺。」（《雜錄小引》）這個「立架處」正是《金瓶梅》一書中獨特的敘事空間。根據西門慶六房妻妾的居室在西門大院內所處的位置，張竹坡排列了她們在這個家庭內的不同地位，並指出作者如何通過居室的安排表現了對她們的褒貶，如何按照各居室之間的遠近對她們的身份和相互間的關係進行了劃分。比如，金蓮與瓶兒同住前邊花園內，說明她們「雖為侍妾，卻似外室，名分不正」。同時，她們在那裡又各居了一院，兩院隔牆相鄰，這樣的設計正好為她們平日的妒寵相爭構造了戲劇化的環境。總之，在《金瓶梅》一書中，居室的位置及其間的關聯像棋盤一樣先在地限定了人物的活動，又為他們的接觸布下了不斷變化的陣勢。

在不少明清小說中，人物的命名往往語義雙關，別有寓意，命名本身似乎就暗示了人物的性格和命運，因而評點家最喜歡利用諧音雙關的方法破譯人物的姓名，發掘出兩三個字所凝聚的豐富資訊。張批本在這方面用力甚勤，對此後的小說評點影響很大，以致姓名索引成了評點派批小說慣於玩弄的一個路數。但是，張竹坡在這方面的考索顯然太濫，太隨意，太武斷，他的多數解釋都令人感到穿鑿附會，缺乏起碼的說服力。

張竹坡的《金瓶梅》批本和金聖歎的《西廂記》批本都有望文生義的缺點，與明清時期的其他評點家一樣，他們往往把原書的文本供自己驅使，毫無節制地去寫借題發揮的文章，因而總的來說，他們的批評都缺乏整體性。其中既有精闢的細讀，有對小說敘事手法的點撥，也有零亂的即興反應，或與批評無關的閒談。

儘管如此，經過評點派的努力，被斥為「淫詞小說」的通俗文學畢竟登上了大雅之堂，逐漸作為雅俗共賞的讀物被更廣泛的讀者群所接受。特別像《金瓶梅》和《西廂記》這類被禁毀的「淫書」，張批本和金批本的風行無疑為它們的合法流傳做了極有益的工作。這些經過處理的文本雖然附加了不少與原本無關的東西，

但在長期的傳播過程中，隨著批文與原本一起被讀者接受，典範的批本便成了一部作品的標準文本。正如漢代以來，人們普遍通過「毛傳」和「鄭箋」接受「三百篇」一樣，金批《西廂》和張批《金瓶梅》也在廣大讀者對原書的接受中製造了類似的效應。就這個意義而言，他們似乎都實現了自己批書的初衷：讓讀者把他們所批的書當作他們自己的文字接受。

正是在用文人文學的價值取向融合通俗文學的總趨勢上，評點家逐漸將一部分優秀的作品從「淫詞小說」的罪名下解放出來，通過細讀「妙文」或重構「一部史公文字」的方式改造了原書的形象。而那些確實缺乏可讀性的小說，由於不只直露的性描寫過多，而且在思想和藝術上沒有多少可取之處，因而雖有拙劣的評點為之塗脂抹粉，卻始終沒有脫掉「淫詞小說」的帽子。由此可見，當官方和社會輿論基於政治上的考慮和純道德判斷劃分「淫」與「非淫」的界線時，「淫書」的罪名總是呈現出擴大化的趨勢，其目的也只是為維護社會穩定和禮教尊嚴，因而與文學批評完全無關。但隨著書籍出版商業化的趨勢長足發展，小說評點應運而生，它以導讀的形式把原來個別文人祕玩的作品變成了暢銷書，樹立了小說的風範，塑造了讀者的趣味，從而在評點家與讀者的雙向選擇下摘掉了原先扣給通俗文學的大帽子。作品的質量與讀者群的接受在一個新的層面上再次劃分區別，隨著傑作與平庸的或等而下之的小說逐漸拉開距離，不但

「淫」與「非淫」的界線對比分明地顯示出來，傳與不傳也成為書籍自身品質所注定的結局。

「淫書」並不是一個可以強加的帽子，而是某些書自身對自身的規定。在此類書中，性場面和性描寫占了絕對優勢，成了主要的，甚至唯一吸引讀者的因素。這類文本除了引起感官刺激之外，毫無令人滿意的審美效果，因而也就談不上什麼文學價值，如《繡榻野史》之類的末流小說。即便如此，你也不能說它們毫無文學之外的用途，比如對性學、心理學、社會學和人類學等研究來說，它們也可能具有或多或少的資料性價值。

五、餘波綺麗

有一種比較流行的看法認為，明清色情小說的大量散佚或十分罕見，主要是清代大肆禁毀「淫詞小說」的結果。我們並不否認這一因素的存在，但它實際上並沒有，而且也不可能起到如此強大的決定作用。淫書的失傳應該被視為一種自然死亡的現象，如果禁毀的法令確實能夠對所禁毀的書籍造成毀滅性的打擊，為什麼《西廂》、《紅樓》等遭禁最烈的書籍不但沒有被禁火燒光，反而愈禁毀愈流行呢？該傳者雖禁而猶傳，注定失傳者即不禁亦難免失傳，傳與不傳的命運取決於書籍自身的生命力。「傳」不只意味著存世，存世而未能傳播，或印行而不被接受，亦近乎名存實亡。這就是很多倖存的明清色情小說在今天的命運。即使隨著對色情的限制日益放寬，有些被封存的小說再次得到公開發行的機會，它們受到重視的程度至多也不過達到《肉蒲團》那樣的檔次，因為此類書所渲染的色情早已褪色，而且越來越顯得陳腐不堪，味同嚼蠟了。在一個連三級片和花帶一經消費都會像易開罐一樣被甩掉的現代社會中，舊時代的色情讀物對人們的刺激只會越來越淡，衰變為文字垃圾。性表現的解放正在消解著性表現本身，這個早已在中國大陸以外產生的耗散效應如今也在逐漸打開「藏春洞」的大陸上開始釋放出冷卻的作用。現在，足本的「三言」、「二拍」已不再像兩三年前那麼搶手，被改寫的房中書文本也失去了初上市時的吸引力，外面的世界正在變得見多而不怪。富有諷刺意味的是，許多圖書館依然恪守著源於清代的禁忌，他們使吳曉鈴老先生大有面對明「第十四陵」之感，還使一個正在翻譯《中國古代房內考》的學者入館查閱時多次遭到審問和拒絕，以致不得不託人在美國替自已查找資料。[21]可以肯定地說，隨著大陸圖書市場的繁榮，圖書館中封鎖的東西恐怕只會保住其版本的價值，最終僅成為看守人敝帚自珍的資料。

在已經沒有多少祕密可保的時候還要嚴格保密，當然是比較滑稽的，針對這樣的保密水平，有一篇登在報上的雜文曾發了一段議論，現照抄如下：

> 最能說明中國人保密水平的，恐怕要屬「金瓶梅現象」了。《金瓶梅》是大家都知道，又是許多人都點頭說好的，又是有專家在研究、有學者在探討的。祕密的事情保密，理所當然，公開的事情依然保密，沒有很高水準是做不到的。《金瓶梅》自問世以來一直被列為禁書，原因是書中有露骨的性描寫，是污染社會的誨淫之作。然而這只是事情的一個方面，另一方面《金瓶梅》又幾乎得到了思想界、文化界、理論界眾口如一的首肯，……為了《金瓶梅》的公開，曾經出了各種各樣的刪節本……然而所有這一切努力都沒有改變《金瓶梅》的禁書地位，刪節本也罷，縮寫本也罷，凡沾上「金瓶梅」三字者即被查禁。禁書並非中國土特產，外國也有禁書，也有對禁書的爭論，但不管是《十日談》也罷，《包法利夫人》、《俊友》也罷，都沒有達到《金瓶梅》被禁的水平，尤其沒有

21 吳曉鈴：《我與北大圖書館》，《文彙讀書週報》，一九九一年一二月七日；高羅佩：《中國古代房內考》，上海：上海人民出版社，一九九〇年，頁五五六—五五七。

達到又要研究、又要稱讚、又要查禁的水平。有人感歎在中國近代、現代、當代史上，缺少引人注目的「世界之最」，其實「金瓶梅現象」就是十分難得的，很有水平的世界之最。[22]

該文最早發表在一九八八年九月一日的《解放日報》上，作者所提出的「金瓶梅現象」主要強調了一種禁忌淫書的總氣氛，問題還有它的另外一面，對於《金瓶梅》這本奇書，其實從來也沒有禁到鐵板一塊的程度。

一九五七年，中國大陸經毛澤東親自批准，文學古籍刊行社影印了一千部《新刻金瓶梅詞話》，僅供專家研究和高級幹部參考之用。[23] 遺憾的是，從一九四九年直到「文革」前夕，長達十七年之久，正式發表的《金瓶梅》論文不過十餘篇，專著空白，一千部書發揮的功用實在太小。有人在報上撰文指出，內部發行足本《金瓶梅》，供專家研究還說得過去，高級幹部參考它幹什麼！儘管如此，禁錮的內部畢竟有了裂縫。[24]

22 江曉原：《中國人的性神祕》，北京：科學出版社，一九八九年，第一〇一至一〇二頁。

23 一九五七年，毛澤東在一次講話中充分肯定了《金瓶梅》的文學價值與社會學價值，親自拍板對《金瓶梅》在全國小範圍解禁。毛說：「《金瓶梅》可供參考，就是書中污辱婦女的情節不好。各省委書記可以看看。」文化部、中宣部於是奉旨照辦，經與出版部門協商後，以「文學古籍刊行社」的名義，按一九三三年十月「北京古佚小說刊行會」集資影印的《新刻金瓶梅詞話》，重新影印了兩千部。這些書的發行對象是：各省省委書記、副書記以及同一級別的各部正副部長。影印本《新刻金瓶梅詞話》兩函二十一冊，正文二十冊，二百幅插圖輯為一冊。所有的購書者均登記在冊，並且編了號碼。

24 據美國著名作家Harrison E. Salisbury所著《新皇帝：毛澤東與鄧小平的權力遊戲》（The New Emperors: China in the Era of Mao and Deng.New York, Avon Books, 1992）一書披露，早在延安時代，康生就迎合毛澤東的癖好，為他留心收集巾箱本的淫書和摺冊春宮畫。進入中南海後，康生不但繼續為毛收集此類書畫，而且毛的收藏中還繼承了明清兩代帝王留下來的大量色情珍品。因而毛成了中國當時色情書畫最大的收藏者和鑑賞人。見該書頁二一七至二二五。

一九八五年，中國大陸人民文學出版社才首次公開出版了經過刪節的《新刻金瓶梅詞話》一萬部，每部定價人民幣十二元。對大多數久聞其名的讀者來說，這部奇書總算露出了它的大部分面貌。此後出版社不得不開始考慮賺錢，不同的足本《金瓶梅》相繼走向書市：一九八八年北京大學出版社出版影印崇禎本《新刻繡像批評金瓶梅》，每部定價人民幣七百元；一九八九年齊魯書社又將該本排印出版，每部定價人民幣一百七十五元，印數八千冊。兩種版本均在半公開的範圍內訂購，並不算多麼保密，真正對購買起限制作用的是令人望而生畏的價格。本書在寫作中所參考的齊魯版便借自一位富有的友人，至此，本人才算在屬稿之際通讀了此書的全文。據云：有人甚至把節本《金瓶梅》刪除的近兩萬字另行排印，單獨出售，價錢賣得特別好。一位記者於是在報上撰文表達了他的疑惑：「一方面是國家的新華書店見不到正式出版發行的《金瓶梅》供應，一方面卻是民間仍以合法非法的各種形態在流傳，屢禁而不止。這不能不說是一個怪圈。」[25]

可喜的是，近年來《金瓶梅》的研究搞得相當火熱，論文近千篇，專著出了三十餘部，國外的研究成果也被陸續介紹進來，學術會議開得接二連三，還有人提出了所謂的「金學」。於是又出現了對這部傑作的溢美之辭，更多的人似乎樂於把它拔高到批判現實主義的高度。依然很少有人撰文討論該書的性主題和性描寫。如果說大多數論文的作者不是憑藉節本從事他們的研究，那麼，「金瓶梅現象」的陰影可能還籠罩著他們的意識。一位用原型批評研究《金瓶梅》的友人風趣地稱這種現象為「掩耳盜鈴」，應該再補充一句，這裡所掩的耳並非盜鈴者之耳，而是別人之耳。很多人還把讀者的目光引向「瓶」外，去作他們漫無邊際的作者考證，截至目前，《金瓶梅》的作者已被發掘達十餘人之多。最奇怪的是，李漁也被拉入了

[25] 唐達，《〈金瓶梅〉禁禁毀毀四百年》，《文匯讀書週報》，一九九三年三月六日，以上有關《金瓶梅》出版的資料均引自此文。

眾多的作者之列，這一推斷赫然寫在浙江古籍出版社的《李漁全集》征訂單上。出生在明末的李漁必須對一部在他出生前問世的小說擁有著作權，否則，崇禎本怎能作為一個富有吸引力的內容印入這部訂價四百元的十卷集呢？

很多曾列入丁日昌禁書目錄的末流小說紛紛再版上市，房中書被作為古代養生學的珍貴遺產重新出版，有人甚至把房中術譽為中國古代性科學先進的標誌……總之，禁書的再版出現了方興未艾的勢頭。書籍出版的商業化趨勢正在打破長期形成的淫書禁忌，曾幾何時，以上所引那篇雜文上提到的保密水平其實已經下降了很多。然而，在一個性觀念尚待自新的大文化背景中，書禁的鬆動同時也帶來了沉滓的泛起。誨淫的效果並非輿論所強調的那麼可怕，淫穢並不是與舊思想、舊禮教完全對立的東西，兩者正好從不同的方面構成了父權制性文化的主體。避性或闢淫只是消極的作法，對於不同程度的淫書或曾為淫書而今為名著的作品，真正需要正視和消解的倒是其中的性頑念和性陳規，以及與之相關的各種迷思。它們是如何作為持久的動機構成了作品中的故事，又如何影響著我們的接受，如何在我們的無意識中發揮作用，從而支配我們的好惡和選擇，所有這些問題都是本書自始至終重新審視的內容。

我希望這本重審「風月鑑」的嘗試之作能夠成為一面自我認識的鏡子，因為對於性，人們所想的，所說的，所做的，所寫的，都已經很多了，但在自我認識認識方面，還非常之少。

釀文學193　PG1416

重審風月鑑
——性與中國古典文學

作　　者　　康正果
責任編輯　　鄭伊庭
圖文排版　　周政緯
封面設計　　楊廣榕

出版策劃　　釀出版
製作發行　　秀威資訊科技股份有限公司
114 台北市內湖區瑞光路76巷65號1樓
電話：+886-2-2796-3638　傳真：+886-2-2796-1377
服務信箱：service@showwe.com.tw
http://www.showwe.com.tw
郵政劃撥　　19563868　戶名：秀威資訊科技股份有限公司
展售門市　　國家書店【松江門市】
104 台北市中山區松江路209號1樓
電話：+886-2-2518-0207　傳真：+886-2-2518-0778
網路訂購　　秀威網路書店：http://www.bodbooks.com.tw
國家網路書店：http://www.govbooks.com.tw
法律顧問　　毛國樑　律師
總 經 銷　　聯合發行股份有限公司
231新北市新店區寶橋路235巷6弄6號4F
電話：+886-2-2917-8022　傳真：+886-2-2915-6275

出版日期　　2016年2月　BOD一版
定　　價　　390元

Printed in Taiwan

國家圖書館出版品預行編目

重審風月鑑：性與中國古典文學 / 康正果著. -- 一版. --
臺北市：釀出版, 2016.02
面； 公分. -- (釀文學；193)
BOD版
ISBN 978-986-445-089-3(平裝)

1. 中國古典文學 2. 性與文學 3. 文學評論

820.7 105000555

讀者回函卡

感謝您購買本書，為提升服務品質，請填妥以下資料，將讀者回函卡直接寄回或傳真本公司，收到您的寶貴意見後，我們會收藏記錄及檢討，謝謝！
如您需要了解本公司最新出版書目、購書優惠或企劃活動，歡迎您上網查詢或下載相關資料：http:// www.showwe.com.tw

您購買的書名：＿＿＿＿＿＿＿＿＿＿＿＿＿＿＿＿＿＿＿＿

出生日期：＿＿＿＿年＿＿＿＿月＿＿＿＿日

學歷：□高中（含）以下　□大專　□研究所（含）以上

職業：□製造業　□金融業　□資訊業　□軍警　□傳播業　□自由業
□服務業　□公務員　□教職　□學生　□家管　□其它＿＿＿

購書地點：□網路書店　□實體書店　□書展　□郵購　□贈閱　□其他

您從何得知本書的消息？
□網路書店　□實體書店　□網路搜尋　□電子報　□書訊　□雜誌
□傳播媒體　□親友推薦　□網站推薦　□部落格　□其他＿＿＿＿＿

您對本書的評價：（請填代號　1.非常滿意　2.滿意　3.尚可　4.再改進）
封面設計＿＿　版面編排＿＿　內容＿＿　文／譯筆＿＿　價格＿＿

讀完書後您覺得：
□很有收穫　□有收穫　□收穫不多　□沒收穫

對我們的建議：＿＿＿＿＿＿＿＿＿＿＿＿＿＿＿＿＿＿＿＿

＿＿＿＿＿＿＿＿＿＿＿＿＿＿＿＿＿＿＿＿＿＿＿＿＿＿

＿＿＿＿＿＿＿＿＿＿＿＿＿＿＿＿＿＿＿＿＿＿＿＿＿＿

＿＿＿＿＿＿＿＿＿＿＿＿＿＿＿＿＿＿＿＿＿＿＿＿＿＿

請貼
郵票

11466
台北市內湖區瑞光路 76 巷 65 號 1 樓
秀威資訊科技股份有限公司 收
BOD 數位出版事業部

（請沿線對折寄回，謝謝！）

姓　　名：＿＿＿＿＿＿＿＿　年齡：＿＿＿＿　性別：□女　□男

郵遞區號：□□□□□

地　　址：＿＿＿＿＿＿＿＿＿＿＿＿＿＿＿＿

聯絡電話：（日）＿＿＿＿＿＿＿＿（夜）＿＿＿＿＿＿＿＿

E-mail：＿＿＿＿＿＿＿＿＿＿＿＿＿＿＿＿